Des jumeaux pour le Dr Tremblay

*

Des retrouvailles imprévues

*

Un héritage empoisonné

AMY RUTTAN

Des jumeaux pour le Dr Tremblay

Traduction française de
C. DUTEIL

BLANCHE

HARLEQUIN

Collection : Blanche

Titre original :
CONVENIENT MARRIAGE, SURPRISE TWINS

Ce roman a déjà été publié en 2017

HARPERCOLLINS FRANCE
83-85, boulevard Vincent-Auriol, 75646 PARIS CEDEX 13
Service Lectrices — Tél. : 01 45 82 47 47 - www.harlequin.fr
ISBN 978-2-2804-7014-8 — ISSN 0223-5056

Composé et édité par HarperCollins France.
Imprimé en décembre 2021 par CPI Black Print (Barcelone)
en utilisant 100% d'électricité renouvelable.
Dépôt légal : janvier 2022.

FSC
www.fsc.org
MIXTE
Papier issu de sources responsables
FSC® C159065

Pour limiter l'empreinte environnementale de ses livres, HarperCollins France s'engage à n'utiliser que du papier fabriqué à partir de bois provenant de forêts gérées durablement et de manière responsable.

1.

— Ce type est idiot. Je ne l'aime pas. Pas question que je travaille avec lui, et encore moins que je l'épouse !

Iolana ne disait pas tout. Le Dr Andrew Tremblay était effectivement un imbécile, mais il avait un sex-appeal exceptionnel, et elle avait autant envie de l'embrasser que de l'étrangler.

Jack, le frère cadet d'Iolana, n'avait pas besoin de le savoir. Ni personne, d'ailleurs, ou elle perdrait la considération qu'elle avait eu tant de mal à retrouver depuis que, deux ans plus tôt, David lui avait brisé le cœur. Être la fille du chef de chirurgie était déjà suffisamment pénible à assumer ; pour faire ses preuves, la fille du patron devait travailler encore plus dur que les autres.

— Voyons, Lana, c'est le meilleur entraîneur, un des rares médecins du sport à connaître vraiment le surf. Grâce à lui, je vais être sélectionné au championnat dans deux mois. J'ai besoin de lui !

— Non, *Keaka*. Pas question, répondit Iolana en réprimant un sourire.

Elle cherchait son frère en l'appelant par son prénom hawaïen, qu'il n'utilisait que lors des compétitions de surf.

Jack croisa les bras et la foudroya du regard.

— Épargne-moi ce regard meurtrier, Keaka. Papa est l'employeur d'Andrew, il aurait dû faire une demande de carte verte pour lui.

— Il a refusé sous prétexte que c'était du favoritisme, répondit Jack avec agacement.

Elle n'avait aucun mal à le croire. C'était tout à fait le genre de leur père, qui ne s'impliquait que pour *ses* patients ou *son* hôpital. Voilà pourquoi Jack en était réduit à la supplier de résoudre son problème. Comme elle l'avait déjà fait maintes fois.

— Pourquoi Andrew ne s'en est-il pas chargé lui-même ?

— Il était très pris. Et maintenant, c'est trop tard, dit Jack.

Elle leva les yeux au ciel. Cela n'avait rien de surprenant. En franchissant les portes du Kahu Kai Hospital pour la première fois, Andrew affichait déjà cet air de play-boy irresponsable. Pas à l'intention de ses patients, mais assurément pour le reste du monde.

— Keaka, je t'adore, mais c'est non.

— S'il te plaît, Lana, dit Jack d'un ton larmoyant. Andrew Tremblay a été le meilleur surfeur pendant des années. Il a dominé le championnat du monde. Il faut que tu me rendes ce service.

— Un Canadien champion du monde de surf, ça paraît quand même improbable, fit-elle.

— Ne juge pas d'après les apparences, Lana !

Elle sourit et s'assit au bord de son bureau en croisant les bras.

Jack, de dix ans son cadet, était le seul garçon de la famille, et il arrivait toujours à ses fins. Depuis le départ de leur mère, Lana avait dû endosser quantité de responsabilités. Leur père, éminent chirurgien descendant d'un ancien roi d'Oahu, n'avait pas de temps à consacrer à l'éducation de ses jeunes enfants. C'était Iolana qui avait élevé son jeune frère.

Le Dr Keaka Haole père tenait à ce que Jack marche sur ses traces et devienne chirurgien. Mais Jack ne voulait pas en entendre parler, il ne rêvait que de devenir champion du monde de surf, sa passion — et celle d'Iolana, à une époque. Depuis le départ de leur mère, un fossé s'était creusé entre Jack et son père, et Iolana passait son temps à essayer de les réconcilier.

Pour plaire à tout le monde, elle travaillait comme chirurgienne orthopédique dans l'hôpital de son père, et surfait avec son frère.

— Pourquoi devrais-je l'épouser ? demanda-t-elle.

— Parce que c'est mon ami, que beaucoup de concurrents hawaïens comptent sur lui, que je suis ton frère et... Il va être renvoyé dans son pays, Lana. Et on ne surfe pas, au Canada.

Elle haussa un sourcil.

— Mais si.

— Pas comme ici, c'est la raison pour laquelle il est venu à Hawaï, où il est devenu une légende, dit Jack, passant la main dans ses cheveux. Les athlètes viennent de toute l'Amérique du Nord s'entraîner avec le Dr Andrew Tremblay, ce qui explique que papa lui ait accordé certains privilèges à l'hôpital.

— Inutile de me le rappeler, dit-elle entre ses dents.

Elle n'était que trop consciente des avantages qui avaient été octroyés à Andrew Tremblay à l'hôpital, et jusque dans *son* service. Sa façon de se pavaner dans les couloirs la rendait folle. Si plein de suffisance. Si sûr de lui. Elle qui avait toujours cru que les Canadiens étaient gentils.

Mais son frère avait raison. Andrew faisait rentrer beaucoup d'argent à l'hôpital, son départ creuserait un trou significatif dans leurs finances. De plus, Jack perdrait toute chance de devenir champion de surf.

Elle qui avait dû renoncer à ses rêves pour préserver la paix familiale, elle ne voulait pas que cela arrive à Jack.

— Pour moi, c'est de l'escroquerie, dit-elle. Et je n'ai aucune envie de me retrouver en prison.

— Ce n'est pas comme si tu ne connaissais pas Andrew. Et papa te harcèle pour que tu te cases, non ?

Elle fronça les sourcils. Sur ce point, il avait raison. Leur père, conscient de l'atout qu'Andrew représentait pour l'hôpital, avait le plus grand respect pour lui.

Il approuverait le choix de sa fille. *Ou pas*. Il pensait aussi le plus grand bien de David ; pourtant, les choses avaient mal tourné. En tombant amoureuse de ce coureur de jupons, elle était devenue la risée de l'hôpital.

Quand ils avaient rompu, son père lui avait montré sa déception au lieu de la consoler. Les gens la plaignaient. *Pauvre Dr Lana Haole*. Elle détestait la pitié. Elle tenait à sa réputation.

Ce serait juste pour un an ou deux. Ce ne serait pas si terrible de l'épouser par souci de commodité.

Jack souriait, certain qu'il l'aurait à l'usure.

— J'ai une condition, dit-elle. Il doit me demander en mariage. S'il veut convaincre les gens que nous sommes en couple et que ce mariage est légitime, il devra mettre un genou à terre et me faire sa demande dans les règles, avec une bague.

— Une *bague* ? bredouilla Jack avec une grimace.

— Une bague, répéta-t-elle en se dirigeant vers la porte pour signifier la fin de l'entretien. Belle, énorme, et hors de prix…

Les mots moururent sur ses lèvres : elle avait ouvert la porte et était nez à nez avec Andrew, la main levée comme s'il s'apprêtait à frapper. Il eut ce sourire enfantin qui la faisait fondre tout en lui tapant sur les nerfs. Ils s'étaient souvent disputés aux urgences, et il avait toujours clos la discussion avec ce sourire exaspérant.

— Jack vous a parlé, à ce que je vois.

Croisant les bras, elle le fusilla du regard.

— Docteur Tremblay, fit-elle sèchement.

Il glissa les mains dans les poches de sa blouse et se pencha vers elle avec un sourire railleur.

— Si vous me regardez comme ça, personne ne croira que nous allons nous marier…

Il pénétra dans le bureau et elle ferma la porte derrière lui, le regard toujours aussi noir.

— Vous ne semblez pas enchantée de cet arrangement.

— Qu'est-ce qui devrait m'enchanter là-dedans ?

— Eh bien, je resterais travailler ici. Et je continuerais à entraîner votre frère.

— Pourquoi m'en réjouirais-je ?

— Allons, docteur Haole. Mon expérience et moi vous sommes précieux.

— Je vous laisse régler les détails entre vous, dit nerveusement Jack en prenant la poudre d'escampette sous le regard furieux de sa sœur.

— Hé, Keaka, pas un mot à papa ! lui cria-t-elle avant de claquer la porte derrière lui.

— Keaka, hein ? Vous êtes remontée contre lui…

Andrew avança dans la pièce, il évitait le regard de Lana qui l'aurait sans doute réduit en cendres.

— Ça ne me plaît pas, docteur Tremblay, dit-elle en s'asseyant derrière son bureau pour mettre un rempart entre eux. Et je tiens à poser des conditions à ce marché.

Il haussa un sourcil blond et rajusta ses lunettes.

— Des conditions ?

— Vous voulez que ce soit crédible, n'est-ce pas ? Si les services d'immigration découvraient le pot aux roses, nos carrières et la réputation de cet hôpital seraient fichues. Avec une peine de prison à la clé. Et je ne suis pas irresponsable.

Il acquiesça, les lèvres pincées. Il n'appréciait visiblement pas la leçon.

— Très bien. Qu'avez-vous en tête, docteur Haole ?

— J'exige une demande en mariage officielle. Et une bague.

— Une bague ? fit-il avec incrédulité.

— Ça doit sembler aussi vrai que possible. Je risque gros.

— Vraiment ? demanda-t-il, plongeant ses yeux bleus dans les siens. Une idée de la pierre, peut-être ?

Consciente de l'agacer au plus haut point, elle leva la main et lui agita les doigts sous le nez avec un sourire railleur.

— J'ai un faible pour l'émeraude, mais je vous laisse décider. Il faut mettre de la romance dans cet arrangement.

Il grimaça.

— Autre chose ?

— Nous devrons fixer des règles de vie. Le plus raisonnable serait que vous vous installiez chez moi. Et il faudra rédiger un contrat de mariage.

— Ce n'est pas un vrai mariage… Et pourquoi pas chez moi ? protesta-t-il comme s'il se sentait insulté.

— Vous vivez dans un appartement, non ? J'ai une maison. Et ce ne sera pas une union de convenance, on va vraiment se marier. Je dois protéger mon capital.

Il se redressa et croisa les bras.

— Très bien. Quand dois-je annoncer officiellement nos fiançailles ?

— Je ne sais pas. Peut-être lors de la soirée de collecte de fonds, en fin de semaine ? Ce serait l'occasion rêvée pour que vous mettiez un genou à terre et m'offriez la bague.

— Vous avez tout prévu, vous n'avez pas perdu de temps, dit-il avec un sourire. Cette situation vous plaît, avouez. Vous cachez bien votre jeu.

Elle sentit ses joues s'empourprer.

— Je réfléchis vite. C'est tout.

— Non, je crois qu'au fond vous prenez plaisir à tout cela. Que vous me désirez en secret.

— Je pourrais vous dénoncer aux autorités, dit-elle d'une voix sourde.

— Mais vous ne le ferez pas, parce que je vous plais. Même si vous refusez de l'admettre.

Elle le foudroya du regard.

— Je me rappelle maintenant pourquoi je ne voulais pas de cette transaction idiote. À cause de votre arrogance.

— Alors, pourquoi le faire si vous me détestez ?

— Vous représentez un revenu substantiel pour cet hôpital.

— Indéniablement. C'est tout ?

Non. Grâce à lui, les gens allaient cesser de la plaindre. David compris.

— J'adore mon frère, et vous allez l'emmener jusqu'au championnat de surf.

Andrew hocha la tête.

— Jack a du talent, il ira en finale. Il sera champion.

— C'est pour ça que je le fais, dit-elle en souriant.

— C'est un gros sacrifice. Vous devez beaucoup l'aimer.

— En effet.

— Eh bien, j'apprécie, répondit-il avec une sincérité indéniable.

— Seriez-vous en train de me remercier, docteur Tremblay ? Je n'en reviens pas.

— Ne vous y habituez pas trop, docteur Haole. Et, puisque nous sommes censés être intimes, je propose que nous laissions tomber les formalités et que nous nous appelions par nos prénoms. On ne croira jamais que nous sommes fous l'un de l'autre si nous continuons à nous donner du « docteur ».

— Très bien, répondit-elle d'un ton désinvolte.

Mais elle sentit son estomac se révulser. David l'avait tellement blessée que, malgré sa solitude, la seule pensée d'être intime avec quelqu'un la terrifiait. Même s'il s'agissait juste d'une intimité de façade.

Andrew eut son charmant sourire.

— Alors, Lana, voulez-vous m'accompagner à la réunion du personnel ?

— Bien sûr… Andrew.

Cette réunion lui était complètement sortie de la tête. Elle était responsable de l'ortho et de la médecine du sport, mais son père dirigeait tous les chirurgiens du Kahu Kai Hospital de Honolulu. Elle ne pouvait pas se permettre un nouveau scandale. Il était déjà assez pénible que les gens attribuent sa position à son père.

Celui-ci se réjouirait qu'elle ait choisi ce fiancé mais, s'il apprenait que Keaka, Andrew et elle avaient œuvré dans son dos pour qu'Andrew reste à Hawaï, il serait fou de rage.

Mentir à son père la rendait nerveuse. Comme l'emprise qu'il avait sur elle. Tout cela parce qu'elle voulait préserver la paix entre le père et le fils.

Andrew et elle arrivèrent en retard à la réunion. Les autres chirurgiens les attendaient, et son père la transperça d'un regard glacial.

— Ah, Iolana et Andrew, merci de vous joindre à nous, dit-il en tapotant sa montre. Vous avez un quart d'heure de retard. Nous avons tous un planning à respecter.

Elle ouvrit la bouche pour répondre, mais Andrew la devança et prit sa main dans la sienne.

— Excusez-moi, docteur Haole, je suis le seul responsable.

Il sourit à Iolana, qui sentit son cœur sombrer. Elle devinait où il voulait en venir.

Non. Je vous interdis !

— Voyez-vous, docteur Haole, je sors avec votre fille depuis quelque temps, et nous avons été retardés parce que je viens de lui faire ma demande en mariage…

Elle plaqua un sourire factice sur ses lèvres. Les chirurgiens les fixaient, interdits ; même David sembla surpris, avant d'esquisser un sourire narquois, exaspérant.

— C'est vrai, Iolana ? demanda son père d'un air sceptique.

— Oui, répondit-elle avec le même sourire figé.

Elle reprit son souffle.

— Je suis amoureuse d'Andrew, nous avons gardé notre relation secrète pour une raison que tu comprendras aisément, dit-elle avec un regard appuyé à David.

Andrew passa un bras autour d'elle et l'attira à lui.

— Évidemment, elle a dit oui, je n'ai plus qu'à lui offrir la bague. Je comptais lui faire ma demande au gala de fin de semaine, mais je n'ai pas pu attendre. J'aime tant votre fille.

— Oui, renchérit-elle. Nous sommes très amoureux.

— Vous parlez comme un robot…, lui chuchota Andrew.

— Eh bien, permettez-moi d'être le premier à vous féliciter, dit son père, en échangeant une poignée de main avec Andrew et en la serrant dans ses bras. Vous serez l'équipe chirurgicale de choc de Kahu Kai, tous les deux. C'est une merveilleuse nouvelle. J'en suis heureux. Abasourdi, mais très heureux.

Hébétée, elle reçut les félicitations de ses collègues avec un sourire crispé. Elle aurait voulu exploser télépathiquement la tête d'Andrew pour avoir osé annoncer leur simulacre de mariage à une réunion du personnel.

Comment allait-elle survivre à ce mariage ? À en juger par ce qu'elle ressentait maintenant, une chose était sûre : elle finirait par tuer Andrew.

Il lui adressa un clin d'œil dans le dos de son père.

Oui. Elle finirait par le tuer.

2.

Andrew avait conscience d'être allé un peu loin, mais n'en éprouvait aucun regret. Lana le testait depuis qu'il était entré dans son bureau et qu'elle avait posé ses exigences. Quand Jack avait évoqué ce mariage de convenance pour lui faire obtenir sa carte verte, il l'avait pris pour un fou. D'abord parce que Lana le détestait : ils passaient leur temps à se quereller. Et il ne voyait pas ce qu'elle avait à y gagner. En outre, son père dirigeait le service de chirurgie, et il avait promis au Dr Haole qu'il s'occuperait lui-même de sa carte verte. Enfin, il était attiré par Lana. *Très* attiré.

Elle n'était donc pas le meilleur choix pour un mariage blanc. Mais Jack avait lourdement insisté. Et Andrew n'allait pas faire la fine bouche.

Cela risquait de mal tourner, mais il arriverait ce qu'il arriverait. Bien sûr, il mettait sa volonté à rude épreuve en épousant — sur le papier — cette femme séduisante, fougueuse et passionnée, mais il avait assez de force d'âme pour lui résister.

En es-tu sûr ?

Dès leur première rencontre, deux ans plus tôt, il avait été subjugué par elle. Par ses longs cheveux noirs, ses yeux de braise, ses lèvres sensuelles qui appelaient les baisers. Plantée sur la plage au coucher du soleil dans sa combinaison de surf, une planche sous le bras, elle contemplait l'océan. Comme lui quand il scrutait les vagues après avoir surfé, en quête de grosses vagues que, hélas, il ne pouvait plus conquérir depuis son accident. De ces lames de fond nées des tempêtes qu'il rêvait de chevaucher de nouveau.

Et il n'en était plus capable. Par sa propre faute.

Désormais lié à Lana par ce marché, il craignait fort qu'elle ne finisse par le conquérir.

Ce n'est pas une vraie union. Aucun engagement, aucune attache.

Il n'avait jamais voulu se marier ni fonder de famille. Pas après son enfance désastreuse. Il avait hérité de l'égoïsme de son père ; par sa faute, sa petite sœur avait perdu la vie dans l'accident où il avait été blessé à l'épaule. Il ne méritait pas d'être heureux.

Dans un an, il aurait sa carte verte, et ce mariage serait caduc. Il serait de nouveau libre.

Et solitaire.

La salle de conférences se vida de ses occupants, et le Dr Keaka Haole referma la porte, arrachant Andrew à ses pensées.

— Alors vous êtes fiancés ? Après la mésaventure avec David, ça m'étonne de toi, Iolana.

Elle se mordit la lèvre.

— Andrew n'est pas David. Notre histoire est bien réelle.

Le Dr Haole jeta un regard acéré à Andrew.

— Vous aimez ma fille ?

— Oui, monsieur. Pardonnez-moi de ne pas avoir attendu votre bénédiction, mais tout s'est passé très vite. Nous sommes tombés amoureux et…

Le Dr Haole leva la main pour lui imposer le silence, et il se tut. Il n'avait pas peur de lui, il l'admirait.

Keaka Haole père était un des meilleurs chirurgiens orthopédiques d'Amérique. Andrew regrettait de ne pas avoir été opéré par lui au lieu du boucher de l'Ontario qui lui avait saboté l'épaule, mettant fin à sa carrière de surfeur. Même s'il n'avait pas volé ce qui lui était arrivé ce soir-là.

— Je ne suis pas contrarié, loin de là, dit le Dr Haole avec un de ses rares sourires. Le Dr Tremblay est un excellent médecin, et un atout précieux pour l'hôpital. Tu ne pouvais rêver mieux,

Iolana. À condition que vos sentiments soient sincères. Je ne veux pas que tu refasses la même erreur.

— Merci, docteur Haole, votre opinion compte beaucoup pour moi, dit Andrew pour détourner la conversation.

Il savait ce qui s'était passé entre Lana et David. Tout le monde était au courant. David n'était pas digne d'elle.

Et toi, si ?

— D'habitude, je n'aime pas que tu agisses impulsivement, Iolana, mais c'est une excellente nouvelle. Ça fait des années que je te dis de te fixer et de te marier.

— Nous voulions garder notre relation secrète par égard pour nos collègues, dit Andrew avec un sourire en attirant Iolana contre lui.

Elle s'arracha discrètement à son étreinte et il lui adressa un clin d'œil. Quel bonheur d'être si facilement accepté par le Dr Haole. Puis une idée déplaisante le frappa. Il était en train de tromper cet homme qu'il admirait.

— Quand allez-vous vous marier ? demanda le Dr Haole.

— Dès que possible, répondit Lana. On veut quelque chose de simple, à la mairie ou devant un juge…

— On veut juste se marier, dit Andrew. On peut planifier une cérémonie en une semaine.

— Inutile de dépenser de l'argent, papa.

— Tu es ma seule fille, on fera les choses bien. Je demanderai à ta belle-mère de tout organiser pour ne pas perturber ton planning. Je vais l'appeler maintenant, je te tiendrai au courant, dit le Dr Haole en se levant.

— Merci, murmura-t-elle tandis que son père l'étreignait.

— Je suis si heureux que tu aies enfin décidé de te fixer.

Serrant la main de Dr Haole, Andrew le remercia, mais l'idée d'un grand mariage le mettait mal à l'aise. Pourtant, une belle cérémonie convaincrait plus facilement l'immigration qu'il ne s'agissait pas d'un mariage factice.

Sauf que c'en était un.

— Je dois faire ma tournée de lits, dit Lana. À plus tard, papa.

Lui emboîtant le pas, Andrew quitta la salle de conférences. Elle regagna rapidement son bureau et ne protesta pas quand il la suivit et referma la porte derrière lui.

— Vous souhaitiez une demande officielle. Désolé de ne pas avoir mis un genou à terre.

— Je ne voulais pas que ça se passe ainsi, dit-elle avec irritation. J'aurais préféré n'importe quoi à ça !

— Pourquoi ? Ça s'est bien passé. Vous aviez peur d'en parler à votre père, Jack craignait qu'il l'apprenne, eh bien maintenant il sait, et il semble enchanté.

— Plutôt surprenant. En même temps, ça fait cinq ans qu'il me harcèle pour que je convole…

— Vous vouliez organiser la cérémonie ?

— Non, répondit-elle d'un ton sec. Ma belle-mère s'en chargera très bien. Je n'avais aucune envie d'en arriver là, de toute façon ! Si vous vouliez rester ici, il fallait faire les démarches auprès de l'immigration. Si vous aviez eu votre permis de séjour, nous n'en serions pas là.

— Je sais. J'entraînais l'équipe de surf et votre frère, et je repoussais sans cesse le moment de m'en occuper…

— Des excuses, répondit-elle avec dédain. Vous êtes un bon médecin, mais vous manquez totalement d'organisation.

— Les tâches administratives ne sont pas mon fort, dit-il avec une grimace.

Son épaule l'élançait.

— Qu'est-ce qu'il y a ? demanda-t-elle comme il se massait l'épaule. Vous avez mal ?

— Ce n'est rien, répondit-il sèchement. Je dois y aller.

Elle se leva et se planta devant lui.

— Je suis chirurgienne orthopédique. Je peux jeter un coup d'œil à votre épaule.

— Moi aussi, je suis chirurgien.

Seulement il n'exerçait plus, limitant son activité à la médecine du sport. Depuis l'opération ratée qui lui avait abîmé l'épaule droite, la force de son bras et de sa main était imprévisible. Il ne pouvait pas risquer la vie d'un patient sur cette incertitude.

— Laissez-moi regarder.

Il soupira.

— Vous feriez n'importe quoi pour m'arracher ma chemise, hein ?

— Très bien, fit-elle entre ses dents. Souffrez donc.

— C'est juste un muscle froissé.

Il aurait pu demander au Dr Haole de réparer les dégâts, mais sa priorité était d'entraîner Jack pour le Championnat du monde de surf. Il n'avait pas le temps de passer sur la table d'opération ni de suivre une longue rééducation.

Il n'avait pas une année à perdre. Ce qui était fait était fait.

Il ne voulait pas que Lana le touche, cela aurait mis son sang-froid à trop rude épreuve. Car les pensées qu'il avait pour elle étaient loin d'être innocentes. Ce mariage devait être sans complication. Il devait garder ses distances, même s'il n'en avait pas envie.

— Parfait, dit-elle froidement.

— J'ai ma tournée à faire.

— Moi aussi, répondit-elle, évitant son regard.

— Je vous verrai donc à ce mariage mascarade dans une semaine.

— Et même avant, dit-elle. Vous voulez qu'on nous croie amoureux, et vous venez d'annoncer à tout l'hôpital que nous allions nous marier, je vous rappelle.

— Pas à tout l'hôpital.

— Vous l'avez dit aux chefs de service et au personnel présent à la réunion. Autant dire à tout le monde. Les nouvelles circulent vite ici, dit-elle avec un sourire triste.

— C'est juste… Aimeriez-vous sortir ce soir ?

— Sortir ?

— Oui, un rendez-vous n'a rien d'anormal pour deux personnes qui vont se marier.

— D'accord. Ça semble…

Elle fut interrompue par la sonnerie de son téléphone.

— Docteur Haole… Oui ? Où ? J'y serai dans cinq minutes.

— Qu'est-ce que c'était ? demanda-t-il.

— Les urgences. Ils ont besoin d'un chirurgien orthopédique pour un trauma, et je suis de garde. J'avais oublié. Il va falloir remettre ce rendez-vous.

— Je vous retrouve aux urgences. Je vous assisterai.

— Vous n'avez pas fait de rotation aux urgences depuis votre arrivée, dit-elle, surprise. Et votre entraînement avec Jack ?

— L'entraînement peut attendre. Jack comprendra.

De toute façon, que celui-ci comprenne ou pas, il s'en moquait. Il voulait être aux urgences ce soir et s'afficher avec Lana, pour rendre leur histoire de mariage crédible.

Peut-être n'était-il plus capable d'exercer la chirurgie, mais il était toujours médecin.

Il pouvait encore donner un coup de main pour un trauma.

3.

Lana gagna le silence feutré de la salle d'opération pour intervenir sur une fracture du fémur. En attendant que le chirurgien traumato jugule l'hémorragie de l'artère, elle se réjouit de ne pas avoir affaire à David, qui l'aurait pressée de questions sur Andrew. Pauvre et pathétique Lana !

Elle avait souvent travaillé avec lui au bloc opératoire, il était chargé de recherche quand elle était interne de quatrième année. Elle aurait dû se méfier quand il s'était intéressé à elle, mais elle avait soif d'attention. Soif d'une tendresse qu'elle n'avait jamais reçue.

Elle se concentra sur l'opération. Une fois l'hémorragie maîtrisée, elle pourrait réparer le fémur, un des os les plus solides du corps humain.

Laissant son regard errer vers la galerie d'observation d'où les internes suivaient l'intervention, elle y remarqua Andrew, l'air pensif, les bras croisés.

Leurs regards se croisèrent et elle rougit sous son masque en voyant un sourire retrousser ses lèvres. Elle était déçue par la réaction béate de son père. Certes, il ignorait que ce mariage n'était qu'une parodie, mais, après l'histoire avec David, elle ne s'attendait pas à une réaction aussi enthousiaste de sa part. Qu'il se réjouisse à ce point qu'elle s'installe, comme si sa vie de célibataire lui faisait honte, c'était insupportable.

Elle n'avait pas de dégoût pour l'amour. Il l'avait simplement aveuglée. Blessée. Désormais, seule comptait sa carrière, qui ne l'avait jamais déçue.

Après sa rupture avec David, elle s'était juré de ne convoler que si elle rencontrait un amour sincère, profond. Ses parents, qui s'étaient mariés par obligation, n'avaient jamais été heureux et avaient divorcé.

Sa mère était partie sitôt sa liberté recouvrée, Lana ne l'avait pas revue depuis.

— Docteur Haole, nous sommes prêts, annonça l'infirmière du bloc.

— Merci, Vickie, répondit-elle en prenant sa place à côté du Dr Aeolia, spécialiste en chirurgie traumatologique.

— Il paraît que des félicitations sont à l'ordre du jour, dit le Dr Aeolia tandis qu'Iolana revoyait mentalement les étapes de l'intervention à effectuer.

— Pardon ?

— Vos fiançailles. J'étais dans la salle de réunion quand le Dr Tremblay a annoncé la nouvelle.

C'était exactement le genre de situation qu'elle aurait voulu éviter. Elle détestait attirer l'attention, et déjà tous les regards convergeaient sur elle. Comme quand David l'avait larguée, l'humiliant cruellement.

« Comment peux-tu croire que je t'aime ? Tu n'as aucun courage, aucune passion, et tu es loin d'être aussi brillante que le pense ton père. C'était juste un accord entre collègues qui nous profitait à tous les deux, tu aurais dû le savoir ! »

— Merci, dit-elle. Vickie, vous pouvez m'apporter mon plateau de chirurgie ?

Vickie travaillait depuis des années au bloc comme infirmière orthopédique. Elle était l'assistante du père d'Iolana et savait précisément quelles vis et quelles plaques étaient nécessaires pour réparer un fémur fracturé.

— Vous n'avez pas l'air ravie, dit le Dr Aeolia, critique, ou simplement jalouse.

Comme la plupart de leurs collègues féminines, le Dr Aeolia courait après Andrew, play-boy à la réputation sulfureuse. Il faudrait veiller à ce que cette réputation ne contrecarre pas leurs plans.

— Je le suis, mais, là, je me concentre sur le fémur de ce patient, dit Iolana en haussant le ton. Nous discuterons du mariage plus tard, si cela ne vous embête pas.

Jetant un coup d'œil vers la galerie, elle vit Andrew incliner légèrement la tête en souriant.

— Parfait, répondit sèchement le Dr Aeolia. Maintenant que le patient est stabilisé, je vous laisse recoller les morceaux. Vous êtes douée pour ça, si je me souviens bien.

Lana n'apprécia pas la remarque, mais, en tant que fille du chef de chirurgie, elle avait l'habitude des sarcasmes. Elle passait pour une enfant gâtée, une fille à papa bénéficiant de tous les privilèges, ce qui était loin d'être le cas. Tout ce qu'elle avait gagné, elle avait travaillé dur pour l'obtenir.

— Vous avez raison, docteur Aeolia, votre travail est terminé. Vous pouvez quitter mon bloc. Je prends la relève.

Le Dr Aeolia la foudroya du regard. Contrariée, Lana secoua la tête et continua son travail de préparation du fémur. Elle n'avait pas beaucoup d'amis dans cet hôpital, et elle avait prétendu qu'elle s'en moquait ; cela l'affectait. Elle se sentait très seule.

On la surnommait la « Reine des glaces ». Elle laissait dire. Mais, au fond d'elle, elle savait qui elle était.

Le sais-tu vraiment ?

Un coup d'œil à la galerie lui apprit qu'Andrew était parti. Elle poussa un soupir de soulagement. Il la distrayait, et c'était la dernière chose dont elle avait besoin.

Rentre chez toi. Tu n'as pas à l'attendre.

Mais Andrew, en dévoué fiancé, attendait Lana dans le hall d'entrée. Il avait été impressionné par son attitude en salle d'opération sous le regard scrutateur du Dr Aeolia, une pipelette qui le harcelait depuis son arrivée et ne l'intéressait pas du tout.

Tout le monde devait savoir que sa relation avec Lana était bien réelle.

Sauf qu'elle ne l'était pas.

Massant son épaule raide, il abandonna sa chaise inconfortable pour arpenter le hall. L'opération de Lana était finie depuis des heures et la nuit bien avancée, mais un restaurant voisin était ouvert vingt-quatre heures sur vingt-quatre. Il pouvait l'emmener manger quelque chose, et parler avec elle. Pour mettre leur histoire au point et présenter un front uni.

Occupé à mobiliser son épaule, il aperçut Lana qui descendait l'escalier débouchant dans le grand hall. Malgré la fatigue, elle n'avait rien perdu de sa grâce ni de sa beauté. La Reine des glaces d'Oahu.

Ce surnom était injuste car, malgré ses efforts pour afficher une apparence glaciale, elle savait être chaleureuse et bienveillante avec ses patients et son frère Jack.

Ses yeux sombres s'agrandirent en se posant sur lui.

— Docteur… Andrew, vous êtes encore là ? Il est 3 heures du matin !

— Je suis rentré dormir un peu, puis j'ai pensé que ce serait sympa de vous emmener manger un morceau. Le Kahuna Café sur la côte nord est ouvert vingt-quatre heures sur vingt-quatre, et leur spécialité est le petit déjeuner.

Elle fronça le nez.

— On dirait un bouge…

— Ne me dites pas que vous n'y avez jamais mis les pieds ?

— Ce n'est pas le genre d'endroit où nos parents nous emmenaient.

— Jack l'aime bien, répondit-il, railleur.

— Jack mangerait son chapeau s'il était frit !

Il pouffa.

— C'est vrai. Alors, qu'en dites-vous ? Venez prendre un petit déjeuner matinal avec moi, et je vous ramène chez vous.

— Très bien.

— Hé, ce n'est pas une punition, vous savez.

— Quoi ? demanda-t-elle en lui emboîtant le pas.

— Partager un petit déjeuner avec moi. Je ne suis pas un monstre.

Elle sourit vaguement.

— Je n'ai jamais dit ça. C'est peut-être moi le monstre. Je suis considérée comme une…

— Je suis au courant. Mais les apparences sont parfois trompeuses, vous devriez le savoir mieux que personne.

— Désolée.

— Pas de problème, mon chou.

Elle fronça les sourcils.

— Ne m'appelez pas mon chou.

— Trésor ?

— Sûrement pas.

— Vous ne voulez pas d'un surnom affectueux ?

— Non, merci. Lana me va parfaitement.

— Très bien.

Il lui prit la main, et elle la lui arracha avec brusquerie.

— Qu'est-ce que vous faites ? demanda-t-elle à voix basse.

— On nous regarde, chuchota-t-il.

Elle saisit sa main à contrecœur. Il n'avait jamais tenu la main d'une femme en public. Peu tactile, il n'aimait pas les démonstrations publiques d'affection, qui impliquaient des liens tacites, des sentiments. Ce n'était pas son style. Mais il prenait plaisir à toucher les doigts de Lana.

Et cela le rendait nerveux.

C'est parce qu'on nous regarde. Ça ne veut rien dire.

Entre eux, la tension devenait palpable. C'était contrariant, personne ne croirait qu'ils étaient amoureux et que ce mariage était sérieux s'il ne remédiait pas au problème.

— Comment s'est passée l'intervention ? demanda-t-il.

Il savait que le patient était tiré d'affaire, même si sa rééducation serait longue. Andrew était bien placé pour en parler, ayant lui-même connu les affres de la physiothérapie.

— Bien, répondit-elle.

Lâchant sa main, il ouvrit la portière de sa voiture et elle prit place sur le siège passager. Il referma la porte avec irritation. Pourquoi avait-il cru que ce serait facile ? La vie avait-elle l'habitude d'être simple ?

Lana et Jack avaient beau être frère et sœur, ils étaient radicalement différents. Jack était chaleureux et ouvert, Lana froide et réservée. D'où son surnom de Reine des glaces.

Pendant qu'ils discutaient de leur accord dans son bureau, elle s'était pourtant montrée cordiale et drôle. Impétueuse. Il était sûr que c'était la vraie Lana, alors pourquoi elle se donnait tant de mal pour la cacher ?

Le trajet jusqu'au Kahuna Café se déroula dans un silence crispé, mais Lana se détendit quand ils se garèrent sur le parking.

— Il y a beaucoup de masques Tiki, dit-elle avec un sourire amusé devant la façade ornée de masques traditionnels hawaïens colorés et tape-à-l'œil.

Il rit. Il adorait cet établissement kitsch, dédié aux touristes, qui proposait une nourriture simple et savoureuse. Il lui rappelait le petit restaurant à l'entrée d'Algonquin Park, dans la ville où il avait grandi.

Il n'était pas retourné dans l'Ontario depuis des années. Il n'avait plus d'attaches là-bas, mais le Canada lui manquait parfois. À mille lieues de Whitney, dans l'Ontario, le Kahuna Café lui rappelait un peu ses racines.

Et, quand il songeait à son pays natal, il pensait à sa sœur Meghan, et son cœur se serrait. Dieu qu'elle lui manquait.

Tu l'as tuée ! C'est ta faute, Andrew ! Tu as tué ta sœur. Comment as-tu pu être aussi irresponsable ?

— C'est pour ça que je ne suis jamais venue ici, dit Lana, l'arrachant à ses douloureux souvenirs.

— À cause des masques Tiki ?

— Jamais mon père ne fréquenterait ce genre d'endroit !

— Eh bien, il n'est pas là, alors qu'en pensez-vous ?

— Je vous le dirai quand j'aurai goûté leur cuisine, répondit-elle en descendant de voiture.

À l'exception de quelques fermiers et d'une poignée de touristes, le petit restaurant était pratiquement vide, une de ses principales qualités aux yeux d'Andrew.

Ils s'assirent dans un box et la serveuse leur servit du café.

— *Mahalo*, la remercia Lana. Alors, de quoi voulez-vous parler ?

— Eh bien, de nos noces, pour commencer.

— Il n'y a pas grand-chose à dire. Ma belle-mère adore organiser les réceptions, elle s'occupera de tout. C'est la meilleure organisatrice de mariage de Waikiki.

— Ce sera un gros truc ? demanda-t-il avec inquiétude.

— Pire que ça, répondit-elle en souriant.

— Au moins ce sera convaincant, dit-il avec une sorte de grognement.

— Pour eux, c'est réel.

— Exact… Mais après ?

— *Après ?*

— Vous avez suggéré que je m'installe chez vous, mais nous n'avons encore rien décidé, n'est-ce pas ?

Lana faillit s'étouffer dans sa tasse.

— Vous avez fait votre choix ? demanda la serveuse.

— Juste des toasts, répondit Lana, son appétit envolé.

— Rien pour moi, dit Andrew. Le café me suffit.

Ils attendirent que la serveuse reparte.

— Pour vendre notre mariage à l'immigration, nous devons vivre sous le même toit pendant au moins un an, dit-il.

Il avait raison. Mais la pensée de partager son foyer avec cet homme qui l'irritait autant qu'il l'attirait lui faisait peur. Comment allait-elle y arriver ?

— Il est plus logique que vous vous installiez chez moi, répondit-elle sans enthousiasme. Je ne sais même pas où se trouve votre appartement.

Il eut un sourire qui creusa une fossette dans sa joue. Il avait des dents parfaites, dignes d'une pub pour dentifrice.

— Il est regrettable que vous ignoriez où vit votre époux.

Elle sentit ses joues s'enflammer.

— Vous n'êtes pas encore mon époux.

Il éclata de rire, et elle aima cela. Il était toujours grave avec elle, comme s'il réservait son charme aux autres.

Ne t'emballe pas. Tout cela est une comédie.

— Alors, chez vous ? demanda-t-il.

— Eh bien, ma maison est proche de l'hôpital et de la plage. J'ai trois chambres et une piscine.

— Comme j'occupe un appartement de célibataire, je suppose que je n'ai plus qu'à m'installer chez vous.

— N'en faites pas tout un plat. Ce n'est pas si terrible.

— Si.

— En tout cas, pas question que j'emménage chez vous, dit-elle comme la serveuse lui apportait ses toasts.

— Ma garçonnière est sympa. Spartiate, mais sympa.

— J'aime vivre dans un cadre soigné, organisé, l'austérité me déprime.

Ils éclatèrent de rire. Elle n'avait jamais ri d'aussi bon cœur avec David. Pas même avec son père.

Ne fais pas la sotte, Iolana. Comporte-toi en adulte.

— J'aime ça, dit-il.

— Quoi ? Boire un café à 3 heures du matin ?

— Cette facette de vous. Pourquoi la cacher ?

Elle s'éclaircit la gorge pour se donner une contenance.

— Je ne vois pas de quoi vous parlez.

— Très bien.

Elle s'en voulut de l'avoir rembarré ; c'était sa meilleure défense mais soudain le toast avait un goût de carton dans sa bouche.

— Quand voulez-vous emménager ? demanda-t-elle pour changer de sujet.

— Après les noces, non ? Votre père est plutôt traditionnel.

— C'est vrai, dit-elle avec un soupir. Je suis épuisée. Il faut que je rentre me reposer.

— Je vous raccompagne.

— Ramenez-moi à l'hôpital. Je dois récupérer mon véhicule.

— D'accord.

En regagnant la voiture, elle se sentait nerveuse, comme après un rendez-vous qui aurait mal tourné. Mais il n'y avait pas eu de rendez-vous. Ils n'étaient liés que par un plan tordu, elle ne devait pas l'oublier.

4.

Le jour des noces approchait, mais pendant la semaine Lana fit son possible pour éviter Andrew. Au Kahuna Café, il avait réveillé en elle des émotions troublantes, longtemps refoulées pour ménager son père dont elle ne voulait pas décevoir les attentes.

Quand sa mère avait quitté la maison peu après la naissance de Jack, Lana avait pris le rôle de la maman. Pour le bonheur des siens, elle avait enfoui son chagrin et sa colère au plus profond d'elle-même. Une seule personne avait percé sa carapace en l'éveillant à des sentiments inédits pour elle : David. Avec un résultat désastreux.

Son frère et son père passant leur temps à se chamailler, elle avait appris à aplanir les choses entre eux, endossant tour à tour le rôle de médiatrice et celui de conciliatrice. Pour que tout le monde soit heureux, elle était prête à tout.

Même à porter une robe de mariée qu'elle détestait.

— Ça fait rêver, non ? murmura Sophie, sa belle-mère, en caressant le tissu de sa main manucurée.

Tu veux que je porte ça ?

Mais Lana ne dit rien. Préserver la paix. Surtout préserver la paix. La robe n'avait rien de hideux, mais… elle n'avait pas l'habitude d'en porter, voilà tout. Surtout une robe ivoire à dos nu, garnie de dentelle et ornée de perles !

Elle avait manqué le bal de fin d'études parce que son père assistait à une conférence et qu'il fallait garder Jack. De toute façon, Cendrillon ne l'avait jamais fait rêver. Elle préférait les tuniques de chirurgie et les combinaisons de surf aux parures de princesse.

Tu as pourtant rêvé de robes de mariée avec David…

Sophie fronça les sourcils.

— Tu ne l'aimes pas, n'est-ce pas ?

— Si, si… Seulement je n'avais pas prévu…

… de me marier après ce cuisant échec avec David. Au cours d'une vraie cérémonie. Avec Andrew, qui plus est !

— Je voulais juste passer devant le maire. Sans tralala.

— C'est pour ça que *je* m'en charge, dit Sophie en souriant.

Sophie n'était pas sa mère, mais, ces quinze dernières années, elle avait été ce qui s'en rapprochait le plus pour Lana. Elle était entrée dans leur vie quand Lana était partie poursuivre ses études en Californie. Et elle ne pouvait s'empêcher de se demander si son père ne s'était pas remarié pour que quelqu'un s'occupe de Jack en son absence.

Tu es injuste. Papa aime Sophie, et toi aussi !

— Elle me plaît, Sophie. Sincèrement.

Ravie, Sophie applaudit, et remit la robe dans sa housse.

— J'ai aussi ta tenue pour le gala.

Lana réprima un grognement. La soirée de collecte de fonds avait lieu la veille du mariage. Deux robes de fête en l'espace de vingt-quatre heures. Dur, dur.

Mais, quand sa belle-mère sortit de la housse un long fourreau en dentelle bleu roi, elle en resta bouche bée. La robe était magnifique.

— Celle-ci te plaît davantage, à ce que je vois, dit Sophie avec malice.

— Je ne peux pas la mettre pour le mariage ?

— Ta robe de mariée doit être ivoire, pour un mariage sur la plage au coucher du soleil. C'est la tradition, tu sais combien ton père y tient, dit Sophie en rangeant la robe dans sa housse. Je garde la robe de mariée à la maison mais, comme le gala est demain, je te laisse celle-ci.

— Merci, Sophie, dit Lana avec une gratitude sincère.

— Avec plaisir, répondit Sophie en l'embrassant.

Après son départ, Lana, déstabilisée par l'imminence de ce simulacre de cérémonie, se laissa choir dans le fauteuil de son bureau.

Trop tard.

On frappa, et Andrew entra. Elle sursauta. Pendant la semaine, elle l'avait croisé plusieurs fois et l'avait ignoré. Mais là, pas moyen de lui échapper. Elle était piégée.

— Qu'est-ce qui ne va pas ? demanda-t-il en fermant la porte.

— Rien.

— On dirait que vous êtes sur le point d'exploser.

Parce que c'est le cas.

— Ça va. Je suis juste occupée. Que puis-je pour vous ?

— Je voulais vous consulter au sujet d'un patient.

Elle le fixa, interdite. Il s'adressait toujours à son père pour avoir un avis, jamais à elle, ce qui d'ailleurs la blessait. Elle était chef de l'orthopédie et passait beaucoup plus de temps que son père au bloc opératoire. Pourtant, ses collègues la consultaient rarement.

— Mon père n'est pas disponible ?

— Si, mais je voudrais avoir votre avis.

— Pourquoi ? demanda-t-elle, méfiante.

— Pourquoi cela vous met-il aussi mal à l'aise ?

— Je ne suis pas mal à l'aise.

— Bien sûr que si.

— Vous ne m'avez jamais demandé mon avis au sujet de vos patients… Vous vous êtes toujours adressé à mon père.

— Je ne vous avais jamais vue opérer. En vous regardant intervenir sur ce fémur, j'ai été impressionné.

— Comme c'est gentil de votre part.

Il leva les yeux au ciel avec exaspération.

— Très bien. Je veux avoir votre opinion pour faire bon effet, car vous avez été distante cette semaine et les gens l'ont remarqué. C'est ça que vous voulez entendre ?

— Je veux la vérité, dit-elle avec un sourire suave.

— Vous êtes horripilante ! Je vous ai dit la vérité. Vous êtes une chirurgienne hors pair.

— Dans ce cas, pourquoi refusez-vous de me laisser examiner votre épaule ? Elle vous fait souffrir ?

La mâchoire d'Andrew se durcit.

— Mon épaule va bien. Elle est juste un peu tendue.

— Je pense…

— Je vous dis qu'elle va bien, coupa-t-il sèchement.

— Allons voir votre patient.

Il acquiesça, évitant son regard. Elle s'en voulait de l'avoir poussé dans ses retranchements, mais pourquoi était-il aussi chatouilleux sur le sujet ? Son épaule avait peut-être simplement besoin de kinésithérapie, mais il semblait avoir renoncé à se soigner.

Cela dit, elle aussi avait renoncé à beaucoup de choses dont elle ne voulait pas parler parce qu'elles étaient trop douloureuses. Elle refusait qu'on se mêle de ses affaires, et Andrew, à en juger par sa réaction, ne tenait pas non plus à ce qu'elle s'immisce dans sa vie.

— Quel est le problème de votre patient ? demanda-t-elle comme ils remontaient le couloir côte à côte.

— Il est arrivé avec ce qui semblait une simple luxation de l'épaule, mais les radios ne sont pas claires. Je crois qu'il va falloir l'opérer ; si j'essaie de remettre l'épaule en place manuellement, je crains qu'elle ne se déboîte de nouveau ou perfore le poumon.

— Il a précisé comment c'était arrivé ?

— Au golf. C'est un touriste français.

— Il parle anglais ?

— Il le parlait jusqu'à ce que je lui donne des calmants, répondit-il avec un sourire amusé. Depuis, il baragouine des choses bizarres…

À leur arrivée dans la salle d'examen, le patient adressa un grand sourire à Lana.

— *Monsieur, je vous présente ma collègue le Dr Haole, qui vient examiner votre bras*, dit Andrew en français.

— *Ah, quelle belle femme !*

— Qu'est-ce qu'il dit ? demanda Lana.

— Que vous êtes belle.

— Il est clairement shooté, fit-elle entre ses dents en enfilant une blouse et des gants.

— Pourquoi cette réaction ? Vous êtes attirante, Lana. Calmants ou pas, le patient dit la vérité. Vous êtes très belle.

Elle sentit ses joues s'empourprer et détourna la tête.

Tu es belle, Lana. Sexy. Nous allons bien ensemble et nous formerons un couple influent. Nous n'avons pas besoin d'amour. Ça ne te suffit pas ?

Des compliments creux. C'était tout ce dont David était capable. Quant à Andrew le play-boy, cela faisait partie de son jeu de séduction. Elle s'éclaircit la gorge.

— Demandez-lui de lever le bras, voulez-vous ?

Lana avait balayé le compliment du patient comme si seul un drogué pouvait la trouver séduisante. C'était grotesque.

Elle était sublime. Raison pour laquelle la perspective d'un mariage de convenance avec elle effrayait tant Andrew. Saurait-il se tenir s'il se retrouvait seul avec elle hors des limites de l'hôpital ?

Il avait conscience du danger que représentait sa beauté. Près d'elle, il se faisait sans cesse violence pour ne pas la prendre dans ses bras et l'embrasser à perdre haleine. Mais elle lui était interdite.

Et ils se mariaient dans deux jours.

Les relations suivies n'étaient pas pour lui, et il ne ferait pas souffrir Lana. Elle méritait mieux que ce qu'il avait à lui offrir. C'est-à-dire rien.

En acceptant de se prêter à cette parodie de mariage, elle lui rendait un service dont il ne pourrait jamais la dédommager. Sinon en gardant ses distances, malgré son envie de se rapprocher d'elle. Son sang bouillait à la seule pensée de la prendre dans ses bras, de glisser les doigts dans ses longs cheveux soyeux, d'embrasser ses lèvres roses…

Un hurlement l'arracha à ses pensées.

— *Merde, merde, merde…*, bredouillait le patient.

— *Pardon, monsieur, c'est bientôt fini*, dit vivement Andrew.

Lana aida l'homme à changer de position pour qu'il ne se fasse pas mal.

— J'imagine qu'il jurait…

— Vous comprenez le français, en fait, répondit Andrew, moqueur, en préparant une injection de morphine.

— L'examen est terminé.

Andrew traduisit, et le patient se détendit.

— Eh bien, quel est le verdict ?

Il l'avait déjà compris aux cris de l'homme. Ce n'était pas une banale luxation de l'épaule.

— Il faut opérer, dit-elle, ôtant ses gants dans un claquement. Je vais préparer la salle d'op, vous pouvez vous charger des bilans préopératoires et prévenir les proches.

— Entendu. Autre chose ?

— Accompagnez-moi au bloc. Vous avez une formation en chirurgie, vous pourrez me conseiller.

Ce n'était pas une requête déraisonnable. Cet homme était son patient et Andrew avait la qualification chirurgicale nécessaire, mais il n'exerçait plus pour une bonne raison. Il n'était pas prudent de lui confier un scalpel. Et il redoutait sa réaction en pénétrant dans une salle d'opération. L'afflux des souvenirs, de ses espoirs détruits à cause d'une erreur stupide qui avait coûté la vie à sa sœur et ruiné son rêve de devenir champion du monde de surf… Le bloc, ce lieu qu'il adorait entre tous, lui faisait maintenant horreur.

— Je n'ai pas le droit d'exercer la chirurgie ici, dit-il dans l'espoir que cela découragerait Lana.

— Je ne vous demande pas de m'assister, mais c'est aussi votre patient.

Elle avait raison, mais il ne pouvait simplement pas entrer au bloc. Même si cela lui manquait. Même s'il avait été un sacrément bon chirurgien avant que son épaule soit détruite. Quand ses mains pouvaient tenir correctement les instruments.

Que son dos n'était pas strié de cicatrices, séquelles de son opération bâclée.

Il aimait tant ce lieu magique où il pouvait se consacrer au travail qu'il adorait. Un travail excitant, stimulant, qui l'ancrait dans la réalité. Source, comme le surf, de sensations fortes quand il défiait la vague sur sa planche.

Aujourd'hui, il ne pouvait plus faire ni l'un ni l'autre.

Mais, au moins, il pouvait coacher Jack. Et, en tant que médecin du sport, l'emmener jusqu'au championnat du monde. À condition que Lana et lui mènent ce simulacre de mariage jusqu'à son terme.

— Je regrette, Lana, mais je ne peux pas. J'ai d'autres patients à voir. Je suis de garde ce soir.

— Bien. Alors occupez-vous simplement des examens préopératoires et prévenez la famille. Et mettez le patient sous antibiotique.

Je sais.

— Entendu.

Elle inclina la tête et sortit. Lui resta là, son bon bras tenant fermement le porte-bloc tandis que l'autre tremblait, trahissant une faiblesse qui lui faisait horreur.

L'opération se déroula sans incident. Plusieurs fois, Lana leva les yeux vers la galerie d'observation, mais Andrew n'y était pas. À l'évidence, le bloc opératoire lui faisait peur.

Que s'était-il passé ?

Elle savait qu'il avait été un chirurgien de renom au Canada. Novateur, révolutionnaire. Pourquoi avait-il abandonné la chirurgie ?

Il avait, dans le domaine de la chirurgie osseuse, mis au point et donné son nom à une méthode originale très utilisée au Canada et aux États-Unis. Mais il n'avait montré cette technique à personne à Hawaï. Et son refus persistant de mettre les pieds au bloc rendait Lana perplexe. Cela avait-il un rapport avec l'épaule et le bras qui semblaient tant le faire souffrir ?

Tension musculaire, tu parles !

Dès que son patient fut sorti de la salle de réveil et sous la garde d'une infirmière parlant couramment français, Lana put enfin rentrer chez elle.

Après avoir récupéré ses affaires — robe du soir comprise —, elle passait devant la salle de repos des médecins quand son attention fut attirée par la lueur tremblotante de la télévision. Elle jeta un coup d'œil à l'intérieur.

Andrew était absorbé par la retransmission d'une demi-finale de surf. Elle était trop loin pour voir qui était le surfeur chevauchant l'énorme vague, mais elle grimaça quand il tomba de sa planche. Aïe…

Andrew éteignit la télévision et enfouit son visage dans ses mains, puis les glissa dans ses cheveux en jurant.

Elle recula vivement. Elle ne voulait pas qu'il la surprenne en train de l'épier. Elle avait déjà assez de mal à se concentrer quand il était dans les parages. Il était dangereux pour elle.

Elle avait eu le cœur brisé par un mufle et avait retenu la leçon. Désormais, elle ne s'approchait plus d'hommes comme Andrew Tremblay.

Sauf que tu l'épouses dans quarante-huit heures.

Elle secoua la tête. Il fallait qu'elle sorte d'ici.

Heureusement, elle était de repos le lendemain. Après une bonne nuit de sommeil, elle foncerait à la plage, sa planche sous le bras, et, pendant un moment, elle oublierait tout.

Faute de temps, il y avait longtemps qu'elle n'avait pas surfé, mais elle avait vraiment besoin de se défouler, de se décharger de sa frustration et de la tension sexuelle qui la minait depuis qu'elle voyait régulièrement Andrew.

Elle ne pouvait pas revenir sur leur arrangement. Et tant pis si elle avait des regrets. Elle devait aller jusqu'au bout des douze mois imposés par ce mariage de convenance, c'était à ce prix qu'elle ne décevrait personne.

Elle devrait juste faire l'impossible pour ne pas succomber au charme d'Andrew Tremblay.

C'était plus facile à dire qu'à faire.

5.

C'était une journée idéale pour surfer. La mer, le soleil, et la brise. La lumière se reflétait sur l'eau en se fragmentant, comme autant de diamants qui scintillaient au soleil.

Seules ombres à ce tableau idyllique pour Andrew, sa maudite épaule, et le gala auquel il devait accompagner Lana ce soir.

En voyant les belles vagues, il regretta d'avoir donné quartier libre à Jack, mais il avait besoin de vingt-quatre heures de détente pour se recentrer.

La veille, après avoir esquivé une nouvelle opération, il avait regardé du surf à la télévision, ce qui ne lui était pas arrivé depuis longtemps. Une rediffusion de ses exploits avant l'accident. L'époque où il était insouciant, où Meghan était en vie. Où il était encore chirurgien, et pas une moitié d'homme. Où le monde lui appartenait.

Pourquoi, mais pourquoi avait-il regardé ça ?

Tu es tordu, voilà pourquoi.

À présent, arpentant la plage à cette heure matinale, il se torturait encore en contemplant les vagues qui déferlaient du Pacifique. Il aurait voulu annuler la soirée avec Lana, mais il était allé trop loin pour revenir en arrière.

Le gala serait leur premier vrai test depuis l'annonce de leurs fiançailles, la preuve qu'ils formaient un vrai couple.

Alors qu'il scrutait l'océan avec nostalgie, il vit un surfeur ramer vers le rivage et hisser sa planche hors de l'eau.

Il étouffa un juron. Il était venu faire le vide pour se préparer à la comédie de ce soir avec Lana, et voilà qu'elle jaillissait des vagues, comme lors de leur première rencontre. Sa combinaison à manches courtes épousait ses formes, et ses longs cheveux noirs ruisselaient sur ses épaules, les gouttes d'eau scintillaient sur sa peau comme des diamants. Il se rappela la première fois qu'il l'avait vue, deux ans plus tôt, et l'attirance immédiate qu'il avait ressentie pour elle, avant d'apprendre qu'elle était la sœur de Jack, donc taboue.

Ressaisis-toi.

Lana leva la tête et ses yeux s'agrandirent de surprise.

— Andrew ?

Il ne pouvait pas partir en courant. Il agita la main et alla vers elle, veillant à garder une certaine distance.

— Bonjour, Lana. Belle matinée, n'est-ce pas ?

Quel commentaire original !

— En effet. Je ne m'attendais pas à vous trouver ici. Jack m'a dit qu'il avait sa matinée, il profite de ma piscine.

— J'espérais qu'il irait au moins à la salle de gym.

— Il faut l'y conduire, si vous voulez qu'il y aille.

— Je ne pensais pas non plus vous voir ici, Lana.

— J'ai ma journée, je voulais me vider la tête avant ce soir.

Elle se pencha pour défaire la sangle autour de sa cheville, et il capta une odeur de noix de coco et d'eau salée. Un parfum qui évoquait l'été, le sable et le surf, toutes ces choses qu'il aimait tant.

— Comment étaient les vagues ? demanda-t-il, conscient de la médiocrité de sa conversation.

— Géniales. Je regrette de ne pouvoir passer la journée ici, mais je dois me préparer pour la soirée.

— Le gala, oui…

— À quelle heure passez-vous me prendre ?

— Je dois passer vous prendre ? bredouilla-t-il, perplexe.

— Ça ferait bizarre si mon fiancé ne m'accompagnait pas au gala, non ?

— Je pensais que vous y alliez avec votre père…

— En général, oui, mais cette fois n'est-il pas logique que j'y aille avec mon fiancé ?

— Oui, admit-il nerveusement. Mais j'ai l'habitude de vous voir accompagnée de votre père.

— Je l'ai prévenu que je renonçais à la limousine pour partager la voiture de mon *fiancé*. Il en a pris bonne note, dit-elle, les yeux pétillants de malice.

Cette Iolana malicieuse et drôle lui plaisait. Il aimait cette pétulance inhabituelle.

— Vous avez raison, dit-il. À quelle heure dois-je venir vous chercher ?

— Je dois arriver tôt, dit-elle en mordillant ses lèvres sensuelles qu'il rêvait de mordre. 19 heures, ça vous va ?

— Parfait, mais je ne sais toujours pas où vous habitez. Je devrai le savoir si je m'installe chez vous après le mariage.

— Venez, suivez-moi.

Glissant sa planche sous le bras, elle se dirigea vers une volée de marches en bois qui serpentaient dans les buissons et débouchaient sur une habitation qui ressemblait à une cabane dans les arbres. Il adorait cette maison.

— C'est chez vous ? demanda-t-il, surpris.

Il l'imaginait plutôt vivre dans un petit cottage pittoresque, propre et soigné. Elle était trop raisonnable pour occuper une cabane dans les arbres.

— Oui. La maison était à ma grand-mère qui me l'a léguée.

— J'ai toujours admiré cet endroit.

Elle déverrouilla un râtelier où étaient rangées des planches de surf et y glissa la sienne avant de le refermer.

Reprenant leur ascension, ils arrivèrent sur une terrasse en bois avec une vue imprenable sur la mer mais protégée des ardeurs du soleil par une épaisse frondaison de palmes et de fougères formant une véranda naturelle.

— Vous avez une piscine ici ? demanda-t-il, surpris.

Ils se trouvaient presque au-dessus des arbres, comment était-ce possible ?

— Il y a un bassin de nage et un jacuzzi sur le devant. La demeure est sur deux niveaux, la cuisine et le séjour sont à l'étage, et les chambres au rez-de-chaussée avec la piscine, à hauteur de la route.

— J'espère que Jack fait des longueurs. Il doit renforcer la musculature de ses épaules.

— J'en doute, répondit-elle en attachant ses cheveux avec une pince. Il barbote probablement dans le jacuzzi.

Elle était en train de défaire la fermeture de sa combinaison. Gêné, il détourna les yeux pendant qu'elle retirait le vêtement de néoprène. Il eut le temps d'apercevoir son corps souple et bronzé, aux proportions parfaites, dans son bikini.

Il s'obligea à fixer les frondaisons.

— Ça va ? demanda-t-elle.

— Oui, j'admirais la vue. J'adore cette canopée luxuriante.

— Venez, allons voir si Jack s'entraîne. J'en profiterai pour vous montrer votre nouveau logement.

Risquant un œil, il vit qu'elle avait enfilé une robe bain de soleil sur son maillot, mais l'image de son corps restait imprimée sur sa rétine. Pourquoi fallait-il qu'il soit si attiré par elle ? Ils avaient seulement conclu un marché.

— Il y a une chambre d'amis ici. Elle est petite mais je pense qu'elle vous conviendra, dit-elle en ouvrant la porte d'une pièce contiguë au séjour. Elle a sa salle de bains et donne sur l'océan.

Il fit le tour de la pièce des yeux. Pourvue d'un lit, d'une coiffeuse, et d'un cabinet de toilette avec douche, la chambre bénéficiait d'une vue imprenable.

— C'est parfait. Merci.

— Il n'y a pas de quoi. Nous devons vivre ensemble, je ne vais pas vous loger dans l'appentis. Même si je suis tentée, dit-elle, les yeux pétillants. Venez, allons voir la piscine.

Il la suivit, jetant au passage un coup d'œil à la cuisine et au salon qui se partageaient un grand espace ouvert. C'était épuré, moderne, mais le vase de fleurs et quelques touches ici et là apportaient au lieu de vie une note résolument féminine.

Pour sa part, il rangeait ses livres dans des caisses en plastique, et son futon était isolé du sol par des cales qu'il avait trouvées. Il avait les moyens de s'offrir un beau logement et de jolies choses, mais il préférait vivre ainsi. Il voulait pouvoir fourrer ses affaires dans un sac à dos et partir sans se retourner. Il aimait l'idée que toute sa vie tienne dans le coffre de sa voiture.

Les possessions contraignaient les gens. C'étaient de véritables fardeaux. Il ne voulait pas de ça. Mais, en traversant la maison de Lana, il éprouva un sentiment oublié. L'impression d'être à sa place. Et il prit peur.

Il ne méritait pas de connaître le bonheur et la sécurité. Il se demandait souvent pourquoi il avait continué à vivre alors que Meghan était morte. Il aurait mieux valu qu'il meure dans l'accident et qu'elle vive. Elle avait un tel potentiel.

Ils prirent un escalier pour rejoindre le rez-de-chaussée. Là, un autre petit espace de vie donnait sur le patio du devant, clôturé par un mur noyé sous la verdure. Derrière Andrew se trouvaient deux portes qui devaient desservir la chambre de Lana.

Elle fit coulisser la baie vitrée donnant sur la piscine.

— Jack ne fait pas de longueurs, j'avais raison.

Andrew laissa ses yeux s'accoutumer à la lumière du soleil. Au fond du patio protégé par une véranda, Jack, les yeux clos, barbotait effectivement dans le jacuzzi.

— J'espère que tu portes un short ! lui cria Lana.

Jack sursauta et Andrew lui fit signe.

— Salut, Jack. Alors, c'est comme ça que tu améliores ta force musculaire ? Je pensais te trouver en train de nager.

— Tu es là ? dit Jack. J'ai un short, j'ai retenu la leçon.

— Que lui avez-vous fait, Lana ? demanda Andrew.

— Un jour où je recevais des amies, Jack était dans le jacuzzi à écouter de la musique dans ses écouteurs, et j'ai caché ses vêtements. Il a dû traverser la cour dans le plus simple appareil, tout le monde a bien ri.

— C'est cruel. Rappelez-moi de ne jamais vous contrarier.

— Trop tard, dit-elle, avant d'éclater d'un rire contagieux. Mais vous ne risquez rien. À condition de ne pas trop m'énerver.

— Je ne peux vous le promettre, dit-il avec un clin d'œil.

Jack noua une serviette autour de sa taille et vint vers eux.

— Je croyais que tu allais surfer, Lana ?

— Je l'ai fait, pendant deux heures. Quand je serai mariée, tu ne pourras plus venir flemmarder chez moi, tu sais.

— Et où irais-je ?

— Dans mon appartement, puisque je vais m'installer ici, dit Andrew.

— Non, merci. Ne te vexe pas, mais ton logement devrait être déclaré inhabitable.

Andrew sourit avec indulgence.

— Si tu faisais quelques longueurs de piscine ? Je te regarde.

Jack accepta avec réticence.

— Je vous laisse, je vais prendre ma douche, dit Lana.

Elle disparut dans la maison et referma derrière elle. Andrew s'efforça de ne pas penser à son corps nu ruisselant sous le jet d'eau…

— Tu as hâte d'être au gala de ce soir ? demanda Jack.

— Non. Je n'ai même pas de smoking.

— Tu peux emprunter le mien. J'irai le chercher chez papa. Il devrait t'aller.

— Merci.

— Pas de quoi, dit Jack en se glissant dans la piscine. Combien de longueurs ?

— Cinquante, répondit Andrew.

Il s'assit sur une chaise longue et contempla la maison. Il n'avait pas envie d'aller à ce gala, mais il faisait l'effort pour Lana, la fille du grand patron du service de chirurgie.

Tout le monde devait le croire digne d'elle, même si c'était loin d'être le cas.

Lana aimait la robe, mais elle se sentait mal à l'aise dedans. Elle se rendait généralement à ces soirées de gala avec son père et sa belle-mère, vêtue d'une simple petite robe noire agrémentée de perles et chaussée d'escarpins plats.

Même avec David, ces réceptions étaient plus des dîners d'affaires qu'autre chose pour elle.

— *Tu vas vraiment mettre ça ?*
— *Quoi ? J'aime bien cette tenue.*
— *Tu me fais honte, quelquefois. Dieu merci, tu es jolie.*

Elle s'en voulait encore d'avoir laissé David lui faire du mal, de ne pas avoir décelé son insensibilité évidente pour tout le monde, d'avoir été aussi pathétique.

Elle chassa ces pensées. Il y avait longtemps qu'elle n'était pas sortie avec un homme. David l'avait dégoûtée du sexe opposé, et son poste de chef du service d'orthopédie ne lui laissait guère de temps pour les frivolités.

Les hommes s'intéressaient à son physique et à son argent mais, dès qu'ils s'apercevaient qu'elle avait un cerveau et que sa carrière passait avant tout, ils comprenaient que sa fortune et sa beauté ne suffisaient pas. On la qualifiait de froide, de frigide même, et cela lui convenait parfaitement. Elle n'avait pas besoin d'un homme pour être heureuse, raison pour laquelle l'attitude de son père l'avait tant déçue. Il ne lui avait jamais témoigné pour sa carrière l'enthousiasme dont il avait fait preuve pour son mariage. Elle était blessée qu'il ait une aussi piètre opinion d'elle, qu'il soit incapable de l'imaginer heureuse autrement que mariée. Il l'avait déjà fait avec David, et voilà qu'il recommençait.

Mais ce mariage n'était pas réel, elle devait absolument s'en souvenir. Quand, dans un an, elle annoncerait à son père que c'était fini avec Andrew, il le prendrait sûrement mal. Elle redoutait sa pitié, elle n'avait vraiment pas besoin de cela. Mais elle ne devait pas se laisser déstabiliser. Le scandale serait encore pire si elle se dégonflait maintenant et qu'Andrew était expulsé et renvoyé au Canada.

En entendant sonner, elle prit une profonde inspiration. Après un dernier coup d'œil dans la glace, elle lissa sa robe et alla ouvrir.

Andrew était en retard, ils allaient se faire remarquer en arrivant à la soirée.

— Il était temps…

Les mots moururent sur ses lèvres. Il avait coiffé ses cheveux blonds avec soin, il était rasé de près et portait des lentilles de contact. Elle n'avait pas l'habitude de le voir sans ses lunettes cerclées de noir.

Le smoking lui allait bien. Il semblait coupé pour lui, et avait plus d'allure sur lui que sur Jack.

— Ouah ! murmura-t-il. Vous êtes resplendissante.

— Merci, répondit-elle en rougissant. Vous aussi.

Il s'inclina légèrement.

— Vous êtes prêt ? demanda-t-elle d'une voix tremblante. Je suis un peu nerveuse.

— Pas moi. Je sais affronter la foule. Puis-je vous escorter jusqu'à la limousine ? demanda-t-il en lui offrant son bras.

— La *limousine* ? demanda-t-elle, abasourdie.

— Oui. Je voyais mal la fille du chef de chirurgie arriver dans ma voiture. Et, avec votre robe, c'est plus adapté.

Elle prit son bras et ils rejoignirent l'automobile. Le chauffeur ouvrit la portière, et Andrew aida Lana à s'installer avant de s'asseoir à côté d'elle.

Sitôt la portière refermée, il sortit une bouteille de champagne et remplit deux flûtes.

— J'ai l'impression d'aller à mon bal de fin d'études, dit-elle, amusée.

— Vous aviez une limousine et du champagne, pour votre bal de fin d'études ?

— Mes amies, oui. Je n'y suis pas allée, mais j'ai piqué du champagne dans la cave de mon père. Mon seul acte de rébellion, j'en ai peur.

Il lui adressa un clin d'œil et leva sa flûte en souriant.

— Eh bien, à la vôtre.

— À la vôtre, dit-elle, portant son verre à ses lèvres. Et votre bal à vous ?

Il rit doucement.

— Je n'avais pas de limousine. Après le bal, mes copains et moi avons fait un feu de joie dans les bois avec nos copines. Nous vivions dans une petite ville, il n'y avait pas grand-chose à faire. Nous avons effrayé les filles en leur faisant croire qu'il y avait des ours, pour qu'elles se blottissent contre nous.

— Et il y avait des ours ? demanda-t-elle en riant.

— Probablement, car j'ai grandi dans le nord de l'Ontario, mais ils gardent généralement leurs distances.

— C'est amusant, un feu de camp.

— On en fera un quand on sera mariés.

— Vous faites des projets maintenant ? dit-elle, surprise.

— C'est vous qui trouvez les feux amusants, et vous avez l'endroit idéal pour ça.

— Je redoute la journée de demain…

— Moi aussi, répondit-il, posant sa flûte et sortant un écrin de sa poche. C'est pour vous.

Elle prit la petite boîte en velours.

— Qu'est-ce que c'est ?

— Votre bague de fiançailles, dit-il négligemment.

Elle faillit la lâcher. Elle posa son verre et contempla l'écrin. Ce simulacre de mariage devenait trop réel pour elle.

Sentant sa nervosité, il reprit la boîte, l'ouvrit, et en sortit un très beau solitaire qu'il glissa à son annulaire.

— Vous tremblez, dit-il dans un murmure en lui caressant la main.

— Je ne m'attendais pas à ça.

— À quoi ? demanda-t-il avec douceur sans lâcher sa main.

— À la bague, bien sûr.

— Eh bien, nous sommes fiancés. Et vous en avez exigé une, si mes souvenirs sont bons.

Levant la tête, elle plongea les yeux dans son regard bleu si intense. Elle aimait qu'il la touche. Ce simple contact lui donnait l'impression d'être vivante.

— Elle est splendide, dit-elle dans un souffle.

Il se pencha pour chuchoter à son oreille :

— Pas autant que la propriétaire de la main qu'elle orne.

Que dire ? On ne lui avait jamais fait ce genre de compliment et elle était pétrifiée, prise au dépourvu.

Elle prit conscience qu'elle retenait son souffle, attendant un baiser qui ne vint pas car, déjà, la limousine s'arrêtait devant l'hôtel où avait lieu le gala.

— Je crois que nous sommes arrivés, dit Andrew en lâchant sa main. Vous êtes prête ?

Non.

— Oui, je crois.

Le chauffeur ouvrit la portière et Andrew descendit pendant que l'homme aidait Lana à sortir de la voiture. Puis Andrew prit la main de Lana.

Tout cela n'était qu'une mascarade.

La bague était réelle, pas l'engagement qu'elle impliquait. Il n'y avait aucune sincérité là-dedans, l'estomac de Lana se révulsait à cette pensée. Elle n'avait pas envie de jouer la comédie ce soir, mais elle avait fait une promesse à Jack et à Andrew. Dans l'intérêt de l'hôpital et de son jeune frère.

Jack serait heureux. Son père aussi. Tout le monde le serait, sauf elle. Comme d'habitude. Alors, pourquoi était-ce si dur pour elle ? En quoi était-ce différent de tout ce qu'elle faisait d'ordinaire pour réconcilier son frère et son père ?

Elle l'ignorait. Mais, ce soir, elle devait être vigilante pour ne pas tout gâcher, car, que cela lui plaise ou non, elle se mariait demain.

Pour le meilleur ou pour le pire.

6.

Andrew ne put détacher les yeux de Lana de toute la soirée. Gracieuse et posée, elle le rendait étrangement fier alors qu'elle n'était rien pour lui. À peine une amie.

Menteur.

Il avait envie d'elle. Il la désirait comme il n'avait pas désiré une femme depuis longtemps. Elle l'avait toujours attiré, mais ne s'était jamais intéressée à lui. Et puis il y avait eu ce moment dans la limousine où elle avait tremblé à son contact. Il avait senti son corps s'embraser. Son sang bouillir.

La regarder évoluer parmi les invités de la soirée attisait encore son désir.

Je ne la mérite pas. Pourtant elle serait à lui, sous un prétexte.

Il but une gorgée de vin, sans la quitter des yeux. Quand il l'avait vue en tenue de soirée, il avait eu un choc. La robe la couvrait plus que le bikini, mais elle mettait chaque courbe de son corps en valeur, excitant encore plus son désir. Et cette couleur bleue lui allait à ravir, elle faisait ressortir l'éclat de ses yeux sombres. Le Dr Iolana était une créature magnifique, et demain elle serait sienne.

Faux. Ce mariage est une farce. Et tu es indigne d'elle.

— Vous avez offert une très belle bague à ma fille, dit le Dr Keaka Haole en s'approchant.

Andrew se tourna vers lui.

— Merci, monsieur. Votre fille mérite le meilleur.

— Je suis d'accord, dit Keaka avec un sourire. Vous ferez un bon mari, et un bon père un jour.

Andrew faillit s'étrangler.

— Navré de vous avoir pris de court, Andrew, dit Keaka en riant, mais j'espère bien avoir des petits-enfants à qui transmettre mon héritage.

— Ce n'est pas prévu dans un avenir proche, monsieur.

Andrew ne voulait pas d'enfants. Il refusait d'en avoir sans savoir ce qu'était un bon père. Jamais il ne saccagerait la vie de ses rejetons comme son père l'avait fait avec sa sœur et lui.

Et toi, tu n'as pas saccagé la vie de ta sœur ?

— L'existence réserve bien des surprises, dit Keaka. Moi non plus, je ne projetais pas d'avoir Iolana et Keaka junior, pourtant c'est arrivé.

Andrew savait que la décision lui appartenait. Même s'il voulait désespérément faire l'amour à Lana, il ne le ferait pas, ce qui réglait la question des enfants.

— J'ai hâte que vous soyez de la famille, Andrew… Je crois que vous tenez vraiment à elle. Contrairement à David.

Andrew était au courant de l'histoire avec David Preston. Lana y apparaissait comme une créature pitoyable, et David comme une sorte de héros. En l'utilisant pour servir sa carrière, David avait blessé son amour-propre… Et brisé son cœur ?

N'es-tu pas en train de faire de même ?

Il se sentit coupable. Lana avait cru à l'amour de David. Andrew ne prétendait pas l'aimer, mais leur relation n'était pas plus authentique.

— Merci, monsieur, dit-il, priant pour que le père de Lana ne remarque pas son malaise.

— Appelez-moi Keaka… Vous êtes un atout pour l'hôpital, Andrew. Vous exerciez la chirurgie au Canada, et j'aimerais que vous reconsidériez votre position ici.

— Vous avez lu mon dossier. J'ai été blessé à l'épaule et l'opération a été bâclée. Je ne peux plus tenir un scalpel.

— Vous savez qui pourrait arranger cette épaule abîmée ?

— Oui. Vous êtes le meilleur.

— Je suis bon, mais Lana peut la réparer. Dommage que vous soyez sur le point de vous marier ; désormais, elle ne pourra jamais vous opérer.

Andrew fit mine d'approuver, c'était une bonne excuse pour qu'on le laisse tranquille avec cette épaule et qu'on ne le harcèle plus pour qu'il reprenne la chirurgie. Il était un bon médecin. Il n'avait pas besoin d'opérer.

Menteur. Ça te manque.

— J'aimerais que vous enseigniez la fameuse procédure Tremblay à nos équipes. Au moins en simulation.

— J'y réfléchirai, répondit Andrew en posant son verre de vin. Maintenant, si vous voulez bien m'excuser, Keaka, je vais faire danser votre fille.

Keaka sourit, et Andrew fendit la foule pour mettre un peu de distance entre lui et son patron. Et futur beau-père. Qui posait trop de questions pour sa tranquillité d'esprit. Il déplorait déjà que Keaka senior soit au courant pour son épaule. Il ne voulait surtout pas que Lana le plaigne, il s'apitoyait assez sur lui-même.

Elle se tourna vers lui en souriant, les yeux brillants.

— Vous voulez danser ? demanda-t-il.

Le cœur battant, il lui tendit la main. Il avait envie de l'embrasser. D'où lui venait cette pulsion ?

— Je ne danse pas.

— Ce soir, si, dit-il, et sans attendre sa réponse il l'entraîna sur la piste et la fit tournoyer avant de l'attirer contre lui pour un slow langoureux. Ouah, je ne m'étais pas aperçu que vous étiez aussi grande avec ces talons.

— Nous sommes de la même taille, alors, oui, ils me donnent un avantage. Je porte des souliers plats d'habitude. Vous vous sentiriez mieux si je me déchaussais ?

— Peut-être, mais ce serait inconvenant.

— Ah ? Et qu'est-ce qui est convenable, monsieur le récupérateur de caisses en plastique ?

Il éclata de rire.

— Je les apporterai chez vous. Rectification, chez *nous*.

— Pas question ! fit-elle avant d'éclater de rire. Je déraille complètement en pensant à la journée de demain !

— Tout ira bien, dit-il, promenant la main dans son dos nu, dont la peau douce se hérissa de chair de poule.

— Arrêtez, chuchota-t-elle.

— Pourquoi ? demanda-t-il en retirant sa main. Désolé, c'est plus fort que moi. Vous êtes si belle.

— Docteur Haole ? Excusez-moi. Il y a un appel pour vous de l'hôpital. C'est urgent.

— J'attends ici, dit Andrew.

Elle acquiesça sans le regarder. Pourvu qu'il ne l'ait pas contrariée.

— Docteur Haole à l'appareil.

Lana se concentra sur l'appel pour oublier les sensations troublantes que la légère caresse d'Andrew avait éveillées en elle. Elle aspirait à plus. Elle voulait qu'il l'embrasse. Elle devait absolument se contrôler.

D'après l'interne, la clavicule fracturée d'un patient lui avait perforé un poumon. On s'était occupé du poumon, il fallait maintenant renforcer la clavicule avec des vis et des plaques, la fracture était vilaine.

— Dites au Dr Young que j'arrive tout de suite.

— L'autre poumon est endommagé, on va peut-être devoir couper l'autre clavicule pour enlever quelque chose fiché dans l'épaule du patient.

— Ne touchez à rien tant que je ne suis pas là. Vous avez compris, docteur ? Ce n'est pas la solution.

— Oui, docteur Haole.

— Je suis là dans dix minutes. Veillez à ce que le patient reste stable.

Elle raccrocha et retourna auprès d'Andrew.

— Je dois retourner à l'hôpital, ou le Dr Young va casser la clavicule d'un patient. Elle est peut-être compétente en chirurgie générale, mais elle n'est pas orthopédiste.

Il hocha la tête.

— Très bien, dit-il. Expliquez la situation à votre père pendant que je cherche une voiture.

Elle se fraya un chemin dans la foule. Son père, comme les autres chirurgiens présents, avait un peu trop bu. Elle était pratiquement la seule à être sobre. Même David chancelait à l'autre bout de la salle, ce dont sa nouvelle conquête ne semblait pas ravie. Mais il était neurologue, pas orthopédiste.

Comme toujours, elle seule avait un comportement responsable. Elle n'avait bu qu'un peu de champagne avec Andrew, trois heures auparavant. Avant d'entrer au bloc, elle prendrait un café pour dissiper le peu d'alcool restant dans son organisme. Elle était la seule à pouvoir prendre cette intervention en charge.

Elle retrouva Andrew devant l'entrée de l'hôtel.

— Un taxi nous attend, dit-il.

Il l'aida à monter dans le véhicule et donna ses instructions au chauffeur pendant qu'elle ôtait ses bijoux et les glissait dans sa minaudière. En route vers l'hôpital, elle natta ses cheveux et les tordit en chignon sur son crâne. Il ne lui restait plus qu'à ôter sa robe et ses escarpins dans son bureau, et à enfiler sa tenue opératoire.

Puis elle baissa les yeux sur sa bague de fiançailles, dont le diamant scintillait de mille feux à la lueur des réverbères. Elle ne voulait pas risquer de la perdre.

— Épinglez-la à votre tunique de chirurgie, dit Andrew, auquel son regard n'avait pas échappé. Les infirmières du bloc agrafent la leur sur leur cœur.

— D'accord, je le ferai.

Le taxi les déposa devant l'hôpital. Laissant Andrew régler la course, elle se précipita dans son bureau. Mais, en voulant retirer sa robe, elle s'aperçut qu'elle n'arrivait pas à atteindre la fermeture. Puis elle sentit une main dans son dos.

— Laissez-moi vous aider, murmura Andrew.

Elle frissonna quand il dégrafa le crochet et baissa la fermeture Éclair. C'était un geste d'une intimité troublante. Le geste d'un amant, ou d'un mari.

— Merci, dit-elle en bredouillant.

— De rien.

Il enleva son nœud papillon et se débarrassa de sa veste. Elle sentit son cœur s'affoler, des pensées coquines lui traversèrent l'esprit. Il y avait une éternité qu'elle n'avait pas eu de contact physique avec un homme. Et cela ne lui avait pas vraiment manqué… jusqu'à maintenant.

Peut-être pouvait-elle se laisser aller avec lui. Une fois.

Arrête d'avoir ce genre de pensée ! Il n'est pas pour toi.

— Vous allez vous mettre en tenue opératoire ? demanda-t-elle, comme il ne semblait pas décidé à s'en aller.

— Oui… J'aimerais assister à l'opération, si ça ne vous gêne pas, et pas depuis la galerie d'observation, répondit-il, un peu pâle. Vous avez des tenues ici ?

— Seulement pour femmes, il y en a de plus grandes chez les internes.

— Très bien. Je vous rejoins en salle d'op.

Dès qu'il fut parti, elle retrouva une respiration plus normale. Il fallait qu'elle se concentre sur l'opération. Une clavicule brisée saillante, un poumon endommagé, et l'autre clavicule qu'il faudrait peut-être casser chirurgicalement pour enlever un objet fiché dans l'autre épaule ? L'intervention promettait d'être longue et complexe.

Pourvu qu'il soit possible d'enlever l'objet et de réparer la clavicule brisée sans avoir à casser quoi que ce soit.

Elle vivait pour son travail, une passion à laquelle elle avait consacré son existence. Elle avait toujours rêvé de voyager et de pratiquer la chirurgie orthopédique dans les pays du tiers-monde, mais son père avait d'autres ambitions pour elle. S'il investissait son argent dans de prestigieuses universités comme Standford pour elle, elle se devait d'être une chirurgienne de renommée mondiale, et il la formerait pour qu'elle lui succède un jour à la tête de l'hôpital.

Ce n'était pas ce qu'elle voulait, mais ce à quoi elle était destinée. Et, si elle se sentait piégée par la façon dont son père avait planifié sa vie, au moins pouvait-elle exercer la chirurgie et venir en aide aux autres.

Elle inspira profondément dans l'espoir de se détendre et épingla sa bague de fiançailles sur sa tunique.

Depuis la salle de stérilisation, elle vit les chirurgiens en traumatologie s'affairer autour du patient qui s'était empalé sur un piquet métallique.

— C'est moche, dit Andrew en se savonnant les avant-bras à côté d'elle.

Elle secoua ses mains mouillées.

— Ravi que vous ayez suivi mon conseil pour la bague, dit-il.

— Tout le monde va la voir, fit-elle en grommelant.

— La blouse la cachera, répondit-il avant de se pencher vers elle avec un sourire charmant. D'ailleurs chacun sait qu'on est fiancés.

— Vous êtes prêt à entrer en salle d'op ?

— Pourquoi ne le serais-je pas ?

— C'est la première fois que vous y mettez les pieds depuis votre arrivée. D'où ma surprise que vous m'assistiez aujourd'hui.

Il fronça les sourcils, ses yeux se rétrécirent.

— Vous ne voulez pas que je sois là ?

— Au contraire. Je serai ravie que vous m'assistiez.

— Aucun acte chirurgical, juste de l'observation, hein ?

— Je n'ai pas oublié.

Quand elle pénétra en salle d'opération, le changement de température lui arracha un frisson. Il faisait d'autant plus frais qu'elle venait d'une soirée surchauffée. Aidée par l'infirmière du bloc, elle enfila en grelottant sa tenue opératoire et ses gants.

— Pardon de vous avoir arrachée à votre gala, docteur Haole, mais vous étiez probablement le seul chirurgien orthopédique sobre à dix kilomètres à la ronde, dit le Dr Young.

— Je suis de garde, docteur Young.

Le Dr Young ne releva pas et continua à travailler sur le poumon endommagé.

— J'ai bientôt fini. Vous allez pouvoir réparer la clavicule.

— Allez-vous enlever le corps étranger qu'il a dans l'autre épaule ?

— Pour ça, il faudrait que je casse l'autre clavicule, et vous ne voulez pas qu'on la touche, rétorqua le Dr Young d'un ton moralisateur.

Plus âgée qu'elle, le Dr Young avait été chirurgienne traumatologue à l'étranger, quand elle était dans l'armée. À l'époque, elle pratiquait probablement ce type d'intervention seule, mais, ici, les procédures orthopédiques dépendaient exclusivement de Lana.

— On a des images récentes ? demanda celle-ci.

— Voilà, docteur Haole, dit un interne en allumant le négatoscope pour lui montrer les radios.

— On dirait que l'objet s'est logé près de l'articulation acromio-claviculaire et de la clavicule, dit Andrew.

Lana acquiesça.

— Une chance qu'elle ne soit pas luxée.

— Le Dr Young craignait surtout qu'en déplaçant l'objet on abîme le poumon, dit l'interne, le Dr Page.

— Si j'arrive à démettre l'articulation de manière contrôlée, on pourra le déloger sans endommager le poumon et réparer l'articulation sans toucher à la clavicule.

— Je suis d'accord, dit Andrew. Je l'ai déjà fait.

— Vous êtes sûrs ? dit le Dr Young. Je ne tiens pas à venir réparer les dégâts quand vous aurez abîmé le poumon.

— J'ai déjà réparé un poumon, le Dr Page m'aidera le cas échéant. Je ne doute pas qu'il en soit capable.

— Puisque vous êtes aussi confiante dans ses capacités, j'ai terminé, dit le Dr Young.

Puis, posant ses instruments, elle quitta la pièce.

Lana ne fit pas de commentaire. Le Dr Young ne faisait confiance qu'aux chirurgiens ayant au moins quinze ans d'expérience. Et le père de Lana n'arrangeait rien en surveillant la plupart de ses interventions. Le Dr Young lui envoyait des piques parce qu'elle était la fille du grand patron.

— Quelle diva ! dit Andrew à voix basse.

— Docteur Page, dit Lana, voulez-vous m'assister ?

— Oui, docteur Haole !

— Préparez-vous.

Le Dr Page passa aussitôt une tenue opératoire. Lana aurait préféré qu'Andrew l'assiste, mais il restait devant le négatoscope sans bouger.

La procédure était délicate, mais c'était le seul moyen de déloger l'objet de l'épaule du patient sans abîmer l'articulation, casser la clavicule ou abîmer les poumons. Lana prit une longue inspiration et jeta un coup d'œil à Andrew. Elle avait rarement pratiqué cette procédure, et toujours en présence de son père qui l'assistait systématiquement lors des opérations difficiles. Si elle faisait la moindre erreur…

— Tout ira bien.

La confiance d'Andrew lui causa un choc, et apaisa ses doutes. Cela l'effraya un peu, mais lui fit plaisir.

Elle attendit que le Dr Page la rejoigne devant la table d'opération. On approcha les radios pour qu'elle observe l'objet de près. Puis on alluma le fluoroscope pour faire apparaître les articulations de l'épaule. Après l'extraction de l'objet, elle réparerait la luxation, puis s'occuperait de la clavicule cassée. Une longue et douloureuse rééducation attendait le patient.

La nuit serait longue. Elle espérait simplement pouvoir dormir un peu pour ne pas avoir les yeux cernés à son mariage.

— Vous êtes prête, docteur Haole ? demanda le Dr Page.

— Oui, répondit-elle, tendant la main vers l'infirmière. Scalpel…

7.

Fuir.

Ce fut la première pensée d'Andrew, mais il ne pouvait pas faire cela à Lana. Il tira sur son col trop serré. Il étouffait.

Il avait pourtant porté sans problème ce smoking la veille. Mais aujourd'hui, planté sur la plage près de Jack et d'un pasteur, avec l'océan derrière lui et des inconnus assis de part et d'autre de l'allée délimitée par des flambeaux, il avait l'impression que son col rétrécissait à vue d'œil.

— Arrête de tirer dessus, Andrew, fit Jack à voix basse.

— Il me gêne, répondit-il en le triturant de nouveau.

— Pourquoi es-tu aussi nerveux ?

Andrew ne répondit pas. Il était encore fatigué de l'opération pourtant familière de la veille, et son bras l'élançait, lui rappelant l'accident.

— Meghan, tu devrais attacher ta ceinture.

— Ça va. Il faut juste que j'enlève mon manteau... Oh ! mon Dieu... Andrew ! L'élan !

Il grimaça, croyant encore entendre le hurlement.

Si seulement son chirurgien lui avait fait ce que Lana avait si magnifiquement réussi. Les articulations et les muscles de ses épaules avaient été déchirés quand on l'avait extirpé de l'amas de tôles. Son omoplate fracassée avait été mal réparée. Il s'estimait chanceux d'avoir encore son bras.

Chanceux, oui...

— C'est toi qui aurais dû mourir !

— Il y avait un élan, papa. Je n'ai pas pu...

— *Je m'en fiche. Tu aurais dû mourir. Pas elle. Tu l'as tuée.*

Pendant toute l'opération, il avait observé le travail de Lana avec respect et admiration. Avant de commencer, confiante en lui, elle avait cherché son regard pour être rassurée. Il y avait longtemps qu'il n'avait pas eu ce genre de connexion avec quelqu'un. C'était perturbant.

Il était parti sitôt l'intervention terminée. Lana éveillait en lui des sentiments qui l'effrayaient. Mais il allait l'épouser, et n'avait aucun endroit où se cacher.

Tant d'émotions se bousculaient en lui. Quand il avait envisagé de se marier pour rester à Hawaï, il n'éprouvait que de l'attirance pour Lana. Glaciale avec lui, elle l'agaçait, et il savait que c'était réciproque.

Leurs rapports se limitant à une froide politesse, il n'avait jamais craint de s'attacher à elle en l'épousant, tant il avait été certain de pouvoir partir sans se retourner le moment venu.

Seulement il avait commencé à apprécier sa compagnie. Elle ne lui était plus aussi indifférente. C'était dangereux.

Ce n'est pas un vrai mariage. C'est platonique.

Sauf qu'à cet instant ces noces lui semblaient très réelles. Sophie Haole, la belle-mère de Lana, y avait veillé. Le regard d'Andrew se posa sur les flambeaux fichés dans le sable et les invités qu'il ne connaissait pas. Il n'avait aucune famille ici. Les siens ne se souciaient pas de lui.

Le soleil couchant glissait dans l'océan, et le vent se levait, faisant vaciller les flammes des torches.

De nouveau, il eut envie de fuir. Mais ce serait humiliant pour Lana. Il devait tenir bon.

Une musique douce s'éleva dans l'air du soir. Malgré sa furieuse envie de prendre ses jambes à son cou, il ne bougea pas. Puis il vit Lana et ne pensa plus à fuir.

Il en oublia même de respirer.

Oh ! mon Dieu.

Elle était magnifique. D'une beauté à couper le souffle.

Il comprit alors qu'il avait un gros problème.

Radieux, le Dr Haole donnait le bras à sa fille ; ils avançaient lentement entre les deux rangées de flambeaux. Sous son voile, Lana semblait hébétée. Il n'était manifestement pas le seul à avoir peur. Mais, comme elle approchait, un sourire se dessina sur les lèvres d'Andrew. Soudain, il se sentait bêtement heureux, sans savoir pourquoi.

— *Tu n'es qu'un idiot !* avait joyeusement gloussé Meghan comme ils sortaient du cinéma.

— *Allons, tu es heureuse que je sois rentré au bercail, avoue-le !* avait-il rétorqué en enlaçant sa sœur.

— *C'est vrai. Tu m'as manqué. Ça a été affreux ici sans toi.*

— *Eh bien, ça va changer. Maintenant que tu fais tes études à Vancouver, tu vas pouvoir vivre avec moi. Je prendrai soin de toi, Meghan.*

— *Promis ?*

— *Promis.*

Il avait failli à sa promesse. Mais il tiendrait celle qu'il avait faite à Jack.

Le Dr Haole lui confia la main tremblante de Lana.

— Ça va ? chuchota Andrew comme celui-ci s'éloignait.

— Qu'est-il arrivé à notre petit mariage simple à la mairie ? répondit-elle en souriant.

— Rien n'est simple avec nous.

Ils rirent, et la tension retomba. L'officiant s'avança, et la cérémonie commença. Fasciné par la beauté saisissante de Lana, Andrew écoutait d'une oreille distraite.

Elle rayonnait. Était-ce dû à la lumière déclinante du soleil ou à sa robe ? Il n'aurait su le dire, mais il ne pensait qu'à une chose, elle allait être sa femme.

Pourtant elle ne serait pas à lui. Il n'y aurait pas de lune de miel. Pas de nuit de passion. Lana ne serait sienne que sur le papier. Il ne pourrait jamais la prendre dans ses bras ni lui faire l'amour. Leur marché avait une date d'expiration.

— Andrew Francis Tremblay, voulez-vous prendre Iolana Sarah Haole pour légitime épouse ?

— Oui.

La réponse était venue avec une facilité qui le choqua. Dire qu'il avait craint de ne pas pouvoir proférer ce mensonge !

— Iolana Sarah Haole, voulez-vous prendre Andrew Francis Tremblay pour légitime époux ?

— Oui, murmura-t-elle.

Elle pressa sa main, et il se sentit moins seul.

— Vous avez les alliances ? demanda l'officiant.

Jack les leur remit. Andrew glissa l'alliance à l'annulaire de Lana, qui lui passa au doigt l'épais anneau d'or. Il était lourd. Gênant. Comme une entrave.

— Par les pouvoirs qui me sont conférés par l'État d'Hawaï, je vous déclare mari et femme. Vous pouvez embrasser la mariée.

Le sang battant à ses oreilles, il souleva son voile.

Juste un baiser pour sceller notre accord. C'est tout.

Lana le regarda, ses yeux sombres démesurément agrandis pétillant dans le crépuscule. Il inclina la tête et l'embrassa. Une décharge électrique le parcourut. Et, tandis que les applaudissements crépitaient, il comprit qu'il ne se contenterait pas d'un seul baiser.

Dans un état second, Lana glissa sa main dans celle d'Andrew et ils passèrent entre les deux rangées d'invités sous une pluie de pétales de fleurs. Le baiser d'Andrew brûlait encore ses lèvres. Et elle aspirait à plus encore.

Baissant les yeux, elle fut choquée de voir l'alliance briller à son doigt. Elle avait l'impression qu'elle ne lui appartenait pas plus que sa bague de fiançailles.

— Vous tremblez encore, dit-il comme ils se dirigeaient vers une grande tente de réception, sur le golf d'une résidence hôtelière de luxe dominant l'océan.

— Je suis en état de choc… C'est *vraiment* arrivé ?

— J'en ai peur, dit-il en baisant sa main. Au fait, merci.

— De quoi ?

— De m'avoir épousé, répondit-il avec sincérité.

Elle rougit et détourna les yeux.

— De rien.

— Vous êtes coincée avec moi maintenant, fit-il pour alléger la tension.

— Je peux en dire autant. Au fait, merci pour la bague. *Les* bagues, dit-elle comme ils arrivaient devant la tente.

— Votre belle-mère s'est donné du mal.

— C'est son métier, j'imagine qu'elle me considère comme son chef-d'œuvre.

— Mais un *luau* ? Une fête traditionnelle ? Je croyais que votre père détestait les attractions touristiques.

— En général oui, mais il aime les *luaus*. Et il obtient toujours ce qu'il veut, dit-elle avec un soupir.

Elle n'avait pas eu son mot à dire. Depuis qu'Andrew avait annoncé leurs fiançailles, son père avait pris les choses en main, comme d'habitude. Elle soupira. Toute sa vie, on lui avait dicté ses faits et gestes. Elle aspirait à un mariage simple, mais n'avait même pas choisi sa robe.

Cela étant, elle n'avait même pas voulu ce mariage, alors pourquoi reprocher à son père d'avoir planifié ce qui n'était qu'une comédie pour la galerie ?

— Qu'est-ce que *vous* vouliez ? demanda-t-il.

— Simplement passer devant le maire, répondit-elle, peu habituée à ce qu'on lui demande son avis.

— Non, je veux dire, de quoi aviez-vous envie ? De quoi rêviez-vous quand vous étiez enfant ?

Elle avait oublié ses rêves. Elle n'y avait pas pensé depuis ses dix ans, quand sa mère était encore là et qu'elle pouvait se contenter d'être une petite fille.

En partant, sa mère avait emporté ses souvenirs d'enfant. Ses espoirs, ses rêves, ses illusions. Lana avait mûri et était devenue pragmatique. Elle avait endossé pour ses proches les rôles de pacificatrice et de mère.

— Je voulais me marier sur la plage, au milieu des licornes.

— Pas de *luau* ? demanda-t-il en riant.

— Non. De la pizza, et des caisses de soda.

— Chouette.

— Très chouette. Puis une lune de miel dans un château, mais j'imagine que ce golf aurait pu faire l'affaire.

— Ce serait agréable d'y passer une ou deux nuits.

Elle s'empourpra. Avant qu'elle ait pu répondre, Sophie passa la tête par l'ouverture de la tente.

— Vous êtes prêts à entrer ?

Andrew prit la main de Lana. Elle serra ses doigts tandis qu'on les conduisait dans la partie réception, où on annonça l'arrivée du docteur et de Mme Tremblay. Elle grinça des dents ; elle aussi était docteur, mais son père était trop vieux jeu pour la présenter comme tel.

Après une danse traditionnelle exécutée par les Polynésiens engagés par son père, ils furent conduits à la table principale, où son père accueillit chaque invité. Haïssant l'attention dont elle était l'objet, Lana se contenta de jouer les potiches. Elle avait l'impression d'évoluer dans un brouillard, elle se sentait tellement coupable de tromper ses proches.

Tout le monde apprécia le buffet, Andrew compris, mais elle trouva un goût de cendre à tous les mets qu'elle goûta. Lasse de jouer la comédie, elle aspirait à la fin de cette farce. Mais, après le dîner suivi de nouvelles festivités, un orchestre se mit à jouer.

— C'est le moment de notre première danse, dit Andrew.

— Notre quoi ?

— Notre première danse comme époux, dit-il, se levant et lui tendant la main. Qu'en dites-vous, madame Tremblay ?

— C'est *docteur* Tremblay, dit-elle avec malice.

Elle prit sa main et se leva. Il l'entraîna sur la piste, l'attirant contre lui pour évoluer au rythme de la musique.

— J'aime danser avec vous, Lana.

— On le fait souvent, ces temps-ci. Je ne crois pas avoir autant dansé de toute ma vie.

— Vous vous en plaignez ?

— Non, répondit-elle, plantant son regard dans ses yeux bleus. Pour quelqu'un qui a passé sa jeunesse devant des feux de camp à boire de la bière et à séduire les filles, vous êtes plutôt bon danseur.

— Les filles aimaient danser autour du feu. Je ne détestais pas les tenir dans mes bras, mais je préfère vous tenir *vous*.

Elle rougit. Était-il sincère ? Après tout, ils jouaient la comédie devant un public.

Mais, pour une fois, elle s'en moquait. Elle avait besoin qu'on la touche, ce moment volé avec un homme qui lui plaisait était le bienvenu. Un moment hors du temps, où elle n'était pas la raisonnable et ennuyeuse Iolana.

— Ça va ? demanda-t-il. Vous avez l'air triste, tout à coup.

— Je suis juste fatiguée. Je n'ai pas eu le temps de me reposer après l'opération d'hier soir.

— Vous voulez vous éclipser tôt ?

— On s'apercevrait de notre absence. C'est notre mariage.

— Les gens s'amusent, ils ne remarqueront rien. Partons d'ici pour trouver un peu de paix et de tranquillité.

Elle jeta un coup d'œil à sa famille et à ses amis, qui semblaient effectivement bien s'amuser.

— Allons-y, dit-elle impulsivement.

Ils quittèrent discrètement la réception. Jamais elle n'avait quitté une fête de son père ; cet acte de rébellion avait quelque chose d'excitant.

Ils prirent un escalier privé pour accéder à la suite nuptiale qui avait été préparée pour eux. Les baies vitrées de la terrasse étaient ouvertes sur l'océan, où se reflétait la pleine lune. Les palmiers se balançaient sous la brise, et leur bruissement se mêlait aux flonflons distants de l'orchestre.

Il y avait du champagne sur de la glace, des fraises enrobées de chocolat, et l'immense lit était jonché de pétales de rose. La chambre avait été préparée pour des amoureux. Pas pour des imposteurs.

— Votre belle-mère a mis le paquet, dit Andrew avec un sifflement.

— Typique de Sophie.

Il défit son nœud papillon et déboutonna sa chemise. Elle sentit les battements de son cœur s'accélérer. Il y avait si longtemps qu'elle n'avait pas été intime avec un homme. Contre toute logique, elle avait envie qu'il la touche. L'intermède dans ses bras sur la piste de danse avait été doux. Réconfortant.

— Ce col était trop serré, dit-il, retirant sa veste et retroussant ses manches de chemise.

Elle fut déçue qu'il garde son gilet, mais c'était probablement mieux ainsi. Il se dirigea vers la terrasse, et elle remplit deux flûtes de champagne. Puis, se déchaussant, elle le rejoignit dehors et lui tendit un verre.

Il la remercia et but une gorgée, appuyé à la rambarde. Elle baissa les yeux vers la réception qui battait son plein sur le green.

— Il y a un feu sur la plage, là où ils ont rôti le porcelet.

— C'est beau. Désolé qu'il n'y ait pas de licorne, dit-il avec un clin d'œil, ses yeux bleus pétillant dans la pénombre.

— Ce n'est pas grave. Au moins, nous avons une belle vue.

L'océan brillant comme du verre reflétait la lune argentée, les palmiers oscillaient doucement dans le vent, et les flammes des torches tremblotaient contre le ciel nocturne.

— Ce n'est pas la vue que je contemple…

Il la regardait fixement, et elle sentit un délicieux frisson lui parcourir le dos. Elle avait envie de lui. Elle obtenait rarement ce qu'elle voulait, elle était trop timide avec les hommes qui lui plaisaient. Et David avait détruit son estime de soi.

Andrew était lui aussi un play-boy. Mais ils étaient mariés. Et adultes. Pourquoi ne se ferait-elle pas pour une fois plaisir ?

Elle posa sa flûte et s'approcha de lui. Il la dévisagea, immobile. Alors, gagnée par l'atmosphère irréelle, elle l'embrassa. D'abord très doux, le baiser se fit plus sensuel, plus dangereux. La bouche d'Andrew s'ouvrit, sa langue s'enroula autour de la sienne. Il glissa une main dans ses cheveux, l'autre autour de sa taille, et la plaqua contre lui. À l'évidence, il la désirait autant qu'elle.

Pourquoi ne pouvaient-ils pas se laisser aller, pour une fois ? Pourquoi devait-elle toujours se conformer aux règles ?

Après tout, les gens couchaient ensemble tout le temps. Elle n'avait pas besoin d'offrir son cœur à Andrew. Seulement son corps, et seulement pour cette nuit.

Elle le désirait depuis leur première rencontre. Même quand il l'énervait. Même s'il n'était pas pour elle.

Le baiser prit fin, mais il ne la lâcha pas.

— J'en ai très envie, Andrew.

— Vous êtes sûre ?

— Oui.

— Je ne veux pas… Je vous désire aussi, Lana, mais…

— Je sais que cela n'engage à rien, et ça me convient très bien. Je n'attends rien de plus. Si ce n'était pas le cas, je m'abstiendrais, sachez-le.

— Très bien, dit-il, un peu déconcerté.

— Je ne souffrirai pas, Andrew. Pourquoi ne pouvons-nous pas simplement passer ce moment ensemble ?

— Lana, je…

Elle l'embrassa pour lui imposer le silence.

— Je vous désire, Andrew. Faites-moi l'amour.

— Je ne peux pas. Je veux… Je ne peux pas.

Il s'arracha à elle et quitta la terrasse.

Assommée, elle resta pétrifiée jusqu'à ce que la porte de la suite ne claque. Alors elle se sentit stupide et fondit en larmes. Quelle mouche l'avait piquée ?

Elle n'avait pensé qu'à elle. À son intolérable solitude.

Elle n'aurait jamais dû tenter le sort.

Chaque fois qu'elle s'y risquait, elle se brûlait les ailes.

8.

La requête de Lana avait pris Andrew au dépourvu mais ne lui avait pas déplu. Au contraire. Il ne s'attendait pas à cela de la part de la Iolana sage et prudente qu'il connaissait, mais plus il la fréquentait, plus il prenait conscience de l'ardente passion qui couvait sous sa froide réserve.

Il avait très envie d'explorer cette facette d'elle mais, s'il s'y risquait une fois, il voudrait davantage, il le savait. Aussi quitta-t-il la chambre, la mort dans l'âme. Se ruant vers la plage, il chercha un endroit calme où apaiser ses sens bouleversés, mais il était obsédé par la sensation des lèvres de Lana sur les siennes. La douceur de son corps dans ses bras. Sa voix implorante le suppliant de lui faire l'amour.

Il ne pouvait pas. Même s'il le voulait.

Après un long moment, il regagna la chambre. Il espérait que Lana dormait déjà, mais il la trouva assise sur le canapé, une flûte de champagne à la main. Elle tourna la tête quand il entra, elle avait des traces de larmes sur les joues.

Il eut l'impression de recevoir un uppercut en pleine poitrine. Il lui avait fait du mal.

— Je ne m'attendais pas à ce que vous reveniez, dit-elle calmement.

— J'avais simplement besoin d'être seul un moment.

— Je vois.

— Il faut que nous parlions, Lana.

— De quoi, grands dieux ? Vous n'avez pas envie de moi, vous n'avez pas à vous en excuser. C'est moi qui ai voulu franchir les limites que nous avions fixées. Pas vous.

— Il ne s'agit pas de ça.

— Comment cela ?

Elle semblait perplexe.

— Je vous désire aussi, Lana. Comme un fou.

Et, même s'il savait qu'il ne fallait pas, il franchit d'un pas la distance qui les séparait et s'empara de sa bouche. Il s'attendait à ce qu'elle le repousse, mais elle se coula dans ses bras, et il sut qu'il était perdu.

Il ne lui échapperait pas ce soir. Il n'en avait pas la force.

Il la souleva dans ses bras et, l'emportant dans la chambre, l'étendit sur le grand lit. Il se pencha sur elle et l'embrassa, maudissant les couches de vêtements qui les séparaient.

Il voulait être peau contre peau avec elle. Pas de discours, seulement un désir brûlant pour guider leur passion. Elle devait ressentir la même chose, car elle commença à déboutonner son gilet et sa chemise.

— Retirons d'abord ta robe, murmura-t-il.

Elle se leva en souriant. Il la retourna et promena ses mains sur son dos nu pour en savourer la douceur. Elle frissonna et il adora voir son corps réagir à ses caresses.

Dégrafant sa robe au lourd tissu couleur ivoire, il descendit la fermeture Éclair.

Lana glissa ses bras hors du vêtement, qui tomba mollement à ses pieds. Il eut un choc devant le spectacle troublant de sa lingerie de jeune mariée, slip, porte-jarretelles, bas, bustier coquin…

Elle se retourna pour lui faire face, ses yeux noirs brillants du feu qui couvait en elle. Sous le regard qui la parcourait, une charmante rougeur envahit son long cou gracieux et gagna ses joues.

— À ton tour maintenant.

Elle finit de déboutonner sa chemise et la lui ôta, puis fit courir ses doigts sur son torse. Il sentit son corps tout entier s'embraser sous la caresse. Elle l'excitait tellement.

Un gémissement lui échappa quand elle ouvrit sa braguette, et il retira son pantalon et ses chaussettes. Il la coucha sur le lit et l'embrassa fiévreusement.

— Ce n'est pas pour gâcher l'ambiance, mais tu as des protections ? demanda-t-elle.

Il ne se rappelait pas avoir pris de préservatif, il ne s'attendait pas à avoir une relation sexuelle avec elle. Il fut soulagé d'en trouver un dans son portefeuille.

— Oui. Où en étions-nous ? demanda-t-il, la rejoignant sur le grand lit.

Elle prit son visage entre ses mains.

— Là…

Le baiser qu'elle lui donna enflamma son sang. Elle était moins nerveuse et semblait savoir exactement ce qu'elle voulait ; il ne la désira que davantage.

C'était la Lana pleine d'assurance qu'il côtoyait à l'hôpital. La femme sûre d'elle. S'il appréciait sa vulnérabilité, il aimait tout autant cet aspect de sa personnalité.

Comme elle caressait son dos, ses mains s'immobilisèrent sur sa cicatrice, l'effleurant sans s'y attarder.

Elle ne posa pas de question et il lui en fut reconnaissant. Il ne tenait pas à parler de cela maintenant. Il voulait se concentrer sur l'instant. Partager des sensations avec elle. Oublier tout le reste.

Il voulait s'enfouir en elle.

Il n'y avait plus qu'eux deux, cœur à cœur. Elle était toute à lui.

Il commença à caresser son corps et elle se cambra sous ses mains. Il avait envie de la prendre maintenant, mais il fallait qu'elle soit prête. Elle devait brûler pour lui autant qu'il se consumait pour elle.

Sans un mot, elle enroula ses jambes autour de ses hanches. Plantant son regard dans le sien, il mêla ses doigts aux siens et la pénétra d'un coup de reins.

La sensation fut si forte qu'il eut du mal à se contenir. Il n'avait jamais ressenti cela avec aucune partenaire, et l'effroi le saisit, lc grisant aussi. Il n'avait connu unc tcllc émotion qu'cn surfant, quand il était vraiment libre.

Lana le faisait se sentir libre.

Elle ne tarda pas à le rejoindre, et leurs bouches se mêlèrent dans le même cri d'extase.

Roulant sur le dos, il s'efforça de reprendre son souffle tandis qu'elle se blottissait contre lui.

Elle lui avait fait éprouver des choses qui le terrifiaient. Des choses qu'il ne voulait pas ressentir.

Il aimait sa vie solitaire. Pourquoi avait-il accepté ce mariage ? En la tenant dans ses bras dans cette suite nuptiale, il avait peur. Elle l'avait touché comme personne ne l'avait jamais fait.

Sauf sa sœur. Et il se sentait coupable.

— Ça va ? demanda-t-elle en se dressant sur un coude, ses longs cheveux noirs tombant en cascade sur ses épaules.

— Très bien, répondit-il avec un sourire.

— C'était super. Merci.

— C'est la première fois qu'on me remercie, dit-il, amusé.

— On m'a inculqué les bonnes manières, rétorqua-t-elle d'un ton railleur.

Il l'embrassa en riant.

— Très bien alors. Je prends.

— Et la cicatrice ?

Il se raidit.

— Eh bien ?

— On dirait que ça ne va plus, là…

— Je n'aime pas parler de ça.

— Qu'est-il arrivé ?

— Un accident.

— C'est à cause de ça que tu ne veux plus opérer ?

Avec un soupir, il la repoussa. Il se leva et enfila son pantalon sans la regarder pour ne pas être tenté de la rejoindre.

Elle l'attirait terriblement, mais elle voulait l'entraîner dans une conversation qui le mettait mal à l'aise. L'accident s'était produit, il avait mis fin à ses carrières de surfeur et de chirurgien. C'était fait. Inutile d'épiloguer là-dessus.

Il n'était que trop conscient des conséquences des accidents. La dernière fois qu'il avait essayé d'en parler, il avait été brisé par ses parents qui le tenaient pour responsable de la mort de sa sœur.

Ils l'avaient accusé de l'avoir *tuée*. Sa meilleure amie. La seule personne à avoir jamais été là pour lui, sa petite sœur bien-aimée.

En perdant sa famille, il avait appris à dissimuler ses émotions. À éviter les sujets douloureux.

C'était mieux ainsi.

— Je ne voulais pas te contrarier, Andrew, murmura Lana.

— Tu ne m'as pas contrarié, mentit-il.

— Je sais que ça te fait souffrir et que cette cicatrice est importante pour toi. Je veux juste t'aider.

— Tu ne peux rien y faire.

— Mais…

— Je ne veux pas en parler, fit-il d'un ton sec. C'est fait. Il est vain de discuter de choses qu'on ne peut changer.

Les sourcils froncés, elle entoura ses genoux de ses bras.

— Tu as raison. Parler ne résout jamais rien, n'est-ce pas ?

Il perçut le sarcasme. En un instant, la magie du moment s'évanouit.

Un mur les séparait de nouveau. Mais il le fallait, pour leur sécurité à tous les deux.

Il enfila ses chaussures et boutonna sa chemise.

— Où vas-tu ? demanda-t-elle.

— Faire un tour.

Elle hocha la tête sans le regarder.

— D'accord. Je crois que je vais me reposer.

— Bonne idée, répondit-il en quittant la pièce. À plus tard.

Il se détestait. Il détestait la faire souffrir, mais elle s'aventurait sur un terrain dangereux.

Tu veux dire que tu *t'aventures sur un terrain dangereux…*

Lana savait qu'elle avait pris un risque. Chaque fois qu'elle avait mentionné à Andrew sa douleur à l'épaule, il s'était refermé comme une huître. Pourquoi en aurait-il été différemment cette fois ? Elle s'en voulait de l'avoir questionné sur sa cicatrice.

Il avait évoqué un accident, mais que s'était-il passé ? D'après l'aspect de la cicatrice, l'épaule avait subi de multiples fractures, et l'opération avait été mal faite.

Tant qu'elle ne l'aurait pas examiné, elle ne pourrait que se perdre en conjectures. Mais, puisqu'il refusait d'aborder la question, elle n'insisterait pas. Pour ne pas provoquer de heurt, elle préférait se taire.

Elle alla prendre une douche. Ses bagages avaient été déposés dans le luxueux dressing, elle put se changer pour des vêtements confortables. Ignorant le lit qui semblait la narguer, elle gagna ensuite le coin salon et s'installa sur le canapé pour regarder la télévision.

Elle refusait de penser à ce qui s'était passé dans ce lit. Elle était contente que ce soit arrivé, mais elle ne voulait pas que cela plombe leurs rapports, car ils allaient devoir vivre et travailler ensemble pendant un certain temps.

Pour le reste du monde, ils devaient donner l'image d'un couple aimant et heureux.

La porte s'ouvrit et Andrew entra, les mains dans les poches, apparemment calmé.

— Je te dois des excuses, Lana. Je ne voulais pas partir en claquant la porte. J'avais besoin de me recentrer. Je ne suis pas habitué à partager ma vie. J'ai l'habitude d'être seul.

— Inutile de t'excuser. Nous sommes adultes l'un et l'autre.

Elle le comprenait. Même si son père et son frère n'étaient jamais loin, elle passait le plus clair de son temps seule, et elle appréciait que sa vie lui appartienne. Même si elle n'en disposait pas toujours comme elle voulait.

— Il vaut mieux se garder des jardins secrets, je regrette d'avoir été indiscrète.

Hochant la tête, il s'assit dans un fauteuil du salon.

— Je ne m'excuse pas pour ce qui s'est passé entre nous, dit-il. Et j'espère que tu ne le regrettes pas.

— Non. Et je le répète, il ne doit pas forcément y avoir autre chose entre nous. Nous agirons comme prévu jusqu'à ce que tu obtiennes ta carte verte. Et voilà.

Elle brûlait de savoir pourquoi il la tenait à distance mais, si elle remettait le nez dans ses affaires, il la questionnerait sur ses blocages. Et elle n'y tenait pas. Elle voulait seulement que la paix règne entre eux les douze prochains mois.

— Je te remercie d'être aussi compréhensive.

— Comme toi, je veux que cette année soit aussi paisible que possible. Nous trouverons un modus vivendi pour travailler et vivre ensemble tout en faisant croire à notre entourage que notre mariage est heureux.

— Nous n'avons jamais vraiment abordé la question de la fin.

La remarque la prit au dépourvu.

— En dehors du divorce ? Non, c'est vrai.

— Qu'est-ce qu'on va dire ? Et quand ? Juste après l'obtention de mon permis de séjour ?

— Pas juste après, ça semblerait suspect.

— Tu as raison.

— On verra pour le timing, mais il faudra trouver une raison plausible pour mettre fin au mariage. Mon père est resté avec ma mère alors qu'ils n'étaient pas heureux ensemble et, si elle n'était pas partie, je pense qu'il serait encore avec elle aujourd'hui.

— C'est terrible, dit-il, les sourcils froncés.

— On se marie pour la vie, déclara-t-elle, imitant le ton sentencieux de son père et provoquant l'hilarité d'Andrew. Alors, quelle raison pourrions-nous invoquer ?

— Je tiens à conserver l'estime de ton père, ce qui pourrait changer si nous divorçons.

— Tu veux dire *quand* ?

— Quoi ?

— Tu as dit *si* nous divorçons, au lieu de *quand*.

Une expression étrange passa sur le visage d'Andrew.

— Bien sûr. *Quand*.

— Tu pourrais ne pas vouloir d'enfants ? Ou j'angoisserais parce que mon père essaierait de me convaincre d'en avoir.

— Tu ne veux pas d'enfants ? demanda-t-il.

— Pas vraiment.

Persuadée depuis son histoire avec David qu'elle ne se marierait jamais et qu'elle n'aurait pas cette chance, elle se répétait ce mensonge. Et elle était convaincue qu'elle ne serait pas une bonne mère. Elle aimait trop sa carrière, comme sa mère, et ne voulait pas risquer d'abandonner un jour son enfant.

Il était plus facile de prétendre qu'elle n'en voulait pas.

— Tu pourras dire à ton père que je ne veux pas d'enfants, car c'est le cas. Je n'ai jamais été du genre paternel.

Elle hocha la tête.

— D'accord. Le moment du divorce dépendra donc de l'obtention de ta carte verte. Jusque-là, nous vivrons dans la même maison et travaillerons dans le même hôpital, et nous essaierons de mener une vie civilisée.

— C'est un bon programme.

Pourtant quelque chose la tracassait. Quelque chose de perturbant. En outre, elle était épuisée.

— Je crois que je vais aller dormir, dit-elle.

— Prends le lit, je coucherai dans le salon.

— Tu es sûr ?

— Oui. Tu as effectué une longue et éreintante opération chirurgicale hier. Passe une bonne nuit.

— Bonne nuit à toi.

Elle alla se coucher seule. Même si c'était prévu depuis le début, elle n'avait pas envie d'être seule dans son lit cette nuit. Elle voulait être avec Andrew mais, après la discussion qu'ils venaient d'avoir, c'était impossible.

Cela n'arriverait jamais. Ce mariage restait une union de convenance. Avec une date d'expiration.

Elle avait passé toute son existence seule, et il en serait ainsi jusqu'à la fin de ses jours.

9.

Un mois plus tard

C'est juste une indigestion. Ou le stress.

Lana fit la moue. C'était une explication plausible. Depuis sa nuit de passion avec Andrew, leur relation était tendue. Il passait peu de temps à la maison, mais ils étaient mal à l'aise quand ils se croisaient dans les couloirs.

Elle était embarrassée qu'il l'ait vue aussi vulnérable. Mais cette nuit d'amour avait été fantastique, et elle n'arrivait pas à l'oublier.

Elle ne pensait qu'aux mains d'Andrew sur son corps, à ses lèvres sur les siennes, au plaisir qu'elle avait ressenti. C'était comme une drogue.

Prise de nausée en traversant les urgences, elle porta la main à sa bouche et courut aussi vite qu'elle put aux toilettes. Les gens s'écartèrent sur son passage car elle vomissait régulièrement depuis ce matin. Elle ne gardait rien. Et des odeurs qui ne l'avaient jamais gênée avant lui soulevaient le cœur.

Elle n'avait pas de fièvre, elle avait simplement chaud et transpirait abondamment. Elle avait bien une idée de la cause de ces malaises, mais elle n'avait pas eu le temps de vérifier. Et franchement, cette perspective la terrifiait.

— Vous devriez rentrer chez vous, docteur Haole, lui dit Clarissa, l'infirmière en chef, en s'agenouillant près d'elle pour écarter ses longs cheveux et lui passer une serviette humide.

— Je ne suis pas malade, répondit Lana, soupirant d'aise au contact de la serviette fraîche sur son front. Juste un peu mal fichue.

— Je sais, dit Clarissa avec un sourire.

Lana s'essuya la bouche. La nausée passait. Elle poussa un soupir.

— Vous devriez prévenir votre mari et faire un test.

Lana ferma les yeux, prit une profonde inspiration, et regarda la surveillante qu'elle connaissait depuis longtemps. Elle faisait partie des rares personnes qui ne la jugeaient pas froide et sans cœur, et la considéraient comme une bonne chirurgienne plutôt que comme la fille du patron.

— Je ne peux pas l'être…

— Les médecins sont parfois obtus.

Lana prit une nouvelle inspiration. Elle avait commencé à avoir des soupçons deux ou trois jours plus tôt quand elle n'avait pas eu ses règles, d'ordinaire régulières.

Il a mis un préservatif.

Bien sûr, ce n'était pas infaillible.

Génial. Comment vais-je obtenir facilement le divorce maintenant ?

— Vous ne l'êtes peut-être pas, dit Clarissa. C'est peut-être le stress ou une gastro. Mais il vaut mieux faire le test.

— Pouvez-vous biper Andrew pour moi, s'il vous plaît ? Il faut que je me nettoie.

— Bien sûr. Je l'envoie aux urgences ou à votre bureau ?

— Qu'il vienne à la salle d'examen n° 5. J'attendrai avec un kit de labo. Il pourra me faire la prise de sang.

Clarissa hocha la tête, et sortit en refermant la porte des toilettes derrière elle.

Oh ! Seigneur.

Jamais ils ne convaincraient son père qu'ils devaient divorcer si elle était enceinte. Et elle ne voulait pas envisager un avortement. C'était son erreur, et elle assumait toujours ses erreurs. Une chose que son père lui avait apprise.

Je ne peux pas être enceinte.

Un bébé ne faisait pas partie de leurs plans, comment Andrew le prendrait-il ? Depuis leur nuit ensemble, leur relation était devenue très inconfortable.

Non, je ne peux pas être enceinte.

S'appuyant à la cuvette en porcelaine, elle se rafraîchit devant le lavabo puis prit la direction de la salle d'examen n° 5 en remerciant le ciel que ses nausées se soient dissipées. Les odeurs puissantes des urgences mêlées au désinfectant lui avaient soulevé le cœur. En chemin vers la salle d'examen, elle respira par la bouche pour ne courir aucun risque.

Lorsqu'elle ouvrit la porte, Andrew était déjà là.

— Tu vas bien ? demanda-t-il, les sourcils froncés.

Il s'était fait rare depuis leur nuit de noces. Quand il ne travaillait pas à l'hôpital, il était à la plage avec Jack et les sportifs qu'il entraînait pour le championnat de surf.

Il ne l'avait pas vue courir aux toilettes ces derniers jours. Cela valait mieux, la situation était assez tendue entre eux.

— Je ne sais pas, répondit-elle, saisie de vertiges, en prenant un siège. J'ai besoin que tu me fasses un test.

— Bien sûr. Quel genre de test ?

— Un examen sanguin pour déterminer le taux de gonadotrophine chorionique dans mon sang.

— Gonadotrophine chorionique…

Les yeux d'Andrew s'agrandirent, et il pâlit.

— Tu me demandes de te faire un test de grossesse ?

Il avait crié, et elle lui fit signe de parler moins fort.

Il glissa la main dans ses cheveux blonds, les yeux écarquillés derrière ses lunettes.

— Pardon, c'est juste… Je croyais qu'on s'était protégés.

— Ce n'est pas infaillible, tu le sais. Tu es médecin.

— Alors, tu as du retard ?

— Non, je suis pile à l'heure, dit-elle en haussant la voix. Excuse-moi…, reprit-elle plus calmement en passant la main sur son visage. Je ne me sens pas très bien depuis quelques jours. Mais ça pourrait être une intoxication alimentaire.

— D'accord, dit-il, hébété. Bon, je vais te faire une prise de sang et j'enverrai l'échantillon au labo.

— Merci. Si mon père apprend que je suis enceinte, il m'obligera à rester à la maison pour attendre et élever son petit-fils, dit-elle d'un air dégoûté.

Andrew fronça les sourcils.

— Les pères peuvent aussi prendre un congé de paternité.

Elle sentit son cœur se gonfler à la pensée qu'il pourrait prendre un congé pour s'occuper de leur bébé — dont elle n'était même pas encore sûre qu'il existe — avant de se rappeler leur conversation le soir de leur mariage. Il ne voulait pas d'enfants. Il l'avait dit clairement.

Et maintenant elle était probablement enceinte. Il ne semblait pas emballé par la perspective d'un congé de paternité, et elle se sentit coupable.

— Si je suis enceinte, tu ne… Je pourrai élever le bébé, dit-elle, habituée à endosser les responsabilités.

— Ne vendons pas la peau de l'ours avant de l'avoir tué.

— Tu as dit que tu ne voulais pas d'enfants.

— Je n'en veux pas.

Il enfila des gants chirurgicaux, et elle retira sa blouse. Nouant un garrot autour de son bras, il lui préleva un peu de sang, et étiqueta le tube.

— On sera bientôt fixés, dit-il d'une voix où perçaient l'inquiétude et la peur. Ça peut être tout autre chose.

— Croisons les doigts pour que ce soit une intoxication alimentaire alors ? dit-elle avec malice.

Il eut un sourire forcé. Il était visiblement aussi angoissé qu'elle.

— J'emporte l'échantillon au labo. Reste tranquille. Tu ne devrais pas travailler pour l'instant, surtout si tu vomis partout.

— D'accord.

— Je reviens dès que je peux.

Restée seule, elle s'allongea sur la table d'examen et contempla le plafond. Elle espérait qu'il s'agissait seulement d'un virus, cela faciliterait sa séparation avec Andrew dans un an. Mais, au fond d'elle-même, elle voulait avoir un bébé.

Un enfant gênerait sa vie professionnelle et compliquerait le départ d'Andrew, mais elle ne le forcerait pas à rester s'il ne voulait pas être père. En tout cas, elle ferait tout pour être la meilleure des mères.

L'enfant lui porterait un amour inconditionnel. Avec lui, elle aurait seulement à être un parent aimant.

Elle pouvait le faire.

Peut-être.

Et elle ne l'abandonnerait jamais.

Tu n'en sais rien. Ta mère t'a bien abandonnée.

Cette pensée l'atterra.

Dans l'attente du résultat, Andrew arpentait le couloir du laboratoire. Il avait prétendu qu'une patiente anonyme avait besoin d'une radio après une fracture du tibia, mais qu'elle craignait d'être enceinte, et qu'il lui fallait les résultats rapidement. La technicienne avait gobé l'histoire.

Il n'avait jamais voulu être père. Comment être un bon père quand on n'avait pas de bon exemple à suivre ?

Meghan t'aimait beaucoup.

Le souvenir de sa petite sœur lui fit l'effet d'un uppercut en plein cœur. Elle n'était jamais loin de ses pensées, mais, depuis son mariage avec Lana, elle surgissait sans cesse dans son esprit, lui rappelant les bons moments… et le soir tragique de sa mort. Il était en train de perdre le contrôle. Un contrôle durement gagné au prix de mois, d'années d'efforts.

« Tu n'es bon à rien ! Tu as toujours été égoïste, Andrew. Toujours ! »

Les paroles dc son père résonnaient encore dans sa tête, comme pour justifier l'échec de sa carrière de chirurgien et de surfeur, et sa solitude… Il méritait ce qui lui était arrivé. Si seulement il avait vu cet élan avant qu'il ne soit trop tard. S'il avait réagi différemment, plus vite…

— Docteur Tremblay, vos résultats sont prêts.

Andrew se retourna et remercia la technicienne. Il baissa les yeux vers le rapport mais ne put se résoudre à le lire sans Lana. Il regagna la salle d'examen où elle l'attendait. Elle se redressa lentement quand il entra.

— Eh bien ? demanda-t-elle.

— J'ai pensé que nous le lirions ensemble, répondit-il en lui tendant le papier.

Elle déplia la feuille, et le résultat leur sauta aux yeux.

Iolana était enceinte.

— Mon Dieu, souffla-t-elle. Nous avons fait attention…

— Comme tu le disais, les préservatifs ne sont pas infaillibles, marmonna-t-il, passant la main dans ses cheveux.

Qu'est-ce que je vais faire maintenant ?

Tout était sa faute. Il avait encore gâché une vie.

— Je suis désolé, Lana. Je sais que tu ne voulais pas d'enfants non plus.

— Eh bien, nous allons en avoir un, répondit-elle en se mordant la lèvre. Je ne m'en débarrasserai pas, ce n'est pas une option, sauf si ça s'avérait médicalement nécessaire.

— Je respecte ça. Alors, qu'est-ce qu'on fait ?

Au fond, il aurait aimé qu'elle le chasse. Qu'elle soit furieuse contre lui pour lui laisser une échappatoire. Ce serait mieux pour l'enfant. Il ne pouvait pas être père. Il ne savait pas comment faire. Il refusait de reproduire le schéma comportemental de son père indigne, mais, d'un autre côté, il n'avait aucune envie de quitter Lana.

— Je peux élever ce bébé toute seule. Ça ne change rien.

— Tu parles que ça ne change rien ! C'est aussi mon enfant.

— J'en suis consciente. On n'a pas besoin de rester mariés pour élever un enfant. Tu veux obtenir ta carte verte pour rester aux États-Unis, non ?

— Oui.

— Eh bien, nous pouvons élever ce bébé sans être mariés. Les gens font ça tout le temps.

— Et que fais-tu de la cause du divorce ? Ton père ne va pas être content en apprenant que je ne veux pas d'enfants, contrairement à toi.

— Je sais, dit-elle en soupirant. Mais il sera heureux d'avoir un petit-fils, et que je sois mère.

Andrew réprima un ricanement.

— Ton père est un dinosaure…

— Il est vieux jeu, dit-elle.

— Lana, il y a une différence entre être vieux jeu et avoir un comportement d'homme préhistorique !

Ils éclatèrent de rire. Il prit sa main et la serra.

— Nous trouverons une solution.

— Je sais, je voulais simplement que tu saches que je peux me débrouiller seule. Pas question de te forcer la main, surtout avec le Championnat du monde de surf qui approche.

Elle dressait un mur entre eux. À l'évidence, elle était aussi effrayée que lui.

Ou elle ne veut pas de toi parce que tu ne vaux rien.

— Merci. Que va-t-il se passer maintenant ?

— Je vais prendre rendez-vous avec mon gynécologue. J'espère juste que mon père n'aura pas vent de tout ça trop tôt.

— Tu aimerais que je t'accompagne à ce rendez-vous ?

— Si tu veux, mais ta priorité est l'entraînement de Jack. Après tout, c'est pour ça que nous avons mis cette histoire au point, dit-elle en descendant de la table d'examen. Après avoir pris rendez-vous, je finirai ma tournée, de préférence loin des urgences pour ne pas avoir à respirer par la bouche.

Il lui lança un regard perplexe.

— Les odeurs des urgences me soulèvent le cœur, expliqua-t-elle en souriant.

Il avait conscience d'ignorer beaucoup de choses sur la grossesse. Il en connaissait les dimensions biologiques et il avait déjà mis un bébé au monde, mais pendant son internat l'obstétrique n'était pas son sujet favori, il lui avait préféré l'orthopédie. Il ne savait pas ce qui provoquait les nausées matinales chez la femme enceinte, mais il n'allait pas tarder à le découvrir. Et cela le terrifiait.

— J'ai fini ici, je vais à la plage retrouver Jack. Rejoins-nous quand tu auras terminé, l'air frais te fera du bien.

— Bonne idée, dit-elle.

— À plus tard, dit-il, baisant le sommet de sa tête.

Il devait mettre de la distance entre Lana et lui, mais il tenait à se comporter honorablement envers le bébé. Même s'il finirait inévitablement par partir.

En arrivant chez elle, Lana commença par prendre une douche pour se débarrasser des odeurs de l'hôpital. Puis elle attacha ses cheveux sur la nuque, enfila une robe bain de soleil et, chaussant des sandales, descendit à la plage où Jack et Andrew s'entraînaient.

Andrew portait une combinaison à manches longues qu'il avait déboutonnée pour dégager ses épaules. En s'approchant par-derrière, elle put détailler la cicatrice qu'elle avait touchée pendant leurs ébats, quand elle le serrait dans ses bras.

Son épaule avait indéniablement été fracturée. La cicatrice traversait l'épaule et descendait le long du bras. Pendant leur moment d'intimité, elle avait senti une certaine rugosité sur le devant de l'épaule ; il avait pu s'empaler sur quelque chose qui aurait percé l'os et le muscle, et déchiré l'articulation.

Il avait de la chance d'avoir encore son bras.

Se retournant, il la vit et, posant sa planche, remonta sa combinaison sur ses épaules pour cacher sa cicatrice.

— Je ne pensais pas que tu viendrais. Je t'ai vue rentrer directement à la maison, j'ai cru que tu étais fatiguée.

— Je le suis, mais j'avais surtout besoin d'une douche.

Elle se tourna vers la mer où Jack chevauchait une déferlante, il n'était plus qu'une minuscule silhouette glissant sur l'énorme vague qui menaçait de l'engloutir. Andrew tendit des jumelles à Lana.

— Regarde. Ton frère est en grande forme.

Elle régla les jumelles à sa vision. Jack, concentré sur ce qu'il faisait, manœuvrait sa planche avec précision. Contrairement à ce que pensait leur père, qui voulait en faire un chirurgien, Jack était un surfeur né.

Et toi ? Tu aimais ça, toi aussi.

Elle avait rarement l'occasion de surfer, activité qu'elle adorait pourtant. Mais, après le départ de sa mère, elle s'était consacrée au bonheur des siens, elle avait renoncé à son ambition de devenir médecin du sport, elle avait oublié son rêve de pratiquer le surf au niveau international, comme Jack aujourd'hui.

— Tu es ailleurs, dit Andrew. À quoi penses-tu ?

— Au surf, je doute d'en faire beaucoup ces prochains mois, répondit-elle en lui rendant les jumelles.

— Tu ferais mieux d'en faire pendant que tu peux.

— Je suis enceinte, dit-elle.

— Ce n'est pas comme si tu commençais un sport auquel ton corps n'est pas familiarisé. Tu as l'habitude de chevaucher les vagues. Va te changer et reviens avec ta planche.

— À condition que tu m'accompagnes.

— Je ne peux pas surfer sur les grosses vagues, dit-il, les sourcils froncés.

— On peut faire du bodyboard sur les petites. Je sais que tu en es capable. Je t'ai vu à l'œuvre.

Il la considéra, les yeux étrécis, puis sourit.

— Très bien. Va te changer.

Elle regagna la maison en courant, et enfila son maillot de bain et sa combinaison de surf. Elle attacha ses cheveux en un chignon serré et prit deux petites planches de bodysurf.

Elle retrouva Andrew au bord de l'eau et lui en tendit une.

— On fait la course ? *Go !*

Sans l'attendre, elle courut dans les vagues. Elle transpirait et l'eau fraîche apaisa sa peau brûlante à travers la combinaison. Quand elle eut de l'eau à la taille, elle s'allongea à plat ventre sur la planche et pagaya vers le large, cherchant à attraper une petite vague. La suivant de près, Andrew sourit, une vague enflait derrière eux. Ils la chevauchèrent ensemble en direction du rivage.

Il tomba avant d'atteindre la rive.

— Tu as triché, cria-t-il en émergeant, agrippé à sa planche.

— Pas du tout. J'ai gagné. La vague ne m'a pas renversée.

— Tes dieux doivent favoriser les *wahinis* enceintes…

— Eh bien, si c'est le cas, je vais en profiter, répondit-elle en barbotant jusqu'à lui. Allez, viens. Ta tentative était pathétique. Tu dois faire des efforts.

Cette fois, il fendit l'eau sans l'attendre, pagayant vers la vague suivante. Cela la fit rire.

— Tu te traînes, Haole. Allons, du nerf !

Elle secoua la tête et fonça à son tour. Pendant un court instant, elle oublia qu'elle était enceinte, que son mariage avait une date de péremption, et qu'elle devrait probablement élever seule son enfant. Elle était seulement Iolana, en train de batifoler dans l'eau comme elle l'avait toujours fait. Et c'était merveilleux de partager ce moment avec quelqu'un.

Même si ce quelqu'un était voué à partir.

10.

Allongés sur le sable, Lana et Andrew se séchaient au soleil de la fin d'après-midi. Elle avait les yeux clos, et il l'observait pensivement. Dans l'eau, elle se transformait en sirène. Et le fait qu'elle porte son enfant le fascinait et l'effrayait à la fois.

De nouveau, il fut pris de panique.

Comment puis-je être père ?

Il n'avait jamais voulu le devenir. Toute sa vie, même avant la mort de Meghan, son père lui avait répété que la paternité avait gâché son existence. Andrew n'avait pas eu une enfance normale. Il ignorait comment être un bon père parce qu'il n'avait pas de modèle dont s'inspirer.

La perspective de cette naissance le terrifiait. Et il était consterné de piéger Lana, qui avait été réticente à se marier dès le départ.

— Tu n'as jamais pensé devenir surfeuse professionnelle, comme Jack ? demanda-t-il pour passer à autre chose.

— À une époque, si. Mais, d'après mon père, il n'y avait aucun avenir pour moi là-dedans.

— Il y a un championnat féminin, je t'aurais entraînée.

— Au conditionnel, répondit-elle avec malice. D'ici neuf mois, je ne pourrai plus me tenir sur une planche. Et dans trois mois, période du championnat, mon centre de gravité ne me le permettra sûrement pas.

— Jack n'a pas cédé au harcèlement de ton père pour faire de lui un chirurgien, répondit-il. Il a suivi sa passion.

Elle lui jeta un regard étrange.

— La chirurgie *est* ma passion. J'en ai toujours rêvé.

— Vraiment ? dit-il, incrédule.

Il ne doutait pas qu'elle adorait la chirurgie, mais il sentait qu'elle n'avait pas vraiment envie de diriger le service de chirurgie ou l'orthopédie.

— Est-ce si difficile à croire ?

— Le surf semble une seconde nature, chez toi. C'est rare.

— À une époque, je voulais devenir médecin du sport pour l'équipe de surf américaine, mais mon père s'y est opposé. De toute façon, c'était une idée idiote, ils ne m'auraient jamais engagée à la fin de mon internat.

— Ça n'a rien d'idiot. Tu es faite pour ça. Et tu serais compétente pour soigner les blessures des surfeurs.

— J'aime ce sport, mais c'est juste un hobby.

Son père à lui aussi voyait le surf comme une perte de temps. Seule Meghan l'avait soutenu. Avec la chirurgie, le surf avait constitué tout son univers, et il avait perdu les deux. Il était blessé que Lana soit aussi dédaigneuse envers la passion qu'il croyait partager avec elle.

— Tu penses travailler pour l'hôpital de ton père jusqu'à quand ? demanda-t-il d'un ton sec. Jusqu'à ce qu'il prenne sa retraite et que tu en prennes la tête à ton tour ?

Visiblement contrariée, elle pinça les lèvres.

— Ce serait un problème ?

— Non. J'imagine que c'est la sécurité.

— Il n'y a pas de mal à rechercher la sécurité.

— C'est là que nos points de vue diffèrent.

— Vraiment ? dit-elle en haussant les sourcils. Tu ne sembles pourtant pas avoir le goût du risque.

Ce fut une nouvelle gifle pour lui. Il allait répliquer mais Jack courait vers eux, sa planche sous le bras.

— Je crois que j'ai ma dose pour ce soir, coach, dit-il, haletant. Tu en fais une tête, Lana, qu'est-ce qui te tracasse ?

— Oh ! rien, ton coach m'a juste mise enceinte…

Les yeux de Jack flambèrent de rage, Andrew eut juste le temps de s'écarter pour éviter son poing.

— Tu as mis ma sœur enceinte ? rugit Jack.

— Je peux t'expliquer…

— Je ne crois pas, non !

— Allons parler en privé, dit Andrew.

— Du calme, Keaka. Andrew est mon mari. Je vais préparer le dîner, et nous en discuterons en adultes raisonnables, dit Lana, entraînant son frère par le bras.

Andrew poussa un soupir de soulagement, mais le sujet n'était pas clos. Ramassant les planches de surf, il suivit sa femme et son beau-frère jusqu'à la maison. Quelle situation absurde.

Après avoir nettoyé et remisé les planches, il rejoignit Lana et Jack dans le salon. Jack lui jeta un regard furieux.

— Andrew, dit-il d'un ton plein de morgue.

Assise au bout du canapé, ses longues jambes repliées sous elle, Lana leva les yeux au ciel et lui tendit une bouteille d'eau, comme si cela pouvait apaiser sa colère.

— Écoute, Jack, ce n'était pas prévu, dit Andrew. Ta sœur est une très belle…

— Tais-toi, dit Jack en se pinçant l'arête du nez. Ce n'était pas censé être un vrai mariage. Tu n'étais pas supposé toucher ma sœur.

— Ta sœur a aussi son mot à dire là-dedans, Keaka, dit Lana.

Jack la foudroya du regard.

— Ne m'appelle pas comme ça.

— Je t'appellerai même Junior si tu continues à t'en prendre à Andrew, gronda-t-elle.

— Qu'est-ce qui va se passer maintenant, hein ? demanda Jack. Ce mariage est devenu réel ?

Elle soutint son regard, les joues empourprées.

— Non, répondit Andrew, miné par la culpabilité. Mais je serai là pour ta sœur, je l'aiderai à élever l'enfant.

— Oh ! seigneur… Papa va faire une jaunisse quand vous vous séparerez après la naissance.

— Je sais, dit Lana d'une voix éteinte. Les accidents arrivent.

— Je ne veux rien savoir, dit Jack en grommelant. J'ai le sentiment que tout est ma faute.

— Tu n'y es pour rien, Jack. Mais ta dette envers moi va devenir colossale.

— Arrête, je m'en veux déjà assez, gémit-il.

— J'espère bien, répondit-elle.

Andrew rit doucement car les yeux de Lana pétillaient de malice.

— Je compte me comporter honorablement envers ta sœur et notre bébé, Jack, dit-il.

Jack se passa la main sur le visage.

— Bien. Je te crois. Pardon de m'en être pris à toi, Andrew.

— J'aurais fait la même chose s'il s'était agi de ma sœur.

Andrew regretta aussitôt ses paroles, Lana et Jack le dévisageaient avec curiosité. Il ne voulait pas parler de Meghan.

— Si j'avais une sœur, dit-il précipitamment.

Pathétique.

Mais personne n'avait besoin de savoir pour Meghan.

Est-ce une façon d'honorer la mémoire de ta sœur, de l'enterrer dans un recoin de ton esprit ?

— Jack, tu ne dois pas dire à papa que je suis enceinte, dit Lana, coupant court à ses réflexions tourmentées. Jure-moi que tu garderas le secret. Je ne suis pas encore prête à le lui dire.

— Il finira par le découvrir, tu sais. Il a des espions partout.

— Il a raison, dit Andrew. Je ne serais pas surpris qu'il nous appelle ce soir pour nous féliciter.

— Je dois partir, dit Jack, se penchant pour embrasser le front de Lana. À plus tard, petite sœur.

Le cœur d'Andrew se serra. La dernière fois qu'il avait vu sa sœur, il l'avait aussi embrassée sur le front, juste avant qu'ils ne montent en voiture pour rentrer chez eux après la séance de cinéma. Il avait promis de veiller sur elle, car ils formaient un front uni contre une mère angoissée et un père odieux. Le cinéma leur avait permis de s'évader. À l'époque, cela faisait trois ans qu'il travaillait comme chirurgien à Vancouver, et il était revenu passer quelques jours à la maison à la demande de Meghan.

Elle était toute sa vie. Et elle avait été tuée dans une collision avec un élan. Il n'avait rien pu faire pour la sauver car lui aussi avait failli mourir ce soir-là, ce qui n'avait pas empêché son père de lui reprocher la mort de Meghan.

— Ça va ? demanda Lana.

— Quoi ?

— Jack t'a salué et tu n'as même pas réagi. Tu avais l'air en état de choc.

Il se frotta la nuque.

— J'étais ailleurs. Je ne pensais à rien de particulier.

— Si tu me parlais de ta famille ?

Il la regarda fixement. Elle semblait lire en lui. Pour une fois, étrangement, il avait besoin de lui parler des siens. Il n'avait plus envie de tout garder pour lui.

— Qu'est-ce qu'il y a à dire ?

Elle pencha la tête de côté.

— Allons, Andrew. Nous allons avoir un bébé. Notre mariage est une comédie, mais tu ne crois pas que je devrais connaître certaines choses sur la famille de mon bébé ? Tu es canadien, mais j'ignore d'où tu viens. Je ne connais pas le nom de tes parents. En fait, je ne sais rien de toi.

— J'aime entretenir le mystère… Bon, d'accord, qu'est-ce que tu veux savoir ?

Par où commencer ? Il sentait que, une fois les vannes ouvertes, tout déferlerait sur lui, et qu'il n'aurait plus le moindre contrôle.

— Où es-tu né ?

— En fait, j'ai vu le jour dans l'Algonquin Provincial Park.

— Tu es né dans un parc ?

— Ma mère rentrait en voiture à Whitney, ma ville natale. Elle avait une soixantaine de kilomètres à parcourir à l'intérieur du parc, une immense réserve naturelle. Le travail a commencé alors qu'elle était sur la route. Je suis arrivé très vite, elle a juste eu le temps de s'arrêter sur le parking d'un chemin de randonnée avant de me mettre au monde. Heureusement, l'endroit grouillait de touristes venus de Toronto admirer les couleurs de l'automne, et il y avait un médecin dans un des autocars.

— Alors tu es né en automne ?

— Oui, dit-il. Et toi ?

— En hiver. Mais je n'ai jamais vu la neige. Après le lycée, je suis allée à Stanford, en Californie.

— Je connais bien la neige. Trop, même.

Elle eut un charmant sourire.

— Tu as donc une mère. Des frères et sœurs ?

— J'ai menti. J'avais une sœur, et elle est morte.

— Je suis désolée, dit-elle avec douceur.

Il se raidit, attendant les inévitables questions sur le pourquoi et le comment, mais elle demanda :

— Et ton père ?

— Il n'y a pas grand-chose à dire, répondit-il avec un haussement d'épaules. Il n'a pas été un grand soutien. Mes parents sont encore en vie, mais je ne suis pas retourné à la maison depuis longtemps.

— Et le surf ? Pourquoi le surf ? Il n'y a pas beaucoup d'endroits où surfer dans le nord de l'Ontario.

Il rit.

— J'ai fait mes études de médecine à Vancouver, c'est là que je m'y suis mis.

— Ah, tout s'explique, dit-elle.

Son estomac gronda, lui arrachant une grimace.

— Je devrais peut-être manger quelque chose, même si je n'ai pas très faim.

— Tu veux du bouillon de poule ? demanda-t-il en gagnant la cuisine pour fouiller dans les placards. Hum, à quand remontent tes dernières courses ?

— Pourquoi devrais-je toujours faire les courses ? Ne sois pas sexiste ! répondit-elle pour le taquiner.

— Dînons dehors, dit-il en attrapant ses clés sur le comptoir de la cuisine. Dis-moi ce que tu peux digérer, et on y va.

— Génial.

Elle se leva d'un bond puis chancela un peu, et il se précipita pour la retenir. Il l'évitait depuis un mois, et ce simple contact fit remonter les sensations qu'il avait éprouvées en la tenant dans ses bras.

Elle lui manquait.

— Tu vas bien ?

— J'ai juste la tête qui tourne, répondit-elle avec un soupir. Je déteste ça. J'ai une prothèse de genou à poser demain après-midi si je ne tiens pas sur mes jambes, comment vais-je pouvoir rester debout pendant des heures ?

— Je viendrai avec toi.

— Vraiment ?

— Oui. Je veillerai à ce que tu ne vomisses pas dans le champ opératoire.

Les yeux de Lana s'agrandirent, son teint vira au vert et, repoussant Andrew, elle courut s'enfermer dans la salle de bains.

Après ses nausées, Lana eut une irrésistible envie de cône glacé. Andrew sauta donc dans sa voiture pour foncer chez le glacier le plus proche. Désormais assise sur un banc, elle admirait le coucher de soleil en dégustant un cône glacé généreusement nappé de chocolat.

Et elle prétendait que c'était le paradis.

Sans doute était-ce la première des nombreuses envies de femme enceinte qu'il aurait à gérer. Il avait protesté qu'une crème glacée n'était pas un repas équilibré, mais il n'avait rien à dire ; après tout, elle portait son enfant.

— Quand tu dormiras, je commanderai une pizza, dit-il. Il me faut un repas plus consistant que ça.

— Attends que je sois couchée, s'il te plaît. Car s'il y a des trucs bizarres sur ta pizza… Mais je ne veux pas parler de ça maintenant ou je vais vomir ma glace…

— Je croyais que la pizza faisait partie du mariage de tes rêves ? dit-il en riant.

— Les licornes aussi, mais je n'en parle pas plus.

— D'accord, message reçu.

N'aimant pas spécialement les cônes, il avait choisi une glace aux cookies, un parfum dont il raffolait enfant. La glace était bonne, mais la compagnie encore meilleure. Détendue, ses longues jambes bronzées croisées devant elle, Lana semblait rayonner dans la lumière déclinante.

— Tu es resplendissante. C'est la grossesse ?

— C'est la sueur qui me fait briller, grommela-t-elle.

Il éclata de rire.

— Tu es drôle, quand tu ne t'efforces pas d'être sérieuse.

— Tu l'as déjà dit, répondit-elle en souriant.

— Le temps a passé vite depuis notre mariage.

Il songea à leur nuit de noces. Une nuit de noces qui n'aurait jamais dû se produire.

Il la désirait. Même maintenant. Il essayait de ne pas penser à elle, mais le souvenir de leurs ébats le hantait constamment. Il avait encore le goût de ses lèvres sur la bouche, la douceur de sa peau sous les doigts, il voulait sentir ses longues jambes s'enrouler autour de ses hanches.

Ils finirent de déguster leur glace en silence.

Il tendit la main pour essuyer une trace de chocolat sur sa joue. Elle écarquilla les yeux et, avant de comprendre ce qu'il faisait, il glissa la main sur sa nuque et l'attira vers lui pour l'embrasser.

Elle avait un goût de chocolat et de vanille ; son parfum grisant de noix de coco et d'eau salée l'enveloppait, comme lors de leur premier baiser.

Elle s'écarta et lui caressa la joue.

— Pourquoi ?

Il voulait lui dire qu'il n'avait pas pu résister et qu'il était en train de tomber amoureux d'elle, mais il se refusait à le croire. Leur histoire n'avait aucun avenir car, dès qu'il aurait sa carte de séjour, il partirait en Californie en tant que médecin du sport auprès de la Communauté internationale de surf. Il en rêvait depuis longtemps.

Lana appartenait à Oahu. Elle ne quitterait jamais Hawaï.

Et, même si elle portait leur bébé, tôt ou tard il devrait les abandonner. Il n'était pas fait pour être père. Il refusait d'abîmer un enfant comme l'avait fait son père. Il n'était pas digne de connaître les joies de la famille.

Dans ce cas, tu ne devrais pas l'embrasser.

Il se détestait de l'avoir fait.

— Je ne sais pas ce qui m'a pris. Excuse-moi. Cela ne se reproduira plus.

Elle s'agrippa à lui.

— Je crois que nous devrions en parler, Andrew.

— Il n'y a rien à dire. Je regrette d'avoir fait ça. Sincèrement.

Les yeux de Lana s'emplirent de larmes.

— Je ne sais pas pourquoi je pleure, puisque je suis d'accord avec toi. Saletés d'hormones.

— Un autre problème de la grossesse ?

— Oui. Je suis désolée, Andrew. Tu as raison. Nous devrons mener des vies séparées après tout ça. Nous pouvons très bien tenir notre rôle de parent sans être ensemble.

— En effet. Viens, il est temps que tu rentres à la maison, dit-il en l'aidant à se lever. Tu as besoin de repos si tu dois opérer demain.

Comme ils marchaient vers la voiture, le téléphone de Lana sonna. Elle fronça les sourcils.

— C'est mon père.

— On dirait qu'il a appris la nouvelle, dit-il en soupirant.

— Ça doit venir de Clarissa, répondit-elle en prenant l'appel. Bonsoir, papa… Quelle rumeur ? Oh ! ça… C'est vrai. Je suis enceinte.

Un instant, il envisagea d'appeler ses parents pour leur annoncer qu'ils allaient être grands-parents, mais quel intérêt ? Ils n'en auraient rien à faire. Ils lui diraient probablement que Meghan n'aurait jamais d'enfant, par sa faute.

Ils se moqueraient que Lana porte son enfant. Qu'il soit sur le point de devenir père. Leur annoncer la nouvelle n'apaiserait pas les fantômes de son passé.

11.

Lana sentait les gouttes de sueur couler sur son front. Quand son père avait appris qu'elle attendait son petit-fils et souffrait de pénibles nausées matinales, il lui avait suggéré de se mettre en congé maternité. Sur-le-champ.

Elle avait refusé avec diplomatie, et à son soulagement, il avait accepté sa décision, précisant toutefois qu'elle devait consulter immédiatement le Dr Peters. Celui-ci lui avait prescrit un médicament sans danger pour calmer les nausées afin qu'elle puisse continuer à travailler. Et cela semblait marcher.

Pas sur la fatigue toutefois, et poser une prothèse de genou debout en combinaison de protection n'arrangeait rien. Elle suffoquait malgré le filtre à air de sa tenue.

Concentre-toi.

L'opération était presque finie. Elle pourrait bientôt se reposer.

En face d'elle, Andrew tenait un rétracteur. Peut-être la chirurgie allait-elle finir par lui manquer. Si elle le faisait participer aux interventions chirurgicales de son service, elle pourrait commencer à lever le pied.

Outre son père et elle, l'équipe de chirurgie orthopédique comprenait le Dr Sims et le Dr Kay. Il y avait de la place pour le Dr Tremblay, de renommée mondiale.

Personne ne savait pourquoi Andrew avait cessé de pratiquer la chirurgie, mais sans doute cela avait-il un rapport avec l'opération de son épaule.

Il la regarda à travers la visière de son casque.

— Tu vas bien, Lana ?

— Je suis simplement fatiguée.

Elle reporta son attention sur son travail. Elle ne voulait pas qu'il évoque sa grossesse. Même si la plupart des personnes présentes devaient déjà savoir qu'elle était enceinte grâce aux potins qui circulaient à l'hôpital.

Elle ne voulait pas qu'on la croie faible. Déjà, les apparences avaient été fissurées quand elle avait épousé Andrew au cours d'une romantique cérémonie sur la plage au coucher du soleil. Le bruit courait déjà que le Dr Iolana Haole n'était peut-être pas la créature glaciale qu'on imaginait. Il se racontait également qu'Andrew se servait d'elle pour obtenir un permis de séjour, une rumeur lancée par David. Et malheureusement, c'était vrai.

Et elle n'aimait pas cela.

Comment pourrait-elle prendre un jour la direction de l'hôpital si on ne la respectait plus ? Elle s'était donné tant de mal pour reconquérir le respect après l'humiliation publique que David lui avait infligée. Le pire, c'était qu'elle s'en moquait pour le moment. Elle s'amusait au travail. Elle n'était plus aussi tendue, ni aussi solitaire.

Peut-être parce que tu ne veux pas diriger l'hôpital quand ton père prendra sa retraite. Peut-être parce que tu as envie de quitter Hawaï. De découvrir le monde.

Ces rêves s'étaient évanouis quand elle avait appris qu'elle était enceinte. Elle ne pouvait pas parcourir le monde avec un bébé. Un enfant avait besoin de stabilité. Elle devait avoir un emploi fixe pour subvenir à ses besoins. Cela avait été l'obsession de son père quand, après le départ de sa femme, il avait passé son temps à chercher du travail pour assurer la subsistance de Lana et de Jack. Et elle ferait de même pour son enfant.

Son envie d'aventure s'était envolée, elle ne pouvait s'en prendre qu'à elle-même de ne pas avoir su saisir sa chance. Elle s'était laissé influencer par son père. Et par sa peur de l'inconnu.

Les autres avaient décidé pour elle.

Mais c'est toi qui as choisi de coucher avec Andrew. Toi qui as voulu garder ce bébé.

Elle chercha le regard d'Andrew et vit ses yeux se plisser au-dessus du masque. Il lui souriait, et elle se sentit ragaillardie.

Elle se remit au travail. Elle avait presque terminé. Et, après quelques manipulations, la prothèse fut en place.

— Beau travail, docteur Haole, dit Andrew.

— Merci.

Elle referma les petites incisions qu'elle avait pratiquées. Son père était de la vieille école et préférait les ouvertures plus importantes, mais elle avait été formée aux procédures chirurgicales modernes, beaucoup moins invasives.

Elle finit de refermer et donna ses instructions aux internes concernant les antibiotiques que le patient devrait recevoir en intraveineuse, les anticoagulants à lui prescrire et les bas de contention qu'il lui faudrait porter. Puis elle gagna à la hâte la salle de désinfection pour se débarrasser de son étouffante combinaison de protection.

Enlevant son casque, elle prit une profonde inspiration d'air aseptisé. Elle avait les cheveux plaqués sur la tête par le bonnet chirurgical. Andrew la rejoignit et ôta son casque.

— Tu es trempée de sueur, dit-il.

— Je sais. Les symptômes de grossesse sont décuplés, chez moi. Je ne comprends pas pourquoi je me sens aussi mal.

— Tu portes peut-être des jumeaux ?

Il avait lancé cela comme une plaisanterie, mais il se retourna d'un bond, les yeux écarquillés.

— Oh ! mon Dieu, tu crois que ce sont des jumeaux ?

— Je ne sais pas. Il y en a dans ma famille. Ma mère avait une jumelle. Oh ! seigneur, deux bébés, dit-elle, hébétée, en refoulant une nausée.

— Ne tirons pas de conclusion hâtive. Tu as peut-être juste du mal à supporter une grossesse.

— Alors pourquoi as-tu parlé de jumeaux ? s'écria-t-elle, au bord de l'hystérie.

— J'ai lu le livre sur la grossesse qu'il y avait sur ta table basse hier soir, en mangeant ma pizza.

— Tu veux vraiment me faire vomir ?

— Pardon…

— Alors qu'est-ce que tu as lu ?

— Que parfois, durant le premier trimestre de la grossesse, les symptômes sont amplifiés s'il y a plus d'un fœtus.

Oh ! doux Seigneur.

La pensée d'avoir deux bébés lui donnait le vertige.

— Tu as bien dit que ta mère avait une sœur jumelle ?

L'allusion à sa mère fut comme une douche froide pour Lana. Sa mère avait été incapable de s'occuper de ses deux enfants. Elle avait détesté se sentir piégée par leur père. Pris Oahu en grippe. Accusé le Dr Keaka Haole d'avoir gâché sa vie.

Alors elle était partie. Et Lana avait pris la maisonnée en main et essayé de recoller les morceaux.

— Oui, du moins je crois.

— Peux-tu l'appeler pour en avoir confirmation ?

— Jack ne t'a pas parlé de notre mère ? demanda-t-elle, incrédule.

— Non, il m'a juste dit qu'elle avait quitté votre père.

Lana soupira et ses yeux s'emplirent de larmes.

— Quand elle est partie, Jack était bébé. Je ne l'ai jamais revue. Elle ne voulait pas entendre parler de nous. Alors, non, je ne peux pas appeler ma mère.

Une expression étrange passa sur le visage d'Andrew, comme s'il savait de quoi elle parlait. Mais ses parents ne l'avaient pas abandonné. Il ne pouvait pas comprendre.

— Je suis désolé. Si nous allions au service d'obstétrique ? Tu es la fille du Dr Haole, ils seront ravis de te faire une échographie pour te tranquilliser.

— Et toi aussi, dit-elle d'un ton sarcastique.

— Oui, des jumeaux, ce serait… compliqué.

— On ne va pas voir grand-chose sur le cliché.

— On en verra assez pour savoir s'il y en a deux.

— Très bien.

Il avait raison. Elle voulait savoir. Elle deviendrait folle si elle n'était pas fixée. Elle avait besoin de se projeter et de se préparer. Elle était mentalement prête à avoir un bébé, mais deux…

Après s'être changés, ils se rendirent directement au service d'obstétrique, où le Dr Green les prit immédiatement.

Sur la table d'examen, Lana sentit le papier de protection se plaquer à son dos en sueur.

— Vous avez encore des nausées, Iolana ? demanda le Dr Green.

— Moins depuis que je prends le médicament mais… il y a des jumeaux dans ma famille.

L'obstétricienne ne cilla pas.

— Votre père me l'a précisé quand il m'a annoncé que vous étiez enceinte.

— Pourquoi vous le dire ?

— Il pense à tout, répondit nonchalamment le Dr Green. Vous savez comment il est.

— Pouvez-vous nous rassurer et nous dire s'il y en a deux ? demanda Andrew. Lana a des symptômes plus marqués, n'est-ce pas un indicateur qu'il peut s'agir de jumeaux ?

Le Dr Green resta impassible. On la surnommait la « bulldog de l'obstétrique » parce qu'elle était directe et ne supportait pas la bêtise. Elle plaisait beaucoup à Lana.

— C'est possible, mais on détermine généralement la grossesse gémellaire en prenant des mesures et en captant les battements de deux cœurs, et il est trop tôt pour entendre le cœur avec l'échographe. Vous n'êtes qu'à cinq semaines.

— Pouvez-vous voir ce qui se passe ?

— Allongez-vous, je vais commencer par les mesures. Puis j'effectuerai l'échographie en espérant calmer votre anxiété, qui ne peut qu'accentuer vos malaises.

Lana s'étendit et souleva sa tunique. Andrew prit un siège pendant que le Dr Green mesurait le ventre de Lana.

— Eh bien…

Le cœur de Lana manqua un battement.

— Mon ventre est plus gros qu'il ne devrait, n'est-ce pas ?

— Oui, un peu. Ça pourrait être un gros bébé. Quel était votre poids à la naissance, Iolana ? demanda l'obstétricienne, notant les mesures dans le dossier de Lana.

— Deux kilos quatre cents, mais j'étais prématurée.

— Et vous, docteur Tremblay ?

— Quatre kilos cinq.

Lana se redressa d'un bond.

— Tu pesais quatre kilos cinq et ta mère t'a mis au monde sur le bord de la route ?

Andrew sourit et lui fit un clin d'œil.

— Oui. On est robuste dans le Nord.

Le Dr Green ne put s'empêcher de rire.

— Nous allons vérifier combien il y en a, dit-elle. Je reviens dans un instant. Mettez une blouse et retirez vos sous-vêtements, Lana.

Lana se leva et prit une blouse d'hôpital dans un placard de la salle d'examen.

— Dois-je rester ? demanda Andrew, mal à l'aise.

— Il y a intérêt car, si notre bébé pèse quatre kilos cinq, je te tords le cou, dit-elle, terrifiée à la pensée de donner naissance à un nourrisson aussi énorme.

Il tourna le dos, et elle se déshabilla et enfila la blouse avant de remonter sur la table. À son retour, le Dr Green approcha l'échographe, étala du gel sur le ventre de Lana et prépara la sonde, puis couvrit son abdomen d'un drap.

— Tu peux regarder maintenant, dit Lana.

Andrew se retourna et vint s'asseoir près d'elle. Le Dr Green effectua quelques réglages et regarda l'écran.

Lana retint son souffle pendant que l'obstétricienne enregistrait des mesures et étudiait le moniteur.

— Eh bien, votre intuition était bonne, docteurs, dit-elle en tournant l'écran vers eux.

Lana scruta l'image grenée et vit ce qui ressemblait à deux cacahuètes dans une poche.

— Des jumeaux, souffla-t-elle, incrédule.

— En effet, docteur Haole. Toutes mes félicitations.

— Oh ! mon Dieu, murmura Andrew, très pâle, en portant la main à sa bouche. Oh ! mon Dieu…

Lana se rallongea tandis que la réalité s'imposait à elle. À présent elle était vraiment piégée. Deux bébés. Elle avait dit à Andrew qu'elle pouvait se débrouiller seule, mais elle n'en était plus aussi sûre.

Comment allait-elle élever deux enfants toute seule ?

Andrew et Lana s'étaient à peine parlé en quittant le cabinet du Dr Green. À présent, assis côte à côte sur le canapé du salon, ils ne disaient pas un mot.

Lana avait l'impression de porter la poisse. D'abord le préservatif rompu. Et maintenant des *jumeaux* ?

— Qu'est-ce qu'on va faire ? demanda enfin Andrew, brisant le silence qui s'éternisait.

— Je répète ce que j'ai dit. Je peux élever ces bébés seule.

— Lana, ouvre les yeux. Ça va être beaucoup plus difficile, dit-il en étouffant un juron.

— Les défis ne me font pas peur ! répondit-elle, irritée de le voir aussi contrarié par la situation.

Et toi, tu ne l'es pas ?

Elle alla à la cuisine chercher un verre d'eau glacée. Elle était habituée aux défis. Sa vie elle-même en était un. En l'absence de sa mère, elle avait dû apprendre de nombreuses choses toute seule. C'était elle qui avait restauré la paix entre son père et son frère. Et, à cause de l'exigence de son père, elle devait constamment faire ses preuves dans le domaine professionnel.

De nombreuses personnes croyaient qu'elle bénéficiait de privilèges parce qu'elle était la fille du patron, mais c'était faux. Elle se sacrifiait tout le temps et travaillait plus dur que les autres.

Et maintenant, ces deux bébés. Un nouveau défi, mais elle pouvait le relever.

— Je sais que tu n'as peur de rien et que tu peux te débrouiller, Lana, mais je ne l'accepterai pas, dit-il en lui effleurant la joue.

Elle recula d'un pas. Elle ne pouvait pas s'attacher à lui alors qu'il dressait sans cesse des obstacles entre eux. Alors que leur mariage était de pure convenance et prendrait fin quand il aurait sa carte verte. Alors qu'il les considérait visiblement comme un fardeau, elle et les bébés.

Elle ne pouvait pas tomber amoureuse de lui. Ni mettre son cœur en danger. Elle avait vu combien son père avait été détruit par le départ de sa femme. Elle avait tout fait pour le réconforter et lui rendre le sourire, mais elle avait été naïve.

Elle avait vite compris qu'il avait le cœur irrémédiablement brisé, et elle s'était juré de ne jamais s'exposer à une déception amoureuse.

Pourtant elle l'avait fait, et David lui avait brisé le cœur. Elle s'était promis « plus jamais ça », puis elle avait couché avec Andrew. Parce qu'elle était faible. Son cœur était en grand danger et, maintenant, elle portait ses enfants. Pourtant, quand il aurait obtenu ce qu'il voulait, il partirait.

Elle posa son verre sur le comptoir.

— Je vais me baigner.

— Où ? Dans la mer ? Il fait nuit.

— Non, dans la piscine, répondit-elle en prenant l'escalier qui descendait à sa chambre.

— Tu ne crois pas qu'on devrait en parler ? demanda-t-il, lui emboîtant le pas. Car, enfin, ça change tout.

— Je sais, mais je n'arrive pas à réfléchir, là. J'ai besoin de bouger. C'est beaucoup à encaisser.

— Je sais.

— Je vais devoir arrêter de travailler plus tôt que prévu. Les jumeaux naissent souvent prématurément.

— Oui. Ça va être problématique pour le service.

— Si tu reprenais la chirurgie, tu pourrais me remplacer.

Il fronça les sourcils.

— Ne recommence pas avec ça.

— Pourquoi ? Tu veux que je parle de cette grossesse ? Eh bien, moi, je veux savoir pourquoi tu as renoncé à opérer quand tu es arrivé ici.

— Je ne peux pas, dit-il avec un calme glacial. Arrête de me harceler avec ça, Lana. Je ne peux pas opérer.

— Parce que tu n'en as plus le droit, je sais, répondit-elle d'un ton sarcastique.

Mais il avait toujours sa licence de chirurgien et, s'il acceptait de pratiquer des opérations, il pourrait la remplacer le temps nécessaire.

C'était un chirurgien doué, brillant, pourquoi avait-il renoncé à exercer ? Dans quelques mois elle serait forcée de se reposer, mais il n'était pas question d'arrêter définitivement la seule chose qui lui donnait tant de joie. Elle avait dû renoncer à beaucoup de ses rêves, mais jamais elle n'abandonnerait la chirurgie.

— Non, répondit-il, parce que mon bras a été abîmé dans un accident il y a quatre ans. L'opération a été bâclée, et je ne peux plus tenir un scalpel. J'ai tout perdu ce jour-là, Lana. J'ai récupéré ce que j'ai pu, mais je ne peux plus opérer. Ma main tremble, mon bras me fait constamment souffrir. La voiture que je conduisais est entrée en collision avec un élan, et j'ai été empalé sur un poteau métallique qui a explosé le pare-brise et m'a broyé l'épaule. L'opération a été pratiquée à l'ancienne par un médecin du nord de l'Ontario. C'est pour ça que je n'opère plus. Ce serait dangereux pour le patient.

Sans lui laisser le temps d'ouvrir la bouche, il sortit en claquant la porte.

Elle regretta de l'avoir poussé à bout. Elle savait que son épaule lui faisait mal. Elle avait vu ses cicatrices. Mais elle n'arrivait pas à croire qu'il ne puisse plus opérer. L'accident l'avait profondément marqué, et pas seulement dans sa chair. Certaines cicatrices étaient invisibles, elle ne le savait que trop.

12.

Renonçant à se tourner une fois de plus dans son lit, Andrew s'habilla et alla jeter un coup d'œil dans la chambre de Lana, qui dormait profondément. Il était 4 heures du matin, et il ne prenait pas son service avant 8 heures, mais il ne pouvait pas rester ici à ruminer.

Il attrapa son portefeuille, ses clés, et s'installa au volant de sa voiture. Après avoir roulé sans but une quinzaine de minutes, il prit la direction de l'hôpital. Là, il se changea en tenue de travail.

Le silence régnait. On ne savait pas qu'il était là et cela valait mieux, il ne voulait pas être vu planté devant le laboratoire de formation avec son air angoissé.

Il fléchit son bras tremblant. Quatre ans s'étaient écoulés depuis l'accident et son opération sabotée. Après la mort de Meghan, il s'était retrouvé seul. Ses parents, le tenant pour responsable, s'étaient désintéressés de son rétablissement.

Tu n'es plus seul maintenant.

Si, puisque son mariage n'était qu'une mascarade.

Il n'arrivait pas à dominer sa peur. Il avait été terrifié les deux fois où il avait assisté Lana au bloc, mais la chirurgie lui manquait. Il ne pourrait peut-être plus participer à des compétitions internationales de surf, mais il pouvait aider Lana en redevenant chirurgien. Alléger un peu son fardeau.

Il glissa sa carte magnétique dans la porte et pénétra dans le laboratoire silencieux. Dans quelques heures, l'endroit grouillerait d'internes et de médecins venus affûter leurs talents, comme il l'avait fait lui-même en son temps.

Il approcha un siège et sortit un plateau de chirurgie. Fixant les instruments, il enfila des gants de latex. Il prit un scalpel d'une main tremblante. Après une grande inspiration, il le tint au-dessus de l'abdomen en résine.

Et tout lui revint. Malgré les quatre années écoulées, il savait exactement quoi faire, quelle pression appliquer, et l'incision se fit aisément. Mais soudain des sortes de piqûres d'aiguille lui parcoururent le bras et il jura, jetant brutalement le scalpel.

— Qui vous a opéré ?

Levant les yeux, il vit son beau-père sur le seuil.

— Que faites-vous là à cette heure matinale, monsieur ?

Keaka referma la porte et vint s'asseoir en face de lui.

— Je n'arrivais pas à dormir. Je pensais à Lana qui va faire de moi le grand-père de jumeaux, rien de moins. Et vous ne pouviez pas dormir non plus, à ce que je vois.

— Non, soupira Andrew. Je pensais… Je ne sais pas à quoi.

— Quand je vous ai engagé, j'étais sûr qu'avec le temps vous vous remettriez à la chirurgie, mais je ne voulais pas vous brusquer. Vous êtes un excellent médecin du sport et vous avez aidé de nombreux patients. Vous êtes un précieux atout pour nous, mais vous étiez un chirurgien hors pair.

— Mon bras est fichu. Les nerfs sont touchés.

— Qui vous a opéré ?

— Le Dr Wilbert Guzman, dans un trou perdu du Canada.

— Je ne le connais pas, et j'ignore la gravité du problème, mais une simple arthroscopie par cœlioscopie pourrait dégager les tissus cicatriciels, soulager l'inflammation des nerfs, et réduire les tremblements. Je peux effectuer la procédure dans la journée.

— Et mes patients ?

— Je m'en occuperai. Vous serez indisponible une semaine tout au plus.

Andrew considéra son bras tremblant. Il était las d'avoir peur. Las de vivre à la marge de sa vie. S'il pouvait retrouver le contrôle de son bras et pratiquer de nouveau la chirurgie, il n'aurait pas tout perdu.

S'il se relevait, ses enfants seraient peut-être fiers de lui. Longtemps il avait fui, cachant sa blessure comme un secret honteux. Il ne savait peut-être pas comment être père, mais, au moins, ses enfants n'auraient pas honte de lui.

— D'accord. Faisons-le, dit-il.

Keaka sourit.

— Bon. Commençons par un scanner pour avoir une image de votre épaule. Je ferais bien une IRM mais je présume qu'il y a de la quincaillerie dans cette épaule ?

— En effet.

— Eh bien, allons-y.

Comme Keaka ouvrait la porte, Andrew l'arrêta.

— Quoi qu'il arrive, je tiens à vous remercier. Je prendrai soin de Lana et des bébés. Ils sont ma priorité, sachez-le.

— Je sais. Dans le cas contraire, je ne vous aurais pas trouvé ici. Vous seriez en train de vous terrer quelque part.

— Vous avez sans doute raison.

— Selon certaines rumeurs, vous auriez épousé Lana pour obtenir la carte verte, mais il y a les bébés et vous avez accepté l'opération, alors je sais qu'elles ne sont pas fondées. À présent, descendons faire ce scanner avant qu'il soit pris d'assaut par les patients des urgences et les résidents.

L'estomac noué, Andrew referma la porte du laboratoire. Il avait honte de mentir à Keaka, qui lui tendait la main et souhaitait l'aider comme un père. Et il redoutait l'issue de l'intervention. Mais il devait la tenter. Il sentait que cela n'allait pas marcher, que son problème de bras allait empirer, mais, s'il ne prenait pas ce risque, il ne pourrait pas prouver à Lana qu'il était un homme bien.

Qu'il serait un bon père. Même s'il en doutait. Il ne méritait pas d'être heureux après avoir causé la mort de Meghan, mais il voulait essayer d'aider Lana, même si leur relation était vouée à l'échec. Il y tenait absolument.

À la grande surprise de Lana, lorsqu'elle se réveilla à 6 heures, Andrew était déjà parti. Elle se prépara rapidement et partit pour l'hôpital. Comme elle pénétrait dans son bureau, sa secrétaire l'informa que son père et Andrew étaient descendus au scanner où Andrew attendait qu'on lui fasse une tomodensitométrie. Son père avait réservé une salle au bloc pour l'opérer dans l'après-midi. Le Dr Haole demandait à Lana d'apporter quelques affaires à son mari.

— Quoi ? bredouilla-t-elle, abasourdie.

— Le Dr Haole vous demande d'apporter un sac avec des affaires pour Andrew car il va lui faire une arthroscopie cet après-midi, répéta la secrétaire.

— Merci, Kelley.

Lana descendit au scanner, où son père et le technicien commentaient les images affichées sur l'écran. Dans la salle voisine, Andrew, relié à une perfusion, était étendu sur la table, son bras abîmé au-dessus de sa tête.

— Qu'est-ce qui se passe, papa ?

— Viens voir par toi-même, Iolana, répondit son père en s'écartant pour lui permettre de regarder l'écran.

Elle vit en détail la blessure de l'épaule d'Andrew. Au lieu d'intervenir chirurgicalement sur l'épaule pour enlever proprement les fragments du poteau qui l'avait empalé, on l'avait charcuté, causant des adhérences qui pinçaient les nerfs et expliquaient probablement ses symptômes.

— Je craignais que ce soit plus complexe, et de devoir ouvrir complètement l'épaule, mais une simple arthroscopie devrait régler les problèmes, dit son père en souriant.

— Andrew a accepté ces examens, ou tu l'y as contraint ? demanda-t-elle, surprise qu'Andrew ait changé d'avis.

— Je ne contrains jamais personne, Iolana.

Non, bien sûr…

— Il va vraiment faire ça ?

— Si c'est peu invasif, oui. Viens, allons le lui dire.

Son père la précéda dans la salle où Andrew, assis sur la table d'examen, massait son épaule douloureuse. Elle fut blessée qu'il évite son regard. À l'évidence, il lui en voulait encore.

— Alors ? demanda-t-il à son père. Quel est le verdict ?

— Des adhérences. Une arthroscopie résoudra le problème.

Hochant la tête, Andrew regarda Lana.

— Si je fais ça, tu seras d'accord ?

— Je ne vois pas en quoi ça me concerne, répondit-elle.

— Iolana ! s'écria son père, indigné.

— Elle a raison, dit Andrew en souriant. C'est ma décision.

— Exactement, renchérit-elle. Les adhérences appuient sur un nerf et l'opération améliorera considérablement la fonctionnalité de ton bras.

— Ensuite il me faudra des séances de kiné intensives pour récupérer ma force musculaire.

— Pas si intensives, l'arthroscopie est peu invasive, dit son père. Bon, si vous êtes d'accord, Andrew, je fais préparer la salle d'opération pour cet après-midi. Je vais vous faire conduire dans une chambre, en attendant.

Quand son père fut parti, Lana se tourna vers Andrew.

— Tu es sûr de vouloir subir ça ?

— Oui… Non. En fait, je ne suis pas certain que ça va marcher. Mais qu'ai-je à perdre ? dit-il en haussant les épaules.

— Je t'aiderai dans la mesure de mes possibilités.

— Tu n'es pas obligée. Je ne veux pas t'ajouter du stress.

— J'aurais été encore plus stressée si tu ne m'avais pas dit que tu te faisais opérer et que je l'avais découvert après. Je regrette de t'avoir brusqué.

Il rit, et elle comprit qu'elle était pardonnée.

— Tu sais que tu ne pourras pas être en salle d'opération ?

— Je suis chirurgienne, dit-elle. Je connais les protocoles.

— Oui, mais, parfois, les chirurgiens et les médecins s'affranchissent des règles quand le patient est…

Il n'acheva pas sa phrase, mais elle comprit. Ils allaient peut-être avoir des jumeaux ensemble, mais il n'y avait pas d'amour entre eux, et ils n'appartenaient pas à la même famille. Ils avaient seulement une relation d'affaires.

Deux garçons de salle entrèrent en poussant un chariot.

— Docteur Tremblay, nous venons vous chercher pour vous conduire à votre chambre.

— Je peux marcher.

— Que disait-on des médecins à l'instant, docteur Tremblay ? dit Lana avec malice. Ce sont les règles de l'hôpital. Monte sur ce chariot, je passerai te voir avant l'opération.

— Oui, docteur, répondit Andrew avec un clin d'œil en s'allongeant sur la civière pendant qu'un garçon de salle tenait sa poche de perfusion.

Il sortit en agitant la main. Elle était contente qu'il ait accepté l'opération mais ne pouvait se défaire d'un sentiment de malaise. Tout pouvait arriver au bloc opératoire, et elle était inquiète.

N'y pense pas. Il est entre de bonnes mains avec papa.

Son père avait réalisé de nombreuses arthroscopies pour régler ce type de problème, toutes avaient été couronnées de succès. Elle aurait aimé y assister, mais, en tant qu'épouse du patient, elle n'en avait pas le droit.

Il ne lui restait plus qu'à se plonger dans le travail en s'efforçant de ne pas y penser. Le temps passerait plus vite.

Elle commença par faire le tour de ses patients hospitalisés, s'assurant qu'ils étaient bien installés et en voie de guérison. Après avoir avalé un sandwich, elle alla au laboratoire de formation assister à une démonstration sur l'arthroscopie donnée par son père qui cherchait un assistant pendant l'opération d'Andrew.

Elle passa ensuite prendre quelques affaires dans son bureau, puis regagna l'étage de chirurgie. À défaut d'être dans la salle durant l'opération d'Andrew, elle y assisterait depuis la galerie d'observation, et elle serait là à son réveil.

C'était ce qu'on attendait d'une épouse, mais elle n'avait pas à se forcer. Elle se sentait *vraiment* sa femme.

Tu n'es pas une vraie épouse. Cesse de penser ainsi.

— Mais n'est-ce pas la ravissante mariée ?

Elle se retourna. David la dévisageait, l'air narquois.

— Docteur Preston, articula-t-elle, les dents serrées.

— La jeune mariée rougissante follement éprise, ricana-t-il. Tu ne voulais pas m'épouser pour affaires, mais tu te maries avec le Dr Tremblay pour une carte verte !

— De quoi parles-tu ? dit-elle sèchement, l'estomac révulsé.

— Allons, tu veux me faire croire que vous vous êtes mariés par amour alors qu'il court les jupons depuis son arrivée dans l'hôpital ?

Elle s'empourpra de colère.

— Tu fais erreur sur la personne, David. C'est toi que tu décris, là.

— Il se sert de toi, Lana.

— Je ne vois pas pourquoi tu t'en soucies. Sache que je suis amoureuse d'Andrew.

— Ben voyons, répondit-il avec un sifflement de mépris.

— Il ne m'a pas trompée une seule fois. Il est amoureux de moi et, si tu n'es pas au courant des derniers potins, je vais te confier un secret : Andrew et moi attendons des jumeaux.

Il en resta interloqué. N'ayant rien à ajouter, elle tourna les talons et le planta là.

Même si sa grossesse gémellaire était la seule vérité parmi tous ces mensonges, elle n'était pas mécontente de lui clouer enfin le bec.

Regagnant son bureau, elle prit connaissance d'un message de Kelley, qui s'était absentée quelques minutes. Le dos tourné, une femme patientait dans le couloir, vêtue d'un tailleur et chaussée d'escarpins, ses cheveux gris coiffés en un chignon soigné. Sans doute la représentante d'un laboratoire pharmaceutique.

Mais quelque chose chez elle retint son attention. La connaissait-elle ?

— Je peux vous aider ? demanda-t-elle.

La femme se raidit et se retourna lentement.

Tout se mit à tourner autour de Lana quand elle rencontra les yeux bleus familiers de la femme qu'elle pensait ne plus jamais revoir.

— Bonjour, Iolana.

— Bonjour, maman.

13.

Lana referma, le cœur battant, la porte de son bureau. Elle avait fait entrer sa mère car elle ne voulait pas s'entretenir avec cette étrangère dans un couloir où n'importe qui pouvait les entendre. Mieux valait éviter que de nouvelles rumeurs se propagent.

L'arrivée inopinée de sa mère était la dernière chose dont elle avait besoin. Elle avait déjà assez de problèmes. La réapparition de cette femme qui avait abandonné ses enfants, la forçant à devenir adulte avant l'âge, était la goutte d'eau qui faisait déborder le vase.

Elle la dévisagea, et ce qu'elle voulait lui dire resta coincé dans sa gorge. Elle avait cent questions à lui poser, cent choses à lui dire sur ce qu'elle avait ressenti après son départ.

Pourquoi as-tu abandonné tes enfants ? Par égoïsme ? Comment as-tu pu briser le cœur de papa ? Pourquoi ne m'aimais-tu pas ? N'étais-je pas assez bien pour toi ?

— Je suppose que je dois te donner la raison de ma venue.

— Quelle importance ? répliqua Lana, les bras croisés.

Elle avait du mal à la regarder dans les yeux. Jack avait les mêmes, c'était étrange.

— Tu ressembles beaucoup à ton père.

Lana sentit son sang bouillir de colère. Comment pouvait-elle le savoir ? Elle ne connaissait strictement rien d'elle.

— Pourquoi es-tu revenue ? demanda-t-elle.

— Je voulais te parler.

— Alors parle, parce que je n'ai pas beaucoup de temps. J'ai des patients à voir.

— Combien de temps peux-tu m'accorder ?

— Dix minutes.

Et c'était dix minutes de trop.

— Je crains que ce soit juste pour tout ce que j'ai à te dire.

— C'est à prendre ou à laisser.

— On pourrait peut-être se retrouver plus tard pour prendre un café ? suggéra sa mère.

Lana fut tentée d'accepter car elle voulait avoir les réponses aux questions qui la minaient, qui gangrenaient sa vie. Des questions qui avaient ruiné son estime de soi. Mais, d'un autre côté, elle n'avait aucune envie de connaître cette femme qui avait abandonné ses enfants et brisé son époux.

— Non, répondit-elle, ouvrant grand la porte de son bureau.

— Très bien, dit sa mère avec un soupir.

Et elle sortit.

Lana, les mains tremblantes, referma la porte derrière elle.

Ressaisis-toi.

Elle jeta un regard à la pendule, il était 15 heures passées. Andrew était en chemin pour le bloc et elle n'était pas là.

Ouvrant la porte, elle constata avec soulagement que sa mère était partie. Elle gagna à la hâte le service de chirurgie et se faufila dans la galerie d'observation pleine de monde. Un résident lui proposa sa place au premier rang mais elle déclina son offre, elle préférait rester debout.

Ses yeux se posèrent sur Andrew sous anesthésie générale et son cœur battit plus vite. Les beaux yeux bleus de son mari étaient fermés par de l'adhésif, il avait une canule dans la gorge, et son père commençait à lui inciser l'épaule.

La gorge serrée par l'émotion, elle ferma les yeux et pria pour que l'opération soit un succès.

— Tu savais que le Dr Tremblay avait demandé à entrer à la CIS ? murmura un résident à son voisin.

— Qu'est-ce que c'est ?

— La Communauté internationale de surf. Si ça marche, il aura un poste en vue en Californie, et travaillera avec les meilleurs athlètes. C'est pour ça qu'il a fini par se faire réparer l'épaule. Il n'aura pas le job s'il ne peut pas opérer. Ils veulent des chirurgiens, l'inventeur de la méthode Tremblay sera leur meilleur atout.

Le cœur de Lana sombra. Pourquoi la nouvelle la surprenait-elle ? Il était normal qu'Andrew veuille intégrer la CIS. C'était un de ses objectifs, une des raisons pour lesquelles il voulait rester aux États-Unis et obtenir sa carte verte. Elle ignorait simplement qu'il avait déjà postulé. Cela confirmait que leur temps ensemble était compté, et qu'elle allait se retrouver seule avec les bébés.

Ils n'auraient qu'elle, et ils devraient s'en contenter.

Quand Andrew émergea de sa torpeur, une douleur lancinante lui martelait l'épaule, mais il avait l'habitude. Puis il se rappela qu'on l'avait opéré et il ouvrit les yeux. Autour de lui, tout était flou.

— Tiens, dit Lana, surgissant du brouillard, en lui posant ses lunettes sur le nez avec un grand sourire.

— Merci, dit-il d'une voix enrouée. Comment ça s'est passé ?

— Très bien. Papa a enlevé les adhérences. Dès que les infirmières de la salle de réveil me donnent leur feu vert, je te ramène à la maison et je t'installe confortablement.

— Tu n'es pas obligée de faire ça. Je peux me débrouiller.

— Je ne te laisserai pas te rétablir tout seul.

— Je devrais m'occuper de toi.

— Andrew, je ne suis qu'à ma cinquième semaine de grossesse. Tout va bien. Laisse-moi faire ça pour toi. Plus tard, quand je serai grosse comme une baleine et invivable, tu pourras me rendre la pareille.

Il soupira, rire était trop douloureux. Quel soulagement, qu'elle soit là. De ne pas traverser seul cette épreuve.

Il fallut deux bonnes heures pour que les effets de l'anesthésie se dissipent, et Lana ne quitta pas son chevet. Puis son père arriva, le sourire aux lèvres.

— Tout va très bien. Votre bras va devoir rester au repos au moins dix jours, puis vous pourrez commencer à le mobiliser, doucement au début.

— Merci, docteur Haole.

— Il peut quitter l'hôpital maintenant, Lana.

— Commençons par enlever cette perfusion et je te ramène à la maison. À partir de maintenant, repos obligatoire !

L'évocation de la maison l'émut. Il n'avait plus de foyer depuis si longtemps.

L'infirmière débrancha la perfusion et aida Andrew à s'habiller. Puis un garçon de salle apporta un fauteuil roulant. Il allait protester, mais le regard de Lana lui imposa le silence, et il se laissa conduire jusqu'à sa voiture garée devant l'hôpital.

Il somnola pendant le court trajet jusque chez Lana, où Jack les attendait. Il aida Andrew à monter dans la chambre du premier et le borda dans son lit.

— Merci, Jack.

— De rien, coach. Repose-toi maintenant.

Lana embrassa son frère.

— Ça va aller, ou tu veux que je reste ? demanda Jack.

— Je peux m'occuper de lui. Rentre chez toi.

— Très bien. Bonne nuit.

Lana remonta voir Andrew, un thermomètre à la main.

— Qu'est-ce que tu fais avec ça ? demanda-t-il, méfiant.

— J'allais te demander de baisser ton caleçon, dit-elle avec malice en glissant le thermomètre dans son oreille. Je prends ta température pour voir si tu n'as pas de fièvre, idiot.

— Eh bien ?

— Pas de fièvre. Parfait. Tu as besoin de quelque chose ?

Il secoua la tête, et elle se détourna pour partir, mais il la retint de son bras valide.

— Ne t'en va pas, lui demanda-t-il, conscient qu'il n'avait pas envie de rester seul.

Elle se rassit.

— Tu vas bien ?

— Je veux juste que tu restes un moment. Après ma dernière opération, je suis resté tout seul. Il n'y avait personne pour se soucier de moi et… C'était effrayant. Reste avec moi jusqu'à ce que je m'endorme.

— D'accord, murmura-t-elle.

— Tu peux t'allonger à côté de moi.

Elle contourna le lit et vint se blottir contre lui.

— Pourquoi étais-tu seul ? Tu n'avais pas ta famille ?

— Non. Je n'ai pas parlé à mes parents depuis l'accident.

— Pourquoi ?

Peut-être était-ce dû aux antalgiques, ou parce qu'il était las de garder tout cela pour lui, mais il fallait que ça sorte.

— Parce que mon père est un ivrogne et qu'il manipulait ma mère. Ils m'ont accusé d'avoir causé la mort de ma sœur.

— Ils t'ont reproché sa mort ? dit-elle, effarée.

— Elle était en voiture avec moi quand nous avons percuté l'élan. Je sais que ce n'était pas vraiment ma faute, mais ils m'ont accusé d'en être responsable. Papa du moins, maman a suivi. Ils m'ont déshérité, et je ne suis pas retourné à la maison depuis. J'ai accepté la sanction car j'aurais dû réagir plus vite, donner un coup de volant, me concentrer davantage…

— Je suis désolée que tu aies dû subir cette opération tout seul et que tu aies perdu ta sœur, mais tu n'y es pour rien, Andrew. C'était un tragique accident. Et, cette fois non plus, tu n'as pas à être seul. Je suis là pour toi.

— Je t'en suis reconnaissant.

— À propos de parents, j'ai reçu une visite inattendue aujourd'hui.

— Ah ? De qui ? demanda-t-il, intrigué.

— Ma mère.

— Que voulait-elle ? demanda-t-il, surpris.

— Je l'ignore. Je lui ai à peine parlé. Ça a été un tel choc.

Il avait envie de la questionner, mais les antalgiques le rendaient vaseux, et il se sentait très fatigué.

— Jack est au courant ?

— Pas encore, mais je vais le lui dire. Il a le droit de se faire sa propre opinion. Il était très jeune quand elle est partie, il ne se souvient pas d'elle.

Avec un marmonnement, Andrew se laissa aller et posa la tête sur son épaule. Le parfum de son shampooing et la chaleur de son corps l'apaisèrent tandis qu'il sombrait dans le sommeil. Pour la première fois depuis longtemps, il se sentait en sécurité.

Comme s'il était enfin chez lui.

— Arrête de papillonner autour de moi. Je vais bien.

Dix jours s'étaient écoulés depuis l'arthroscopie d'Andrew. Lorsque Lana travaillait, Jack venait s'occuper de lui mais, dès le troisième jour, Andrew avait commencé à refuser qu'on l'aide, il voulait se débrouiller seul.

Il ne se plaignait jamais de son épaule. Elle était encore sensible, mais elle ne le faisait plus grimacer de douleur comme avant, quand Lana l'observait à son insu.

— C'est ton dernier jour d'arrêt. Tu vas être examiné et, demain, tu pourras reprendre le travail et commencer la rééducation. D'ici là, pas d'imprudence.

— Les incisions se sont bien refermées. Il n'y a même pas eu de sutures.

Elle leva les yeux au ciel.

— Assieds-toi et prends ton petit déjeuner, dit-elle, posant une coupe de fruits et des œufs brouillés sur la table.

— C'est toi qui as fait ça ? demanda-t-il, incrédule.

— Bien sûr. Je sais cuire les œufs.

— Depuis quand ? Lorsque tu m'as préparé un petit déjeuner il y a deux jours, les toasts étaient brûlés et il y avait des morceaux de coquilles dans l'omelette.

— Bon, d'accord, je me suis fait livrer.

— Alors je peux manger, dit-il malicieusement.

Elle ramassa un torchon et le lui lança au visage.

— J'en ai marre de m'occuper de toi !

— Assieds-toi et mange. Tu ne manges pas assez.

Elle s'assit à la table et grignota un morceau de fruit. Le médicament contre les nausées l'aidait à garder ce qu'elle avalait, et ses nausées étaient moins fréquentes maintenant qu'elle approchait de la septième semaine de grossesse.

— Comment va ton bras, ce matin ?

— Bien, répondit-il en agitant son poing. Il est encore raide mais ça va. Je préfère ça aux décharges électriques que je ressentais avant.

— Je m'en doute, dit-elle en jouant avec ses œufs brouillés du bout de sa fourchette. Tu as appelé tes parents ?

Il la fixa, abasourdi.

— Je t'ai parlé d'eux, non ? Ils m'ont déshérité !

— Je pensais que tu leur dirais, pour les bébés.

— Et toi, tu l'as dit à ta mère ? répondit-il.

— Un point pour toi, dit-elle, prenant une gorgée de jus d'orange alors qu'elle aurait tué pour du café. Mais j'ai parlé à Jack. Il n'avait pas consulté ses messages, mais elle l'avait appelé avant de venir à l'hôpital.

— Et comment il l'a pris ?

— Étonnamment bien. Il veut la rencontrer, et je lui ai dit qu'il pouvait la contacter.

— Tu sais ce qu'elle veut ?

— Non, et je n'ai pas envie de le savoir. Finis de manger, nous avons rendez-vous pour ton examen médical.

— D'accord, répondit-il sans enthousiasme.

— Ça va bien se passer. Tu auras le droit d'exercer de nouveau, j'en suis sûre.

Il sourit.

— J'aime ton enthousiasme. Ça me change agréablement de la Reine des glaces…

Elle fronça les sourcils.

— Ne t'y fie pas trop. Mes internes me craignent toujours, répondit-elle en mettant son assiette dans le lave-vaisselle. Tu as fini ? Alors, allons-y.

Il vida les restes de son assiette dans la poubelle avant de la glisser dans la machine. Il se tenait tout près de Lana et, pendant un instant, elle savoura ce moment de bonheur domestique. Puis elle eut peur. Elle ne voulait pas de ça. Elle refusait de le piéger ici, si on lui offrait un poste à la CIS. Elle s'écarta et ramassa son sac.

— Viens, papa n'aime pas qu'on soit en retard. Tu n'as pas encore été confronté à son côté tyrannique.

— Parce qu'il m'aime bien.

Levant les yeux au ciel, elle ouvrit la porte. Andrew riait encore quand ils prirent le chemin de l'hôpital.

À son arrivée, Andrew fut chaleureusement accueilli par ses collègues. Leurs encouragements parurent le mettre mal à l'aise, mais Lana savait que l'issue de l'évaluation le rendait nerveux. Sans réfléchir, elle lui prit la main et il n'essaya pas de la retirer, pressant ses doigts dans les siens.

— Si on m'autorise à exercer de nouveau, je passerai le reste de la journée à m'exercer au labo de formation, dit-il.

— Bonne idée.

— Je ne reprendrai pas la chirurgie tant que je ne serai pas absolument sûr que ma main ne tremble pas.

— Je comprends, mais tu ne connaîtras vraiment tes capacités qu'en opérant un patient.

— Je ne risquerai pas la vie d'un patient, dit-il sèchement.

— Je n'ai pas dit ça, Andrew.

Il se passa la main sur le visage.

— Bien sûr. Excuse-moi, tout ça me rend nerveux.

Elle ouvrit la porte du bureau de son père.

— Tout ira bien. Je n'en doute pas un instant.

Andrew lâcha sa main et entra dans le bureau.

Elle le suivit en soupirant. Elle regrettait de ne pas pouvoir l'aider davantage. Elle aurait tant aimé combler le fossé affectif qui le séparait de ses parents.

Tu peux parler…

Andrew leva la tête en entendant la porte du laboratoire s'ouvrir. C'était là qu'il s'exerçait depuis qu'on l'avait officiellement autorisé à reprendre la chirurgie.

Son bras se comportait bien. Il souffrait encore, mais c'était une douleur saine. Il comprenait la différence, désormais.

Pourtant il n'était pas satisfait. Il ne se sentait pas encore prêt à retourner en salle d'opération.

— Tu es là depuis des heures, dit Lana qui tenait un sac avec des plats à emporter au parfum appétissant. Tu as faim ?

— Je meurs d'inanition.

Refermant la porte, elle posa le sac sur la seule table qui n'était pas encombrée.

— Comment ça se passe ?

— Ça se passe, dit-il, sortant un carton de porc au caramel.

— N'en fais pas trop. Tu es encore convalescent.

— Bien, docteur. Je promets d'être sage. Merci de m'avoir apporté à dîner.

— Je voulais rentrer à la maison mais j'avais des scrupules à t'abandonner à l'hôpital, alors j'ai pris de quoi manger pour te soudoyer et te ramener avec moi.

— Je peux prendre un taxi. Tu as besoin de te reposer.

Elle haussa les épaules.

— Je me suis habituée à dormir près de toi.

Il sentit son sang brûler dans ses veines. Préoccupé par l'évaluation qui déciderait de son avenir, il avait oublié qu'ils partageaient le même lit. C'était agréable, mais cela devait cesser. Il ne voulait pas lui donner de faux espoirs, ni la faire souffrir.

Mais vous avez des enfants ensemble. Ça ne s'efface pas.

Le souvenir, refoulé depuis dix jours, des ébats à l'origine de la conception des jumeaux lui revint d'un coup.

La nuit qui avait suivi l'opération, il avait voulu qu'elle reste avec lui jusqu'à ce qu'il s'endorme. Mais elle était encore là à son réveil et, depuis, ils s'endormaient chaque soir ensemble.

Il n'avait jamais aussi bien dormi que ces dix derniers jours, mais il n'y avait pas vraiment réfléchi jusqu'à maintenant, comme si c'était tout naturel… C'était inquiétant.

— C'était agréable, mais je pense qu'on devrait revenir à notre vie d'avant, répondit-il.

— Tu as raison, dit-elle calmement, et il comprit qu'il l'avait blessée.

Elle grignota distraitement un beignet de crevette.

— Tu viendras au rendez-vous avec l'obstétricienne, demain ?

— À quelle heure ?

— 19 heures. Le Dr Green a accepté de travailler plus tard pour nous arranger.

— J'essaierai d'être là, mais je dois faire ma tournée des lits. Même si je ne travaille pas encore au bloc, je dois m'occuper de mes patients… Au fait, merci d'avoir pris soin d'eux, Lana.

— Les amis sont là pour ça, répondit-elle sans le regarder.

La réplique le piqua au vif. Pourquoi pensait-il qu'ils étaient plus que des amis ?

Ils finirent de manger en silence, puis rangèrent la salle et rentrèrent chez eux. Dès qu'ils furent arrivés, Lana lui souhaita une bonne nuit et gagna sa chambre au rez-de-chaussée pendant qu'il montait au premier étage.

La maison était silencieuse, comme vide de ses occupants.

C'est mieux ainsi.

Il se déshabilla et prit une douche froide dans l'espoir vain de chasser les images troublantes qui le hantaient.

Fermant le robinet, il ouvrit les fenêtres. Le vent soufflait de la mer, malmenant les palmiers. Un orage se préparait. Le tonnerre grondait au loin, et un éclair zébra le ciel noir.

Il se retourna en entendant des pas. Lana se tenait sur le seuil en chemise de nuit, ses longs cheveux répandus sur ses épaules. Fascinante. Il eut envie de la prendre dans ses bras. Une dernière fois.

— Je ne pouvais pas dormir, avoua-t-elle. Je sais qu'il vaut mieux qu'on dorme séparément, mais je peux passer cette nuit avec toi ?

Sans répondre, il alla vers elle et, prenant son visage entre les mains, l'embrassa comme il aspirait à le faire depuis leur nuit de noces. Elle l'entraîna vers le lit et il s'allongea sur elle. C'était si bon, de la tenir dans ses bras.

S'appuyant sur sa bonne épaule, il glissa la main entre ses jambes et lui arracha un gémissement. Le sang pulsait dans ses veines, à l'unisson du tonnerre qui grondait au-dehors.

Il ne pouvait pas se rassasier d'elle. Il se consumait pour elle. Elle était sa drogue, et il était effrayé par la violence du désir qu'elle lui inspirait.

— Andrew, murmura-t-elle dans la pénombre.

Il la pénétra et comprit qu'il était perdu. Elle contrôlait son cœur et son esprit, il avait besoin d'elle. Il essaya de formuler ce qu'il voulait lui dire, mais en fut incapable.

Alors il l'embrassa tandis que leurs corps se joignaient pour n'en faire qu'un. Quand l'orgasme la prit enfin et que ses ongles s'enfoncèrent dans son dos, il la serra encore plus fort et jouit, gardant son aveu pour lui.

Je t'aime.

14.

Lana fut réveillée par la caresse tiède du soleil sur son visage. Elle se frotta les yeux et tendit la main vers Andrew. Mais sa place était vide. Elle se redressa.

— Andrew ?

Seul le silence lui répondit.

Elle se leva et enfila la chemise de nuit qui avait échoué par terre pendant leur nuit de passion. Elle trouva un message sur la table basse du salon :

« Parti à l'hôpital pour ma tournée de lits. Pas voulu te réveiller. »

Elle se prépara pour la journée. Elle prit sa douche en se remémorant les derniers événements. Quand Andrew avait voulu faire de nouveau chambre séparée, elle s'était résignée. Mais, seule dans son lit, et tout en se détestant d'avoir besoin de lui pour dormir, elle n'avait pu trouver le sommeil.

Elle jeta un œil par la fenêtre : la houle était parfaite, les conditions idéales pour surfer. Le vent soufflait de terre, et de nombreux surfeurs s'adonnaient déjà à leur passion.

Elle enfila sa combinaison de surf, natta ses cheveux et, sa planche sous le bras, le cœur battant d'anticipation, descendit à la plage. Surfer l'aidait toujours à y voir plus clair.

Jack jaillit de l'eau tel un triton et courut vers elle.

— C'est comment ? demanda-t-elle.

— Génial !

— Alors, prêt pour le championnat ?

— Oh oui ! Tu viendras ?

— Bien sûr.

— Super. J'imagine que ce ne sera pas le cas de papa, dit tristement Jack. Tu as parlé à Sheila ?

— À qui ?

— Notre mère. Tu devrais vraiment le faire, tu sais.

Elle ignora la remarque.

— Tu surfes un peu avec ta sœur, ou tu es trop fatigué ?

— Tu comptes surfer dans ton état ?

— Je ne suis qu'au début de ma grossesse. Si je ne le fais pas maintenant, je ne pourrai bientôt plus.

— Alors, allons-y. Andrew m'assommerait s'il t'arrivait quelque chose.

— Bien sûr, fit-elle d'un ton sarcastique.

— Mais oui, Lana, dit Jack avec affection. Je ne vois pas pourquoi tu doutes tellement de toi. Il n'y a aucune raison.

Le cœur de Lana se gonfla de tendresse.

— Viens, allons-y avant que le vent ne tourne.

Elle entra dans l'eau froide. S'allongeant sur sa planche, elle pagaya vers le large à côté de Jack. Le courant était fort mais elle refoula son appréhension. Aujourd'hui, elle allait conquérir la *pipeline*, cette puissante vague cylindrique qui avait fait la renommée mondiale du spot du même nom.

Pagayant toujours, elle vit la vague se préparer. Lana redoubla d'efforts et quand le mur d'eau se releva, elle sauta sur sa planche, attrapa la vague, et se redressa. Elle la chevaucha et s'insinua dans le tube, emportée par le courant et le mouvement de l'eau. Elle gardait l'équilibre, et son âme hurlait de joie tandis que ses tensions et ses peurs s'évanouissaient. L'eau turquoise rugissait à ses oreilles et scintillait dans le soleil. Pour la première fois depuis longtemps, elle se sentait libre.

À cet instant magique, elle sut qu'elle pouvait conquérir n'importe quoi. Même ce qu'elle redoutait le plus.

La *pipe* se réduisit et elle en sortit adroitement en s'accroupissant, se laissant porter jusqu'à ce qu'elle soit hors de danger. Elle sauta dans l'eau et émergea un peu plus loin. Un vrai baptême de l'esprit et de l'âme. Accrochée à sa planche, elle regarda Jack chevaucher une nouvelle vague. Moins prudent qu'elle, il osait des manœuvres inédites destinées à impressionner les juges du Championnat international de surf, dans deux semaines.

Jack était libre. Il n'avait pas de complexes, pas d'attaches, et elle l'enviait. Il pouvait aller n'importe où, mener la vie qu'il voulait. Alors qu'elle devait rester ici. Surtout maintenant qu'elle attendait des jumeaux. Ici, elle avait la stabilité, un travail, et un foyer ; elle ne pouvait pas y renoncer pour voir le monde et exercer la médecine loin d'Oahu.

Ce rêve s'était envolé avec l'arrivée des jumeaux.

C'est faux. Tu as juste peur de te lancer.

— Qu'en penses-tu ? demanda Jack, pagayant vers elle.

— C'est fantastique. Tu as le surf dans la peau, Jack.

— On remet ça ? demanda-t-il en souriant fièrement.

— Non, j'ai du travail.

Elle remonta sur sa planche et pagaya jusqu'au rivage. Après avoir flotté si légèrement sur l'eau, en mettant pied à terre elle eut l'impression de peser une tonne. Elle se sentait épuisée.

— Tu es fatiguée, dit Jack. Va te préparer. Je prends ta planche.

— Merci, Keaka, dit-elle en l'embrassant sur la joue.

Elle rentra chez elle. Conquérir cette vague d'exception lui avait donné un sentiment d'accomplissement qu'elle n'avait pas ressenti depuis longtemps. C'était un souvenir précieux, elle en aurait besoin pour se rappeler qu'elle avait pris la bonne décision en restant à Oahu en vue de succéder un jour à son père. Elle ne pouvait plus ne penser qu'à elle désormais.

— Docteur Tremblay, dit Andrew en décrochant.

Il entendit une respiration et des bruits confus.

— Allô !

— Pourquoi as-tu appelé ?

La voix lui arracha un frisson glacé. Il ne l'avait pas entendue depuis longtemps, sinon dans ses cauchemars.

— Papa ? Comment as-tu eu le numéro de mon bureau ?

— Pourquoi diable as-tu appelé ? répéta son père d'une voix pâteuse qui lui rappela de tristes souvenirs.

— Je n'ai rien fait de tel.

— Arrête tes conneries. Je sais que tu as contacté ta mère.

— Je n'ai pas appelé maman. Je te laisse picoler, au revoir.

Andrew avait à peine raccroché que le téléphone sonna de nouveau. Il l'ignora un moment, puis, résigné, décrocha.

— Allô ! cria-t-il, entendant déjà les reproches.

— *Comment oses-tu raccrocher ? Pour qui te prends-tu ? Tu as tué ta sœur ! Comment oses-tu appeler ta mère ?*

— Je n'ai pas appelé maman, articula-t-il.

En arrière-plan, il entendit les pleurs de sa mère suppliant son mari d'arrêter, et son cœur se fendit.

— Maman ?

— Je t'interdis de lui parler ! hurla son père. Je sais que tu l'as appelée de ta belle maison d'Oahu, pour lui dire que tu t'étais marié, et que tu allais avoir un bébé avec ta femme. J'espère que tu ne le tueras…

Andrew perdit son sang-froid.

— Je ne te permets pas de m'accuser ainsi ! Je n'ai pas tué Meghan. Notre voiture a heurté un élan, et elle n'avait pas attaché sa ceinture de sécurité, je n'y suis pour rien. Je ne pouvais pas la sauver. C'était ma sœur, et ça me mine de n'avoir rien pu faire pour elle. D'avoir dû laisser sa vie entre les mains d'un autre chirurgien. Mais, même si la loi m'avait autorisé à l'opérer, elle serait morte… Et je ne vois pas pourquoi tu t'en soucies, alors que tu étais aussi odieux avec elle qu'avec moi ! La différence, c'est qu'elle l'acceptait. Elle essayait de te rendre heureux et de protéger maman, mais tu t'en moquais car tu étais un monstre, et tu l'es toujours !

Andrew raccrocha brutalement. Il était livide, il tremblait. Par faiblesse, sa mère avait pris le parti de son père et coupé tout lien avec lui, pourquoi l'aurait-il appelée ?

Mais alors, *qui* avait appelé ses parents ? Le Dr Haole ?

— Salut, dit Lana en entrant dans le bureau.

Elle s'arrêta net en voyant sa tête.

— Hé, qu'est-ce qui se passe ?

— Aurais-tu téléphoné à mes parents, par hasard ?

Elle se mordit la lèvre.

— Tu m'avais dit de ne pas le faire, mais après ton opération… Ils avaient le droit de savoir.

Il jura et son poing s'abattit sur le bureau.

— En aucun cas ! Ils m'ont déshérité. Ils n'ont pas à savoir quoi que ce soit de ma vie. Ils ne le méritent pas.

— Ce sont tes parents, répondit-elle d'un ton sans appel. Ils devaient être mis au courant.

— Ah ? L'as-tu dit à ta mère ? Non, c'est vrai, tu l'as chassée sans vouloir seulement l'écouter.

— C'est différent, répondit-elle avec colère. Ma mère est partie quand j'étais enfant.

— Et mes parents m'ont abandonné quand j'étais adulte. C'est le même foutu problème.

— Cesse de hurler après moi. J'essayais juste d'aider.

— Eh bien, tu as royalement tout bousillé.

— Et tu es parfait peut-être ? Irréprochable ?

— Insinuerais-tu que j'ai quelque chose à voir avec la mort de ma sœur ? murmura-t-il, penché vers elle.

— Non, mais tu te comportes comme un coupable.

Andrew vit rouge. Elle avait raison. Même s'il n'était pas responsable de la mort de sa sœur, il en portait le fardeau. Chaque fois que le bonheur était à portée de main, il se rappelait tout ce que Meghan ne connaîtrait jamais. Il s'était comporté comme un idiot la majeure partie de sa vie, alors que Meghan avait toujours été parfaite. Elle ne méritait pas de mourir. Lui, si. Il n'avait pas le droit d'être heureux.

— Il faut que tu partes, Lana, dit-il calmement.

— Pas tant qu'on n'aura pas réglé ça.

— Régler quoi ? Ce mariage est bidon. Il n'existera plus dans un an. J'ai postulé en Californie avant qu'on se marie et, dès que j'aurai ma carte verte, je quitterai Oahu. Tu n'en partiras jamais, qui s'occuperait de toi ? Je regrette de t'avoir mise enceinte, mais tu te débrouilleras avec l'aide de ton père. Il peut prendre soin de toi, tu le laisses te contrôler. Tu peux te pavaner ici comme une reine, mais au fond tu n'es qu'une enfant, seule et perdue !

Elle le gifla. Puis, sans un mot, elle tourna les talons et sortit.

Il porta la main à sa joue brûlante. La gifle l'avait blessé au plus profond de lui-même. Il regrettait ses paroles, mais il fallait qu'elles sortent. C'était mieux ainsi.

Il n'y avait pas d'avenir pour eux, il n'en était pas digne. Au moins, on prendrait soin de ses enfants, et ils se porteraient beaucoup mieux sans lui.

Il ne gâcherait pas la vie de Lana comme il avait gâché celle de Meghan.

15.

Deux semaines plus tard

Lana se fraya un chemin dans la foule venue assister au Championnat international de surf sur la plage de Waikiki. Le vent soufflait de la terre, les conditions étaient idéales. Nombre de badauds appartenaient à la Communauté internationale de surf, l'organisme auprès duquel Andrew avait postulé. Dès qu'il aurait sa carte verte, il divorcerait et irait travailler en Californie.

Tu étais d'accord, non ?

Elle ne voulait pas penser à lui. Elle ne l'avait pas vu depuis deux semaines, et elle avait beau essayer de se convaincre du contraire, elle en souffrait. Il y avait un vide dans son existence. Elle se sentait atrocement seule. Andrew lui avait brisé le cœur parce qu'elle avait baissé sa garde. Elle ne pouvait s'en prendre qu'à elle.

Désormais, elle devait protéger ses enfants contre Andrew qui ne semblait pas vouloir en entendre parler. Il n'était même pas venu au rendez-vous chez l'obstétricienne, ce qui l'avait blessée, mais à quoi s'attendait-elle ?

En tendant la main à ses parents, elle avait seulement voulu l'aider à faire la paix avec eux.

Curieux que tu ne puisses pas en faire autant avec ta propre mère…

En haut des tribunes, elle trouva une place à l'ombre d'où elle avait une vue parfaite sur la compétition. Elle sortit ses jumelles. Avec un pincement au cœur, elle aperçut Andrew sur un des bateaux qui patrouillaient pour récupérer les surfeurs blessés.

Il souriait, arborant un T-shirt de la CIS qui lui allait bien. Il semblait heureux. Il l'était probablement plus sans elle. Quand, quinze jours plus tôt, elle était rentrée chez elle après cette scène atroce, il avait déménagé ses affaires.

« *Le prochain concurrent est un surfeur d'ici, Keaka Jack Haole Jr., de la magnifique Waikiki ! Faites un triomphe au candidat de la CIS, Keaka !* »

Acclamant son frère, Lana tourna ses jumelles vers Jack et sa planche vert fluo. Il attrapa une *line* et chevaucha le sommet de la vague en réalisant ses figures, à la grande joie de la foule.

Il va gagner ce championnat.

Comme il entamait une manœuvre particulièrement délicate appelée *Shove-It*, sa planche bascula soudain, et il fut projeté sur les rochers.

Lana poussa un cri, et le bateau sur lequel se trouvait Andrew fonça vers les rochers. Elle descendit les gradins quatre à quatre et se mit à courir vers la plage.

Oh ! seigneur. Oh ! seigneur...

— Désolé, mademoiselle, vous ne pouvez pas passer, lui dit le garde chargé de la sécurité en lui barrant l'accès à la plage.

— Je suis médecin... Keaka Haole est mon frère.

L'homme la laissa passer, et elle attendit sur la plage en rongeant son frein pendant ce qui lui parut une éternité.

Puis elle entendit la sirène d'une ambulance se rapprocher. Le bateau de secours, qui fonçait vers la plage, s'immobilisa près du rivage. Entrant dans l'eau, elle remarqua qu'Andrew avait sanglé Jack sur une planche. Il y avait du sang partout. Elle courut vers eux.

— Reste à distance, Lana, lui dit Andrew avec douceur. Ce n'est pas beau à voir.

L'ignorant, cllc aida à porter la planche pour la sortir de l'eau. C'était son petit frère, qu'elle avait élevé. Il était tout pour elle, le seul homme qui la connaisse vraiment. Elle ne pouvait pas perdre son seul allié au monde.

— Lana, je m'en occupe, dit sèchement Andrew.

— C'est mon frère, je ne le quitterai pas... Je suis là, Jack. Je suis là...

Les ambulanciers prirent la relève, et Andrew lança ses ordres pendant qu'on procédait à une réanimation cardio-pulmonaire et posait au blessé une voie centrale. Jack était inconscient. Il respirait, mais sa trachée avait été endommagée, et on dut l'intuber.

Impuissante, Lana s'agenouilla dans le sable à côté de lui, les mains couvertes de sang. Jack était le seul qui la comprenne vraiment. Le seul qui l'aime. Elle ne pouvait pas le perdre. Elle ne serait plus rien sans lui...

— Ça va aller, Jack. Je suis là. Je suis là.

Après l'avoir stabilisé, les ambulanciers l'attachèrent sur une civière pour le transporter à l'hôpital. Ils le hissèrent à l'arrière de l'ambulance et Andrew le suivit mais, quand Lana voulut monter, un auxiliaire médical l'arrêta.

— Désolé, mademoiselle, seulement la famille.

— C'est sa sœur, et elle est chirurgienne, dit Andrew.

Inclinant la tête, l'ambulancier aida Lana à monter dans l'ambulance, referma la portière, et grimpa à l'avant pendant qu'à l'arrière son collègue surveillait les constantes de Jack.

— Merci, murmura-t-elle, incapable de regarder Andrew.

— De rien, répondit-il en passant la main dans ses cheveux. Lana... Écoute, je...

— Je ne veux pas en parler, Andrew. Pas maintenant. Mon frère se cramponne à la vie, c'est tout ce qui compte.

Pendant le trajet jusqu'à l'hôpital, qui lui sembla interminable, elle resta concentrée sur Jack. Puis les portes de l'ambulance s'ouvrirent et, sautant du véhicule, elle courut vers le service de traumatologie.

— Que quelqu'un bipe mon père ! cria-t-elle.

Le Dr Page se rua sur un téléphone tandis qu'elle se tournait vers le chariot poussé par les ambulanciers.

— Qu'on appelle un chirurgien trauma, cria Andrew.

Jack fut conduit dans un box. On apporta un chariot de réanimation et Andrew enfila une blouse. En retrait, Lana vit les ambulanciers confier Jack à Andrew et au chirurgien traumatologiste, le Dr Rodman, qui venait d'arriver.

— Que se passe-t-il, Iolana ? demanda son père en s'engouffrant dans le couloir, puis en s'arrêtant net en la voyant. Tu es couverte de sang !

— Ce n'est pas le mien, dit-elle, l'empêchant d'entrer dans le box. Une vague a renversé Jack. C'est grave, papa. Très grave.

Son père passa une main tremblante dans ses cheveux.

— Je lui avais dit que c'était dangereux…

— Mais il adore ça, papa ! C'est sa passion, comme tu as la tienne. Vous vous ressemblez, tous les deux.

— Pas du tout.

— Vous êtes pareils. Têtus, intransigeants, et vous me harcelez jusqu'à ce que vous arriviez à vos fins ! s'écria-t-elle sous le regard ébahi de son père. J'ai élevé Jack, je suis bien placée pour le savoir. Il a juste voulu vivre sa passion. Et ce n'est pas parce qu'il n'a pas suivi tes traces qu'il a eu tort de choisir sa voie.

— Et ça l'a mené à *ça*, Iolana. Il pourrait en mourir !

— Alors il mourrait en faisant ce qu'il adore. En jouant les conciliatrices entre vous, en m'occupant de Jack pendant que tu te consacrais au métier que tu aimais, je vous ai sacrifié la majeure partie de ma vie.

— Tu adores la chirurgie…

— Oui, mais je voulais quitter Oahu. Tu nous as laissés tomber, papa.

Elle était lasse de tout garder pour elle, de faire semblant. Elle n'en voulait pas seulement à sa mère, elle en voulait aussi à son père de contrôler sa vie.

— C'est votre mère qui vous a abandonnés, pas moi, répondit-il sombrement.

— Elle était physiquement absente, mais tu n'étais pas là non plus, papa. J'ai élevé Jack, je n'ai pas eu d'enfance.

Son père baissa la tête.

— Je ne pouvais pas être à la maison.

— Pourquoi ? Nous avions besoin de toi.

— C'était trop dur. J'aimais ta mère et elle nous a quittés. La maison ne faisait qu'entretenir mon chagrin.

— Je l'aimais aussi, papa, dit-elle, les yeux noyés de larmes, mais nous avions besoin de toi… Je regrette que nous soyons une telle déception pour toi, un tel fardeau…

— Vous ne l'avez jamais été. Je suis désolé…

Elle refoula sa peur. Il était temps d'arrêter de mentir.

— Jack m'a fait épouser Andrew pour qu'il obtienne la carte verte, dit-elle.

— Quoi ? s'écria son père, interloqué. Iolana…

— En tout cas au début, coupa-t-elle, mais je suis tombée amoureuse d'Andrew. Je veux avoir ces bébés. Ne sois pas en colère contre Andrew et Jack. C'était ma décision et je l'assume, mais je dois prendre ma vie en charge, papa, et tu dois davantage soutenir Jack. Je ne veux plus jouer les pacificatrices entre vous. Il est temps que je vive ma propre vie. Je ne peux plus être dans ton ombre.

— Iolana ? bredouilla-t-il, déconcerté par cet éclat.

Elle fondit en larmes, et il la prit dans ses bras, la réconfortant comme il ne l'avait jamais fait. La dernière fois qu'elle l'avait enlacé, il pleurait parce que sa femme l'avait quitté.

Ils entendirent quelqu'un annoncer un arrêt cardiaque, et la voix d'Andrew domina le brouhaha pendant que le Dr Rodman choquait son frère.

— Oh ! mon Dieu, je ne peux pas perdre mon fils ! gémit son père en s'effondrant. Mon Dieu, je vous en prie…

Lana le serra contre elle. Puis Andrew émergea du box, le visage sombre.

— Alors ? demanda son père avec angoisse.

— Il est stabilisé, mais ce n'est pas bon. On le descend au scanner. Le Dr Rodman est un excellent chirurgien, il pourra nous dire l'étendue des dommages.

— Je vais avec lui, dit son père.

— Très bien, mais, docteur Haole, n'oubliez pas que c'est le Dr Rodman le chirurgien. Pas vous. N'intervenez pas.

Dès qu'il fut parti, Andrew prit le bras de Lana et l'entraîna dans une salle privée, où il ôta sa blouse et se lava les mains.

— Pourquoi m'as-tu amenée ici ? demanda-t-elle. Ma place est auprès de Jack et de mon père.

— On s'occupe d'eux. C'est toi qui m'inquiètes. Et les bébés.

— J'aurais juré le contraire, dit-elle d'un ton sec.

— Je suis désolé de ne pas être venu au rendez-vous avec l'obstétricienne. J'étais en colère et j'avais peur.

— Et maintenant ? demanda-t-elle, les bras croisés.

— Je ne sais pas. Je me fais du souci pour mon ami.

— C'est vrai, Jack a été un excellent ami pour toi en te maquant avec sa sœur pour que tu puisses décrocher un poste en or à la CIS !

— Lana, tu sais que c'était mon rêve.

— Alors on t'a offert un poste ?

— Pas encore mais, si on le fait, j'accepterai et, si tu n'avais pas si peur, tu pourrais venir avec moi.

— Pourquoi te suivrais-je ?

— Tu ne viendrais pas, de toute façon, je le sais.

Ils furent interrompus par le Dr Page.

— Pardon de vous déranger, docteur Tremblay, mais le Dr Haole vous demande au scanner. Ils ont des résultats, ils ont besoin de vous tout de suite.

— J'arrive. Merci, docteur Page, dit Andrew avant de se tourner vers Lana. Ce n'est pas fini. Il faut qu'on parle.

Elle ne répondit pas. Restée seule, elle se sentit vidée de ses forces. Son regard se posa sur un téléphone mural, et elle sut ce qu'elle devait faire. Quittant la traumatologie, elle se rendit dans son bureau. On était samedi, son assistante n'était pas là. Tant mieux. Elle devait se ressaisir pour gérer le problème. Sa mère lui avait laissé sa carte, quand elle était venue la voir. D'une main tremblante, elle décrocha le téléphone et composa le numéro.

— Allô ?

C'était la voix qu'elle se rappelait de son enfance. La voix douce qui lui avait chanté des berceuses hawaïennes pour calmer ses terreurs nocturnes. La voix qui l'avait hantée durant des années, jusqu'à s'enfouir dans un recoin de sa mémoire. À présent, tout lui revenait.

— C'est Iolana, murmura-t-elle.

— Iolana, je suis si contente que tu m'appelles ! s'écria la voix avec sincérité.

— J'ai de mauvaises nouvelles, dit-elle, la gorge nouée.

— Qu'est-ce qu'il y a ?

— C'est Keaka… Je veux dire Jack. Il a eu un accident. Le pronostic vital est engagé… Il faut te préparer.

Elle entendit un cri étranglé.

— Oh ! seigneur. J'arrive. Tiens bon. Je serai bientôt là.

— Je te retrouve devant l'entrée des urgences, dit Lana avant de couper la communication.

Puis elle enfouit son visage dans ses mains et pleura.

Les choses allaient changer. La vie était trop courte.

— Il a le bassin et la hanche fracturés, ainsi que le fémur gauche. Son côté gauche a tout pris, à l'exception de quelques côtes cassées à droite, dit Andrew en désignant les images sur l'écran de l'ordinateur. Et il souffre d'une importante hémorragie interne.

— Je l'envoie immédiatement au bloc pour stopper l'hémorragie, répondit le Dr Rodman.

— Ensuite, il faudra s'occuper des os. À condition qu'il puisse le supporter. Nous verrons cela après votre intervention.

Quittant la salle de scanner, le Dr Rodman alla informer le Dr Haole de leur décision.

Les yeux fixés sur l'écran, Andrew bipa les deux autres chirurgiens orthopédiques. L'un était en salle d'opération où il procédait à la pose d'une prothèse de hanche, l'autre assistait à une conférence.

Le Dr Haole ne pouvait pas opérer son fils, et Lana ne pouvait pas opérer son frère. Andrew sentit son corps se couvrir d'une sueur froide.

— C'est moche ? demanda Lana en pénétrant dans la salle.

Andrew acquiesça.

— Je suis désolé. Tu peux voir l'étendue des blessures. Le côté gauche de son corps s'est écrasé contre les rochers.

— Il va avoir besoin d'une très grosse réparation orthopédique, dit-elle calmement.

— Oui, et un chirurgien est au bloc, et l'autre à une conférence, ce qui nous laisse…

— Toi, dit-elle posément. Tu as retrouvé le droit d'exercer, et tu es un des meilleurs chirurgiens orthopédiques, Andrew. Ni papa ni moi ne pouvons le faire. Il ne reste que toi. Et je veux que mon frère soit opéré par le meilleur.

— Je ne peux pas, Lana…

Il était pathétique, il le savait, mais il était terrifié. Cela faisait quatre ans qu'il n'avait pas tenu de scalpel. Son premier patient ne pouvait pas être son ami, le frère de la femme qu'il aimait.

— Tu n'as pas le choix, dit-elle sèchement. Sauve la vie de mon frère.

— Et si j'échoue ? Je sais que j'ai tout gâché mais, s'il meurt, je ne veux pas te perdre…

Elle resta silencieuse un moment, puis le prit par les épaules.

— Je ne suis pas tes parents, Andrew. Tu ne me perdras pas, sauf si tu refuses d'opérer Jack.

Il l'attira dans ses bras et l'embrassa. Il avait peur, il n'était pas sûr que sa main ne tremblerait pas, ni que Lana resterait si Jack ne survivait pas. Mais elle avait raison, s'il se défilait, Jack mourrait, et il la perdrait.

Ces deux semaines de séparation avaient été une torture. Elle lui avait atrocement manqué, et il avait pris conscience de sa solitude. Il voulait garder Lana. Et maintenant il avait l'occasion de tout arranger.

Il allait tout faire pour la reconquérir.

Et il ne partirait plus jamais.

16.

Lana, l'estomac noué, faisait les cent pas en attendant sa mère. Jack était en salle d'opération avec le chirurgien en traumatologie et, au laboratoire, Andrew et le Dr Page préparaient l'intervention orthopédique qui prendrait le relais pour sauver son frère.

Si elle perdait Jack, qui savait ce qu'elle ferait ? Elle avait toujours pu compter sur lui. En conflit perpétuel avec leur père, il avait toujours été là pour elle, avec son amour inconditionnel et ses câlins dont leurs parents étaient chiches. Et, s'il l'agaçait parfois, elle ne concevait pas la vie sans lui.

Pas plus qu'elle ne l'imaginait sans Andrew. L'amour s'était insinué en elle à son insu. Et l'accident de Jack lui avait fait comprendre qu'elle ne voulait plus du rôle qu'elle tenait depuis toujours au sein de sa famille.

Il y aurait de la souffrance, du chagrin, mais aussi du bonheur. Elle ne pouvait plus consacrer son existence à maintenir la paix familiale. Elle voulait vivre pour elle. Être heureuse. Cesser de jouer les femmes fortes pour en être vraiment une. Quand Andrew irait en Californie, elle l'accompagnerait avec les enfants, s'il le souhaitait encore.

Elle en avait assez de vivre l'existence que son père jugeait adéquate. Il était temps pour elle de choisir sa vie.

Les portes des urgences s'ouvrirent sur sa mère, en tenue sport et chaussée de tennis, ses yeux bleus assombris par la peine et l'angoisse.

— Iolana…

Elle s'avança comme pour l'étreindre, puis se ravisa.

— Maman.

Lana la prit dans ses bras et la serra contre elle. Sa mère éclata en sanglots et s'agrippa à elle.

— Iolana… Oh ! mon Dieu…

— Ça va aller, maman. Ça va aller.

Lana prit sa main pour la conduire dans le bureau de son père.

— Pas Jack, non…, s'écria-t-il en voyant les larmes de Lana.

— Ce n'est pas Jack, papa, dit-elle vivement en faisant entrer sa mère.

Le visage de son père se durcit.

— Sheila.

— Keaka, dit sa mère sur le même ton.

— Qu'est-ce que tu fais là ?

— Iolana m'a appelée. Je suis là parce que notre fils est en salle d'opération.

Son père jeta à Lana un regard qui en temps normal l'aurait fait rentrer sous terre, mais elle le lui retourna avec défi.

— Je ne vois pas pourquoi tu débarques après toutes ces années, Sheila. Ton fils se moque que tu sois là !

— Pas du tout, papa, répondit Lana d'un ton mordant. Jack parle à maman depuis plus d'un mois. Ils se sont réconciliés.

— Tu le savais ? hurla-t-il.

— Ne hurle pas sur elle, s'interposa sa mère.

— En partant, tu as renoncé à tes droits sur les enfants.

— Je suis partie parce que nous ne nous aimions plus, et que je souffrais d'une grave dépression post-partum. Il m'a fallu des années pour guérir et, quand j'ai voulu revenir, tu m'as repoussée.

Son père eut l'air gêné.

— Jack veut la voir, papa. Et moi aussi. Et je veux me réconcilier avec elle, comme lui.

Sa mère prit sa main en souriant.

— Moi aussi, je le veux, Iolana. Plus que tout au monde.

Lana se tourna vers son père.

— Je t'aime, papa, mais je te l'ai dit, je suis lasse de jouer les tampons entre toi et Jack, et que tu régentes ma vie.

— Je l'ai fait uniquement dans ton intérêt, répondit son père. Tu avais un vrai talent pour la chirurgie. Il fallait que tu sois là pour que je te transmette mon don.

— Et je t'en remercie, papa, dit-elle en lui pressant la main. Mais il est temps de me laisser partir, de me laisser vivre ma vie. Même si je ne fais pas les choix que tu voudrais. Je ne serai pas une mère au foyer, je continuerai à exercer la chirurgie. Je veux que mes enfants aient une mère forte et, malgré mon amour de la chirurgie, je ne veux pas te remplacer à la tête du service quand tu prendras ta retraite. Je veux travailler pour la Communauté internationale de surf, faire de la recherche, peut-être même enseigner la médecine. Pour ça, je dois quitter Hawaï.

— Qu'est-ce que tu dis ?

— Andrew a postulé pour un travail en Californie ; si ça marche, je le suivrai.

— Si tu l'as épousé pour lui faire obtenir la carte verte, il ne voudra peut-être pas que tu l'accompagnes.

Elle soupira.

— C'est un risque que je dois courir, mais je ne peux pas vivre éternellement sous ton aile. Tu dois me laisser partir, et arrêter de te disputer avec Jack parce qu'il a décidé de mener la vie qu'il voulait, et pas celle que tu avais planifiée pour lui. Et il faut que tu enterres la hache de guerre avec maman. Je souhaite que, tous les deux, vous fassiez partie de la vie de mes enfants, et je sais que Jack tient à ce que vous partagiez la sienne. De durs moments l'attendent, avec une rééducation pénible. Ce n'est pas le moment de condamner ses choix de vie. Il a besoin de votre soutien, à tous les deux !

Son père demeura silencieux.

— Je vais voir comment va Jack, je vous laisse discuter ensemble, dit Lana. Vous devez oublier les blessures passées et aller de l'avant. Pour Jack. Et pour moi.

Son père déposa un baiser sur son front tandis que sa mère considérait son ex-mari d'un air méfiant.

Refermant la porte du bureau derrière elle, Lana prévenait la secrétaire de son père qu'il ne voulait pas être dérangé quand elle vit sa belle-mère arriver en courant.

— Je viens d'apprendre pour Jack. Keaka tient le coup ?

— Ça va, je crois, répondit Lana en l'attirant à l'écart. Sophie, je veux que tu saches que je t'aime beaucoup, et que je t'ai toujours considérée comme une mère.

— Qu'est-ce qui se passe ? bredouilla Sophie.

— Ma mère est là, et elle fait la paix avec papa. Pour Jack.

— J'en suis heureuse, dit Sophie, visiblement soulagée.

— Tu ne sembles pas surprise…

— Je connais Sheila depuis trois ans. Elle est employée par le conseil culturel de Waikiki, j'ai travaillé avec elle pour réunir des fonds. Comment crois-tu qu'elle ait obtenu les renseignements vous concernant, Jack et toi ?

— Alors, tu savais ?

— Bien sûr. Les retrouvailles ont pris du temps mais je m'en réjouis. Je t'aime aussi, dit Sophie en écartant tendrement une mèche de son front. Et je vous considère comme mes enfants, Jack et toi.

Elles s'étreignirent. Sophie avait été une merveilleuse maman de substitution pendant son adolescence, mais Lana ne l'avait jamais serrée dans ses bras, et il était temps de le faire. D'autant que Sophie avait joué un rôle important dans ces retrouvailles.

— Je les laisse régler ça, dit Sophie. Je vais boire un café à la cafétéria et envoyer un texto à ton père. Où vas-tu ?

— À la galerie d'observation voir l'opération de Jack.

— Est-ce bien sage ?

— Il faut que Jack sache que je suis là. Et Andrew aussi.

Lana l'embrassa sur la joue et s'en alla. Elle avait besoin d'être là s'il arrivait quelque chose à Jack. Elle voulait lui faire savoir qu'il pouvait compter sur elle. Et qu'Andrew sache qu'elle le soutenait, quoi qu'il arrive, et qu'à l'avenir elle serait toujours là pour lui.

Andrew fit rouler ses épaules pour les détendre. Il avait été opéré moins d'un mois auparavant mais, pendant qu'il s'exerçait au laboratoire de formation en attendant d'être bipé par le Dr Rodman, sa main était restée stable. Le Dr Rodman s'était chargé des blessures à l'abdomen et au thorax, et Andrew allait travailler sur le bassin, la hanche et le fémur. Le bras gauche de Jack pouvait attendre.

Il y aurait d'autres opérations les prochains mois. Le chemin vers la guérison serait long pour Jack, et probablement ne pourrait-il plus jamais surfer. Reprendrait-il ses études pour devenir kinésiologue, comme il l'avait envisagé après sa retraite de surfeur ?

Andrew soutiendrait son ami, devenu son parent. À condition que Jack survive à l'intervention. Dans le cas contraire, Lana ne pourrait plus le regarder sans songer qu'il aurait pu sauver son petit frère.

Il pensa aux enfants que Lana portait, ses petits jumeaux. Il n'avait pas le choix, il devait réussir.

Il prit une profonde inspiration et poussa la porte du bloc opératoire. Il allait commencer par opérer le bassin, cause principale de l'hémorragie interne. Puis il s'occuperait de la hanche et du fémur, si Jack était en état de le supporter. Le bras pourrait être réparé plus tard. Et les côtes se ressouderaient d'elles-mêmes.

Une infirmière tendit à Andrew une blouse chirurgicale qu'il enfila, avant de mettre des gants. Le cœur battant, il fit de nouveau rouler son épaule. Par habitude.

Il leva les yeux vers la galerie d'observation. Lana le regardait et lui fit un signe d'encouragement.

Il prit sa place devant la table et inspira.

— Tenez bien ce rétracteur, j'aurai besoin de beaucoup de place pour manœuvrer le bassin. L'appareillage est prêt ?

— Oui, docteur Tremblay, répondit le Dr page. J'ai apporté un assortiment pour toutes les fractures. J'ai aussi préparé un appareillage externe.

— Très bien, dit Andrew en prenant un trépan chirurgical. Remettons Jack sur pied.

En se mettant au travail, il sentit la présence de sa sœur. Elle avait eu le bassin fracturé quand l'élan avait traversé le pare-brise et atterri sur elle, mais c'était sa blessure à la tête qui l'avait tuée.

Jack n'avait pas été blessé à la tête, ce qui était miraculeux, mais la perte de sang, un caillot, ou une inconscience prolongée, pouvaient lui être fatals.

Occultant le monde extérieur, Andrew entendit sa sœur lui chuchoter qu'il allait réussir, qu'elle l'aimait, et qu'il était un bon chirurgien. Il n'était pour rien dans son décès. Meghan avait choisi de ne pas attacher sa ceinture ce soir-là. Nul n'était responsable, et Andrew méritait d'être heureux. D'avoir Lana.

Tu la mérites, dit la voix de Meghan dans sa tête, comme une bénédiction de l'au-delà. Son ange gardien veillait sur lui. Il se sentit apaisé.

Il regagnerait l'amour de Lana. Il ne pouvait pas la perdre. Il avait besoin d'elle. De leurs enfants. Et il était prêt à tout pour elle, même à renoncer au poste à la CIS de San Diego si elle tenait à rester à Hawaï auprès des siens.

Il voulait simplement être avec elle. Quel qu'en soit le prix.

Il était fatigué de vivre seul. Fatigué de croire qu'il n'avait pas le droit d'être heureux.

Il voulait une famille.

Il voulait Lana.

Lana alla voir son frère. Plongé dans un coma artificiel, il avait survécu à l'opération, et l'hémorragie était stoppée. Le lendemain, Andrew s'occuperait des fractures de son bras gauche et de son épaule luxée.

Le bassin et la hanche avaient été réparés et étaient maintenus par un appareillage externe. Le fémur avait été opéré et fixé avec des vis et des plaques.

Mais l'essentiel, c'était que Jack vivrait. Il avait beaucoup de chance.

Au pied de son lit, Andrew notait ses constantes sur un diagramme pendant que le Dr Page attendait ses instructions. Andrew lui tendit la feuille et quitta la chambre.

Il parut surpris en voyant Lana.

— Lana, je te croyais rentrée ! C'est le milieu de la nuit.

— J'ai fait une sieste dans mon bureau et grignoté quelque chose. Ne t'inquiète pas. Je prends soin de moi.

Il allait répondre quand il vit les parents de Lana approcher. Sans un mot, son père lui tapota le dos, puis il entra dans la chambre avec Sophie et son ex-femme.

Sur le seuil, Lana regarda son père fondre en larmes et prendre la main de son fils. Elle sourit en voyant Sophie et sa mère se tenir la main.

— Merci d'avoir sauvé la vie de Jack, Andrew, murmura-t-elle. Je sais que ça a été dur.

— Je ne pouvais pas le laisser mourir.

— Tu n'as pas laissé mourir ta sœur, Andrew.

Lui prenant la main, il l'entraîna dans la salle de garde et verrouilla la porte. Il la fixa intensément, les bras croisés.

— Je ne pouvais pas le laisser mourir parce que je ne voulais pas te perdre. Je sais que j'ai tout gâché en partant…

Elle prit son visage entre ses mains.

— Tu ne m'aurais pas perdue. L'issue de cette opération ne dépendait pas de toi. Tu n'es pour rien dans la mort de ta sœur, et je ne t'aurais rien reproché si Jack était mort.

— Je t'aime, Iolana, dit-il précipitamment. Ce n'est pas facile pour moi de le dire, mais je t'aime plus que tout, et je n'ai pas pu supporter l'idée de te perdre pour toujours, d'être abandonné par toi comme je l'ai été par mes parents, de ne plus voir ton beau visage jour après jour…

— Je t'aime aussi, Andrew, répondit-elle, les joues baignées de larmes. Je regrette d'avoir appelé ta mère, je voulais vous réconcilier. Je croyais que faire la paix avec ta famille te permettrait d'aller de l'avant.

Andrew la prit dans ses bras et l'embrassa.

— Qu'importe s'ils ne veulent pas de moi. Tout ce que je veux, c'est toi. Tu m'as ouvert les yeux, je suis un homme meilleur grâce à toi.

— Moi aussi, je t'aime. Et, quand on t'offrira un poste à la CIS, je te suivrai à San Diego... Ou plutôt *nous* te suivrons.

— Je comptais refuser. Ta place est ici, à Hawaï.

— Non. Je ne voulais pas en partir parce que j'avais peur de quitter l'ombre de mon père. Mais il y a tant à découvrir au-delà d'Hawaï, et pour être avec toi, je suis prête à aller jusqu'au bout du monde.

Il lui baisa tendrement les lèvres.

— Alors tu es d'accord pour t'installer en Californie quand j'aurai ma carte verte ?

Elle hocha la tête.

— Allons-y. Allons mener la vie que nous avons choisie.

— Qu'en pense ton père ? demanda-t-il avec un grand sourire.

— Peu importe. Ce qui compte, c'est qu'on soit ensemble. Tous les quatre.

— Tu as raison. Je t'aime, Iolana, murmura-t-il, tendant la main pour caresser son ventre. Je vous aime tous les trois. Et je me rachèterai pour ce que je t'ai fait subir.

— Comment ça ?

— Dès que nous pourrons, nous renouvellerons nos vœux de mariage, et cette fois je serai sincère, ça signifiera quelque chose. Je t'épouserai parce que je ne peux tout simplement pas vivre sans toi.

— Nous n'avons pas besoin de nous remarier. Connaître tes sentiments me suffit. De toute façon, il n'est pas question que je remette cette robe !

Il sourit avec malice.

— D'accord, pas de renouvellement des vœux. Mais que dirais-tu d'une répétition de notre nuit de noces ?

Elle lui sauta au cou en riant.

— Ça, je veux bien, docteur Tremblay. Avec joie.

Après un baiser prometteur, ils allèrent rendre visite à Jack. Et annoncer à leur famille qu'après la naissance des bébés ils partiraient pour la Californie où leur nouvelle vie les attendait.

Épilogue

San Diego, un an plus tard

Andrew traversa la route en courant. Les palmiers se tordaient dans le vent qui soufflait des montagnes, et il pria pour que le vol qu'ils attendaient ne soit pas retardé.

Son portable à l'oreille, Lana patientait devant l'aérogare. Malgré le vent, la journée était belle. Dans la poussette double, les deux fillettes de six mois observaient les palmiers et sursautaient au rugissement des avions qui survolaient la ville avant d'atterrir. Deux petites filles identiques que seule leur couleur d'yeux permettait de différencier. Bruns pour Meghan, et bleus pour Jackie.

Lana mit fin à sa communication.

— Tu as bien garé la voiture ?

— Oui. Tu crois qu'il était nécessaire de venir si tôt ?

— Il est interdit de se garer devant l'entrée pour prendre des passagers, autant trouver une bonne place de parking.

Andrew s'accroupit devant ses gracieuses petites filles.

— Votre mère est folle ! Qui était-ce au téléphone ?

— Jack. Il y a une bonne et une mauvaise nouvelle.

— Quoi ? demanda-t-il avec inquiétude.

— Il a eu son premier choix pour l'école de kinésiologie.

— Et ? demanda-t-il prudemment.

— Elle est ici, à San Diego, et il va s'installer chez nous.

Andrew éclata de rire.

— Tu es sérieuse ? Où allons-nous le mettre ?

— Il y a le cabanon au fond du jardin, près du jacuzzi et de la piscine. Il dispose d'une salle de bains. Jack veut l'occuper.

— Il veut surtout profiter du jacuzzi, comme à Waikiki. Je suggère de retourner vivre là-bas maintenant qu'il vient ici.

Lana rit.

— Papa serait ravi, mais où travaillerions-nous ? Depuis sa retraite, il voyage avec Sophie, maman est très occupée au conseil culturel, et le Dr Rodman est devenu grand patron.

— Il nous reprendrait dans la minute si on voulait.

— Tu viens d'obtenir une promotion à la CIS, et j'ai commencé à donner des cours aux étudiants en médecine à l'Université de Californie. Nous sommes heureux ici, tu as vraiment envie de retourner à Hawaï ?

Il sourit et l'embrassa sur les lèvres.

— Ça m'arrive, quand je pense aux nuits torrides que nous y avons passées pendant notre seconde lune de miel…

Elle l'enlaça.

— Que dirais-tu de donner un petit frère aux filles ?

— On a déjà fort à faire avec ces deux-là, mais je suis partant pour essayer.

Oubliant où ils étaient, il la plaqua contre le mur. Jusqu'à ce qu'un braillement de bébé ne le ramène à la réalité.

— Le vol a dû atterrir. Allons-y, dit-il à regret.

Il se chargea de la poussette et, gagnant le hall d'arrivée de l'aéroport, attendit près du tapis roulant à bagages, les yeux fixés sur l'escalator.

Sentant sa nervosité, Lana lui prit la main et la pressa.

— Tout ira bien.

— Je sais. Il a fallu beaucoup de cran à maman pour venir, dit-il, jetant un coup d'œil au panneau d'affichage qui annonçait que le vol de Toronto avait atterri. J'ai encore du mal à croire qu'elle l'a quitté. Et qu'elle nous a appelés.

— Elle était sous sa coupe, maintenant elle veut se rapprocher de toi. Elle a dû finir par comprendre qu'en restant avec ton père elle perdait beaucoup.

Il hocha la tête. Il avait eu un choc quand sa mère lui avait téléphoné. Elle avait quitté son mari peu après le coup de fil brutal qu'il avait passé à Andrew et, pour tenter de reconstruire sa vie, elle avait trouvé refuge dans un foyer pour femmes. Puis, il y avait trois mois, le père d'Andrew avait trouvé la mort dans un accident de voiture.

Muni de sa carte verte, Andrew avait pu retourner au Canada pour enterrer son père, et son passé. À cette occasion, il avait renoué avec sa mère. Et un jour, lasse de vivre dans un passé rempli d'amertume et de chagrin, elle avait décidé de venir à San Diego faire la connaissance de ses petits-enfants.

Elle voulait retrouver sa famille.

Et Andrew voulait retrouver sa mère.

Des passagers commencèrent à descendre l'escalator, et il lâcha la main de Lana pour s'approcher et scruter les visages.

Et il la vit. Il remarqua les longs cheveux argentés, les traits fatigués, mais elle sourit et agita la main en le voyant, et il sentit son cœur se gonfler d'émotion. Elle vint vers lui en tirant sa valise à roulettes.

— Je suis content que tu aies pu venir, maman.

Elle tendit les bras et le serra fort contre elle. Aux funérailles de son père, elle s'était montrée distante, mais elle était sous le choc. Il comprenait. Elle n'avait jamais été démonstrative dans ses témoignages d'affection, et cette étreinte le déconcerta, mais lui fit chaud au cœur.

— Tu m'as manqué, Andrew, murmura-t-elle.

— Toi aussi, maman. Je suis heureux que tu sois là.

S'écartant pour la regarder, il fut frappé par le bleu de ses yeux, si semblables à ceux de sa sœur, aux siens, et à ceux de sa fille Jackie. Il se retourna.

— Je te présente ma femme, Lana.

Sa mère étreignit sa belle-fille et l'embrassa, puis s'agenouilla et contempla les bébés, les larmes aux yeux.

— Elles sont magnifiques, dit-elle dans un souffle, caressant un petit poing potelé. Telles que je les imaginais. Qui est qui ?

— Elles se différencient par leur couleur d'yeux. Meghan les a bruns et Jackie bleus, répondit Lana.

— C'est vrai, dit la mère d'Andrew en se relevant. Merci de m'accueillir. Je… Il y a longtemps que je veux venir, mais ça n'a pas été facile.

— Je sais, maman, et nous nous réjouissons de ta venue. Tu as d'autres bagages ?

— Non, juste cette petite valise. Il ne me reste pas beaucoup de biens personnels, répondit-elle, un peu gênée.

— Peu importe. Tu resteras autant que tu voudras.

— Les douanes canadiennes m'ont conseillé de prendre un billet open aller-retour à condition de rentrer dans six mois.

— Nous serons ravis de vous accueillir aussi longtemps que vous en aurez envie, Annie, dit gentiment Lana.

— Merci, ma chère. Commençons par six mois. Je ne suis pas chaude pour faire une demande de carte verte comme toi, Andrew, dit-elle, taquine. Mais je me réjouis que tu l'aies fait, et que tu aies fondé cette merveilleuse famille.

Lana et Andrew échangèrent un sourire, et Andrew, glissant un bras autour de sa mère et l'autre autour de sa femme, contempla ses filles. Le douloureux vide de son cœur était enfin comblé.

— J'ai tout ce dont j'ai rêvé, dit-il.

Et il quitta l'aéroport avec sa petite troupe.

MARION LENNOX

Des retrouvailles imprévues

BLANCHE

HARLEQUIN

Titre original :
FALLING FOR HER WOUNDED HERO

Ce roman a déjà été publié en 2017.

1.

Les vagues que le Dr Tom Blake apercevait des fenêtres de son cabinet médical avaient sur lui le même pouvoir d'attraction que le chant des sirènes. Entre deux consultations, il les contemplait en croisant les doigts pour que la liste des patients à recevoir dans l'après-midi reste courte, ce qui lui permettrait de prendre sa planche de surf et de se lancer bientôt dans les rouleaux.

Avec un peu de chance, ce serait le cas. Presque tous les habitants de Cray Point, petite ville de la côte sud-est de l'Australie, étaient des amoureux de l'océan. Par une belle journée comme celle-ci, seuls des problèmes médicaux sérieux les auraient empêchés de se livrer à leur passion du surf. Ce qui permettrait également à Tom de pratiquer son sport favori.

Après avoir refermé le dossier du dernier patient, il appela la réceptionniste.

— C'est terminé pour aujourd'hui, dit-il. Nous pouvons fermer boutique.

— Pas encore, répondit Rhonda. Il reste un rendez-vous de dernière minute. Une Mme Tasha Raymond attend que vous la receviez.

Tasha Raymond. Sans doute une touriste, venue pour un problème bénin qui serait vite expédié. Il sortit de son bureau pour accueillir sa patiente.

Et s'arrêta net. Elle était assise au fond de la salle d'attente. Agée d'une trentaine d'années, semblait-il, elle était enceinte jusqu'aux yeux et avait l'air épuisée.

Petite, le teint clair, elle avait noué ses boucles brunes en un chignon indiscipliné, et portait un jean de maternité et un grand anorak. D'après ses yeux cernés, elle n'avait guère dormi ces derniers temps.

Il la connaissait. Tasha Raymond ? Lorsqu'il l'avait rencontrée, elle s'appelait Tasha Blake.

— Tasha…

Elle lui sourit et se leva péniblement de sa chaise.

— Tom… Je ne pensais pas que vous me reconnaîtriez.

Tasha était la veuve de son demi-frère. Il ne l'avait rencontrée qu'une seule fois, lors des funérailles de Paul, quatre ans auparavant. Sa belle-mère lui avait clairement fait comprendre qu'il n'était pas le bienvenu aux obsèques, mais il avait passé outre et assisté à la cérémonie. L'un des camarades d'alpinisme de Paul, qui connaissait l'histoire de la famille, s'était chargé de faire les présentations : « Tom, je ne crois pas que vous ayez eu l'occasion de rencontrer Tasha. Saviez-vous que Paul et elle s'étaient mariés ? »

Tom n'avait pas vraiment été surpris d'apprendre que Paul était mort en gravissant l'Everest. Il avait passé sa vie à chercher l'aventure, prenant tous les risques. En revanche, découvrir qu'il s'était marié avait été un vrai choc.

La frêle jeune femme, qu'entouraient les compagnons d'alpinisme de Paul, lui était apparue comme une sorte de fantôme. Il lui avait exprimé ses condoléances de façon conventionnelle, sans avoir le temps de faire véritablement connaissance avec elle, car sa belle-mère s'était bien sûr interposée. Il n'avait pas compris si l'attitude méprisante de la vieille femme visait également Tasha. Au cimetière, quelqu'un avait pris la jeune femme sous son aile, l'abritant sous un pan de son pardessus pour la protéger du vent glacial — et peut-être aussi de sa belle-mère.

Les choses en étaient restées là. L'enterrement terminé, il était reparti. Cela s'était passé quatre ans auparavant. Pourquoi avait-il gardé les traits de ce visage en mémoire ? Pourquoi avait-il immédiatement reconnu la jeune femme ?

D'après la fiche qu'il tenait à la main, elle s'appelait Tasha Raymond. De toute évidence, elle était enceinte. S'était-elle remariée ? En quatre ans, elle avait eu le temps de refaire sa vie.

Rhonda, les yeux brillants de curiosité, regardait tour à tour Tom et Tasha. Rhonda était, à l'exception de sa sœur jumelle peut-être, la pire commère du monde. Tom les employait toutes les deux. Rhonda était sa réceptionniste et Hilda sa gouvernante. L'une et l'autre étaient des veuves d'un certain âge qui s'acquittaient à merveille de leurs tâches respectives, mais dire qu'elles étaient dévorées de curiosité restait bien au-dessous de la vérité.

— Tout va bien, Rhonda, je n'ai plus besoin de vous. Vous pouvez y aller.

— Mais… heu… Mme Raymond…

— Cette dame est la veuve de mon demi-frère, dit-il.

Rhonda avait certainement demandé à Tasha de remplir une fiche. Elle devait déjà en savoir plus que lui sur sa nouvelle patiente.

— J'imagine qu'elle est ici pour affaires familiales, dit-il. Il est inutile que vous restiez.

Rhonda partie, visiblement à regret, Tasha se retrouva seule avec Tom. Elle se sentait très mal.

Que faisait-elle ici ?

Elle était là parce qu'elle était désespérée. Et qu'elle avait besoin d'aide.

Je peux me débrouiller toute seule. Depuis que ses parents avaient été tués lors d'un attentat en Afghanistan alors qu'elle n'avait que quinze ans, c'était devenu son mantra. Cela l'avait aidée quand Paul était mort sur l'Everest, mais, depuis deux jours, ce mantra était devenu inopérant.

Paul était un homme costaud, grand, musclé, habitué à tester ses limites en pratiquant toutes les formes possibles d'activité physique. L'homme qui se tenait devant elle était le demi-frère de Paul, elle le connaissait à peine. Il avait les mêmes cheveux bruns que Paul, mais avec des pointes décolorées par le soleil, comme s'il passait son temps sur une planche de surf. Il était plus grand que Paul et devait faire près d'un mètre quatre-vingt-dix. Il avait les yeux bleus, le teint bronzé, un corps à la fois mince et musclé. Encore un adepte des sports extrêmes qui trouvait amusant de prendre des risques ?

Elle frissonna.

Elle était là parce qu'elle avait besoin de lui. Besoin d'un autre Blake ? L'idée la rendait malade.

— Tasha, dit-il doucement. En quoi puis-je vous être utile ?

Il avait dû avoir un choc en la voyant. Elle avait été surprise de faire sa connaissance aux funérailles de Paul. Les deux hommes n'avaient pas eu la liberté de vivre comme des frères.

« Ma mère me renierait si elle découvrait que j'entretiens des relations avec ce côté-là de la famille, disait Paul. Il en a toujours été ainsi, apparemment. Lorsque j'étais enfant, un jour mon père m'a emmené en vacances. Juste lui et moi. Sans le dire à ma mère, il avait aussi invité mon demi-frère. Tom a quatre ans de plus que moi. Durant ces vacances, je l'ai trouvé super, et très gentil avec moi alors que j'étais toujours accroché à ses basques. Maman a découvert le pot aux roses et piqué une crise. De toute mon enfance, je n'ai plus jamais revu Tom. Plus tard, nous nous sommes retrouvés deux ou trois fois, avec papa, mais nous avons fini par perdre contact. Bizarrement, j'ai pourtant toujours eu l'impression d'avoir un frère. Si jamais il m'arrivait quelque chose, Tasha, tu peux aller le trouver. »

Si quelque chose lui arrivait. Comme de disparaître dans une avalanche en gravissant l'Everest.

Lorsque cela s'était passé, elle n'avait pas eu besoin de Tom, elle avait fait un vœu. Ne plus avoir jamais besoin de personne. Elle avait eu besoin de ses parents. Cru qu'elle avait besoin de Paul. Même avant de mourir en montagne, Paul avait détruit son monde à elle.

Alors que faisait-elle là, sur le point de demander de l'aide à un autre Blake ? Paul et son père avaient tous deux été des coureurs de jupons, des séducteurs sur lesquels il était impossible de compter. Pourquoi Tom aurait-il été différent ?

Parce qu'elle avait besoin de lui ? Parce que, une fois encore, elle avait pris un risque et échoué.

Son ultime prise de risque.

— Tasha ?

La voix de Tom était douce. Il lui parlait comme l'aurait fait un médecin de famille soucieux d'aider sa patiente. Peut-être était-ce ce qu'elle devrait faire. Parler à Tom comme le ferait un médecin s'adressant à un autre médecin.

Mais en cet instant précis, elle ne se voyait pas comme un médecin. Elle était une maman seule au monde, terrifiée par ce qu'elle venait d'apprendre, la pire nouvelle qui soit.

— Une tasse de thé, dit Tom d'un ton décidé.

La prenant par les épaules, il la fit se rasseoir.

— Vous avez l'air épuisée. Vous allez boire du thé bien sucré, puis vous me raconterez tout, en prenant votre temps.

— J'aurais dû demander une consultation double, dit-elle, tentant de plaisanter. Vous allez en être de votre poche.

— Vous pensez que je vais vous faire payer cette visite ?

Lui tournant le dos, il remplit la bouilloire au petit évier derrière le bureau de Rhonda.

— Vous êtes de la famille, dit-il.

La famille. Elle fixa son regard sur ce dos large, ces bras bronzés et musclés que laissait voir la chemise blanche à manches courtes. Un stéthoscope pendait de sa poche arrière.

Cet homme respirait la compétence. Le souci de ses patients.

C'était un médecin de famille. Elle n'avait aucune raison de s'écrouler en larmes sur son épaule sous prétexte qu'il avait prononcé le mot « famille ». Non, elle ne le ferait pas.

Mais elle avait besoin de lui et cette idée la terrifiait.

Elle resta assise, silencieuse, essayant de garder l'esprit clair pendant que Tom préparait le thé. Il y passa plus de temps que nécessaire, comme s'il sentait qu'elle avait besoin de cette pause avant de lui expliquer la raison de sa visite.

Après lui avoir donné sa tasse, il prit une chaise et s'assit face à elle.

— Maintenant, dit-il en souriant.

Elle reconnut ce sourire, pour le pratiquer elle-même lorsqu'elle accueillait un nouveau patient. Un sourire destiné à rassurer alors qu'elle ignorait encore tout de l'histoire de cette personne.

Voyant qu'il rapprochait d'elle, le plus discrètement possible, une boîte de mouchoirs en papier posée sur une table basse, elle réussit à sourire.

— Je ne vais pas pleurer devant vous.

— Pleurez si vous en avez envie. Vous auriez pu pleurer devant moi, il y a quatre ans. Je vous ai vue une seule fois, et vous êtes partie…

— En Angleterre. Je ne pouvais pas rester ici. La mère de Paul m'en voulait.

— C'est une affreuse mégère, dit-il d'un ton ferme.

Elle pensa à Deirdre, elle n'aurait pas trouvé mieux pour qualifier sa belle-mère.

— Selon elle, j'aurais dû empêcher Paul de partir en montagne.

— Personne n'a jamais pu empêcher Paul de faire ce qu'il avait envie de faire.

— Vous le connaissiez bien ?

— Pas vraiment, non. Ma mère était contente que je rencontre Paul, mais sa mère à lui… pas du tout. Quand papa a quitté Deirdre, les choses sont devenues encore plus compliquées. C'était un coureur de jupons. Deirdre a tout fait pour l'empêcher de voir Paul. Papa tenait beaucoup à nous deux, mais il a fini par laisser tomber en ce qui concernait Paul. Plus tard, Paul et moi, nous nous sommes revus de temps en temps. Nous prenions un verre à l'occasion avec papa, mais après le décès de mon père, nous avons perdu contact. Tasha, buvez votre thé.

Elle obéit et fut vaguement surprise de constater qu'il était excellent. Depuis combien de temps n'avait-elle pas bu un thé ? Et depuis combien de temps n'avait-elle pas mangé ?

Génial. Un évanouissement n'arrangerait rien.

Elle n'aurait pas dû venir. Elle devait faire face toute seule.

Impossible. Elle avait besoin… de Tom.

— Alors, dites-moi pourquoi vous êtes là ? demanda-t-il.

Elle n'avait pas envie d'en parler. Cela rendait les choses trop réelles. Elle préférait penser que ce n'était qu'un cauchemar.

— Allez, Tasha, dites-moi tout.

Sa voix eut un effet apaisant sur elle. Au moins provisoirement.

— Mon bébé…

Comment aller plus loin ?

— Il va naître bientôt ?

— Je dois accoucher la semaine prochaine.

— Vous avez un compagnon ? Ce bébé a-t-il un papa ?

— C'est Paul, son père.

— Paul…

— Il avait fait conserver son sperme.

Elle trouvait maintenant la force de tout lui raconter.

— Cette dernière expédition en montagne… j'étais furieuse qu'il veuille la faire. Il y avait eu deux énormes avalanches dans l'Everest. Les sherpas et la plupart des alpinistes avaient renoncé à grimper, mais lui tenait à y aller. La veille de son départ pour le Népal, il est rentré à la maison et m'a annoncé en riant qu'il avait tout arrangé. Il m'a dit : « Je suis allé au centre de fécondation in vitro et je leur ai laissé de mon sperme. Tout est payé pour qu'il soit conservé durant des années. Si le pire arrive, tu pourras avoir un petit qui me remplacera. »

Elle marqua une pause, cherchant ses mots.

— J'ai cru qu'il plaisantait. Peut-être voulait-il me faire rire. Ou peut-être était-il sérieux. Je l'ignore. Mais lorsque je lui ai dit au revoir j'ai su que je ne le reverrais pas.

Elle releva le menton et croisa le regard de Tom.

— J'étais si en colère que j'ai failli ne pas aller à ses obsèques. C'était un tel gâchis ! Tellement stupide ! Et Deirdre m'a accablée de reproches, me harcelant au téléphone, sur mon lieu de travail, même. Alors je suis partie en Angleterre. Vous savez que, moi aussi, je suis médecin ? J'ai pris un poste aux urgences d'un bon hôpital de Londres et j'ai décidé d'oublier Paul. Seulement… seulement, j'ai eu l'impression de sombrer complètement.

Comment expliquer son désespoir lorsqu'elle avait compris que son mariage avec Paul n'avait été qu'une farce ?

Elle s'était réveillée un matin en se disant que plus jamais elle ne ferait confiance à personne. Cette pensée avait été suivie d'un sentiment de vide terrifiant. Si elle ne pouvait plus se fier à personne, cela voulait dire qu'elle ne fonderait jamais de famille. Qu'elle n'aurait jamais d'enfants.

— Et vous avez alors décidé d'utiliser le sperme de Paul, dit Tom comme s'il avait suivi le cours de ses pensées.

— Oui. Pourquoi pas, en effet ? Paul m'en avait fait don. Je pouvais mettre au monde notre bébé, et lui parler de son père. Cela m'est apparu bien mieux que d'avoir recours à un donneur anonyme. Alors, j'ai pris la décision d'essayer.

Elle posa les mains sur son ventre.

— Je voulais ce bébé, murmura-t-elle, les larmes aux yeux. Je le voulais tellement…

« Voulais. » Parler au passé était trop douloureux.

— Je le veux, corrigea-t-elle.

Sa voix se brisa en un sanglot.

Tom se pencha vers elle et lui recouvrit les mains avec les siennes. A présent, quatre mains étaient posées sur son ventre.

— Votre bébé est-il mort, Tasha ?

Tout était dit, dans toute son horreur.

— Pas encore, réussit-elle à répondre.

Tom lui pressa les mains. Se conduisait-il ainsi avec tous ses patients ? Il était bon, intuitif, empathique, prévenant. C'était un bon médecin de famille.

Un bon ami ?

« Si jamais il m'arrivait quelque chose, Tasha, tu peux aller le trouver. » *Paul a eu raison, pour une fois.*

Mais se confier à Tom… C'était un Blake. Et il ressemblait beaucoup à son frère.

— Racontez-moi, dit-il d'un ton ferme, calme et rassurant.

Elle sentit qu'elle devait lui obéir. Elle n'avait pas le choix. Elle était venue pour tout lui dire.

— C'est une fille. Je vais l'appeler Emily, comme ma grand-mère. J'ai dû revenir en Australie pour avoir accès au sperme de Paul. Je suis australienne et je bénéficie d'une assurance santé, aussi suis-je restée ici le temps de ma grossesse. J'ai fait des remplacements. Tout allait bien jusqu'à la dernière échographie. On a découvert qu'elle souffrait d'un syndrome d'hypoplasie du cœur gauche. Le côté gauche de son cœur ne s'est pas développé. C'est… c'est assez préoccupant, mais j'ai pensé… des articles de médecine disent qu'il existe un espoir pour ce genre de cas et qu'il y a d'excellents spécialistes à Melbourne. En opérant selon la procédure Norwood, on a de bonnes chances d'obtenir une survie durable. J'ai donc gardé espoir. Mais il y a deux jours, je suis allée chez le cardiologue pour ma dernière consultation avant l'accouchement et l'échographie a révélé qu'il y avait aussi une communication interauriculaire. Plus rien ne va. Tout marche de travers. Tant que ma petite fille est dans mon ventre, elle n'a pas besoin que son cœur fonctionne normalement, mais dès qu'elle sera née…

Elle respira profondément.

— Dès qu'elle sera née, dit-elle, les problèmes commenceront. D'après le cardiologue, je dois accoucher le plus tard possible afin que le bébé soit assez fort pour supporter une éventuelle intervention chirurgicale, mais je ne crois pas aux miracles. Il dit qu'elle pourra vivre quelques jours. Ou peut-être moins. La pathologie est si grave…

Curieusement, sa voix ne tremblait pas. Sa formation médicale semblait prendre le dessus et la dotait d'une sorte d'armure contre la douleur. Ou peut-être la douleur était-elle tellement insupportable que son corps avait construit lui-même cette armure pour se protéger.

Le visage de Tom était resté impassible. En bon médecin, il réfléchissait, prenant son temps pour trouver les mots justes, les mots qui lui donneraient de l'espoir.

Mais il n'y avait rien à dire. Rien du tout.

Un syndrome d'hypoplasie du cœur gauche… Tom n'avait jamais rencontré ce genre de cas, mais il avait lu des articles sur la procédure Norwood, une technique chirurgicale qui pouvait sauver des bébés atteints de ce syndrome. Mais là, s'ajoutait une communication interauriculaire…

Il avait toujours les mains posées sur le ventre de Tasha. Soudain, il sentit un léger mouvement. Un coup de pied…

Dans des cas comme celui-ci, en général il n'y avait aucun symptôme durant la grossesse. Un fœtus n'avait besoin que d'un ventricule. Il n'utilisait pas ses poumons pour amener de l'oxygène dans son corps. Aussi, tant que le bébé était in utero, tout se passait bien.

Si les experts voyaient juste, Tasha portait un bébé qui ne survivrait que quelques jours après sa naissance. Cette femme était médecin. Elle connaissait parfaitement la situation.

— Une transplantation ? suggéra-t-il.

Il revit soudain son demi-frère enfant. Un gamin rebelle, sauvage, brillant, un risque-tout couvert d'écorchures. Paul était devenu médecin, lui aussi, comme lui et comme leur père. Mais une fois son diplôme en poche, Paul était parti à l'étranger, choisissant d'apporter son aide dans les endroits les plus exposés. Il avait pris des risques.

Maintenant il était mort et son bébé devait faire face au plus grand de tous les risques. Naître.

Une transplantation ? C'était sans doute le seul espoir.

— Vous devez connaître les chances de réussite, dit Tasha d'une voix atone.

Il les connaissait. Il fallait trouver un donneur… Garder le bébé en vie le temps d'en trouver un. Et espérer ensuite que la transplantation réussisse.

Il regarda le visage défait de Tasha. Où étaient ses amis ? Sa famille ? Pourquoi était-elle ici toute seule ?

Quelque chose en lui se noua brusquement. Cela faisait maintenant dix ans qu'il était médecin de famille. Il adorait son travail et la petite communauté dont il s'occupait. Lorsque ses patients étaient malades, il se sentait malgré lui personnellement concerné.

Mais, avec cette femme, c'était différent. Elle était la veuve de son demi-frère. Un lien familial les unissait.

Et son histoire brisait le cœur.

Mais il y avait aussi autre chose. Quelque chose qui le poussait à vouloir la serrer dans ses bras. Une sorte de besoin primitif. Le besoin de la protéger. De lui épargner toute cette souffrance, en usant de tous les moyens dont il disposait.

Pour cela, il devait savoir ce qu'elle attendait de lui.

— Que puis-je pour vous, Tasha ? Je ferai tout mon possible pour vous aider. Dites-moi en quoi je peux vous être utile.

Elle luttait pour surmonter son émotion. Elle libéra ses mains des siennes, rompant ainsi le lien personnel qui s'était instauré entre eux.

— J'ai besoin d'une sorte d'avocat, de conseil. Non. C'est Emily qui en a besoin.

— Expliquez-moi cela.

— Je ne suis qu'à demi australienne. Mon père était britannique, et ma mère australienne. Je suis née ici, mais mes parents étaient dans l'armée. Nous bougions tout le temps. J'avais quinze ans quand papa et maman sont morts, je suis allée vivre chez ma tante, au Royaume-Uni. J'y ai fait mes études de médecine. Ensuite, j'ai travaillé avec Médecins Sans Frontières, allant d'un pays à l'autre, c'est ainsi que j'ai connu Paul. Il avait un appartement ici ; l'Australie était notre base, mais nous avons continué à voyager. Je ne restais jamais assez longtemps quelque part pour m'enraciner, nouer des amitiés durables. Maintenant je vis dans une ville que je ne connais pas très bien. Je vais bientôt accoucher d'Emily par césarienne et dès qu'elle sera née, je devrai prendre rapidement des décisions capitales.

Sa voix fléchit, mais elle se força à continuer.

— Comme… comme de débrancher le système permettant le maintien en vie, dit-elle dans un murmure. Comme accepter ce qui est possible et ce qui ne l'est pas, et renoncer à des interventions inutiles. Tom, je n'ai pas confiance en moi, mais Paul disait que je pouvais me fier à vous. Vous êtes le seul à qui je peux m'adresser.

Que répondre à cela ?

— Bien sûr, je serai votre conseil. Ou votre soutien. Tasha, je serai toujours là pour vous. Vous avez ma parole.

— Mais vous connaissiez à peine Paul…

— Paul fait partie de la famille, et vous aussi. C'est tout ce qui compte, dit-il en lui prenant les mains.

— Hilda ?

Hilda Brakenworth, la gouvernante de Tom et la sœur jumelle de Rhonda, avait décroché le téléphone à la première sonnerie. Elle venait juste d'achever la préparation de son bœuf stroganoff et s'apprêtait à faire un soufflé au citron.

« Préparez un bon repas, lui avait dit Tom avant de partir au travail. Alice sera là à 20 heures. Pouvez-vous dresser la table sous la galerie ? Des bougies, des fleurs… Vous savez ce qu'il faut faire. »

Oui, elle savait. L'idée que Tom se faisait d'un dîner romantique n'offrait pas beaucoup de variations. Mais elle connaissait l'ordre de ses priorités. En tête, la médecine. Ensuite, le surf. Et en troisième position seulement, sa vie amoureuse. S'il l'appelait maintenant, c'était sans doute parce que ses plans avaient changé. Elle en avait l'habitude. Il lui téléphonait à la dernière minute, et le repas qu'elle avait préparé finissait au réfrigérateur ou dans la poubelle.

— Oui ? dit-elle.

— Changement de programme. J'ai invité quelqu'un à dormir à la maison.

Voilà qui était nouveau.

— Vous voulez un dîner romantique à trois ?

Il rit, mais Hilda le sentait tendu. En général, la tension ne le gagnait que lorsqu'il était surchargé de travail ; pourquoi l'arrivée d'un invité provoquait-elle soudain du stress chez lui ? Elle allait téléphoner à Rhonda pour découvrir ce qui s'était passé dans la journée.

— Je vais décommander Alice, dit-il. Elle comprendra.

Non, sûrement pas, se dit Hilda en songeant à la belle Alice, toujours si soignée, si soucieuse de son apparence, mais elle ne fit pas de commentaire.

— Voulez-vous que je prépare la chambre d'ami ?

— Je... Oui. Et pouvez-vous y mettre des fleurs ?

— C'est une femme ?

— Oui, elle s'appelle Tasha. C'est la veuve de mon demi-frère et elle a des problèmes. J'espère qu'elle restera ici aussi longtemps qu'elle aura besoin de nous.

Cray Point était un minuscule village, un trou perdu situé sur une langue de terre qui s'étirait le long de la baie de Port Philip.

— L'hélicoptère des urgences médicales de Melbourne peut être ici en moins d'une demi-heure, dit Tom. Votre césarienne est programmée pour la semaine prochaine et le terme de votre grossesse n'est que dans deux semaines. Nous sommes tous les deux médecins, nous saurons détecter les premiers signes du travail, vous serez amenée en ville très rapidement.

Deux heures après son arrivée à Cray Point, Tasha, assise sous la galerie, essayait de faire honneur au délicieux dîner que la gouvernante de Tom avait préparé.

A sa grande surprise, elle mangeait avec appétit. En voyant le plat posé sur la table, elle s'était d'abord sentie légèrement nauséeuse, mais Tom s'était assis à côté d'elle et lui avait servi du bœuf stroganoff. Après quoi, il avait parlé surf.

— L'océan est trop plat ce soir. Il y a eu des vagues magnifiques aujourd'hui, mais le vent est tombé, et les vagues avec lui. C'est l'histoire de ma vie. Je travaille toute la journée, et le dernier patient parti, les bonnes vagues aussi ont disparu. A l'aube, c'est mieux, mais une fois sur ma planche, j'oublie mes rendez-vous. Je m'éclate et lorsque je reviens, je trouve Rhonda prête à me couper la tête, et la salle d'attente pleine à craquer.

— Rhonda...

— Rhonda est ma réceptionniste, et la sœur jumelle de Hilda, la gouvernante. Elles gèrent ma vie.

— Vous n'avez pas de famille ? Ni femme ni enfants ?

— Avec la famille d'où je viens ? dit-il avec un grand sourire. Mon frère a dû vous parler de notre père. Il a épousé les deux femmes qu'il avait mises enceintes, la mère de Paul et la mienne, mais jamais il n'est resté assez longtemps pour être un vrai père. Il nous traitait en copains. Ce sont nos mères qui nous ont élevés tandis qu'il courait d'une femme à l'autre.

— Vous pensez que c'est génétique ?

Il sourit de nouveau.

— Ce doit l'être. La fréquentation des femmes m'est très agréable, mais j'ai trente-quatre ans et je n'en ai encore jamais rencontré aucune qui me donne envie de passer ma vie avec elle.

Son sourire s'effaça.

— Mais, contrairement à papa, je ne fais pas de promesse que je ne puisse tenir. Cette vie-là me convient. Maman est née et a grandi à Cray Point, et cette communauté a pris soin de nous deux lorsque papa l'a quittée. Je suis parti faire mes études de médecine, mais j'ai toujours senti qu'ici j'étais chez moi. Pour le surf, c'est génial, et en hiver le vent souffle assez fort pour me transformer en hareng salé. J'ai une théorie à propos des gens d'ici. Ils ne vieillissent pas, ils se conservent, tout simplement. Allez creuser dans le cimetière, vous ne trouverez que du vieux cuir.

— Vous n'avez donc rien à faire en tant que médecin ?

— De temps en temps, quelqu'un tombe de sa planche de surf. Et les touristes font parfois des choses bizarres. Hier, j'ai eu le cas d'une dame qui avait loué une maison de deux pièces pour célébrer une fête de famille. Elle avait voulu tout préparer avant que les gens arrivent. Alors, elle a soufflé dans huit matelas gonflables. Au septième, elle a commencé à se sentir mal, mais elle a continué. Heureusement, la propriétaire est passée au moment où cette dame s'effondrait sur le huitième matelas. Infarctus. On l'a transportée en hélicoptère à Melbourne, elle devrait s'en remettre. Dire qu'elle aurait pu mourir pour avoir soufflé dans ces matelas ! Drôle de façon de partir !

Pour la première fois depuis des jours — des semaines ? des mois ? —, Tasha se surprit à éclater de rire.

Et elle mangeait avec appétit en écoutant Tom évoquer les difficultés auxquelles il était confronté en exerçant dans une petite ville dont l'accès par la route pouvait être coupé à tout moment. Il suffisait d'un accident de voiture, ou même d'une simple panne, pour que la circulation soit rendue impossible pendant des heures ou même des jours.

— Heureusement, l'équipe chargée des évacuations en hélicoptère est excellente. Voulez-vous un peu plus de bœuf stroganoff ?

— Je… non, merci.

Elle était surprise d'avoir fini son assiette.

— Nous allons bien vous nourrir toute cette semaine, Emily et vous. Savez-vous que, d'après certaines études, le goût d'un bébé se forme bien avant sa naissance ? Voici un excellent soufflé au citron. Voyons si Emily l'apprécie.

Inconsciemment, Tasha posa les mains sur son ventre.

— Les caresses aussi lui font du bien, dit Tom d'une voix douce. Je parie qu'elle les sent, et aussi qu'elle nous entend.

— Peut-être…

Sa voix se brisa.

— Mais le médecin a dit…

— Je sais ce qu'il a dit, la coupa Tom en lui prenant la main. Mais votre fille est vivante, Tasha. Elle sent vos caresses, elle partage avec vous le soufflé au citron et elle entend le bruit des vagues. C'est une vie plutôt agréable pour un bébé.

A cet instant, Emily donna un solide coup de pied. Puis elle changea de position et Tasha ressentit un certain apaisement. Elle était là, regardant la mer, partageant avec sa petite fille un soufflé au citron. Oui, Tom avait raison, Emily pouvait entendre le bruit des vagues.

— Peut-être devriez-vous l'emmener se baigner, demain, suggéra-t-il. Allongez-vous dans l'eau, là où elle est peu profonde. Votre bébé sentira le balancement de votre corps et entendra le fracas des vagues autour d'elle. Ce sera plutôt agréable, pas vrai, jeune Emily ?

Cette dernière phrase atteignit Tasha au plus profond d'elle-même. En s'adressant directement à Emily, Tom avait rendu son existence bien réelle. Emily vivrait peut-être peu de temps, mais pour l'instant elle était là, bien vivante. Une petite personne à part entière.

Alors, le chagrin, la peur et la colère qui torturaient Tasha s'effacèrent. Plus tard, toutes ces émotions reviendraient la tourmenter, mais, pour le moment, Emily était en bonne santé. En sécurité.

Et Tasha aussi. Lorsque Tom lui avait proposé de s'installer chez lui, elle pensait accepter son offre pour une nuit seulement, le temps de savoir si elle pouvait lui faire confiance et le laisser être son conseil. Si la naissance s'avérait difficile et qu'il fallait prendre des décisions délicates, elle aurait besoin d'un ami.

Et voilà qu'elle en avait un.

Merci, Paul. C'était l'une des toutes premières fois où elle pensait à lui avec gratitude. Il s'était le plus souvent comporté comme un gamin qui n'avait jamais grandi, une sorte de Peter Pan, un type qui voyait la vie comme une formidable aventure. Prendre des risques était une sorte de drogue pour lui.

Quand Tom disait que le goût de leur père pour les femmes était une tare génétique… eh, bien, Paul l'avait largement prouvé.

Mais à présent, il était mort, en lui laissant toutefois son sperme, ainsi qu'un lien avec un homme qui pouvait lui être d'une grande utilité. Tom était peut-être un séducteur aussi invétéré que son frère, mais il lui avait dit exactement ce qu'elle avait besoin d'entendre.

Maintenant, il était silencieux, laissant la nuit et le doux murmure des vagues parler pour lui. Elle pouvait avoir confiance en lui. Elle pouvait se fier à cet homme pour être le conseil de son bébé.

Et son ami à elle ?

A la fin du dîner, Tasha semblait tomber de sommeil. Tom lui montra la chambre d'amis. Un quart d'heure plus tard, il voulut s'assurer que tout allait bien pour elle. Il frappa doucement, puis entrouvrit la porte.

Tasha dormait profondément. Ses boucles brunes s'étalaient sur l'oreiller, et l'une de ses mains sortait des draps, tendue comme dans un geste de supplication. Elle n'avait pas fermé les rideaux. Au clair de lune, elle avait l'air apaisée.

Il resta là à la regarder pendant un bon moment, luttant contre l'envie folle et stupide de se pencher vers elle et de la prendre dans ses bras. Pour la protéger.

Parce qu'elle faisait partie de la famille, se dit-il. Mais il savait que ce n'était pas la vraie raison.

Etait-ce parce qu'elle vivait une tragédie ? Mais non. En tant que médecin, il avait été témoin de bien des drames. Lorsque l'un de ses patients souffrait, il en était malheureux, mais il pouvait gérer la situation.

Il n'était pas sûr de pouvoir faire face à la souffrance de cette femme.

Et rester là à la regarder dormir n'était d'aucune aide pour personne. Cela pouvait même paraître malsain. Tel père, tel fils ? Il battit en retraite et referma la porte.

Il regagna son bureau pour étudier le dossier médical que Tasha lui avait confié.

« Si vous devez être notre avocat, avait-elle dit, il faut que vous connaissiez les faits. »

Il alla sur Internet croiser les informations concernant les problèmes cardiaques d'Emily avec les commentaires du pédocardiologue qui s'occupait d'elle.

Ce qu'il lut le rendit malade.

Il téléphona à l'ami d'un ami, un cardiologue travaillant aux Etats-Unis, puis à un autre, qui exerçait à Londres. Ni l'un ni l'autre ne le rassurèrent.

Il finit par retourner sous la galerie, qui faisait le tour de la maison. Cette grande et vieille demeure, légèrement délabrée, s'élevait derrière les dunes, face à la mer. Elle avait appartenu à ses grands-parents, puis à sa mère. L'endroit était paisible, mais ce soir il ne trouvait pas la paix.

Cette enfant était quoi… sa demi-nièce ? Il avait à peine connu Paul et il venait juste de rencontrer Tasha. Pourquoi ce pronostic le bouleversait-il ainsi ?

Il ne pouvait pas laisser libre cours à ses émotions, il devait se reprendre. Tasha avait besoin qu'il garde la tête froide. Elle avait besoin d'un conseil, de quelqu'un capable d'avoir un certain recul et de considérer la situation sans passion.

Peut-être ferait-elle mieux de trouver quelqu'un d'autre. Mais il n'y avait personne. Et quand bien même y aurait-il eu quelqu'un… Tom ne renoncerait pas à jouer ce rôle. Il voulait être aux côtés de Tasha. Il la revoyait en train de dormir, son visage pâle se détachant sur l'oreiller, sa main tendue, suppliante… Cette image l'obsédait.

Il était 3 heures du matin, et il avait des patients à voir à domicile avant de commencer ses consultations le lendemain.

— C'est la première chose à organiser, dit-il à voix haute, essayant de trouver la paix en revenant aux détails pratiques.

Mary et Chris, deux médecins venus s'installer à Cray Point pour leur retraite, lui donnaient un coup de main lorsqu'il en avait besoin. Là encore, ils l'aideraient.

— Parce qu'il s'agit de la famille, dit-il tout haut.

L'idée lui parut étrange. La femme qui dormait dans la chambre d'amis, la femme qui le touchait si profondément… était sa famille ?

2.

Dix-huit mois plus tard…

La houle était extraordinaire. Et très dangereuse. Dix minutes plus tôt, le vent avait changé, rendant la mer agitée et imprévisible.

Les vagues du matin avaient poussé tous les surfeurs du coin à braver le froid hivernal, mais le brusque changement de vent les avait pris par surprise. Devant la violence des rouleaux, la plupart avaient choisi la sécurité et regagné le rivage, mais pas Tom. Il regardait trois adolescents qui n'avaient pas encore renoncé à surfer. Il les connaissait bien. Alex, James et Rowan essayaient toujours de se surpasser, repoussant leurs limites au-delà du raisonnable.

Lorsque le vent avait changé, il les avait mis en garde.

— Il est temps de sortir, les gars, leur avait-il crié. La houle va vous pousser vers les récifs.

— C'est justement cela qui est excitant, avait lancé Alex. Rentrez chez vous, vieux ! Laissez-nous les bonnes vagues.

Ils étaient stupides, mais c'étaient des gamins, et il se faisait du souci pour eux. Il battit en retraite et resta derrière les brisants, surveillant de loin les trois risque-tout.

Peut-être devenait-il trop vieux.

Il avait trente-cinq ans, ce qui n'était pas vraiment vieux. Susie venait dîner chez lui ce soir. C'était une femme superbe. Agée de trente-sept ans, divorcée et mère de deux enfants, elle faisait beaucoup plus jeune que son âge, physiquement comme dans son comportement.

Si elle avait été là, elle l'aurait poussé à aller surfer au lieu de se tenir à l'écart, comme une mauviette.

Il jeta un regard vers les garçons qui espéraient toujours attraper une bonne vague. Pouvait-il les laisser là et s'en aller ? Il devait encore, avant le repas, marcher jusqu'au cap pour prendre une photo qu'il enverrait ensuite à Tasha, comme il le faisait chaque semaine.

Il lui avait promis ces photos hebdomadaires, mais étaient-elles encore nécessaires ? Tasha ne le disait pas. Il lui adressait des messages par Internet, destinés à entretenir un lien amical avec elle, mais elle répondait de façon très succincte. Peut-être ravivait-il chez elle une souffrance dont elle avait failli ne jamais se remettre.

Peut-être était-ce pour lui-même qu'il faisait ces envois.

Il était resté auprès de Tasha durant la vie si brève d'Emily, et il lui semblait naturel de continuer à s'occuper de la tombe de l'enfant. Pendant les quelques jours où il avait aidé à prendre soin de la petite fille, il s'était profondément attaché à elle.

Si la mort d'Emily le faisait encore souffrir, comment Tasha s'en sortait-elle ? Elle n'en parlait jamais.

Alors qu'il était réfugié derrière les brisants, observant les trois gamins stupides qui prenaient des risques inconsidérés, il ressentit soudain le besoin urgent et ridicule de sauter dans un avion pour rejoindre la jeune femme.

C'était une idée absurde. Il était un lien entre Tasha et son bébé, rien de plus, et probablement n'en avait-elle pas envie.

Mais, dans ce cas, il devait cesser de penser à elle.

Une énorme houle se forma derrière lui alors que le vent tournait de nouveau. Il regarda vers le rivage. La vague qui venait juste de se briser repartait de la plage vers le large. Elle traçait presque un angle droit avec celle qui arrivait.

Les adolescents ne regardaient pas vers la plage. Ils lui tournaient le dos, guettant la prochaine vague entrante.

— Non ! cria Tom de toutes ses forces. Elle va vous entraîner sur les récifs ! Non !

Alex et James, qui étaient les plus proches de lui, entendirent sa mise en garde. Ils marquèrent un temps d'hésitation, puis renoncèrent à prendre la vague.

Mais Rowan, lui, n'avait pas entendu l'avertissement ; peut-être n'avait-il pas voulu l'entendre. Il sauta sur la vague et se laissa emporter.

C'était trop tard, à présent, pour lui crier quoi que ce soit. La vague qui refluait vers le large avançait inexorablement vers eux tous. Tom, Alex et James n'avaient qu'à plonger dedans et la traverser, mais Rowan… Il était debout sur sa planche lorsqu'un mur d'eau s'abattit sur lui.

Les récifs étaient tout proches. Rowan, la tête sous l'eau, piégé par la corde attachée à sa cheville qui le reliait à sa planche, était entraîné par la force terrible des vagues.

Il était sur les récifs.

Tom plongea et fonça vers lui.

Pas de message. Tasha fronça les sourcils.

Depuis son retour en Angleterre, Tom lui envoyait tous les dimanches un message sur sa boîte mail. Aujourd'hui, elle n'avait rien reçu.

Elle ne s'inquiéta pas immédiatement. Tom était le seul médecin de Cray Point. Il avait dû se passer quelque chose. Il lui enverrait son message plus tard.

Mais le soir arriva sans qu'elle ait eu aucune nouvelle de lui. Elle alla se coucher avec un grand sentiment de vide.

Ce qui était stupide.

Dix-huit mois s'étaient écoulés depuis la mort d'Emily. Tasha avait quitté l'Australie dès les formalités terminées. Elle n'avait pas eu l'énergie de reprendre son poste à Médecins Sans Frontières, préférant exercer dans un service d'urgences à Londres. Et elle s'était plongée dans le travail.

La plupart du temps, cela allait. Elle arrivait à la fin de la journée en se disant qu'elle pourrait faire face à la suivante.

Les messages de Tom l'aidaient. C'étaient des messages brefs, où il lui racontait les ragots du coin, des anecdotes concernant sa vie quotidienne, ses dernières aventures amoureuses, ou les cas intéressants qu'il avait eu à traiter. A la fin, il lui envoyait toujours une photo de la tombe d'Emily.

Parfois, la tombe était sous une pluie battante, parfois sous un soleil radieux, mais toujours couverte de fleurs, avec la mer en arrière-plan.

Tom lui avait fait cette promesse le jour des funérailles, et il avait tenu parole.

— J'en prendrai soin pour vous, Tasha, et pour Emily. Et je ferai en sorte que vous puissiez voir cette tombe.

Cela lui faisait mal, pourtant elle y tenait. D'habitude, elle rédigeait une courte réponse et se sentait coupable de ne pouvoir faire davantage.

Car Tom avait été merveilleux, elle devait le reconnaître. Il avait été à ses côtés à chaque étape de cet effroyable chemin.

C'était lui qui était intervenu lorsque différents spécialistes avaient décrété qu'Emily devait être hospitalisée en soins intensifs, car, avaient-ils dit, si elle restait avec sa mère, sa vie en serait encore abrégée. Tom les avait simplement regardés et ils avaient fait marche arrière.

C'était lui qui avait demandé à des photographes discrets et pleins d'empathie de réaliser ce qui était maintenant le trésor le plus précieux de Tasha. Un album réunissant les photos d'un beau bébé qu'elle tenait tendrement dans ses bras.

C'était Tom qui l'avait fait revenir à Cray Point. Il s'était tenu près d'elle pendant l'enterrement qui lui avait brisé le cœur. Il l'avait laissée s'asseoir sous la galerie et fixer l'horizon aussi longtemps qu'elle l'avait voulu. Il avait été là lorsqu'elle avait eu envie de parler, et il l'avait laissée seule lorsqu'elle en avait éprouvé le besoin.

Lorsque, trois semaines après la mort d'Emily, elle s'était réveillée un matin en disant qu'elle voulait rentrer à Londres et recommencer à travailler, il l'avait emmenée à l'aéroport et il lui avait dit au revoir en la serrant dans ses bras. En le quittant, elle avait eu l'impression de laisser derrière elle encore un autre pan de sa vie.

Mais tous les dimanches, elle recevait un message et Tom ne semblait pas lui en vouloir de répondre aussi brièvement.

Le lundi matin, toujours aucune nouvelle.

— Et alors ? dit-elle à voix haute. Tom était là pour toi il y a dix-huit mois, mais tu ne peux pas t'attendre qu'il photographie une tombe jusqu'à la fin de ses jours.

Pouvait-elle passer à autre chose, elle aussi ?

Il lui vint alors une idée. Une idée qui lui trottait dans la tête depuis deux mois. Une idée stupide qu'elle n'aurait sûrement jamais le courage de mettre en œuvre. Une idée dont elle ne parvenait pourtant pas à se débarrasser.

Ne pourrait-elle pas tenter d'avoir un autre bébé ?

Qu'en penserait Tom ? se demanda-t-elle instinctivement.

Aussitôt, elle se reprit. Tom n'était pas concerné. Au fond, c'était une bonne chose qu'elle n'ait plus de contact avec lui.

Mais elle songea à la tombe d'Emily à Cray Point et elle sut qu'une partie de son cœur resterait toujours là-bas.

Avec ou sans Tom Blake.

3.

Six semaines plus tard…

Tasha venait de passer une journée épuisante aux urgences de son hôpital londonien. L'établissement se trouvait en bordure d'un quartier défavorisé où le chômage régnait de façon endémique et où les jeunes n'avaient presque rien à faire. La conjonction de ces deux facteurs créait une situation catastrophique qui se terminait bien souvent par un passage aux urgences.

Aujourd'hui, elle s'était occupée de deux patients qui avaient été poignardés. Elle se sentait émotionnellement lessivée, mais cela lui convenait assez, pensa-t-elle alors qu'elle se changeait avant de rentrer chez elle. L'épuisement l'aiderait à trouver le sommeil.

Depuis des semaines, elle avait du mal à dormir.

Parce qu'elle ne recevait plus de messages de Tom ?

C'était sa faute. Elle ne lui avait pas suffisamment montré qu'elle lui était reconnaissante de ce qu'il faisait pour elle. Parce qu'en réalité, elle se sentait partagée. Les messages de Tom ravivaient en elle une souffrance ancienne. Elle ne voulait pas se rappeler ces moments douloureux, sans désirer pour autant les oublier.

Et maintenant, Tom avait visiblement décidé qu'il était temps de passer à autre chose. Elle devait surmonter tout cela. Mais pourrait-elle jamais y arriver un jour ? Comment aller de l'avant ?

Il lui arrivait de désirer ardemment avoir un autre bébé, mais en aurait-elle le courage ?

— Tasha ? Vous avez de la visite, dit Ellen, l'infirmière administratrice en passant la tête dans le vestiaire. Deux dames demandent à vous voir. Elles sont arrivées il y a deux heures. Elles n'ont pas voulu que je vous dérange, mais elles m'ont priée de vous informer de leur présence dès que vous auriez fini votre garde. Je les ai installées dans la salle de consultation, avec du thé et des biscuits. Elles ont l'air gentilles.

— Gentilles ?

Le service des urgences était témoin de bien des tragédies. Souvent, des membres d'une famille se présentaient des jours, des semaines, voire des mois après l'événement, pour parler de ce qui était arrivé. En général, Ellen préparait la rencontre en sortant le dossier du patient et en prenant le temps de le lire. Cela facilitait la tâche des médecins. Comme beaucoup de ses confrères, Tasha risquait, après des semaines ou des mois, d'avoir oublié les circonstances du décès d'un patient.

Mais Ellen n'avait pas de dossier à la main et elle décrivait les visiteuses comme étant « gentilles ». Rien de plus.

— C'est personnel, dit Ellen devant l'air perplexe de Tasha. Elles disent que cela ne concerne aucun de vos patients. Elles sont australiennes, s'appellent Hilda et Ronda, environ la cinquantaine. L'une tricote, l'autre fait du crochet.

Hilda et Rhonda. Tasha ne connaissait que deux Australiennes qui portaient ces prénoms.

— Dois-je leur dire que vous ne pouvez pas les recevoir ? demanda Ellen en l'observant. Je suis sûre qu'elles comprendront. Elles semblaient craindre de vous déranger. Je pense qu'un mot suffirait à les faire déguerpir.

Tasha avait-elle envie que les deux sœurs… déguerpissent ?

Non. Bien sûr que non.

Pourquoi son cœur s'était-il mis à battre plus vite ? Il n'avait pas pu arriver quelque chose de grave à Tom, n'est-ce pas ?

Mais non, ce n'était pas possible. Il était chez lui à Cray Point, profitant tranquillement de la compagnie de sa petite amie du moment. Comment s'appelait-elle ? Dans ses messages, Tom mentionnait les noms de ses différentes conquêtes. Alice ? Non,

Alice avait disparu du paysage depuis plus d'un an. Après elle, il y avait eu Kylie, puis Samantha, puis Susie.

Les frères Blake étaient incorrigibles, pensa-t-elle avec un petit sourire tandis qu'elle se dirigeait vers la pièce où Rhonda et Hilda l'attendaient. Elle avait hâte de découvrir ce qu'elles étaient venues lui dire.

Car elles n'étaient certainement pas ici pour lui parler de la dernière conquête de Tom.

— Une hémorragie sous-arachnoïdienne ?

Tasha regardait fixement les deux femmes qui lui faisaient face. Elle ne pouvait pas croire ce qu'elle venait d'entendre.

— Tom a eu une hémorragie sous-arachnoïdienne ? répéta-t-elle.

En la voyant, les deux sœurs avaient eu l'air surprises.

— Vous semblez si différente ! s'étaient-elles exclamées.

— C'est ma blouse de médecin.

Mais elles avaient secoué la tête.

— Vous êtes plus jolie, plus jeune qu'avant. Mais l'épreuve que vous avez traversée aurait fait prendre des années à n'importe qui.

Elles l'avaient serrée dans leurs bras, puis lui avaient parlé de Tom, en ayant presque l'air de s'excuser d'apporter de mauvaises nouvelles.

— Cela est arrivé pendant qu'il surfait, dit Rhonda. Il a dit que ce n'était pas grave, une simple coupure qui nécessitait quelques agrafes. Et puis il a ressenti une raideur dans le cou et un mal de tête si violent qu'il en est devenu presque aveugle. Il a eu un malaise, qui nous a donné la peur de notre vie. Nous avons fait venir l'ambulance aérienne et les médecins ont dit qu'il l'avait échappé belle.

— Mais ils disent aussi qu'il va s'en sortir, ajouta Hilda, peut-être en voyant Tasha pâlir brusquement. Cependant, il a quelques séquelles, du genre de celles que peut laisser un AVC mineur. A présent, il fait comme si tout était redevenu normal, ce qui n'est pas le cas, bien sûr.

— Que s'est-il passé ? demanda Tasha, abasourdie.

— C'était la première tempête de l'hiver, dit Hilda. La houle était très grosse et, bien sûr, les gens font alors des choses stupides. Les surfeurs étaient bien trop près des rochers, et lui s'est cogné la tête, se faisant une méchante entaille, assez profonde. Mary et Chris… Vous les avez rencontrés ? C'est le couple de médecins qui donne un coup de main quand c'est nécessaire. Ils ont suturé la plaie et essayé de convaincre Tom de passer un scanner, mais il n'a rien voulu entendre. Et un soir… Par chance, j'avais décidé de rester, en prétextant que je voulais nettoyer l'office. Comme Tom avait décommandé sa dernière conquête, qui devait venir dîner à la maison, j'ai pensé qu'il n'allait vraiment pas bien. Pendant le repas, je le voyais chipoter avec sa fourchette lorsque soudain il a dit : « Hilda, mon cou… ma tête… », et puis il s'est effondré.

— Il n'a pas perdu connaissance, mais le temps que l'ambulance arrive, il ne pouvait plus bouger son bras gauche ni sa jambe gauche, expliqua Rhonda.

Elle prit une inspiration avant de réciter quelque chose qu'elle avait dû apprendre par cœur.

— Le scanner a montré qu'il avait une fracture du crâne et un infarctus dans la *corona radiata* du noyau lenticulaire.

— C'est dans le cerveau, dit Hilda.

Rhonda leva les yeux au ciel, puis redevint sérieuse.

— L'ambulance aérienne est arrivée très rapidement et l'a emmené à Melbourne. Ils l'ont opéré dans l'heure qui a suivi et ont déclaré qu'il finirait par se rétablir. Il a passé deux semaines à l'hôpital, en protestant continuellement. Ensuite, ils ont voulu qu'il aille en rééducation, mais il a refusé, disant qu'il pouvait faire les exercices tout seul. Alors maintenant, il est revenu à Cray Point et prétend que tout va bien.

— Mais ce n'est pas le cas, dit Hilda. Tout le côté gauche de son corps est faible. Il n'a pas le droit de conduire. Les médecins l'ont autorisé à rentrer chez lui à condition qu'il fasse tous les jours de la kinésithérapie, mais il dit qu'il est trop occupé, qu'il n'a pas le temps. Il devrait se concentrer sur sa rééducation pendant au moins deux mois, mais le fera-t-il ?

— Il n'a pas le temps, dit Hilda. Et un jour où j'époussetais dans son bureau… Il avait réclamé une copie des lettres rédigées par le spécialiste qui l'a soigné. Je… je suis tombée dessus par hasard. Le spécialiste disait qu'il y avait un risque de séquelle permanente si le patient ne suivait pas les directives. Mais Mary et Chris ont eu un petit-fils, dans le Queensland. Leur fille étant tombée malade, ils sont allés s'occuper d'elle et du bébé. Il n'y a pas d'autre médecin à Cray Point qui soit susceptible de donner un coup de main.

— Et, en Australie, c'est l'hiver. Aucun médecin ne voudra venir faire un remplacement à Cray Point en hiver. Nous savons que Tom a fait passer une annonce — nous n'étions pas censées être au courant, mais…

— Hilda l'a vue par hasard sur son bureau ? dit Tasha.

Hilda rougit, puis sourit.

— Oui, en effet. Bien sûr, personne n'a répondu à l'annonce. Tom sait que les gens ont besoin de lui, alors il continue de travailler comme un fou. La veille de notre départ, il y a eu un accident de voiture et il est parti soigner les blessés. Il faisait très froid, il était au milieu des tôles froissées, cherchant à stopper les hémorragies…

— Puis nous avons dû partir.

Jusqu'à présent, Rhonda avait paru résignée, mais soudain sa voix se mit à trembler.

— Savez-vous que nous sommes anglaises, toutes les deux ? Nous avons épousé des frères et, il y a trente ans de cela, nous sommes parties vivre à Cray Point, mais nos parents sont restés ici. La semaine dernière, notre mère est morte et notre père est complètement perdu. Nous avons dû tout laisser tomber pour venir nous occuper de lui. Et nous avons aussi dû abandonner Tom. Nous allons emmener notre père en Australie avec nous, mais il faut d'abord régler les choses pour sa maison, l'immigration… Il y a beaucoup à faire.

— Mais nous pensons tout le temps à Tom, dit Hilda, nous nous inquiétons pour lui. Nous savons qu'il n'est pas en état de faire face. Nous ne pourrons pas rentrer à Cray Point avant plusieurs semaines, qui va veiller sur lui ? Il repousse toujours plus loin ses limites. Nous n'avons qu'une infirmière visiteuse, personne d'autre. Cray Point a vraiment de gros problèmes. Et voilà que, la nuit dernière, Rhonda s'est brusquement assise dans son lit. Elle a dit : « Et Tasha ? Elle fait partie de la famille ».

Le mot résonna dans la salle de consultation. La famille.

— J'ignorais tout de cette situation, dit Tasha d'une petite voix.

— Oui, bien sûr, vous ne pouviez pas savoir. Il n'a parlé de cela à personne et, bien sûr, il se soucie de vous. Comme nous tous. Jamais il ne voudrait vous déranger. Tasha, ma chère, c'est peut-être abuser que de vous demander cela, mais Hilda connaissait votre adresse…

— Pour l'avoir vue sur le bureau de Tom ? fit Tasha, taquine, qui obtint deux timides sourires en retour.

— Eh bien, oui, reconnut Hilda. Je ne voulais pas être indiscrète, mais Tom m'avait laissé sur son bureau une lettre qui vous était destinée, afin que je la poste. C'est ainsi que nous avons su que vous logiez à l'hôpital, et je me suis souvenu de son nom. Alors nous avons pensé que nous pouvions venir vous voir et vous mettre au courant.

— Parce qu'il a besoin de quelqu'un, dit Rhonda. Il a besoin de vous.

Le cerveau de Tasha était en ébullition. Elle venait d'achever une journée où elle avait connu un rythme de travail frénétique. En général il lui fallait des heures pour ne plus y penser, mais là, soudain, elle ne pensait plus qu'à Tom. S'il avait brusquement cessé de lui envoyer des messages, ce n'était pas parce qu'il pensait qu'elle devait tourner la page et aller de l'avant. C'était parce qu'il avait lui-même des problèmes.

— Et… et Susie ? balbutia-t-elle. Ne peut-elle pas l'aider ?

Les deux femmes eurent le même grognement dédaigneux.

— Elle n'est d'aucune utilité, déclara Rhonda. Elle l'a très peu vu depuis qu'il a eu son accident. Et elle n'est ni médecin ni infirmière. Comment pourrait-elle l'aider ? Vous êtes médecin, ma chère. C'est pour cela que nous sommes venues vous trouver.

— Vous voulez que j'aille là-bas ?

Le seul fait de prononcer cette phrase lui parut bizarre.

Les deux sœurs essayèrent de sourire. C'étaient des sourires nerveux. Des sourires qui disaient qu'elles n'avaient pas grand espoir dans le succès de leur requête, mais Tasha eut l'impression d'être prise dans la lumière des phares d'une voiture. Elle était comme paralysée.

— Est-ce que vous pouvez ? demanda Hilda, le souffle court.

— Est-ce possible ? murmura Rhonda.

Elle se leva et regarda fixement les deux petites dames rondelettes qui la dévoraient des yeux, le regard plein d'espoir. Et de doute. Mêlé d'une touche de culpabilité.

Tom… Il avait besoin d'elle.

Elle ne voulait pas aller là-bas.

Mais pourquoi ?

Elle pouvait le faire. Elle savait que c'était possible. Un contingent de nouveaux médecins était arrivé à l'hôpital la semaine précédente. Elle n'aurait aucun mal à se faire remplacer. Et elle pouvait quitter son petit logement austère en moins d'une heure.

Mais partir pour rejoindre Tom…

Elle ne voulait pas retourner en Australie. L'Australie lui rappelait sa petite fille, sa petite battante qui n'avait vécu que sept jours. Comment pourrait-elle retourner dans un endroit si chargé de souffrance ?

Pourtant, il n'y avait pas que le chagrin, elle en était consciente. Sa réaction ne s'expliquait pas seulement par le fait qu'elle ne voulait pas revoir les lieux où Emily avait vécu et où elle était morte. Elle ne s'était jamais interdit de penser à Emily.

Pour être juste, Tom y avait été pour quelque chose. Durant tout ce temps, il était resté auprès d'elle.

C'était Tom qui avait fait en sorte qu'elle partage chaque instant de la courte vie d'Emily. C'était lui qui avait fait le tri dans ce que disaient les médecins, acceptant ceux qui pouvaient aider et s'opposant avec fermeté à ceux qui s'avéraient inutiles.

Il l'avait tellement soutenue. Et avait montré tellement d'amour pour Emily.

« C'est ma nièce, disait-il à Tasha lorsque, épuisée, elle tombait de sommeil. Allez dormir, je m'occupe d'elle. Et je vous promets de rester éveillé tout le temps où j'en aurai la garde. »

Il avait toujours… été là, tout simplement. Elle ne pouvait pas penser à Emily sans penser à Tom.

Après la mort d'Emily… Tom l'avait ramenée à Cray Point. La cérémonie, si belle, si simple, avait eu lieu au cap, parce qu'elle ne voyait pas quel endroit aurait mieux convenu pour accueillir sa petite fille. Ensuite, elle avait dormi, dormi, tandis que Tom reprenait le cours habituel de sa vie.

Ce qui incluait ses petites amies. Alice était dans les parages, vaguement mécontente de la présence de Tasha. Et puis Alice avait disparu, et Tasha avait compris que c'était en partie à cause d'elle. Elle s'en était excusée après de Tom.

Il avait souri.

— Ne vous en faites pas. Alice sait que je ne prends pas ma vie amoureuse au sérieux. Toute la ville le sait.

Ainsi, il était comme Paul. C'était ce constat qui, à présent, la paralysait.

Tom était charmant, gentil, prévenant. Il multipliait les conquêtes. Il venait d'avoir une hémorragie cérébrale à cause d'un accident de surf. Comme Paul, il prenait des risques insensés.

Les frères Blake semaient le trouble autour d'eux. Elle n'avait aucune envie de se rapprocher de Tom, mais elle lui devait tant… Un souvenir lui revint en mémoire. Un jour, alors qu'elle venait de se réveiller, elle avait vu Tom en train de parler à sa petite fille.

« Le surf, c'est formidable, disait-il. La sensation de l'eau froide sur les orteils, la force de la vague qui te soulève, qui te propulse en avant… Sens le contact de mes doigts sur ta peau pendant que j'exerce une poussée sur tes petits orteils. Imagine que c'est une vague qui te soulève, qui te propulse… C'est bien, Emily, tortille tes orteils. Tu auras eu une vie si courte, petite Emily, mais nous devons la rendre la plus riche possible. J'aimerais tellement pouvoir t'emmener surfer… Sens cette poussée sous tes pieds et sache que le surf est une chose merveilleuse. Toi aussi, tu es merveilleuse, et j'espère que tu peux éprouver toutes ces sensations. »

En se rappelant cet instant, Tasha sentit les larmes venir. Hilda eut un hoquet et regarda Rhonda qui attrapa une boîte de mouchoirs en papier sur la table. Brusquement, Tasha se retrouva serrée dans les bras des deux sœurs.

— Oh non ! gémit Rhonda, nous n'aurions jamais dû venir. Nous n'aurions jamais dû vous demander… Tom s'en sortira. Cray Point survivra. Oubliez cela, ma chérie, oubliez notre visite.

Tasha se libéra doucement de leur étreinte. Elle avait lu quelque part qu'être serrée dans les bras de quelqu'un provoquait une décharge d'ocytocine. L'ocytocine avait tout un tas d'effets bénéfiques. Elle augmentait l'empathie et donnait l'envie de se connecter davantage aux autres.

A Tom ? Ça aurait été jouer avec le feu.

Pourquoi ? Parce qu'il ressemblait à Paul ? Mais non, pas tellement. Elle était restée chez lui durant plus d'un mois et jamais il n'avait montré le moindre signe qu'il s'intéressait à elle… de cette façon.

Par ailleurs, elle était maintenant plus mûre, plus avisée, elle savait comment se protéger.

Cette fois, elle n'avait pas besoin de Tom. C'était lui qui avait besoin d'elle.

Rhonda et Hilda attendaient une réponse.

Il ne pouvait y en avoir qu'une. Peu importait la vie privée de Tom, ce qu'il avait fait pour elle n'avait pas de prix.

Une autre idée refit brusquement surface dans son esprit. Aller aider Tom, cela signifiait retourner en Australie, où se trouvait le centre de fécondation in vitro où Paul avait fait conserver son sperme.

Si elle utilisait ce sperme, le bébé serait non seulement l'enfant de Paul, mais aussi le frère ou la sœur d'Emily.

Elle sut alors quelle réponse donner.

— Je vais aller là-bas, bien sûr, dit-elle rapidement, sans se laisser le temps de changer d'avis. J'ai besoin de deux jours pour organiser mon départ, mais je vais le faire.

— Oh ! Tasha, murmura Hilda.

— Mais ne le prévenez pas, recommanda Rhonda. S'il était au courant, il vous empêcherait de venir. Il dirait qu'il va bien. Il nous licencierait pour avoir osé prendre contact avec vous.

— Qu'il essaye seulement ! dit Hilda. Je voudrais bien voir cela.

Mais elle semblait nerveuse.

Tasha réussit à sourire.

— D'accord, dit-elle. Je ne lui dirai rien. Mais il vaudrait mieux que je ne le trouve pas au lit avec Susie quand j'arriverai.

— Cela m'étonnerait vraiment, dit Hilda sans paraître absolument convaincue.

— Sûr, dit Tasha.

En réalité, elle n'était sûre de rien du tout.

4.

Tom serra les dents. Il y avait plein de choses à faire et il devait les faire. Cela le rendait fou.

La vieille Mme Carstairs n'avait pas vu de médecin depuis des semaines. A l'automne précédent, elle avait été hospitalisée pour une pneumonie qui l'avait laissée très affaiblie. Elle aurait pu rester chez sa fille à Melbourne, mais elle avait refusé de s'absenter plus longtemps de chez elle.

Qui aurait pu le lui reprocher ? songea Tom, l'esprit morose. La maison de Margaret Carstairs, sur les hauteurs, offrait une vue imprenable sur Bass Strait. Elle aimait rester allongée sur son canapé et observer les changements de temps, la mer, et les baleines en grande migration vers le nord. Elle aimait laisser le monde venir à elle.

Sauf que le monde ne pouvait pas. Ou plutôt, Tom ne pouvait pas. Et, contrairement à Margaret Carstairs, il détestait rester couché sur son canapé à regarder la mer. Les seules nouvelles qu'il avait de Margaret lui étaient données par l'infirmière visiteuse. Et Brenda se faisait du souci.

Mais il n'avait pas le droit de conduire et, de toute façon, il lui aurait été impossible de marcher jusqu'à la maison de Margaret, tant le chemin était raide. Lorsqu'il s'était réveillé, après l'opération, il avait le côté gauche presque complètement paralysé. Il avait récupéré assez rapidement, mais pas suffisamment, cependant. Il gardait une faiblesse qui le handicapait et le frustrait.

Il devait tenir compte de cette faiblesse. Comme il lui était interdit de conduire, il faisait appel à Karen, le taxi local, mais depuis que sa jambe l'avait lâché alors qu'il rampait à l'intérieur d'une voiture accidentée afin de porter secours à un blessé, Karen elle-même lui imposait des limites.

— Le blessé serait mort si je n'y étais pas allé, dit-il à voix haute pour lui-même.

C'était vrai. Le conducteur avait un poumon perforé. Tom avait eu du mal à le maintenir en vie ; s'il avait attendu l'arrivée de l'ambulance, il aurait été trop tard pour sauver l'homme. Qu'il se soit lui-même retrouvé piégé à l'intérieur de la voiture parce qu'il n'avait plus assez de force dans la jambe pour se dégager n'avait vraiment pas d'importance. Son intervention avait eu un excellent résultat.

Ne pouvant pas conduire ni se déplacer à pied dans cette ville aux pentes escarpées, il restait là, impuissant, attendant qu'on lui signale une nouvelle urgence à laquelle il ne pourrait pas répondre.

Son téléphone sonna. Il décrocha aussitôt, espérant que, cette fois, il s'agisse d'un cas auquel il saurait faire face.

L'appel venait du vieux Bill Hadley. Il habitait au pied de l'escalier le plus raide de Cray Point. Il gisait maintenant en bas des marches, comme il l'expliqua à Tom en gémissant dans son téléphone portable.

— Doc ? Je sais que vous êtes mal en point, mais je crois bien que je me suis foulé la cheville. Je suis coincé en bas de l'escalier. J'ai crié, mais personne ne peut m'entendre. Au beau milieu de la journée, tout le monde doit être sorti. Encore une chance que j'aie eu mon téléphone avec moi, pas vrai ? Pensez-vous pouvoir venir ?

Bill Hadley était un dur à cuire. S'il disait qu'il s'était foulé la cheville, c'était qu'il avait probablement une fracture. D'après le son de sa voix, le vieil homme devait beaucoup souffrir. Mais Tom ne pouvait pas aller s'occuper de lui… Il ne pourrait pas descendre toutes ces marches.

— Je vais appeler l'ambulance et demander à l'infirmière visiteuse de vous rejoindre et de rester auprès de vous jusqu'à l'arrivée des secours. Brenda peut stabiliser votre cheville et soulager la douleur.

— Elle… elle pourra me faire une piqûre, alors ?

— Mais oui.

Une fois encore, Tom se sentait désarmé. Il pouvait, par téléphone, donner à Brenda l'autorisation d'utiliser des médicaments, mais il y avait toujours un risque. Bill présentait un état de santé particulier. Si on ne pouvait pas procéder au préalable à un bilan complet…

Tom ne pouvait pas.

— Désolé, Bill, je ne peux pas faire plus. Gardez cette cheville immobile. C'est la seule chose à faire.

— On peut faire davantage, dit une voix féminine.

Tom leva les yeux et faillit laisser tomber le téléphone.

Tasha. Elle se tenait dans l'embrasure de la porte.

Tasha… Il avait du mal à la reconnaître. Avait-elle réussi à surmonter la tragédie qui l'avait frappée ?

La dernière fois qu'il l'avait vue, elle venait d'accoucher et était ravagée par le chagrin. Elle aurait eu besoin d'une coupe de cheveux, avait renoncé à tout maquillage et ne portait que des pantalons de jogging et des anoraks. Même le jour où il l'avait accompagnée à l'aéroport pour qu'elle reparte en Angleterre, il s'était dit qu'elle avait l'air d'une rescapée d'une zone de guerre.

La femme qui se tenait aujourd'hui devant lui était vêtue d'un pantalon noir bien coupé et d'un chemisier blanc rentré dans la ceinture, ce qui soulignait la finesse de sa taille. Elle avait jeté un sweater bleu pâle sur ses épaules. Ses boucles brunes, souples et soyeuses, encadraient un visage souriant.

Elle était détendue, élégante… belle.

Elle posa sa valise par terre et regarda Tom avec un grand sourire.

— Salut ! lança-t-elle, rayonnante.

— Sa… salut, répondit-il, tétanisé par ce sourire éclatant.

— Vous refusez un patient ? dit-elle. Alors que j'ai fait ce long voyage pour avoir le plus de travail possible ? Une cheville blessée ? Bill comment ?

— Bill Hadley…

— Une blessure à la cheville ? Il a besoin de voir un médecin ? Je suis là pour cela.

— Mais qu'est-ce…

— C'est urgent, sans doute. Puis-je prendre votre voiture ? Ou alors je peux rappeler le taxi. J'aurais besoin d'avoir le dossier du patient, s'il en a un, et aussi son adresse. Puis-je utiliser votre trousse médicale ?

Tom ne put répondre. Il n'y avait plus d'oxygène dans la pièce. Tout l'oxygène était dans le sourire de Tasha.

Elle secoua la tête et lui ôta le téléphone des mains.

— Bill ? Je suis arrivée à la fin de la conversation, mais je me présente. Je suis Tasha Raymond, la belle-sœur du Dr Blake. Je suis médecin, moi aussi, et je suis venue aider Tom jusqu'à ce qu'il soit de nouveau sur pied. Pouvez-vous me dire quel est votre problème ?

— Vous pouvez conduire ?

Tom entendit la voix de Bill trembler d'espoir.

— Oui, je peux, répondit Tasha. Vous avez entendu dire que le Dr Blake avait eu un accident. Nous devons le laisser se rétablir. Ce qui veut dire que je vais le remplacer jusqu'à ce qu'il soit complètement guéri. Que vous est-il arrivé ?

Bill marqua une pause avant de répondre.

— Je crois que je me suis foulé la cheville. Si vous pouviez venir, doc, ce serait génial.

« Doc. » La transition se faisait en douceur, pensa Tom, surpris. La ville avait un besoin urgent de médecin et Tasha était là. Désormais, Tasha était le *doc*.

Elle écouta les explications de Bill qui lui indiqua où il vivait.

— Je serai là dans cinq minutes, dit-elle. J'ai descendu cet escalier lorsque j'étais ici, il y a dix-huit mois. Tenez bon.

Elle raccrocha et se tourna vers Tom.

— Salut ! dit-elle avec un grand sourire chaleureux. C'est bon de vous revoir. Je suis vraiment désolée que vous ayez eu cet accident. Rhonda et Hilda m'ont dit que vous aviez besoin de moi et j'ai l'impression qu'elles ont raison. Nous discuterons plus tard, il faut que j'y aille. Parlez-moi de ce patient. Y a-t-il des choses que je devrais savoir ?

— Ne faites pas cela, Tasha. Je vais y aller moi-même.

Le sourire de Tasha s'adoucit, plein maintenant de compréhension et de sympathie.

— Dites-moi si vous avez de la force dans votre jambe. Evaluez cela sur une échelle allant de 1 à 10, 10 pour la force maximale, 1 pour une grande faiblesse.

— 8, dit-il.

— Vraiment ? demanda-t-elle, l'air dubitatif.

— Bon, d'accord, plutôt 6. Mais…

— Je ne suis pas venue de Londres pour entendre des « mais ». Je suis venue parce que vous vous êtes blessé, vous avez besoin de vous soigner et Cray Point a besoin de moi.

Soudain, elle lui posa un baiser léger sur le front.

— Je suis tellement désolée de ce qui vous est arrivé, mais pour l'instant il semble que vous ayez besoin de vous reposer. Puis-je prendre votre voiture ?

Il n'avait pas le choix. Elle avait fait tout ce chemin pour venir l'aider. Il devait lui en être reconnaissant.

Il lui était reconnaissant, mais il était aussi… déstabilisé ? Qu'elle ait fait tout ce voyage…

C'était Tasha qui avait besoin d'être aidée, pas lui. Mais pour l'instant… il n'avait pas le choix.

— J'apprécie ce que vous faites pour moi, dit-il froidement. Je… je vous remercie. Mais, Tasha, je vais avec vous.

Tasha était au volant. Et lui, Tom, était passager.

Il essayait de recouvrer ses esprits. Une tornade était arrivée. Une femme qu'il avait du mal à reconnaître.

La dernière fois qu'il avait vu Tasha, elle était abattue, écrasée de chagrin. A présent, c'était une femme énergique et responsable. Un médecin qui répondait à un appel de détresse avec une efficacité toute professionnelle.

Et c'était une femme magnifique.

Il ne savait plus où il en était.

Elle conduisait et il lui indiquait la route à suivre, mais, même sans lui, elle aurait trouvé son chemin. Après la mort d'Emily, elle avait beaucoup marché dans Cray Point et, visiblement, elle s'y repérait très bien.

— Alors, commença-t-il, Rhonda et Hilda…

— Elles sont venues me voir à Londres. Elles m'ont dit que vous aviez des problèmes.

— Elles n'en avaient pas le droit.

— Mais si. Il y a dix-huit mois, Cray Point a été là pour moi quand j'en ai eu besoin. Et vous aussi. Mais si l'on écarte toute considération personnelle, disons que je paye ma dette à Cray Point.

— Alors, vous avez tout laissé tomber…

— Comme vous aviez tout laissé tomber pour moi. Et, tout comme vous, je n'ai planté personne. D'autres questions ?

Il en avait plus de mille en tête, mais il ne pouvait en formuler aucune. Et elle avait le toupet de sourire.

— C'est bien, docteur Blake.

— Vous avez envie de me dire : « Vous êtes un bon garçon », en me donnant une petite tape sur la tête ?

Le sourire de Tasha s'élargit.

— Pas encore. Vous devez être sage pendant deux mois avant d'obtenir un bon point.

— Je dois être sage ?

— Oui. Faire ce que dit le médecin. Beaucoup vous reposer. Et faire beaucoup de rééducation. Rhonda dit que vous devriez faire des séances de kinésithérapie tous les jours, mais vous ne voulez pas que Cray Point reste sans médecin. Hilda dit aussi que vous souffrez plus que vous ne voulez le laisser paraître, et que vous ne dormez pas.

— Comment le savent-elles ?

Elle rit.

— Elles sont incroyablement intelligentes. Je me fie à elles.

— Peut-être devriez-vous vous installer ailleurs.

Elle ne perdit pas son sourire.

— Oui, peut-être, et je peux le faire si vous souhaitez protéger votre intimité. Tout ce que je veux, c'est que vous puissiez vous remettre sur pied. Agissez comme vous l'entendez, c'est votre affaire, à condition de garder le lit lorsque votre médecin vous l'ordonne.

Elle marqua une pause.

— Tout seul, sans doute. Je parie que les nuits torrides et pleines de passion ne font pas partie des consignes que les médecins vous ont données.

Elle avait raison. Il jeta un regard désabusé à sa jambe gauche, encore si faible.

— Je n'ai pas vraiment de nuits torrides et pleines de passion à mon agenda, en ce moment, dit-il, les dents serrées.

Elle rit de nouveau.

— Rien que pour cela, vous aurez droit à une image. C'est cette rue, n'est-ce pas ?

Cray Point était un vieux village de pêcheurs perché sur un promontoire. Quelques-unes des maisons les plus anciennes s'élevaient au pied des falaises. On y accédait par des escaliers aussi étroits que tortueux. Un vrai cauchemar ! La plupart de ces bâtisses appartenaient désormais à des vacanciers qui ne voyaient pas d'inconvénient à devoir, quelques semaines par an, monter et descendre des centaines de marches en rapportant leurs provisions du village. Bill était l'un des derniers pêcheurs à vivre dans l'une de ces maisons.

— Parlez-moi de Bill, voulez-vous ? demanda Tasha.

— C'est un diabétique qui n'est pas stabilisé. Il a pris du poids depuis qu'il a cessé de pêcher, pourtant il arrive, Dieu sait comment, à emprunter cet escalier. Il souffre de diabète depuis des années, mais il se nourrit de poisson pané, de chips et de bières, et il prend son insuline lorsque cela lui chante. Plus d'une fois, il a eu des crises d'hypoglycémie. Je pense que cela a pu jouer dans sa chute d'aujourd'hui. Il souffre de lésions nerveuses périphériques dans les pieds.

— Je vois, dit Tasha. Bon, vous restez ici pour guider l'ambulance.

— Ai-je le choix ?

— Non, admit-elle en souriant. Mais vous pouvez être utile. Je vous téléphonerai pour vous demande conseil si nécessaire.

— Pourquoi ce ton me semble-t-il aussi condescendant ?

— Parce que Rhonda et Hilda disent que vous avez besoin qu'on vous protège.

Elle se pencha vers lui et lui colla un baiser sur le nez. C'était un baiser léger comme une plume, pourtant Tom eut l'impression de recevoir une décharge électrique.

Tasha sortit aussitôt de la voiture et attrapa sur la banquette arrière la trousse médicale qu'il lui prêtait.

— A plus tard ! dit-elle. Soyez sage.

Il lui lança un regard menaçant, mais resta sagement assis dans la voiture.

Bill s'était fracturé la cheville. Tasha soupçonnait aussi des côtes cassées. Le taux de sucre dans le sang était si bas que, logiquement, le vieil homme aurait dû avoir perdu connaissance. Le stabiliser était une tâche délicate.

Si elle n'avait pas été là, l'issue aurait pu être fatale, pensa-t-elle tandis qu'elle s'occupait du blessé. A cet instant, Brenda, l'infirmière visiteuse, descendit bruyamment l'escalier et se mit immédiatement à couvrir Bill de reproches pour vivre dans un endroit pareil.

— Laissez-le tranquille, dit gentiment Tasha.

Elle avait enveloppé Bill dans une couverture de survie pour le tenir au chaud. Elle l'avait mis sous perfusion et lui avait donné assez de glucose pour remonter son taux de sucre, mais il passait alternativement par des phases de conscience et d'inconscience.

— Et le docteur ne devrait pas être dehors, gronda Brenda. Il est là, assis en haut des marches, alors qu'il fait si froid. Vous devriez l'obliger à rester à la maison.

Tasha sourit intérieurement. Elle n'était à Cray Point que depuis une heure à peine et déjà on la traitait comme si elle faisait partie du décor. Et c'était très bien ainsi.

— Tasha ?

C'était Tom. Comprenant son besoin d'être tenu au courant, elle avait laissé son téléphone sur haut-parleur. Tom était resté au sommet de la falaise, mais par l'esprit — et par la voix — il était là, auprès d'elle.

— Oui ?

— L'ambulance sera là dans cinq minutes.

Elle se détendit un peu. La respiration de Bill commençait à devenir superficielle. Etait-ce le choc ? Ou quelque chose de plus grave ?

— Parfait, dit-elle.

— Vous êtes soucieuse.

Il avait compris. Elle n'avait dit qu'un seul mot et cela avait suffi à faire transparaître son inquiétude.

— Il n'y a rien qu'on ne puisse gérer, dit-elle avec entrain.

Bill la regarda, l'air hébété. Pour rien au monde elle ne voulait l'inquiéter.

— Il a une tête à faire peur, docteur Blake, dit Brenda. Une mine affreuse.

Tasha la fusilla du regard. Comment rattraper la situation ?

— C'est vrai, dit-elle. Cela doit faire des jours qu'il ne s'est pas lavé, il émane de lui une odeur de poisson pourri. Bill, je ne sais pas ce que vous avez fabriqué, mais je parie que la première chose que les infirmières vont faire, à l'hôpital, c'est de vous mettre sous la douche. Elles sont très pointilleuses quant à la propreté des personnes qu'elles mettent dans leurs draps.

Bill eut un petit rire auquel Tasha s'associa, et ils attendirent ensemble l'arrivée de l'ambulance.

Assis dans la voiture, Tom avait indiqué aux ambulanciers quel escalier prendre. A présent, il se sentait soulagé.

Tasha était vraiment une femme étonnante. Elle avait parcouru la moitié de la planète pour venir l'aider.

Il aurait voulu être au bas des marches, à la place de Tasha. Non. Il aurait voulu être au bas des marches *avec* Tasha.

Il avait pensé à elle presque tous les jours depuis qu'elle était partie. Il avait songé à ne lui envoyer chaque semaine que la photo de la tombe, sans message, mais cela aurait paru bizarre. Et garder le contact lui paraissait important. C'était la famille et il devait montrer à Tasha qu'il se souciait d'elle.

Et elle était là. Elle s'inquiétait pour lui. C'était lui qui était censé la soutenir, pourtant elle avait tout laissé tomber pour venir l'aider.

Les ambulanciers remontèrent Bill, attaché sur une civière, en empruntant l'escalier. Tom qui était sorti de la voiture pour saluer le vieil homme constata que celui-ci avait retrouvé sa bonne humeur.

— A présent, doc, cela ne me fait pratiquement plus mal. Tasha m'a bien soigné. C'est un bon médecin et elle dit qu'elle restera jusqu'à ce que vous alliez mieux. Cray Point a de la chance. Vous avez de la chance.

Derrière lui, Brenda parlait avec Tasha. Tom réalisa que son infirmière était en train d'organiser les visites à domicile du lendemain.

— Hé ! intervint-il, je n'ai pas encore engagé Tasha.

Brenda lui jeta un regard surpris.

— Comment ça ? Elle est ici pour travailler et nous avons besoin d'elle. Qu'est-ce qui peut bien vous tracasser ?

Il essaya de trouver un argument.

— Avez-vous l'autorisation de travailler en Australie ?

— Bien sûr, répondit Tasha.

Il ne voyait rien d'autre à dire.

Il commença à pleuvoir. Debout sous le crachin, Tom regardait les brancardiers installer Bill dans l'ambulance tandis que Brenda dressait la liste des choses urgentes qu'elle voulait faire faire à Tasha.

Jamais il ne s'était senti aussi inutile.

L'ambulance finit par s'en aller. A son tour, Brenda s'éloigna. Agitant le bras en un geste chaleureux, elle cria :

— A demain, Tasha !

Et lui resta en tête à tête avec Tasha.

Qui grimpa dans la voiture, s'installa derrière le volant et le regarda.

— Vous arrivez à monter ?

Oui, à condition de s'aider de ses mains pour soulever sa jambe encore trop faible. C'était une frustration qu'il avait du mal à supporter.

— Vous retournerez surfer, dit-elle.

— Quoi ?

— Rhonda et Hilda m'ont dit que vous vous étiez cogné la tête sur les rochers en surfant. Pourquoi les fils Blake ne choisissent-ils pas de pratiquer des activités de tout repos ?

— Comme le macramé ?

— Le macramé, c'est bien, dit-elle d'un air pensif. Même si les aiguilles sont parfois très pointues.

— Tasha…

— Oui ?

Elle mit le moteur en marche et prit la direction de la maison.

— Vous n'auriez pas dû venir.

Cela pouvait paraître brutal, mais elle sourit. Elle semblait plus amusée qu'offensée.

— Mais si ! Vous avez besoin de moi. Mais, comme vous êtes un Blake, vous êtes convaincu de n'avoir besoin de personne.

Que répondre à cela ?

— Je ne peux pas rester assis à vous regarder travailler.

— Non, bien sûr. Et vous n'allez pas le faire. Rhonda et Hilda m'ont donné une liste des exercices de rééducation que vous devez pratiquer régulièrement. Le plus important, après une blessure à la tête, c'est de faire en sorte que votre corps redevienne rapidement ce qu'il était auparavant, avant que les dégâts soient irréversibles. Alors, ce sera moi qui m'occuperai des urgences médicales, et pas vous.

Il la regarda fixement.

— Vous n'êtes pas autoritaire !

— Que voulez-vous dire ?

— Lorsque vous viviez ici, avant, vous étiez…

— Traumatisée ? Bien sûr. Oui, je l'étais lorsque vous m'avez connue. Mais, à présent, je ne le suis plus, Tom, mais vous, vous êtes fragilisé. C'est pour cela que je suis ici. Vous m'avez soutenue. A mon tour de vous soutenir.

Il semblait qu'il n'y ait rien à dire. Il garda les yeux fixés sur la route balayée par la pluie et sentit remuer en lui des choses qu'il avait cru immuables.

Tasha. Elle était veuve, elle avait perdu un bébé. La vie ne l'avait pas épargnée et elle avait eu besoin de lui dans des circonstances tragiques.

Maintenant, elle était là pour l'aider, mais ce n'était pas cela qui le perturbait. Ou pas tellement. Ce qui le perturbait, c'était qu'elle ressemblait à… Susie ?

Non. Elle ne ressemblait en rien à Susie. Pourtant, elles avaient un point commun. Les femmes avec qui il sortait étaient belles, mais, surtout, elles étaient indépendantes.

Tom Blake n'avait pas besoin des femmes. Il s'y était entraîné. Il avait vu son père briser bien des cœurs à cause de son incapacité à s'engager, et il craignait de se comporter comme lui. Il n'avait jamais compris comment les gens pouvaient choisir d'être monogames. Il aimait trop les femmes pour cela.

Celles avec qui il sortait le savaient. Il s'était toujours montré honnête. Cray Point comptait un nombre limité de femmes célibataires, mais il y en avait suffisamment. Des divorcées. Des femmes plus mûres qui aimaient avoir un amant, mais qui s'étaient déjà brûlé les ailes auparavant. Bien sûr, certaines s'imaginaient pouvoir le faire changer d'avis, mais il faisait preuve de la plus grande franchise dès le début de la relation.

Il ne changerait pas et il le savait. Il ne voulait faire de mal à personne. N'infliger à aucune femme les souffrances que sa mère avait connues. Aussi se montrait-il prudent. Il ne courtisait jamais une femme qu'il sentait vulnérable.

Cependant, cela ne signifiait pas qu'il n'éprouvait pas d'attirance. Et la femme qui était en ce moment à côté de lui… était la veuve de son demi-frère. Elle était intouchable.

Pourquoi ? Elle était belle, compétente et… drôle.

Depuis son accident, il avait une vie terne, faite de douleur et d'ennui. Il n'avait pas eu l'énergie de rappeler ses anciennes conquêtes ni de nouer une nouvelle relation. Mais maintenant il y avait Tasha…

— La première chose à faire, dit-elle, c'est de décider de l'endroit où je vais habiter.

— Vous avez vraiment l'intention de rester ?

— J'ai dit à Rhonda et à Hilda que je resterais aussi longtemps que vous aurez besoin de moi. Il suffit de vous regarder pour comprendre que cela risque de durer un bon moment.

— Merci.

— Tom, vous devez accepter l'idée que vous avez besoin d'aide. Vous traînez votre jambe gauche, votre voix est un peu pâteuse, et saviez-vous que vous souriez de travers ?

A présent, il n'avait aucune envie de sourire.

— Je vais bien.

— Mais non et, sans rééducation, vous risquez de ne plus jamais aller bien. Vous le savez. Si vous avez renoncé à faire ces exercices, c'est parce que vous faites passer les besoins médicaux de cette ville avant votre propre intérêt, alors je ne suis pas près de m'en aller. Rhonda et Hilda me proposent de loger dans leur cottage. Elles ont des chats qui sont nourris par une voisine, et je suis allergique aux poils de chat, mais je préfère encore éternuer plutôt que d'interférer dans votre vie amoureuse.

— Je n'ai pas de vie amoureuse.

— Je n'aurais pas dû dire cela. Désolée.

A présent, elle était sérieuse.

— Tom, lorsque j'ai séjourné chez vous, l'année dernière, j'étais en état de choc, j'avais l'esprit engourdi et je vous étais très reconnaissante pour tout ce que vous faisiez pour moi. Mais je ne suis plus en état de choc, je n'ai plus l'esprit engourdi.

Si Susie ou quelqu'un d'autre est dans les parages, ou si, tout simplement, vous souhaitez être seul… Soyez franc, Tom. Si vous préférez que je loge chez Rhonda et Hilda, je m'arrangerai avec les chats. Il y a deux chambres. Ils peuvent en occuper une, je me réserverai l'autre.

— Restez avec moi, dit-il dans une sorte de grognement.

Elle sourit.

— Alors, vous voulez que je reste jusqu'à ce que cette faiblesse disparaisse ?

— Je crois que je n'arriverai pas à me débarrasser de vous.

— Comme c'est aimable !

Ce ne l'était pas, mais elle avait l'air amusée, ce qui le déconcerta encore plus.

Il se comportait comme un rustre, il en avait conscience. Elle avait fait tout ce voyage pour venir à son secours. Il devait lui témoigner sa reconnaissance.

— Je suis désolé. Dites-moi que vous n'avez pas ruiné votre carrière ni renoncé à vos vacances des dix années à venir.

— Non. En fait, j'arrivais à la fin de mon contrat et, pour ne rien vous cacher, je songeais à changer de poste. Cette parenthèse me donne le temps de penser à ce que je vais faire ensuite.

— Vous retravaillerez pour Médecins Sans Frontières ?

— Je n'en suis pas certaine, mais je dois y réfléchir, et Cray Point est l'endroit idéal pour cela. Alors, chez vous ou le cottage avec les chats ? C'est à vous de choisir, Tom, mais soyez honnête. Si vous préférez que je ne sois pas dans vos pattes, j'irai chez Rhonda et Hilda.

— Si vous vous installez chez moi, vous allez être très autoritaire avec moi.

— Mais bien sûr ! Exercices, exercices, exercices. J'ai pris l'engagement de rester ici jusqu'à ce que vous ayez complètement récupéré. Or, je ne me vois pas passer le restant de mes jours à Cray Point.

— Il y a des endroits bien pires.

— C'est vrai. Le problème, c'est que Cray Point implique aussi la présence d'un Blake. Or, j'ai fait le vœu de ne plus jamais avoir affaire à un mâle Blake.

— Vous me mettez dans la même catégorie que mon père et mon frère ?

— Mais oui, dit-elle d'un ton cordial. Et j'ai l'intention de respecter mon vœu. Aussi, faites comme bon vous semble. Nos vies ne s'emmêleront pas — aussi longtemps que durera votre rééducation.

Ce soir-là, couché dans son lit, Tom songeait au cadeau que Tasha lui avait fait. La liberté de redevenir normal.

Plus rien n'était normal depuis le soir où un terrible mal de tête l'avait aveuglé, le laissant brusquement sans force.

Autrefois, son corps lui obéissait. Lorsqu'il voulait bouger, surfer, courir, faire l'amour ou sauver des gens coincés dans leur voiture accidentée, son corps lui obéissait. Il faisait ce qu'il lui demandait, sans poser de questions. Maintenant, il avait l'impression que ce corps appartenait à l'un de ses patients, et plus à lui. Cette sensation était terrifiante.

Ce qu'il aurait dû faire, il le savait, c'était quitter Cray Point pour se consacrer à sa rééducation. Il aurait dû faire travailler son corps jusqu'à ce qu'il ait l'impression de se l'être réapproprié. Mais c'eût été admettre que c'était son corps blessé, et plus lui, qui avait pris le contrôle. Qui lui imposait de laisser Cray Point sans médecin. Qui lui dictait ce qu'il pouvait faire ou ne pas faire.

Alors il était resté à Cray Point. Il avait renoncé à ses rendez-vous galants. Il avait renoncé à tout, sauf au travail. Il se battait pour reprendre le contrôle.

Et voilà que Tasha était là, lui proposant un programme que le bon sens lui conseillait d'accepter, mais qui signifiait aussi que, de nouveau, il perdrait le contrôle.

Il devenait fou. Paranoïaque. Ce qu'elle faisait pour lui était magnifique et il devait l'accepter avec gratitude. Mais rester tranquillement assis et la laisser gouverner sa vie…

Il exagérait.

Fermant les yeux, il essaya de trouver le sommeil, en vain. Il se sentait presque aussi désarmé que ce premier jour dans le service des soins intensifs, où il avait réalisé que son bras et sa jambe ne lui obéissaient plus.

Comment Tasha l'amenait-elle à avoir cette sensation ?

Le contrôle… Cela avait été son mantra durant toute sa vie. Pour ne pas provoquer les mêmes dégâts affectifs que ceux que son père avait causés autour de lui. Mais ces dernières semaines, son corps lui avait montré que son pouvoir de contrôle était bien ténu, et maintenant Tasha lui prouvait la même chose.

— C'est idiot de ressentir cela.

Il avait parlé à voix haute. La phrase résonna dans la chambre plongée dans l'obscurité. Son corps allait guérir et, avec l'aide de Tasha, peut-être que… non, pas peut-être. Il allait *sûrement* récupérer complètement.

Tout ce qu'il avait à faire, c'était laisser Tasha prendre le contrôle.

Tout ce qu'il avait à faire, c'était de se laisser faire.

5.

Tasha se réveilla en entendant un bruit sourd qui se répétait, comme une suite de coups mal assurés.

Cela venait de la galerie, devant la fenêtre de sa chambre.

Elle jeta un coup d'œil au réveil posé sur la table de nuit. Il était plus de 8 heures ! Elle avait dormi près de douze heures d'affilée. Malgré l'entrain dont elle avait fait preuve devant Tom, elle avait eu besoin de beaucoup de sommeil.

Peut-être était-ce une façon de se protéger.

Car maintenant elle était là, dans le lieu où elle avait vécu dix-huit mois auparavant, se demandant si elle pourrait jamais oublier.

Elle ne voulait pas oublier, mais le souvenir engendrait une effroyable souffrance. A Londres, elle pouvait au moins se jeter à corps perdu dans le travail, mais ici…

Au sommet du cap, il y avait une toute petite tombe. Elle avait pensé s'y rendre, la veille au soir, mais en avait finalement été incapable. Elle avait refusé de dîner, invoquant le décalage horaire. Après avoir avalé des œufs brouillés et quelques toasts, elle s'était jetée sur son lit.

Mais, à présent, il y avait ces bruits sourds…

Intriguée, elle repoussa les couvertures et alla jusqu'à la fenêtre. Sa chambre donnait directement sous la galerie, avec l'océan en arrière-plan. Elle respira à pleins poumons l'air marin, puis se pencha pour voir ce qui se passait dehors.

Elle eut le souffle coupé.

Tom était là, et il était magnifique. Il n'y avait pas d'autre mot. Il était totalement, absolument magnifique.

Il ne portait qu'un boxer-short. Rien d'autre. Le timide soleil d'hiver faisait de son mieux pour mettre son bronzage en valeur. Des gouttes de transpiration luisaient sur son torse et sur son front, le rendant encore plus…

Magnifique. Elle ne pouvait que se répéter ce mot.

Armé d'une corde à sauter, Tom essayait de faire des bonds réguliers, mais la faiblesse de sa jambe le freinait. Malgré ses efforts, au bout du troisième saut il ne pouvait plus soulever sa jambe. Il jurait, puis recommençait.

— Bonjour.

En entendant la voix de Tasha, il manqua encore la corde.

Sa chambre donnait sous la galerie. Elle avait passé la tête par la fenêtre et le regardait en souriant.

— Quel bruit fait un mille-pattes avec une jambe de bois ? demanda-t-elle.

— Je ne sais pas. Dites-le moi.

— Il fait neuf cent quatre-vingt-dix-neuf fois tic et une fois toc.

Elle afficha un grand sourire, comme si la blague était excellente et méritait des applaudissements.

— C'est vous, fit-elle, sauf que vous n'arrivez pas à neuf cent quatre-vingt-dix-neuf.

Elle enjamba la fenêtre et resta perchée sur le rebord, les jambes ballantes. Elle portait une longue chemise de nuit blanche, incrustée de dentelle, qui lui arrivait aux chevilles. Tom sourit. Sa grand-mère aurait pu porter la même, mais la comparaison s'arrêtait là.

Tasha n'avait rien d'une grand-mère. Ses boucles brunes, ébouriffées par une nuit de sommeil, lui tombaient sur les épaules. Elle n'avait aucun maquillage et n'en avait pas besoin. Elle était belle, en forme, parfaitement réveillée.

Et attentive.

— Qu'est-ce qui a provoqué cette faiblesse dans votre jambe ? demanda-t-elle.

— Une hémorragie méningée. Une tension dans le cerveau.

— J’avais compris, espèce d’idiot. Au cas où vous l’auriez oublié, je suis médecin. Voyons… Les problèmes d’équilibre peuvent être dus à une faiblesse musculaire et à une paralysie, avec des lésions du cervelet — c’est la zone du cerveau qui contrôle l’équilibre, fit-elle gentiment. Vous pourriez avoir une perte des sensations dans la jambe, avec des dégâts plus ou moins graves dans le système vestibulaire, mais je ne vois aucun signe de paralysie spasmodique. Vous pourriez avoir des troubles de la vue, de l’hypotension, de l’ataxie, ou une faible conscience de la position de votre corps. Avez-vous été évalué ?

— A l’hôpital.

Il détestait parler de ses problèmes de santé — surtout à une femme en chemise de nuit. Une femme qu’il avait vue jusqu’à présent comme quelqu’un qu’il pouvait aider.

Leurs rôles se trouvaient soudain inversés, ce qui le rendait irritable et peu coopératif.

Il ne pouvait pas se comporter ainsi avec Tasha. Elle était venue pour l’aider. Il se devait d’être cordial avec elle, et même reconnaissant.

— Mais vous n’avez pas été réévalué depuis que vous êtes revenu chez vous, il y a trois semaines, dit Tasha. Vous avez un pied tombant. Sans doute avez-vous besoin d’une attelle pour soutenir votre cheville. Avez-vous mal ?

— Non !

— Je parie que vous vous sentez fatigué. La fatigue est l’un des effets secondaires les plus communs de ce qui vous est arrivé, surtout si, en plus, vous vous amusez.

— Je ne suis pas fatigué et je ne m’amuse pas !

— Et vous êtes devenu grincheux, autre effet secondaire. On observe des changements de personnalité. Vous n’étiez pas grincheux quand j’étais chez vous, il y a dix-huit mois.

— Tasha…

— Il faut vous faire faire un bilan complet avant de commencer la rééducation.

Elle le gratifia d’un sourire qui ressemblait presque à un sourire d’excuse.

— Vous savez, je ne suis pas la seule femme autoritaire de votre entourage. Rhonda avait déjà tout organisé avant même que je quitte l'Angleterre. Elle vous a pris un rendez-vous pour cet après-midi. Le plan est le suivant : j'assure vos consultations ce matin et, ensuite, je vous conduis à Summer Bay. Ils ont là-bas un centre de kinésithérapie bien équipé, avec tous les appareils nécessaires. Ils vont vous faire une évaluation complète et vous commencerez les exercices dès aujourd'hui. Et ce sera ainsi tous les après-midi.

— Quoi ?

— Tom, vous n'avez pas pris le temps de vous occuper de vous. Je le comprends, mais, à présent, je suis là. Vous avez besoin d'un programme de rééducation spécialisé. Sauter à la corde, c'est bien, mais ce n'est pas suffisant. Le centre de Summer Bay a une neuro-kinésithérapeute sur place, elle semble excellente. Elle coordonnera l'équipe.

— Qui vous a dit…

— Rhonda m'a tout expliqué. Vous avez embauché une femme à poigne, vous n'avez qu'à vous en prendre à vous-même si elle organise trop les choses. Mais vous savez qu'elle a raison. Votre rééducation exige un travail multidisciplinaire.

— Je n'ai pas besoin…

— Mais si, vous en avez besoin, répondit-elle d'un ton patient. Vous tentez de vous soigner tout seul, mais cela ne marche pas.

Sa voix s'adoucit.

— Tom, lorsque j'étais au fond du trou, je suis venue vous voir pour que vous m'aidiez. Vous avez pris les choses en main et je vous ai laissé faire. J'en avais besoin. Aujourd'hui, c'est vous qui avez des problèmes. Nous ne pouvons pas vous forcer, mais pourquoi ne pas vous détendre et accepter ce que Rhonda, Hilda et moi nous avons planifié pour vous ? Seul contre trois, vous ne faites pas le poids ! dit-elle avec un grand sourire.

Il soupira, mais elle ne lui laissa pas le temps de dire quoi que ce soit.

— A présent… Pourrez-vous me mettre au courant pour les consultations de ce matin, une fois que nous aurons pris le petit déjeuner ? Ensuite, vous pourrez faire une petite sieste pendant que je m'occuperai de vos patients.

— Une petite sieste…

Il en avait presque perdu la parole.

— Il se peut que je vous réveille s'il y a quelque chose que je ne comprends pas. Mais j'espère que cela n'arrivera pas.

— Avez-vous vraiment l'autorisation d'exercer en Australie ?

Elle eut l'air blessée.

— Bien sûr, répondit-elle. J'ai un passeport australien, j'ai fait les démarches administratives nécessaires et j'ai travaillé ici durant ma grossesse. Je connais le système. Bon, je vais aller me doucher, ensuite, on prendra le petit déjeuner. Il est temps de passer à l'action.

Sous la douche, Tasha laissa l'eau chaude effacer les effets du décalage horaire.

Elle essayait de ne pas trembler.

Elle avait bien agi. Elle s'était comportée comme si elle savait parfaitement ce qu'elle faisait, comme si tout allait pour le mieux.

Ce n'était pas le cas. Parce que Tom était un Blake. En le voyant sous la galerie, à peine vêtu, elle avait été troublée. Or, elle ne voulait pas se sentir troublée.

Paul Blake était entré dans sa vie comme une tornade. Il l'avait fascinée par son goût pour l'aventure, son exubérance et son tempérament passionné. Elle était tombée amoureuse et ils s'étaient mariés très vite. Ensuite, elle avait passé des années à le regarder prendre des risques démentiels. A avoir peur pour lui. A ignorer qu'il la trompait, et cela presque depuis le début. Elle avait fini par réaliser que les vœux prononcés le jour de leur mariage n'avaient pour lui aucun sens. L'honnêteté et la fidélité ne voulaient rien dire.

Tom avait l'air plus gentil et plus doux que son demi-frère, mais, fondamentalement, il n'était pas différent de lui. Il avouait lui-même adorer les femmes et il prenait les mêmes risques insensés que Paul.

Etait-elle injuste ? Jugeait-elle Tom en se fondant sur ce qu'elle connaissait de Paul ?

Non. Elle le jugeait parce qu'elle connaissait l'existence d'Alice, de Susie, de toutes celles qui les avaient précédées et de toutes celles dont il lui parlait dans ses messages. Et il s'était blessé en pratiquant le surf de façon téméraire.

Elle avait raison de le juger. Alors, pourquoi tremblait-elle ? Parce qu'elle était vulnérable ? Parce que le spectacle qu'il lui avait offert sous la galerie avait déclenché chez elle une réaction qui l'effrayait ?

Parce qu'elle ne se faisait pas confiance.

— Je n'ai aucune raison d'avoir peur, dit-elle à voix haute. Je n'ai aucune envie de refaire les mêmes erreurs. D'ailleurs, je ne l'intéresse pas du tout.

Mais s'il s'intéressait à elle ? Elle prendrait ses jambes à son cou et irait partager le cottage avec les chats. Mieux valait éternuer que de tomber sous le charme d'un Blake.

Sur un coin de la commode, il y avait la convocation pour le rendez-vous qu'elle avait pris la veille de son départ pour l'Australie. Elle avait pensé — espéré ? — être assez courageuse pour tenter une nouvelle fois d'avoir un bébé.

Elle jeta par la fenêtre un coup d'œil à Tom qui s'obstinait encore à sauter à la corde. Elle se rappela à quel point elle avait eu besoin de lui.

La peur resurgit.

Attrapant la convocation, elle l'enfouit au fond de sa valise. La réaction qu'elle avait eue en voyant Tom ce matin montrait qu'elle n'était pas courageuse du tout.

Dès que Tom emmena Tasha au cabinet médical, il apparut clairement qu'elle allait prendre les choses en main.

La nièce de Rhonda et de Hilda remplaçait Rhonda à la réception. Dire que Millie ne donnait pas pleinement satisfaction dans son travail restait très au-dessous de la vérité. Elle était blonde, mignonne et complètement idiote. Elle mâchait un chewing-gum en regardant Tom et Tasha vérifier les fiches des patients. Le premier rendez-vous aurait lieu dans moins d'une demi-heure, et Tom n'avait pas l'intention de s'en aller avant de s'être assuré que Tasha serait à la hauteur de sa tâche.

Elle ne tarda pas à le prouver.

Il lui tendit la liste des rendez-vous de la matinée et l'observa tandis qu'elle consultait rapidement les dossiers des patients qu'elle allait recevoir. Alors qu'elle arrivait à la fin de la liste, elle se tourna vers lui, l'air soucieux.

— Margie Connor ? dit-elle. Millie l'a inscrite tout en bas de la liste, mais, d'après son dossier, ses trois derniers rendez-vous ont été motivés par des problèmes cardiaques sérieux. Elle vient aujourd'hui parce qu'elle a les jambes enflées et du mal à respirer. Ne devrait-on pas… ?

Tom poussa un juron et s'empara du téléphone. Rhonda, elle, aurait su comprendre la situation.

— Margie Connor ne téléphone jamais sauf s'il y a quelque chose de grave, dit-il. Il vaut mieux l'appeler.

Margie répondit à la seconde sonnerie, ce qui était mauvais signe. D'habitude, à cette heure-là, elle était sur la plage avec ses chiens.

— Margie ? Vous venez à la consultation ce matin ? Millie dit que c'est pour vos jambes et parce que vous respirez difficilement ?

Il écouta et fit la grimace.

— Si vos jambes ont gonflé autant, dit-il, demandez à Ron de vous amener ici immédiatement. Prenez des vêtements de nuit et une brosse à dents — vous connaissez la marche à suivre. Il se peut que nous parvenions à régler cela en modifiant votre traitement, mais si le gonflement est trop important, vous aurez peut-être besoin de passer deux jours à l'hôpital pour qu'on vous débarrasse de ces fluides. Inutile de paniquer, mais plus vite nous vous verrons, moins il y aura de fluide à éliminer. Je vous attends au cabinet médical. Venez tout de suite, Margie. Ne perdez pas de temps à vous faire belle pour moi. Vous êtes superbe telle que vous êtes.

Après avoir raccroché, il se tourna vers Tasha.

— Vous n'allez pas rester ici, dit-elle d'un ton sévère. Je peux m'occuper de ce problème.

— Margie a peur. Elle a des raisons d'avoir peur. Je ne veux pas qu'elle se trouve face à un médecin inconnu.

— Je ne suis pas une inconnue !

— Non, bien sûr. Excusez-moi. Mais vous êtes différente. Il faut que je reste et vous devez l'accepter. Tasha, la solution que vous m'avez proposée ne marchera que si vous me laissez faire ma part de travail lorsque c'est nécessaire. Et là, c'est nécessaire.

Le regard qu'elle lui lança était-il furieux ou menaçant ? En tout cas, il le trouva charmant.

Le mot était inapproprié. Tasha était une collègue.

— Tasha, je sais que je me suis entêté à vouloir continuer de travailler, mais je n'avais pas le choix. Je reconnais que j'ai besoin d'être aidé. Croyez-le ou non, je vous suis très reconnaissant d'être venue. Je ferai cette rééducation, je vous le promets. Mais cette ville est la mienne. Vous devez accepter que je me soucie de tous ces gens.

— Vous êtes censé vous reposer.

— Cela n'implique pas que je reste au lit durant les deux mois à venir. Nous pouvons nous partager la besogne. Je vous laisserai la place lorsqu'il le faudra — et j'avoue que vous pouvez être meilleur juge que moi sur ce point —, mais nous avons deux salles de consultation. Je travaillerai le matin, à mon rythme. Vous serez dans la pièce voisine et si vous avez besoin de moi, vous n'aurez qu'à m'appeler.

Tasha fit un pas en arrière et le regarda, comme si elle pesait le pour et le contre avant de prendre sa décision.

Il la trouvait très, très mignonne.

— D'accord, dit-elle enfin, mais nous allons conclure un marché. Le matin, nous nous partageons le travail et, l'après-midi, vous me laissez partager votre rééducation.

— Que voulez-vous dire ? demanda-t-il, déconcerté.

— Cet après-midi, vous me laisserez vous suivre et écouter ce que dira la kinésithérapeute. Je n'ai pas l'intention de vous surveiller pendant que vous ferez vos exercices, mais il faut que quelqu'un de proche supervise ce que vous ferez. Souvent, comme vous le savez, les patients n'entendent que ce qu'ils veulent ou croient avoir besoin d'entendre. Vous n'avez pas votre mère ni une compagne auprès de vous — à moins que vous n'ayez l'intention de prendre Millie ou Susie. Est-ce le cas ?

— Non ! s'écria-t-il tandis que Millie avait un mouvement de recul, horrifié à cette idée.

Elle sourit.

— Alors, laissez-moi faire, Tom. Vous savez que la rééducation est éprouvante. Vous aurez besoin d'être encouragé et parfois même stimulé. Vous devez partager cela avec quelqu'un.

— Je n'ai pas besoin…

— Vous n'arrêtez pas de dire cela, mais est-ce bien vrai ? Vous n'avez pas besoin que je vous aide ? Et Bill n'avait pas besoin d'un médecin, hier, lorsqu'il gisait au pied de l'escalier ? Allons, Tom, soyez honnête.

— Je ne veux pas partager.

La formule n'était pas aimable, mais elle venait du fond du cœur. S'en remettre à Tasha, c'était perdre encore plus ce contrôle auquel il tenait tant.

Elle haussa les sourcils et lui jeta un regard sévère.

— Tom, il me semble que nous avons le choix entre trois solutions. La première : vous me laissez la charge de tout. La deuxième : vous partagez. La troisième : je m'en vais.

Soudain, les choses devenaient sérieuses.

— Qu'est-ce que… ?

— J'ai dit à Rhonda et à Hilda que je vous soulagerais dans votre travail, que vous le vouliez ou non, mais, bien sûr, c'est impossible.

— C'est bien que vous vous en rendiez compte.

Elle lui répondit avec un petit sourire forcé.

— Je fais des progrès, dit-elle. J'essaye de mon mieux de voir les choses de votre point de vue. Vous dites : « Cette ville est la mienne. Vous devez accepter que je me soucie de tous ces gens ». Je l'accepte, bien sûr, mais admettez-vous que cette ville a besoin de moi ? Vous ne pouvez pas vous en tirer tout seul. Avez-vous besoin que je sois là ?

Il y eut un silence. Leurs regards se croisèrent. Il lut dans les yeux de Tasha une lueur de défi et aussi une légère envie de rire, comme si elle savait à quel dilemme il faisait face, et qu'elle s'en réjouissait.

— Oui, dit-il enfin. Merci, ajouta-t-il à contrecœur.

— Admettez-vous aussi que les personnes blessées à la tête ont besoin d'avoir auprès d'elles quelqu'un qui les soutient ?

— Je n'ai…

Il s'arrêta. Même s'il ne cessait de répéter qu'il n'avait pas besoin d'aide, ce n'était pas vrai.

— Les Blake n'ont besoin de personne, dit Tasha. En général. Mais reconnaissez que, pour l'instant, vous avez besoin de quelqu'un. Lorsque les gens écoutent ce que leur dit le médecin, ils n'enregistrent pas tout. Ils entendent le début, mais ils sont tellement occupés à l'intégrer qu'ils n'entendent pas la suite.

— Je suis médecin, je sais être attentif, dit-il sèchement.

A cet instant, Millie intervint, l'air espiègle.

— Comme pour la dernière marche de l'escalier, hier ? Vous l'avez manquée et vous vous êtes fait mal. Et votre trousse… Mardi, vous l'avez laissée au cabinet médical et vous avez dû prendre un taxi pour venir la récupérer. Vous oubliez tout le temps des choses !

— Normalement, je laisse ma trousse dans ma voiture, grommela-t-il entre ses dents. Je n'ai pas l'habitude…

— Exactement, dit Tasha. Merci, Millie. C'est bien là le problème, Tom : vous n'avez pas l'habitude. Lâchez prise ! Pour une fois, acceptez d'être un être humain, comme nous tous. Et si vous n'acceptez pas que je vous aide, je m'en irai.

— Vous retourneriez en Angleterre ?

— J'ai d'autres raisons de rester en Australie, dit-elle d'un ton hésitant. Pour l'instant, vous êtes ma priorité, mais je ne resterai à Cray Point que si vous coopérez.

— Et vous iriez où ?

— Cela ne vous regarde pas. Voulez-vous de mon aide ?

— Je… Oui.

Il n'y avait rien d'autre à dire.

Elle sourit. C'était un sourire de compréhension autant que de satisfaction.

— Excellent, dit-elle.

Bizarrement, il eut le sentiment qu'elle avait compris par où il était passé.

— C'est une voiture qui arrive ? demanda-t-elle. Margie serait-elle déjà là ?

C'était bien Margie. A deux doigts de la défaillance cardiaque. Les médecins devaient intervenir très vite.

Une sorte de trêve fut inconsciemment décidée. Pendant un moment, Tom fut capable d'oublier ses doutes pour joindre ses efforts à ceux de Tasha et stabiliser leur patiente.

Finalement, Margie fut évacuée par hélicoptère pour être hospitalisée à Melbourne. Le pronostic était alors bien meilleur que lorsqu'elle était arrivée au cabinet médical.

Après son départ, Tom alla dans sa salle de consultation, Tasha s'installa dans l'autre pièce, et tous deux commencèrent à recevoir les patients.

Tom se carra dans son fauteuil. C'était une journée normale. Sauf que Tasha était dans la pièce voisine, qu'elle était autoritaire et…

Déstabilisante.

Depuis son accident, il se sentait mal, il souffrait d'avoir perdu le contrôle. L'arrivée de Tasha aurait dû l'aider. Alors, pourquoi avait-il l'impression d'avoir plus encore perdu le contrôle depuis qu'elle était là ?

L'après-midi, Tasha emmena Tom à Summer Bay. Assis à côté d'elle, il gardait les dents serrées.

Son silence ne la gênait pas. Le soleil était sorti. La voiture de Tom était une décapotable et Tasha avait demandé que le toit soit ouvert. Tom y avait consenti de mauvaise grâce, mais elle appréciait la brise venue de la mer qui soufflait dans ses cheveux bouclés, les rejetant en arrière. C'était comme si le brouillard qui avait noyé les derniers dix-huit mois se dissipait un peu.

Cet endroit était vraiment magnifique. A chaque virage, on découvrait une vue plus sauvage de l'océan, et l'air était si chargé de sel qu'elle pouvait presque le goûter.

Elle se sentait bien, rafraîchie, et prête à tout.

Prête à tenter une nouvelle grossesse ?

Elle songea à la convocation rangée au fond de sa valise. Quel courage lui faudrait-il pour s'y rendre ? Beaucoup trop.

Elle devait se concentrer sur ce qu'elle avait à faire dans l'immédiat. Et ce qu'elle avait à faire, c'était aider Tom à suivre sa rééducation. Lui jetant un regard en coin, elle sourit de son air renfrogné.

— Vous ressemblez à un gamin qu'on emmène chez le dentiste, dit-elle.

— C'est exactement l'impression que j'ai. Vous savez que je pourrais très bien me rééduquer tout seul.

— Ce que je sais, c'est que vous ne le pouvez pas.

— Qu'est-ce qui vous rend si sûre de vous ?

— Mes diplômes de médecin. Les mêmes que les vôtres. Si vous étiez l'un de vos patients, vous lui diriez la même chose que moi.

— Et mon patient aurait le droit de refuser.

— C'est vrai. Et vous lui expliqueriez les conséquences auxquelles il s'exposerait en agissant ainsi.

Elle réfléchit un instant, puis le regarda de nouveau.

— Tom… auriez-vous peur de ne pas y parvenir ? De ne pas récupérer toute la force que vous aviez auparavant ?

Il ne répondit pas. A l'expression de son visage, elle comprit qu'elle avait vu juste.

— Vous avez déjà tellement progressé, dit-elle doucement. Rhonda et Hilda m'ont dit à quel point vos blessures étaient graves, et vous vous êtes battu pour guérir. Vous savez que c'est encore tôt. Vous savez…

— Oui, je sais.

— Mais, avant, le monde vous appartenait et maintenant… Vous n'êtes plus invincible. Vous auriez dû en prendre conscience bien avant. Vous, Paul et votre père, vous auriez dû réfléchir au prix à payer lorsqu'on prend tous les risques.

— Pensez-vous vraiment que…

— Je sais, dit-elle sèchement.

Puis elle se reprit.

— Excusez-moi. Cela m'a mise en colère que Paul meure en gravissant une montagne. Et aussi que votre père se soit tué au volant d'une voiture qu'il testait… en roulant à quelle vitesse ? Et quand je vois chez vous les dégâts provoqués par votre imprudence pour avoir voulu surfer dans des conditions stupides… Cela me rend malade ! Mais vous vous rétablirez, Tom. Tout indique que vous y arriverez. Il faut juste vous montrer persévérant.

Elle sourit.

— Vous est-il souvent arrivé de recevoir des consignes d'une femme ?

Pas de réponse. Elle cessa de sourire et fixa toute son attention sur la route.

Tom détourna le regard. Lui était-il souvent arrivé de recevoir des consignes d'une femme ? Jamais.

Il avait été élevé par une femme qui ne s'était jamais remise d'avoir été abandonnée. Elle avait adoré son fils, mais avait renoncé à toute ambition personnelle le jour où son mari l'avait quittée. Elle s'était montrée aimante mais faible, et Tom avait su très tôt qu'il pouvait faire à peu près tout ce qu'il voulait.

Il adorait sa mère. Il adorait Cray Point, mais, dès l'enfance, il avait appris à avoir peur de l'amour qui consumait sa mère. Ce genre d'amour signifiait malheur et cœur brisé. Il n'avait nullement l'intention d'emprunter ce chemin.

Sa mère avait perdu le contrôle de sa vie à l'instant où elle avait rencontré son père, ce coureur de jupons. Pour Tom, le contrôle était essentiel. Il laissait Rhonda et Hilda jouer les maîtresses femmes — cela l'amusait même —, mais leur champ d'action restait très limité. Les décisions importantes ne dépendaient que de lui.

Pour l'instant, il avait encore le contrôle. Il n'était pas tenu d'accepter que Tasha assiste à sa séance de kinésithérapie. S'en irait-elle si elle n'était pas convaincue qu'il allait travailler à 110 % lors de ces séances ? Elle en était capable.

Pour le moment, elle semblait prendre plaisir à sentir le soleil sur son visage, le vent dans ses cheveux, mais son sourire cachait une détermination dont il n'avait pas soupçonné l'existence. Etait-ce la perte de Paul puis celle du bébé qui avaient engendré cette détermination, ou bien existait-elle déjà avant ?

— Où vous sentez-vous chez vous ? demanda-t-il, changeant de sujet de conversation.

Elle lui lança un regard de côté.

— Pourquoi cette question ?

— C'est que… vous êtes retournée en Angleterre. Est-ce là-bas que vous vous sentez chez vous ?

— Non. En fait, je n'ai jamais eu vraiment de chez moi.

— Jamais ?

— Mon père et ma mère faisaient partie de l'armée australienne, mais ils ont été envoyés un peu partout dans le monde. Ils appartenaient aux Services spéciaux, aussi ai-je passé la moitié de mon enfance à ignorer où ils étaient. Lorsqu'ils ont été tués, j'étais dans un internat à Sydney, mais seulement depuis dix-huit mois. Avant, j'étais dans une école internationale en Egypte. Et avant… La liste est trop longue pour que je me souvienne de tous les pays où j'ai vécu. Après la mort de mes parents, j'ai habité chez ma tante à Londres, mais elle ne m'aimait pas. Je lui rappelais trop ma mère. Cela la fait encore pleurer aujourd'hui. Vous ne pouvez imaginer à quel point c'est pénible. Mais elle considère de son devoir de s'intéresser à moi, alors elle ne cesse de me demander pourquoi je ne vis pas chez elle. Je pense que c'est l'une des raisons qui m'ont poussée à travailler pour Médecins Sans Frontières. C'est là que j'ai connu Paul. Alors, non, je n'ai pas de chez moi.

— Et si Emily avait vécu ?

La question était rude. Etant médecin, il savait que les questions difficiles restaient trop souvent taboues.

— Je lui aurais construit un foyer, répondit-elle sans hésiter. C'était mon plan. M'installer. Vivre dans une communauté. Donner à ma fille une enfance où elle aurait pu se faire des amis. Et avoir un chiot. Elle aurait adoré avoir un chiot.

Sa voix fléchit, mais elle se ressaisit rapidement.

— Tout cela, c'est du passé, dit-elle avec un entrain qu'elle cultivait depuis des années pour ne pas s'apitoyer sur elle-même. Je dois aller de l'avant, et je le ferai, mais chaque chose en son temps. Pour l'instant, il s'agit de vous faire travailler au maximum de vos capacités. D'où les séances de kinésithérapie, et nous y voilà.

Tom s'éclaircit la voix. Tasha allait lui apporter son soutien durant ces exercices. Jamais il n'aurait imaginé avoir besoin de cela un jour.

Une ravissante créature blonde vint à leur rencontre.

— Je suis le Dr Sally Myera, neuro-kinésithérapeute, mais appelez-moi Sally. Puis-je vous appeler Tom et Tasha ?

— Bien sûr, répondit Tasha. Si Tom préfère, il peut vous voir seul, mais serait-ce mieux que je vienne aussi ?

— C'est toujours préférable, répondit Sally. Vous aurez besoin d'un soutien, Tom, et si Tasha veut bien vous offrir le sien…

— Très bien, fit Tom d'un ton sec.

Les deux femmes le regardèrent, l'air étonné.

— Désolé, dit-il. J'ai tellement l'habitude de faire les choses tout seul.

— Je comprends, répondit Sally d'un ton amical mais ferme. Et Tasha aussi, j'en suis sûre. Mais permettez-moi de vous dire que vous auriez dû venir ici il y a déjà plusieurs semaines. Nous devons rattraper le temps perdu et si Tasha est décidée à vous aider, vos chances de récupérer complètement sont bien plus grandes.

Il n'avait pas envie d'un coach, mais si Tasha pouvait l'aider à guérir plus vite, il aurait été stupide de refuser.

— Bon, c'est d'accord, répondit-il en grommelant.

— Vous voulez bien que Tasha participe aux séances de rééducation ? insista Sally.

Elle attendait visiblement qu'il le dise à voix haute.

— Oui.

Il jeta un regard vers Tasha. S'il devait partager ces séances avec quelqu'un, c'était certainement la seule personne avec qui il accepterait de le faire.

Il avait le sentiment qu'elle le comprenait.

Tom apprenait à se tenir debout.

Cela pouvait paraître simple, mais cela faisait maintenant vingt-quatre heures que Tasha était avec Tom et elle avait remarqué qu'il s'appuyait toujours sur sa bonne jambe.

Sally avait procédé à un bilan complet, préparé le programme, dit à Tom ce qu'il risquait s'il ne faisait pas les exercices, insistant sur le fait qu'il devait venir tous les jours au centre. Et elle avait disparu pour aller s'occuper d'un patient récalcitrant, laissant une autre kinésithérapeute, plus jeune, prendre la relève auprès de Tom. Elle le fit s'asseoir, se lever, marcher, s'asseoir, se lever, marcher. Chaque fois, il devait de préférence faire travailler sa jambe gauche.

Il souffrait, Tasha le voyait. Elle voyait les gouttes de sueur perler sur son front. Elle détestait le voir ainsi et c'était elle qui le forçait à faire tout cela.

Non. Il savait qu'il avait besoin de travailler dur et il l'acceptait. Le saut à la corde qu'il avait essayé de faire ce matin prouvait qu'il essayait de s'en sortir tout seul, mais il avait besoin de cette approche professionnelle.

Elle avait eu raison de venir, même si son arrivée à Cray Point, le fait d'être avec Tom et d'être si près de la tombe de sa fille soulevaient en elle toutes sortes d'émotions qu'elle aurait préféré ne pas avoir.

— Nous allons terminer la séance en nageant, dit la kinésithérapeute. Avez-vous apporté vos maillots de bain ?

— Oui, dit Tasha.

Il la regarda avec des yeux ronds.

— Pardon ?

— Sally m'avait dit qu'il y aurait peut-être de la rééducation en piscine. Durant mon précédent séjour ici, j'avais vu vos maillots de bain rangés dans un placard de la buanderie. J'ai apporté votre bermuda plutôt que le slip de bain que vous mettez sous votre combinaison de surfeur.

— Merci, dit-il, les dents serrées. Si vous preniez votre rôle au sérieux, vous viendriez nager avec moi.

— J'ai cru que vous n'alliez jamais me le demander.

Elle sourit et sortit de son sac un maillot de bain multicolore.

— Je suis venue ici pour vous soutenir, Tom Blake, je ne vous quitte pas d'une semelle.

Elle avait appris beaucoup de choses sur la douleur au cours des dix-huit derniers mois et elle en avait retenu une leçon. Rester assis dans son coin en ressassant sa souffrance n'était d'aucune aide. Elle avait besoin de distraction — et quelle meilleure distraction que de sauter dans une piscine avec Tom Blake ?

Finalement, Tom trouvait cela plutôt amusant. Ridicule et amusant. La jeune kinésithérapeute — Liselle — lui fit faire une série d'exercices aquatiques de base engageant un travail des jambes, des bras et du cou. Puis elle prit une bande élastique avec laquelle elle lui attacha le bras gauche au torse avant de se tourner vers Tasha.

— Nous pouvons procéder de trois façons différentes, dit-elle.

Ils étaient tous les trois dans la piscine, de l'eau jusqu'à la poitrine.

— La première méthode consiste à ce que je lance le ballon à Tom et qu'il me le renvoie en utilisant son bras faible, l'autre étant immobilisé. Tasha ne ferait alors que regarder. Cela risque d'être très ennuyeux. Ou bien, Tasha, comme vous êtes droitière, je peux attacher votre bras droit et, Tom et vous, vous vous engagez dans une sorte de compétition pour voir lequel de vous deux attrape le plus souvent le ballon. Mais ce sera plus amusant si je joue, moi aussi. Vous voyez ce petit filet ? Je vais être gardien de but. Vous deux, vous ferez équipe, en n'utilisant que votre bras le plus faible. Vous devez rester à trois mètres de la ligne, en laissant au moins deux mètres entre vous. La règle est la suivante : vous devez vous lancer le ballon avant de viser le but, et vous pouvez le faire aussi longtemps que vous voulez. Vous devez me faire des feintes pour m'empêcher d'attraper le ballon. Si vous échouez, je marque un point, mais chaque fois que vous aurez travaillé ensemble et inscrit un but, l'équipe des Chancelants marquera un point.

— L'équipe des Chancelants ? dit Tasha.

Liselle sourit.

— Vous êtes tous les deux chancelants, vous, Tom, à cause de votre blessure à la tête, et vous, Tasha, parce que je vais vous attacher le bras droit, et vous verrez que cela vous fera perdre un peu l'équilibre. On joue ?

Tom et Tasha échangèrent un regard.

— Je suis partante, dit Tasha. Les Chancelants, hein ?

— Personne n'a encore pu me traiter de chancelant et vivre assez longtemps pour le raconter, dit Tom en grommelant.

— Prouvez-le, mon grand, dit Lisette en riant tandis qu'elle lui lançait le ballon.

Il réussit à l'attraper et afficha un grand sourire, heureux de son succès. Trop facile.

— Je l'ai lancé tout droit et en douceur, reconnut Liselle. Mais quelque chose me dit que vous n'aimez pas qu'on vous facilite les choses, qu'on vous traite en enfant. Alors, cela va se compliquer.

— Parfait, dit-il.

Il lança le ballon à Tasha. Son bras était raide et bougeait bizarrement, mais qu'importe, il n'allait pas se laisser battre.

— Montrons à cette jeune personne ce dont les Chancelants sont capables, dit-il.

Et pour la première fois depuis six longues semaines, il… s'amusa.

Certes, il avait toujours l'impression que son corps ne lui appartenait pas. Il subissait deux handicaps. Non seulement il était forcé d'utiliser son mauvais bras, mais encore sa mobilité était réduite, car sa jambe ne lui obéissait pas aussi rapidement qu'il l'aurait voulu. Et Liselle se révélait très forte.

— Je joue au water-polo, avoua-t-elle. Je dispute des matchs au niveau régional.

Mais il avait Tasha, et Tasha était fantastique.

Elle portait un maillot une pièce tout simple, mais très coloré. Elle était svelte, souple, agile, et évoluait dans l'eau comme si c'était son élément naturel. Elle n'avait pas attaché ses cheveux. Après avoir plongé pour rattraper le ballon qu'il lui avait lancé, elle avait refait surface en riant, auréolée de ses boucles trempées qui dansaient dans tous les sens. Elle lui avait renvoyé le ballon, mais il l'avait manqué tant il était distrait par le spectacle qu'elle lui offrait.

Il ne se laissa plus distraire ensuite. Elle avait eu l'air si déçue en le voyant manquer une passe facile qu'il se concentra sur le jeu. Elle aussi. Elle riait, plongeait, criait, feignait de viser le but et changeait de tactique au dernier moment. Elle prenait le jeu très au sérieux, comme lui.

Au bout d'une demi-heure, lorsque Liselle annonça la fin de la partie, le score était nul. Liselle elle-même semblait à bout de force.

— Il va falloir que je vous trouve un handicap plus important, dit-elle. Vous fonctionnez trop bien en équipe. Tasha, si vous continuez à travailler comme cela avec Tom, il va récupérer à 100 % en très peu de temps. Viendrez-vous à chaque séance ?

— Il se peut qu'une obligation d'ordre médical m'en empêche, mais j'essayerai d'être là. Et c'est moi qui conduirai Tom, à moins qu'il ne préfère prendre un taxi.

Avait-il envie de prendre un taxi ?

Il regarda Tasha sortir de la piscine. L'eau ruisselait de ses boucles mouillées, coulant sur sa gorge et sur la courbe de ses seins. Ses jambes étaient parfaites. Tout chez elle était parfait.

Non, il ne voulait pas d'un taxi.

Elle se tourna vers lui.

— Nous pourrions continuer ainsi jusqu'au moment où Liselle et moi ferons équipe contre vous, et nous jouerons jusqu'à ce que nous perdions face à vous. Vous pariez que ce sera fait dans deux mois ?

— C'est un vrai défi, dit Liselle avec un grand sourire. Je pourrais faire venir des membres de mon équipe de water-polo en renfort.

Pour la première fois depuis son accident, Tom se sentit soudain redevenu normal. Ces femmes lui souriaient, le défiaient, et elles s'attendaient à le voir redevenir comme avant, ou même plus fort qu'il ne l'était auparavant.

— Vous croyez que je pourrai y arriver ? demanda-t-il, affrontant ses propres peurs.

— J'en suis sûre, affirma Liselle. Regardez jusqu'où Tasha vous a poussé aujourd'hui.

— C'était vous, dit Tasha.

— C'était nous tous, admit Liselle. Tom, avec Tasha pour coach, vous pouvez repousser très loin vos limites. Je le sais.

« Vous pouvez repousser très loin vos limites. »

Tasha ne cessait de ruminer cette phrase.

Il faisait presque nuit. Tom dormait devant le feu. La séance de rééducation l'avait épuisé. Tasha trouva finalement le temps et le courage de marcher jusqu'au cimetière. Jusqu'à la tombe d'Emily.

C'était un lieu d'une beauté paisible, avec vue sur la mer. La tombe d'Emily était une simple stèle entourée de fleurs. Des fleurs plantées par Tom.

Tant d'émotions contradictoires se bousculaient en elle.

Tom. Sa présence ici. Le chagrin.

Le projet d'avoir un autre bébé.

Elle n'était pas encore guérie de la mort d'Emily. Ni de la souffrance et de l'humiliation que lui avait infligées Paul. Pourtant, elle n'avait pas réussi à mettre un système de défense en place.

C'était ce qui la préoccupait le plus, maintenant. Elle savait qu'elle pouvait tomber amoureuse de Tom. Son sourire éclatant semblait dangereux.

— Ah ! pourquoi suis-je si faible ? demanda-t-elle à Emily en s'accroupissant près de la petite tombe.

Elle n'avait pas été assez forte pour Emily. Elle avait eu besoin de Tom.

— Et quelque chose me dit que j'ai encore besoin de lui. Comment puis-je songer à avoir un autre bébé si je n'ai pas la force de faire face à ce qui peut arriver ?

« Vous pouvez repousser très loin vos limites… »

— Peut-être ai-je atteint les miennes. J'ai aimé papa et maman. Je croyais aimer Paul, et toi, mon Emily, oh ! je t'ai aimée ! Mais chaque fois… Comment puis-je songer à essayer encore une fois ?

La question ne portait pas seulement sur son projet d'avoir un autre bébé. Tom… Ce qu'elle avait ressenti, en le revoyant… C'était de la faiblesse.

Mais elle ne cessait de retourner la question dans sa tête.

Comment pouvait-elle songer à essayer encore une fois ?

6.

Une sorte de routine s'était installée, mais, dans un cabinet médical, la vie réservait toujours des surprises. Dès que les habitants de la région comprirent que Tasha était à leur disposition, le téléphone ne cessa plus de sonner.

— Passez-vous tout votre temps au cabinet ? demanda Tasha à Tom à la fin de la deuxième semaine.

Il l'avait rejointe alors qu'elle venait juste de terminer les consultations.

— Non, dit-il, je ne peux pas. Nous avons une population très âgée. Je dois faire des visites à domicile.

A présent, c'était Tasha qui se rendait chez les patients. Elle avait été surprise de l'ampleur des besoins.

— Il faudrait deux médecins à plein-temps, dit-elle.

— C'est vrai. Etes-vous intéressée ?

Il revenait d'une séance de rééducation où il avait dû se rendre seul. Ray Desling s'était fendu l'orteil avec une hache au moment où Tasha et lui s'apprêtaient à partir pour le centre. A contrecœur, Tom avait grimpé dans un taxi en laissant Tasha désinfecter et recoudre la plaie, mais il savait que la menace planait toujours au-dessus de sa tête. « Si vous arrêtez la rééducation, je m'en vais. »

Qu'était-il en train de faire ? Il lui proposait de rester ?

— Que ferais-je à Cray Point ? demanda-t-elle, l'air stupéfait.

— Vivre ?

Voulant voir les dossiers qu'elle consultait, il fit le tour du comptoir de la réception en boitillant. C'était bon de se tenir près d'elle en fin de journée, pour revenir sur tout le travail qu'ils avaient accompli. Ce qui incluait son travail à lui. Son côté gauche, si faible, s'améliorait de jour en jour.

— Vivre ? répéta-t-elle, perplexe. Simplement vivre ?

— Comme tout le monde. C'est ce que nous faisons à Cray Point. Vous pourriez apprendre à surfer et passer votre temps libre à rafistoler les gens. C'est l'histoire de ma vie.

— Avec des dames en prime. Ce qui me fait penser que je suis ici depuis deux semaines et je n'ai encore vu aucune de vos conquêtes. Y aurait-il un problème ?

Il réussit à sourire. Depuis son accident, il n'avait plus aucune envie de faire la cour à qui que ce soit. A vrai dire, c'était depuis la mort d'Emily qu'il avait le cœur en berne, et peut-être que les femmes avec qui il était sorti l'avaient senti. Mais il n'allait pas dire cela à Tasha.

— Susie m'a largué pour le type qui lui a réparé son ordinateur, dit-il en s'efforçant de prendre un air maussade.

— Vraiment ?

— Vraiment.

— Avez-vous le cœur brisé ?

Il afficha un grand sourire.

— Comment puis-je espérer rivaliser avec quelqu'un qui sait augmenter la vitesse d'Internet ? La légende dit qu'autrefois, les femmes trouvaient les médecins sexy, mais je pense qu'elles les trouvaient simplement utiles. Les compétences en informatique semblent être aujourd'hui un bien meilleur atout.

— Je suis désolée.

— Il n'y a aucune raison. Cela m'est égal. Je n'ai jamais attaché d'importance à cette relation.

— Pourquoi ?

— Sans doute parce que je suis comme mon père et mon frère. Je n'ai aucune idée de ce que c'est que de jouer les familles heureuses et je soupçonne qu'il est trop tard pour apprendre. Maintenant, si vous restiez à Cray Point…

— Vous me proposez un job ?

— Si vous êtes intéressée.

— Je ne le suis pas, répondit-elle trop rapidement.

— A mon tour de demander pourquoi.

— Pour la même raison. Parce que je soupçonne que vous êtes comme votre père et votre frère.

Il fronça les sourcils.

— Tasha, je vous propose un job, pas le mariage.

— C'est vrai. Mais travailler ensemble... Cela ne marcherait pas longtemps. Je ne sais pas si vous êtes conscient des tensions...

Il l'était, bien sûr. Il aurait fallu être stupide et insensible pour ne pas les percevoir, mais de là à en parler ouvertement...

Cela faisait maintenant deux semaines qu'ils vivaient sous le même toit, et les tensions dont parlait Tasha ne se dissipaient pas. Ce n'était rien de tangible, juste une conscience aiguë de la présence de l'autre.

Ils habitaient dans une grande et vieille maison qui comportait un grand nombre de pièces, et pourtant il savait toujours où Tasha se trouvait. Lorsqu'elle entrait dans la pièce où il était, la tension montait. Lorsqu'ils faisaient la cuisine ensemble et que leurs corps se frôlaient, ou quand parfois, au coucher du soleil, il s'asseyait sous la galerie et qu'elle venait le rejoindre, la tension devenait si grande qu'elle se matérialisait presque.

Les séances de kinésithérapie n'arrangeaient rien. Il attendait avec de plus en plus d'impatience les exercices dans l'eau. Il avait été très déçu, aujourd'hui, que Tasha n'ait pas pu l'accompagner. Il adorait la voir si habile et si enthousiaste. Il adorait voir son visage s'illuminer chaque fois qu'il repoussait ses limites et progressait de façon spectaculaire.

Et alors ? C'était une amie, pas sa maîtresse. Il n'y avait aucune raison pour que l'atmosphère soit tendue.

Tasha n'avait pas de foyer, pas de base. C'était un excellent médecin. Une collègue. Il était tout à fait sensé de lui offrir un job. Mais elle aussi avait ressenti cette tension, et cela le déconcertait.

— C'est normal, dit-il, essayant de placer les choses sur un plan médical. Deux célibataires qui travaillent côte à côte... Mais il n'y a rien entre nous.

— Il y a un tas de choses entre nous, mais il ne peut être question d'attirance.

— Non ?

— Non. Il vous faudra trouver une autre Susie.

— C'est presque insultant.

Il réfléchit quelques instants.

— On dirait que vous avez peur.

— Je n'ai pas peur, protesta-t-elle. Et je ne voulais pas vous insulter. Mais je suis sur mes gardes et cela, je ne le veux pas. Je n'ai pas l'intention de ressentir cette tension jusqu'à la fin de mes jours.

— Hé ! nous sommes adultes ! fit-il d'un ton qui se voulait léger. Nous pouvons sûrement surmonter cela.

— Vous croyez ?

— Vous êtes très attirante, reconnut-il avec franchise.

— Comme Susie, Alice et toutes les autres.

— Tasha…

— C'est vrai, c'est insultant. Mais ne me dites plus jamais que vous me trouvez attirante. Cette conversation ne devrait pas avoir lieu entre collègues, ce qui prouve que j'ai raison. Nous ne pouvons pas travailler ensemble. Je partirai d'ici dans six semaines. Vous serez assez en forme pour recommencer à conduire et à tout prendre en charge. Et moi, je continuerai mon chemin.

— Que ferez-vous ?

— J'ai des projets.

— Vous voulez m'en parler ?

— Non.

Comment confier à Tom des choses qu'elle-même avait du mal à regarder en face, sans doute parce qu'elle n'en avait pas le courage ?

— En fait, vous ne savez pas ce que vous allez faire.

— Je suis médecin. Je peux trouver du travail n'importe où dans le monde.

— Alors vous voulez partir à l'aventure ?

— C'est toujours mieux que de rester ici et de me laisser séduire par vous.

Silence.

Tasha ferma les yeux. Que venait-elle de dire ?

— Je ne ferais pas une chose pareille, dit Tom d'une voix qui ne semblait pas être la sienne. Je n'ai pas l'intention de…

— Je sais. Je suis désolée. Je ne sais pas ce qui m'a pris de dire cela.

Silence.

— Peut-être parce que nous en avons envie tous les deux, dit-il doucement.

Elle se cacha le visage dans les mains.

— Non.

— Pourquoi ?

— Vous réagissez ainsi parce que, en ce moment, vous n'avez pas Susie, ou une autre, près de vous. Cela a des effets néfastes sur nous deux.

— Cela n'a rien à voir avec Susie. Il s'agit de l'effet que vous me faites.

— Eh bien, maîtrisez-vous. Nous savons l'un et l'autre qu'il ne peut rien se passer entre nous.

— Pourquoi ?

— Parce que je n'ai aucune envie d'être l'une de vos brèves aventures et que vous ne savez pas vous comporter autrement, vous le dites vous-même. Et moi… Je n'ai pas l'intention de m'engager avec un autre Blake.

— Je ne suis pas Paul.

— Non, mais vous lui ressemblez sur bien des points. Je ne sais pas pourquoi il m'a épousée. Il a réussi à rester avec moi durant notre lune de miel, mais c'était son maximum. Après, il est parti chercher l'aventure, prendre tous les risques. Dieu sait s'il ne voyait pas d'autres femmes. Je n'ai découvert l'existence que de la dernière en date, mais, en y repensant, nos vies étaient tellement séparées qu'il peut avoir eu beaucoup d'autres maîtresses.

— Pourquoi l'avoir épousé ?

— Qui sait ? dit-elle en haussant les épaules. Peut-être me rappelait-il mes parents. Peut-être suis-je génétiquement attirée par les têtes brûlées, ou peut-être suis-je simplement stupide. Me convaincre de l'épouser a dû être un défi pour lui, mais une fois son but atteint, il est passé à autre chose. Pendant quelque temps, j'ai essayé de le suivre. J'ai appris à descendre en rappel et nous avons fait des ascensions incroyables. J'ai pratiqué aussi la spéléologie et la plongée sous-marine, dans quelques-uns des endroits les plus dangereux de la planète. Je suis allée au bout de mes limites, mais j'ai réalisé assez vite que tout ce que je pouvais faire n'avait aucune importance à ses yeux. Ce qui comptait, c'était l'excitation de la conquête. Et j'ai fini par comprendre que cela englobait aussi les femmes. Pourquoi s'embarrasser d'une épouse ? Il peut toujours y avoir une autre Susie ou une autre Alice.

— Ce n'est pas juste.

— Pour qui ?

— Pour moi. Je ne suis pas Paul.

— Non, bien sûr. Mais vous dites vous-même ne pas savoir ce qu'est la fidélité. Et puis, il y a aussi le fait que vous vous êtes jeté sur les rochers en surfant un jour où tout le monde savait que c'était de la folie de se risquer sur une planche.

— Je…

— Je vous en prie, Tom. Cette conversation est stupide. Je regrette déjà ce que j'ai dit. Je me suis montrée brutale et sévère dans mes jugements alors que rien ne m'y autorise. Je suis désolée. C'est mon problème, pas le vôtre, mais il y a bien un problème, et cela veut dire que je ne peux pas rester ici. Alors, si nous revenions où nous en étions il y a un quart d'heure ? Emma Ladley va m'amener sa fille d'un instant à l'autre. Megan a des problèmes avec son cycle menstruel et Emma pense que son petit ami y est pour quelque chose. Ce sont des histoires de femmes. Vous devez vous en aller.

— Vous n'avez pas besoin de moi ?

— Mais non, voyons. J'ai eu besoin de vous, une fois, et je vous suis très reconnaissante de ce que vous avez fait pour moi, mais je n'ai pas l'intention d'avoir de nouveau besoin de vous.

— Tasha, le job… nous pourrions nous aider mutuellement.

— Nous pourrions nous détruire mutuellement. Je vous en prie… Laissez-moi tranquille.

Tom s'en alla et Tasha se mit à trembler, ce qui était parfaitement incongru. Elle s'était emballée au point d'en être ridicule. Il lui avait proposé un job et, soudain, ils avaient parlé de désir physique, et même de l'impossibilité d'avoir une relation durable, ce à quoi ils n'avaient jamais pensé ni l'un ni l'autre.

Sauf qu'elle y avait songé. Elle vivait maintenant depuis deux semaines avec Tom et elle n'avait jamais cessé un seul instant d'être consciente de sa présence. Après avoir réalisé qu'il l'attirait, elle avait été incapable de chasser cette idée de son esprit.

Tom était son ami. Il l'avait aidée à une époque où elle était beaucoup plus vulnérable. Elle reconnaissait même qu'elle l'aimait — comme on aime un ami.

Mais il n'était pas exactement un ami, car chaque fois qu'il se trouvait près d'elle, elle sentait son cœur réagir d'une façon complètement inappropriée. Elle adorait être près de lui. Tension ou pas, elle adorait s'asseoir avec lui, le soir, sous la galerie. Elle adorait le spectacle de son corps dans la piscine, la vulnérabilité qu'il montrait pendant la rééducation, l'acharnement avec lequel il repoussait ses limites, et son enthousiasme lorsqu'il franchissait une nouvelle étape dans son entraînement physique.

Elle adorait la manière dont leurs regards se croisaient lorsqu'ils se lançaient le ballon dans leurs parties de water-polo. Ils se prenaient de plus en plus au jeu et étaient en train de devenir une véritable équipe.

— Mais c'est provisoire, murmura-t-elle. Cela ne durera pas. A long terme ? Non, non et non.

Vivre ici…

Cette perspective lui fit soudain le même effet que le chant des sirènes. Vivre à Cray Point ? Acheter un petit cottage pour elle ? Peut-être prendre son courage à deux mains et tenter une nouvelle grossesse ?

Tom était son ami et elle savait qu'elle pouvait compter sur lui. Sans aucun doute elle pourrait vivre ici, travailler ici, avec Tom en arrière-plan.

Non, elle ne pourrait pas parce qu'elle ressentait…

— Je ne veux rien ressentir, murmura-t-elle. Ce serait de la folie. Tu n'as pas besoin de prendre des risques, Tasha Raymond, tu sais où cela te mènerait. Mène ta vie, va de l'avant et, maintenant, accueille ta prochaine patiente. Elle a des problèmes de femme et des problèmes de petit ami. Qui a besoin de cela ? Pas moi, c'est sûr.

Tom rentra chez lui et sortit un plat cuisiné du freezer. Combien Hilda lui en avait-elle laissés ? Il regarda un moment celui qu'il avait dans les mains, puis il le remit dans le freezer.

Il appela le taxi qui arriva cinq minutes plus tard, Karen au volant.

— Alors, doc, il y a une urgence ?

Elle avait sûrement été ravie de recevoir son appel. Jusqu'à ce que Tasha arrive, elle avait gagné beaucoup d'argent avec lui.

— Il faut que j'aille au supermarché, dit-il.

— Vraiment ? Je croyais que Hilda avait tout organisé pour vous. Des plats cuisinés, des pâtés, des provisions livrées deux fois par semaine. Lorsqu'elle est partie, elle m'a dit que vous n'auriez besoin de rien.

— Je ne suis pas obligé de toujours suivre les directives de Hilda. Ce soir, j'ai envie de dîner autrement.

— Envie de quelque chose de spécial ? J'ai entendu dire que Susie sortait avec Donald.

Elle eut un grand sourire.

— Je devine… Tasha et vous…

— Karen !

— Je disais cela comme cela.

— Je vais seulement acheter un steak !

— Comme vous voudrez, doc, comme vous voudrez, fit-elle avec entrain.

Tasha arriva à la maison une demi-heure plus tard. Elle ne trouva personne. Cela lui parut étrange. Quelque chose n'allait pas.

Avec quelle rapidité elle s'était habituée à avoir de la compagnie !

Mis à part la brève période de son mariage désastreux, elle avait été seule toute sa vie, et là parce que Tom n'était pas à la maison, elle était déçue et malheureuse.

Elle sortit sous la galerie. La table était dressée pour deux. Des bougies. Des fleurs.

Elle avait déjà vu cela le soir où elle était arrivée ici, dix-huit mois plus tôt. A l'époque, elle l'avait à peine remarqué.

— Quel idiot ! s'exclama-t-elle.

Elle se ferait des œufs brouillés et se coucherait de bonne heure. Elle n'avait pas l'intention d'encourager la tension qu'elle ressentait entre eux.

Mais elle ne pouvait tenir en place. Elle décida d'aller marcher et sut où elle voulait se rendre.

Cinq minutes plus tard, elle avançait le long de la falaise, se dirigeant vers le cap.

Emily l'attendait, et ce soir plus que jamais il semblait impératif de lui parler.

La voiture était là. Ce qui voulait dire que Tasha était rentrée. Sauf qu'il n'y avait personne à la maison.

Tom constata l'absence de son manteau et de ses bottes qu'elle avait l'habitude de laisser sous la galerie.

Il avait senti qu'elle était mal l'aise et cela l'avait à son tour mis mal à l'aise. Il ne comprenait toujours pas ce qui s'était passé dans l'après-midi. Mais il savait qu'il avait gâché leur relation, et ce sentiment lui était très désagréable.

Il alla poser ses provisions dans la cuisine. De la salade, des steaks, des fruits et de la crème. Ce n'était pas aussi sophistiqué que les plats cuisinés par Hilda, mais, ce soir, il lui paraissait important de faire lui-même la cuisine.

A vrai dire, il n'était pas très sûr de ce qu'il était en train de faire. Il avait l'impression d'avoir un sol instable sous les pieds, et ce n'était pas dû à la faiblesse de sa jambe.

Il ouvrit une bouteille d'un excellent vin et vérifia la table sous la galerie. Il jugea préférable d'enlever les bougies et les fleurs, puis les remit, et les enleva de nouveau, les jetant cette fois à la poubelle pour être sûr de ne pas encore changer d'avis. Finalement, il débarrassa la table et mit le couvert dans la cuisine. C'était bien mieux ainsi.

Tasha n'était toujours pas rentrée.

La nuit était douce et claire. La lune venait juste de se lever. Seuls le bruit des vagues et le cri des pluviers rompaient le silence.

Il songea à mettre de la musique, puis renonça.

Que lui arrivait-il ? Pourquoi avait-il demandé à Tasha de travailler ici avec lui, et pourquoi les choses étaient-elles allées aussi loin ?

Il retourna sous la galerie. Il savait où elle devait être. Il l'avait vue se diriger par là bien des fois depuis qu'elle était revenue. Là où il y avait une toute petite tombe…

Il devait la laisser tranquille. Ne pas s'imposer dans ces moments où elle était avec Emily. Mais ce soir, il avait besoin d'être avec elle. Il avait gâché quelque chose qui était très important à ses yeux. Une amitié ?

Quelque chose de plus important encore ?

Elle lui avait clairement fait comprendre qu'elle ne voulait pas aller au-delà d'une simple amitié. Pas plus que lui. Ou bien avait-il envie d'aller plus loin ? Comment serait-ce possible ? Il ne voulait surtout pas lui faire du mal. Comment aurait-il pu promettre de ne jamais lui en faire ?

Il devait la laisser tranquille. Il devait…

Mais il fit tout le contraire. Il enfila sa veste et prit la canne qu'il rangeait près de la porte. Sa jambe ne lui permettait pas de grimper jusqu'au cap sans soutien, et il n'avait pas l'intention de devenir le patient de Tasha.

Que voulait-il ? Il l'ignorait. Tout ce qu'il savait, c'était qu'il marchait vers le cap avec l'intention d'y voir plus clair.

— Dois-je partir ?

Tasha avait perdu Emily dix-huit mois plus tôt, mais, depuis, elle lui parlait tous les jours.

« On ne perd jamais vraiment un enfant, lui avait dit une sage-femme après le décès de sa petite fille. Un bébé fait partie de vous. Il a creusé en vous un espace qui lui appartiendra toujours. »

Elle ne l'avait pas crue, à l'époque. Durant les premiers mois, elle n'avait éprouvé qu'un insupportable sentiment de perte qui avait failli la détruire. Mais, malgré la douleur, elle trouvait une sorte d'apaisement en se souvenant des moments où elle tenait Emily dans ses bras, de son odeur si douce, du contact de ses petits doigts s'agrippant à elle.

Et ces souvenirs ne l'avaient jamais quittée. Même lorsqu'elle était rentrée en Angleterre, elle les avait conservés. Elle avait alors compris que son enfant faisait encore partie de sa vie et elle s'était mise à lui parler.

Dans ce petit cimetière haut perché, situé à la pointe du cap, Emily lui semblait plus proche qu'elle ne l'avait jamais été depuis son décès.

— Je ne sais plus où j'en suis, dit-elle. Je suis revenue parce que Tom avait besoin de moi et que je lui devais bien cela. Le problème, c'est que je suis terrifiée par ce que je ressens.

Ce serait une telle erreur de tomber amoureuse d'un autre Blake !

Elle se rappela les dernières semaines passées avec Paul. Ils avaient prévu de partir en vacances en Sardaigne. Après deux années de mariage désastreuses, elle s'était accrochée, pleine d'espoir, à ce projet. Elle y voyait une chance de sauver un mariage qui connaissait de sérieux problèmes.

Et l'occasion de mettre un bébé en route ?

Un soir, Paul était arrivé en trombe chez eux, le regard brillant d'excitation.

— Changement de programme, mon cœur ! C'est la chance de ma vie. Une équipe australienne part faire l'ascension de l'Everest le mois prochain et il y a eu une défection. Ils m'ont proposé de les accompagner, je ne peux pas dire non. Je sais que nous avions prévu d'aller en Sardaigne, mais tu pourrais venir jusqu'au camp de base et faire quelques sorties faciles en m'attendant. Tasha, c'est fabuleux…

— Tu n'as pas assez d'expérience, avait-elle lancé.

Il s'était mis en colère.

— Je peux très bien le faire, j'ai suffisamment grimpé pour connaître les bases techniques. Il faut que je retourne en Australie m'occuper des visas et du reste. J'ai encore l'appartement de Melbourne, l'équipe partira de là. Tu peux venir avec moi si tu en as envie. Tu peux rester en Australie ou bien venir au camp de base.

Comme elle ne répondait pas, il s'était braqué.

— Cela n'a aucune importance. Que tu m'accompagnes ou non, ma belle, je m'en moque.

Et puis, un soir, à une heure tardive, il y avait eu cette conversation téléphonique qu'elle avait écoutée, debout dans le noir, tandis que son mari parlait à sa maîtresse.

— Elle ne viendra pas au camp de base, je le sais. Elle restera à Melbourne. Cela veut dire que nous pourrons passer quelques jours ensemble au Népal avant de commencer l'ascension. Oui, nous aurons moins de temps pour nous acclimater, mais toi et moi, mon chou… Nous allons faire l'Everest ensemble, et le reste. Il faut juste que tu te débarrasses de ton mari et que tu t'organises. Oui, mon cœur, moi aussi je t'aime.

Tétanisée, trop perdue et trop triste pour réagir, Tasha n'avait rien dit à Paul. Elle l'avait accompagné à Melbourne, et même aidé à faire ses bagages, tout en se répétant que c'était la dernière fois qu'ils se disaient au revoir.

Et puis, la veille du jour où il devait partir, il était rentré à l'appartement avec un air triomphant.

— Tout est arrangé. Je suis allé au centre de fécondation in vitro et je leur ai laissé mon sperme en dépôt. Je sais que tu veux avoir un bébé, ma chérie, alors s'il m'arrivait quelque chose, tu pourrais quand même avoir un enfant. Tu peux aller en Sardaigne et t'allonger sur la plage en rêvant de moi.

Elle n'était pas allée en Sardaigne et lorsqu'elle avait reçu l'appel téléphonique lui apprenant que Paul et son autre « chérie » avaient péri, le vide qu'elle ressentit en elle s'était à peine creusé davantage.

Elle avait cru l'aimer.

— Qu'est-ce que je sais de l'amour ? dit-elle en s'adressant à Emily.

Des marguerites poussaient en bordure du cimetière. Elle en cueillit une pleine poignée pour les mettre sur la petite tombe. Puis elle s'assit et pleura en silence, essayant de rassembler ses idées.

Elle se sentait tellement perdue. Elle aurait dû s'en aller.

Elle ne pouvait pas. Elle avait fait une promesse.

— Je vais m'installer chez Hilda et Rhonda, dit-elle tout haut. C'est plus raisonnable. Même si les chats me font éternuer, ils ne peuvent pas être aussi dangereux que Tom.

— Je ne suis pas dangereux.

Elle sursauta et se retourna. Tom était juste derrière elle. Il avait surgi de l'obscurité tel un fantôme. Il se tenait là, vêtu de son manteau noir, s'appuyant sur sa canne.

Il l'observait, l'air inquiet.

— Tasha, n'y accordez pas plus d'importance que cela n'en a.

— Je… que dites-vous ?

— Vous semblez avoir peur et je ne le supporte pas.

— Je n'ai pas peur de vous.

Mensonge.

— Dois-je vous laisser ? Je ne veux pas vous déranger.

— Vous ne me dérangez pas.

Encore un mensonge. Mais il était là et elle avait un certain nombre de choses à lui dire.

— Je veux vous remercier pour ce que vous faites ici, murmura-t-elle.

Aucune dalle ne recouvrait la tombe d'Emily, comme c'était le cas pour toutes les autres sépultures du petit cimetière. Une rangée de plantes rustiques choisies pour résister aux assauts des vents marins avait été plantée tout autour de la tombe, créant ainsi un îlot protégé où s'épanouissaient en ce moment des roses de Noël. Un jour où Tasha avait creusé la terre pour remettre en place une plante récalcitrante, elle avait découvert des bulbes de jonquilles, de renoncules et d'anémones qui fleuriraient la tombe au printemps.

Ce soir, elle avait déposé ses marguerites dans un petit espace où, elle en était sûre, Tom mettait régulièrement des fleurs des champs. Il s'était occupé de la tombe de son bébé et cela la touchait profondément.

— Je regrette vraiment de vous avoir inquiétée, dit-il doucement. C'était la dernière chose que je voulais.

— C'est ma faute, dit-elle. Je n'avais pas à prendre une offre de travail pour autre chose que ce qu'elle était.

— Vous ne voulez pas que cela aille plus loin ?

— Non.

— J'imagine que c'est une bonne chose parce que, comme vous le dites vous-même, je suis un Blake et je n'ai pas été formé à l'art des relations.

— Vous vous débrouillez pourtant très bien quand il s'agit de prêter attention aux autres, dit-elle en réarrangeant ses marguerites. Je vous aime pour tout ce que vous avez fait pour nous. Pour tout ce que vous avez fait pour Emily. Mais ce qu'il y a entre nous… ce doit être à cause d'Emily. Nous avons été plongés dans un océan d'émotions. Il n'est guère étonnant que nous nous sentions un peu perdus.

— Vous avez sans doute raison.

Il s'écarta un peu, sans rien dire de plus. Elle en fut soulagée. Mieux valait lui laisser croire que tout cela était lié à Emily, mais elle savait que ce n'était pas vrai.

Elle finit par se relever et se tourna vers la mer éclairée par la lune. Il y eut un long silence, qui n'avait rien d'inconfortable. C'était plutôt… apaisant.

— Merci pour toutes ces photos, dit-elle enfin. Je regrette de ne pas vous avoir répondu comme vous le méritiez, mais sachez que ces photos étaient très importantes pour moi. Cela me donnait l'impression de ne pas l'avoir abandonnée. Elle était avec un ami.

— C'est un très beau compliment.

— Je le pense sincèrement.

Le silence s'installa de nouveau. Soudain, Tom le rompit.

— N'avez-vous jamais pensé à avoir un autre bébé ?

C'en était fini de l'atmosphère paisible. Cette question avait ouvert une porte derrière laquelle il y avait tant d'émotions que Tasha en perdit presque l'équilibre.

Mais Tom était à côté d'elle. Il lui toucha le bras et ce simple geste d'amitié la calma un peu.

— Ne me répondez pas si vous n'en avez pas envie, dit-il.

Mais il méritait bien qu'elle lui donne une réponse.

— Je crois que je ne suis pas assez courageuse.

— Mais vous voulez…

— Je ne pense pas que je puisse le vouloir.

Il ne répondit pas, mais il avait laissé sa main sur son bras et ce contact l'aidait. Ils s'assirent côte à côte, contemplant la mer tandis qu'elle essayait de réfléchir à son avenir.

— Vous ne voulez donc pas rester ici, dit-il. Et vous ne songez pas à avoir un autre enfant. Que voulez-vous, Tasha ?

Pourquoi était-elle incapable de répondre à cette question ?

— Exercer la médecine, c'est bien, dit-elle, s'accrochant à la seule chose qui était restée stable. On a besoin de moi.

— La médecine ne peut pas remplir toute votre vie.

— Ne remplit-elle pas la vôtre ?

— D'une certaine façon, oui. Mais, pour moi, la médecine ne se réduit pas à soigner le patient qui sonne à ma porte. Celle que je pratique englobe l'ensemble de la communauté. Cray Point s'est occupé de moi quand j'étais enfant. Pouvoir rendre aux gens un peu de ce qu'ils m'ont donné comble un vide en moi.

Il marqua une certaine hésitation avant de se décider à poser la question.

— Qu'est-ce qui vous comble, Tasha Raymond ?

Pour toute réponse, elle fondit en larmes. Il y avait une telle blessure béante en elle…

Elle aurait dû y être habituée. Il en avait été ainsi toute sa vie. Ses parents l'avaient pratiquement abandonnée à sa naissance, la laissant aux mains des diverses gouvernantes qui s'étaient succédé tout au long de son enfance. Puis elle était tombée amoureuse d'un type qui ressemblait comme deux gouttes d'eau à ses parents. Un homme qui avait prétendu l'aimer et l'avait trahie.

Et il y avait eu Emily.

Le vide que Tasha avait en elle n'était pas comblé. Le travail n'y suffisait pas. Ce vide semblait même se creuser de jour en jour.

Mais elle ne pouvait pas le remplir ici, pas avec cet homme, pas dans ce lieu. Et pas avec un autre bébé.

Elle ne se sentait plus aucun courage.

— Vous en trouveriez le courage, dit Tom doucement, comme s'il avait suivi le cheminement de sa pensée. Tasha, je me suis occupé de femmes qui avaient perdu leur bébé. En dix ans de pratique, j'en ai vu assez pour comprendre à quel point cette perte était immense.

— Tom…

— J'en ai vu aussi suffisamment pour comprendre que surmonter cette épreuve est la chose la plus difficile au monde. Avoir un autre bébé semble impossible à envisager. Mais c'est cette idée qui fait mal, pas le bébé à naître. Vous savez que vous ne pourrez jamais remplacer Emily — pourquoi le voudriez-vous ? —, mais le cœur s'agrandit. Il y aura toujours un vide à la place que devrait occuper Emily, mais il ne doit pas vous empêcher de vivre. Il ne doit pas vous empêcher de chercher la joie, ni de l'accepter lorsqu'elle se présente.

— Tom, je ne peux pas…

— Je sais, dit-il simplement.

Il lui caressa la joue. C'était une caresse légère, presque un frôlement.

— Mais si vous sentez que vous pouvez vous lancer dans ce projet et que vous avez besoin que quelqu'un vous aide à en trouver le courage… Tasha, je comprends que vous ne puissiez pas rester ici. Je comprends que notre relation vous fasse souffrir. Mais je serai toujours là pour vous. Je resterai dans l'ombre, veillant sur vous de toutes les manières possibles.

— Merci.

— Inutile de me remercier, dit-il en souriant. Je ne peux pas fonder de famille moi-même, mais je ne suis pas mauvais pour donner des conseils. Et maintenant… Si nous rentrions à la maison ?

Elle hocha la tête sans rien dire et se dirigea vers le sentier. Les propos de Tom résonnaient en elle. Elle avait besoin d'y réfléchir. Elle voulait savoir ce qu'elle ressentait réellement.

Pour le bébé. Pour Tom.

Ils marchaient en silence. Elle avait à peine besoin de ralentir pour avancer à la même allure que lui. Armé de sa canne, il avait désormais le pas aussi sûr qu'elle sur ce sentier escarpé. Il faisait rapidement de gros progrès.

Peut-être n'aurait-elle pas besoin de rester six semaines de plus.

Cette pensée, loin de la réjouir, la déprima.

A cet instant, Tom buta avec sa mauvaise jambe sur la racine d'un arbre et chancela. D'un geste instinctif, Tasha lui prit la main et la garda dans la sienne. Il poussa un juron. Elle savait qu'il avait horreur d'exposer sa faiblesse, horreur d'être dépendant — mais il n'essaya pas de libérer sa main. Il entremêla ses doigts aux siens avec une force et une chaleur qui la troublèrent.

Peut-être avait-il besoin d'elle.

Mais chez les Blake, les mâles n'avaient besoin de personne et Tom était un Blake.

Arrête, se dit-elle. *Arrête de vouloir le ranger dans une catégorie. Il est Tom, tout simplement.*

Tom, tout simplement ? Cela lui donnait presque envie de rire. Il était tellement plus que cela.

Ils se tenaient encore par la main et elle trouvait cela parfaitement naturel. C'était si bon. Elle songea aux parties de water-polo qu'ils disputaient dans la piscine de rééducation, faisant équipe contre Liselle. Ils ne se quittaient pas des yeux, cherchant une stratégie qui les ferait gagner. Elle adorait ces jeux. Elle avait été malheureuse de ne pouvoir y participer, cet après-midi.

C'était amusant, mais pas seulement. Tom et elle travaillaient en équipe. Ils n'avaient aucune chance de marquer un but l'un sans l'autre. Dans l'eau, Tom était plus à l'aise qu'elle. Il était plus fort, plus agile, meilleur nageur lorsqu'il voulait se déplacer rapidement, mais il était handicapé par la faiblesse d'un bras et d'une jambe. Il avait besoin d'elle. Quant à elle, elle n'avait ni l'agilité ni la force nécessaires pour envoyer le ballon dans les buts. Elle avait besoin de lui.

Pourquoi, en prenant conscience qu'ils avaient vraiment besoin l'un de l'autre, avait-elle l'impression d'entendre le chant des sirènes ?

— Nous sommes amis, dit doucement Tom alors qu'ils atteignaient la dernière montée avant la maison.

Oui, pensa-t-elle. Perdre l'amitié de Tom lui aurait brisé le cœur.

Mais… amis ? Elle voulait davantage.

Non, il s'agissait seulement d'une attirance physique. Son cerveau lui disait que c'était ridicule, qu'elle n'avait besoin de personne, qu'elle resterait seule toute sa vie, et c'était beaucoup, beaucoup mieux comme cela. Beaucoup plus sûr.

La vie s'était chargée de lui donner des leçons, de la façon la plus rude. Elle n'avait d'autre choix que de les accepter.

7.

Lorsqu'ils arrivèrent à la maison, Tasha avait presque retrouvé son calme. Tom lui lâcha la main pour ouvrir la grille, ce qui était normal. Il n'avait plus besoin de s'appuyer sur elle.

Mais il ne lui avait pas tenu la main uniquement pour avoir un soutien, lui murmura une petite voix. Les hommes et les femmes ne se tiennent pas par la main sauf si…

Arrête. Elle devait s'interdire ce genre de pensée.

— J'ai des steaks pour le dîner, dit-il fièrement.

Elle se rappela la table décorée de bougies et de fleurs. Mieux valait trouver une excuse pour échapper à ce dîner.

— Pouvez-vous en congeler un ? Je n'ai pas très faim.

— Vous ne voulez pas de mon steak ?

Il avait l'air blessé.

— J'espérais vous montrer mes prouesses.

— Vous faites des prouesses ?

— Hilda a rempli mon freezer avec assez de plats cuisinés pour tenir jusqu'au jour du Jugement dernier. Il m'est donc difficile de prouver mes qualités de fin cuisinier.

— Votre spécialité étant le steak ?

— Et la salade. Qui ne m'a pas vu assaisonner une salade n'a pas vécu.

Elle rit, puis songea aux bougies et aux fleurs.

— Ce n'est pas une bonne idée, Tom.

— Non ?

Ils ôtaient leurs manteaux dans le vestibule. Tom appuya sur l'interrupteur. Le hall s'éclaira, et aussi la galerie.

Tasha jeta un regard vers la table. Il n'y avait plus ni bougies ni fleurs. La belle table soigneusement dressée avait disparu.

Tom avait suivi la direction de son regard.

— Je n'essaye pas de vous ajouter à la liste de mes conquêtes, dit-il.

Elle éclata de rire.

— Allons, Tom, reconnaissez que vous avez du succès…

— Bon, d'accord. Il y a quelques femmes délicieuses dans cette ville. J'apprécie leur compagnie et elles semblent apprécier la mienne. Prenez Susie, par exemple. Elle sort tout juste d'un divorce difficile. Elle a deux enfants, des adolescents qui lui en font voir de toutes les couleurs. Elle aimait venir ici de temps en temps, prête à s'amuser. Je faisais l'effort de lui préparer un excellent dîner et nous passions d'agréables soirées.

— Comme toutes vos soirées, dit-elle sans réfléchir.

Il sourit.

— Tasha, je ne suis pas vierge. Mais j'ai toujours été honnête avec les femmes qui sortent avec moi. Pas de lien durable. Je réussis assez bien à voir jusqu'où nous pouvons pousser les choses avant que quelqu'un souffre.

— Vous en êtes sûr ? Comment savez-vous si Susie ne souffre pas en secret ?

— Hé ! c'est Susie qui m'a quitté, pas l'inverse ! Elle est amoureuse de son informaticien.

— Alors, personne n'a eu le cœur brisé à cause de vous ?

— Je l'ai voulu ainsi. C'est ce qui est arrivé à ma mère. Je ne veux pas être responsable…

C'était donc cela. Un autre Blake irresponsable.

Elle se tenait dans le vestibule, où l'espace était des plus réduits. Le corps de Tom et le sien se frôlaient et, à chaque contact, elle sentait des ondes électriques la parcourir.

Bouge. Elle se dirigea vers la cuisine, ouvrit la porte et s'arrêta net. La table de la cuisine était recouverte d'une simple nappe à carreaux. Les couverts, visiblement anciens, avaient des manches en corne. C'étaient sans doute ceux que la grand-mère de Tom utilisait autrefois. La vaisselle était simple, dépareillée. Certaines pièces étaient fêlées ou écornées. Pas de fleurs. Pas de bougies.

Un saladier posé sur le comptoir contenait une composition assez simple à base de laitue, de tomates et de concombre. Au fond de la pièce, la cuisinière à bois diffusait une douce chaleur. Mis à part un four à micro-ondes rutilant et un grille-pain moderne, rien ne semblait avoir changé dans cette cuisine depuis une bonne cinquantaine d'années.

Elle s'était assise ici dans les jours qui avaient suivi la mort d'Emily, regardant Hilda qui fourrageait autour d'elle. Tom venait de temps en temps jeter un coup d'œil pour s'assurer qu'elle allait bien. A l'époque, elle n'avait guère fait attention à la cuisine, mais lorsqu'elle était revenue, elle avait eu l'impression… de rentrer chez elle ? A présent, elle s'y sentait comme enveloppée d'un manteau bien chaud.

Tom la fit entrer dans la pièce, ouvrit le réfrigérateur et sortit deux steaks.

— Je les ai fait mariner dans du vin rouge, un excellent syrah. J'ai utilisé plus de la moitié de la bouteille, ce qui veut dire qu'il ne reste plus que l'équivalent de deux verres pour boire pendant le repas. Un pour moi, parce que c'est tout ce qui m'est permis. Et un seul pour vous, parce que je ne voudrais pas que vous pensiez que je cherche à vous enivrer. Alors, Tasha, c'est steak et salade avec moi, ou bien voulez-vous mourir de faim pendant que je dévorerai les deux steaks ?

Il sourit.

— Allez, lancez-vous ! Vivez dangereusement. Un steak et un verre de vin… qu'est-ce qui pourrait bien vous arriver ?

Si seulement vous saviez, pensa Tasha, désespérée. *Oh ! Tom, si seulement vous saviez.*

Mais elle n'avait pas le choix. Elle s'assit et Tom brandit un tablier orné de l'image d'un énorme steak.

— C'est ma recette, dit-il en nouant les cordons du tablier autour de sa taille.

Tasha lut alors ce qui était écrit sur le devant du tablier :

Bleu : une bière
A point : deux bières
Parfait : trois bières

Cela aida à briser la glace. Tasha se sentait plus détendue. Alors que Tom faisait frire quelques oignons avant de jeter les steaks dans la poêle, elle réalisa soudain qu'elle mourait de faim. Une odeur appétissante se répandait dans la cuisine et elle se demanda…

Se sentait-on chez soi là où l'on mettait son cœur ? C'était une pensée insidieuse, comparable au chant des sirènes.

Tom lui tournait le dos. Il était vêtu d'un jean et d'un T-shirt un peu trop étroit qui lui moulait les pectoraux, dessinant une silhouette capable de faire tourner la tête à n'importe quelle femme. Sa nuque aussi était sexy. Large, solide. Il ne s'était pas fait couper les cheveux depuis un moment. Elle aurait aimé faire courir ses doigts sur son cou et…

Non. Elle devait se ressaisir. Elle se servit un grand verre d'eau glacée qu'elle but en pensant qu'elle aurait aussi bien pu se le renverser sur la tête pour se rafraîchir les idées.

Tom posa devant elle un steak grillé, puis il prit place en face d'elle avec le sien. Après quoi, il remplit les deux verres. Elle goûta le vin et le trouva fantastique. Cette soirée était fantastique, le steak aussi, et Tom plus encore.

— Comment cela s'est-il passé aujourd'hui avec Liselle ? demanda-t-elle avec l'espoir de retrouver un peu son calme.

— Nous avons fait travailler ma main gauche. L'exercice consistait à enfoncer des petites chevilles dans des trous. J'ai failli devenir fou. Ensuite, nous avons joué aux billes. Vous n'imaginez pas la poussée d'adrénaline !

Elle rit, mais elle avait le cœur serré. Depuis son arrivée, pas une fois elle n'avait entendu Tom se plaindre. Elle savait pourtant comme il souffrait de sa maladresse. En ce moment même, il avait du mal à couper sa viande. Mais il n'hésitait pas à le faire devant elle, lui montrant une vulnérabilité qu'il détestait.

Elle sentit ses yeux se mouiller. Il était différent. Elle l'avait rangé dans la catégorie des Blake, mais peut-être avait-elle eu tort. Peut-être…

A cet instant, le téléphone sonna.

Tom poussa un grognement et se leva pour aller répondre. Lorsqu'il revint, il avait l'air résigné.

— Une visite à domicile. Un mal de ventre. Je n'en sais pas plus. C'est Ron Wetherall, une figure locale, un personnage fort en gueule, marié à une petite femme discrète, Iris. La rumeur dit qu'elle lui sert de punching-ball, et je crois que c'est vrai, mais je n'ai jamais pu l'amener à se confier à moi. Là, tout ce qu'elle sait, c'est que Ron s'est écroulé sur le lit en se tenant le ventre à deux mains, et il lui a ordonné de me téléphoner pour que je vienne tout de suite. Il souffre horriblement, a-t-il dit.

Un empoisonnement ? Une occlusion intestinale ? Des coliques néphrétiques ?

— Je sais qu'il préfère que ce soit moi qui aille le voir, dit Tom. C'est un vrai macho. La vue d'une femme médecin va le rendre fou. Peut-être pourriez-vous me conduire là-bas.

— Vous êtes fatigué, non ?

— C'est vrai. Peut-être le moment est-il venu pour Ron de reconnaître que les femmes sont aussi douées que les hommes. Vous voulez bien y aller ?

— Bien sûr.

— Téléphonez-moi si c'est nécessaire.

Elle lui sourit et il lui rendit son sourire. En sortant pour prendre son manteau, elle frôla Tom et se retint de ne pas l'embrasser pour lui dire au revoir.

Comme Tom l'avait dit, Iris Wetherall était une petite femme effacée. Elle vint ouvrir, une main cachant à demi son visage, mais Tasha vit qu'elle avait un œil au beurre noir.

Iris, l'air soulagé, s'empressa de la faire entrer. Tasha n'avait pas fait deux pas à l'intérieur qu'elle entendit des cris de douleur venant de l'étage. Deux petits épagneuls se mirent à gémir.

— Je ne sais pas ce qui s'est passé, murmura Iris. Je nettoyais le sol de la cuisine. Je… Quelque chose avait été renversé. Ron est parti se coucher, mais soudain il a commencé à crier. Il était à demi dévêtu, recroquevillé sur le lit, mais il ne m'a pas laissée l'approcher. Il n'a pas voulu me dire ce qui se passait, répétant seulement : « Appelle le docteur, appelle le docteur. » Il est en haut.

Tasha la suivit à l'étage.

La chambre était vaste, comme la maison elle-même, qui était d'un luxe inhabituel à Cray Point. Tasha découvrit une pièce dotée d'une épaisse moquette blanche et de grandes portes-fenêtres qui s'ouvraient sur un large balcon. Des projecteurs éclairaient la piscine en contrebas. Sur l'énorme lit qui aurait pu accueillir toute une famille se trouvait un homme obèse, au teint rougeaud, nu jusqu'à la taille, le bas-ventre caché par un édredon. Recroquevillé en position fœtale, il gémissait de douleur.

— Le médecin est là, dit Iris d'une voix tremblante.

Ron réussit à se retourner.

— Dieu merci…

Apercevant Tasha, il poussa un hurlement.

— Je t'ai dit d'appeler le docteur, imbécile ! Je ne veux pas d'une femme. Va me chercher le docteur tout de suite !

— Je suis médecin, déclara Tasha. Vous savez que le Dr Blake a été malade. Je me charge des visites à domicile. Pouvez-vous me dire ce qui vous est arrivé ?

— Non ! Allez-vous en ! Sortez immédiatement d'ici !

Il était hors de lui et, visiblement, il souffrait.

Tasha commençait à comprendre ce qui avait pu se passer. Si elle ne se trompait pas… L'homme avait vraiment besoin d'être secouru. Mais jamais il n'accepterait son aide…

— Je vais appeler une ambulance, dit-elle.

— Non, je ne veux pas ! Elle va mettre un temps fou à arriver et, maintenant, ils engagent des femmes ! Allez chercher le Dr Blake !

— Il n'est pas de garde.

— Allez le chercher !

Tasha était tentée de le planter là jusqu'à ce qu'il entende raison, mais s'il s'agissait bien d'une torsion comme elle le pensait, il pouvait y avoir de sérieux dégâts à long terme.

— Je vais demander à Tom s'il peut m'assister, dit-elle.

— Allez le chercher !

— Il sera mon assistant, déclara-t-elle d'un ton ferme.

— Il fera ce que je lui dis !

— Chéri, ne contrarie pas le docteur, murmura Iris d'une petite voix chevrotante.

Tasha lui tapota l'épaule.

— Je ne suis pas contrariée. Si Ron ne veut pas de mon aide, nous le laisserons là pendant que nous ferons venir du renfort.

— Tom ?

Il répondit à la première sonnerie du téléphone.

— Un problème ?

— Qui peut savoir ? C'est peut-être sérieux, ou pas. Ce M. Wetherall est recroquevillé sur son lit et se tient le ventre en poussant des hurlements et en invectivant toutes les femmes qui entrent dans son champ visuel, c'est-à-dire Iris et moi. Iris a un œil au beurre noir. Ron refuse de dire ce qu'il a, mais il vous réclame. J'ai fini par accepter de vous appeler, mais pour vous demander d'être simplement mon assistant.

— A votre avis, que s'est-il passé ?

— Tout ce que je sais, c'est qu'il était en train de se déshabiller quand c'est arrivé. Il avait ôté sa chemise, ses chaussures, ses chaussettes, et il commençait à enlever son pantalon — un pantalon tout neuf, m'a dit Iris. Ron a refusé que je l'examine, mais, compte tenu de ce que je sais…

— Vous pensez que c'est un accident de braguette ? La fermeture Eclair s'est coincée ?

— Oui, je crois. Mais peut-être est-ce plus sérieux. Il est si odieux avec moi que j'aurais envie de le planter là, mais il a peut-être quelque chose de plus grave.

— Certains, dans cette ville, pourraient s'en réjouir, mais vous avez raison. On ne peut pas le laisser ainsi.

— Alors, vous allez venir ?

— Bien sûr.

Il marqua une pause.

— Tasha, depuis un moment je me fais du souci pour Iris. Je suis sûr qu'il la frappe, mais elle ne veut rien dire. Il y a deux mois, je l'ai soignée pour une fracture de la pommette, elle a prétendu être tombée. Elle avait déjà eu des fractures, mais il l'accompagne toujours lorsqu'elle vient me voir.

— Alors elle ne dira rien sur son œil au beurre noir.

— Nous avons en fait deux patients. En y réfléchissant… Si Ron est immobilisé, nous pourrions peut-être profiter de la situation pour les soigner tous les deux. Vous me suivez ?

— Bien sûr.

— Excellent. J'appelle le taxi et je vous rejoins.

Tasha et Iris restèrent dans la cuisine, buvant une tasse de thé en attendant l'arrivée de Tom.

Il ne vint pas seul. Brenda l'accompagnait, chargée de sa trousse d'infirmière et de tenues chirurgicales placées dans des housses en plastique. Elle était suivie de Karen, le taxi, qui portait une grosse bouteille d'oxygène.

— Allons dans la chambre, dit Tom. Je ne sais pas encore de quoi il s'agit, mais le Dr Raymond soupçonne que c'est sérieux. Docteur Raymond, pouvez-vous venir dans la chambre, et vous aussi, Iris ? Si nous devons procéder à une intervention chirurgicale, nous aurons besoin que vous signiez un papier. Karen, pouvez-vous rester avec nous ?

Il se tourna vers Tasha.

— Karen était infirmière avant de créer avec son mari une entreprise de taxi. Nous avons déjà fait appel à elle pour certaines urgences médicales. Elle est formidable.

Arrivé au chevet de Ron, il se comporta comme il le faisait avec tous ses patients, c'est-à-dire avec chaleur et gentillesse.

— Salut, Ron ! Vous avez un problème ? Nous sommes là pour vous aider et nous allons soulager votre douleur le plus rapidement possible. Laissez-nous voir ce qui vous est arrivé.

« Laissez-nous voir. » Ce qui voulait dire « Tout le monde ».

Maintenant, il y avait dans la chambre cinq personnes et deux chiens.

Les yeux exorbités, Ron semblait près d'exploser.

— Faites-les sortir !

— Vous savez bien que je ne peux pas, répondit tranquillement Tom. Je dois vérifier qu'il ne s'agit pas d'un problème mineur ou vous devrez laisser le Dr Raymond s'en occuper. Et comme vous avez refusé qu'une ambulance vienne, nous sommes préparés à tout type d'intervention.

— Non ! hurla Ron.

Tom soupira.

— Nous avons besoin d'un sédatif, infirmière, dit-il à Brenda. Pouvez-vous lui administrer cinq milligrammes de diazépam par voie intramusculaire ? Karen, voulez-vous l'aider ? Tasha, je vous demanderai de lui tenir les hanches. Karen, si vous pouviez lui tenir le bras ? Nous allons le retourner afin que je puisse voir de quoi il s'agit. Bon, allons-y… 1, 2, 3…

Avant que Ron ait eu le temps de réaliser ce qui se passait, il se retrouva allongé sur le dos et Brenda lui administra le sédatif à l'aide d'une piqûre.

Tous purent voir alors quel était le problème.

Un pénis coincé dans une fermeture Eclair.

Tom fit la grimace.

— Vous savez, vous auriez dû laisser le Dr Raymond s'occuper de cela, dit Tom. Maintenant que c'est tout gonflé, la procédure sera plus délicate. Nous avons besoin d'un bloc pénien. Brenda, pouvez-vous administrer…

— Certainement, docteur.

— C'est vous qui devez le faire, doc ! hurla Ron.

Tom secoua la tête.

— Le Dr Raymond aurait pu faire cela toute seule si vous l'aviez laissée vous examiner. Mais il est trop tard, à présent. Iris, avez-vous de l'huile de cuisine ? Excellent. Brenda, pouvez-vous nous donner une alèse ? Allons-y. Ron, le sédatif va bientôt faire son effet. En attendant, essayez simplement de vous détendre.

Tasha contemplait Tom avec admiration. Il avait la situation parfaitement en main. Maintenant qu'ils connaissaient la véritable nature du problème, l'huile suffirait à le résoudre, pensa-t-elle. La douleur s'atténuait, mais Ron continuait à fulminer. Tom lui ordonna de rester immobile pour que l'huile ait une chance de pénétrer.

— Cela peut prendre une demi-heure, expliqua-t-il. Voulez-vous qu'Iris reste près de vous ? Ou Brenda ? Non ? Alors, nous allons tous nous installer dans la cuisine. Appelez-nous s'il y a du changement.

Laissant Ron à sa colère, le petit groupe se rendit dans la cuisine. Iris déboucha une bouteille de vin. Tom et Tasha, étant en service, refusèrent d'y goûter, mais Karen accepta de boire un verre. Et Brenda aussi, car elle se considérait comme à peine en service, selon ses propres mots. Iris les regarda boire et, soudain, se servit un verre.

Elle le but presque d'un trait et Tom lui en servit aussitôt un autre. Il la regardait avec sympathie, l'air d'attendre quelque chose, pensa Tasha.

A l'étage, les gémissements s'atténuaient, sous l'effet des médicaments.

Iris se détendait. Après qu'elle eut avalé son deuxième verre de vin, Tom l'interrogea sur son œil au beurre noir. Elle secoua la tête.

— Racontez-nous, demanda-t-il en lui caressant la joue.

Ce geste bienveillant déclencha chez elle un sanglot à demi étranglé, puis elle entrouvrit son corsage, révélant d'autres bleus.

— C'est Ron, dit-elle simplement. Il fait cela tout le temps.

— Vous n'avez jamais voulu l'admettre, dit Tom doucement. Iris, je vous ai demandé…

— Il me frapperait encore plus fort si je vous en parlais.

— Voulez-vous le quitter ? demanda Tom.

Iris but une autre gorgée de vin et jeta un regard perdu autour d'elle. Quatre visages sympathiques l'entouraient.

— Oui, mais il ne me laissera jamais partir. Je n'ai pas d'argent et nulle part où aller. Il m'a dit une fois que si je le quittais, il s'arrangerait pour se mettre en faillite et il se lancerait à ma poursuite. Personne ne doit défier Ron.

— Iris, dit Karen, on peut le faire et nous le ferons. Vous avez deux chiens qui s'entendront très bien avec les miens, deux bergers allemands, doux comme des agneaux, mais impressionnants. Nous avons un studio derrière la maison et Brian, les chiens et moi, nous pourrons voir si quelqu'un vient chez nous. Promis.

— Et si vous préférez, j'ai une chambre d'amis, dit Brenda. Si vous nous laissez vous aider, vous verrez que vous êtes très entourée. Vous avez des amis dans cette ville, Iris. Ron ne leur a jamais permis de vous approcher, mais nous sommes là pour vous.

Soudain, Tasha comprit pourquoi Tom était venu escorté de Karen et de Brenda. Elles étaient devenues deux solides avocates prêtes à défendre l'une de leurs sœurs opprimées.

— Il y a cette histoire d'argent, dit Karen. Ron est riche, mais Iris a raison. Il est assez malin pour tout dissimuler. Je ne serais pas étonnée qu'il ait placé sa fortune dans des paradis fiscaux.

— Iris, où range-t-il ses documents financiers ? demanda Tom avec douceur mais fermeté.

Elle le regarda comme s'il était devenu fou. Comme s'ils étaient tous devenus fous. Puis une lueur d'espoir éclaira son visage tuméfié. C'était le début d'une rébellion.

— Dans son bureau, dit-elle. Je n'ai pas le droit d'y entrer, sauf pour épousseter et passer l'aspirateur.

— Alors, allons faire le ménage. Et peut-être enlèverons-nous aussi la poussière qui se niche à l'intérieur des placards.

Soudain, ils furent tous dans le bureau de Ron. Cinq personnes qui feuilletaient rapidement les documents financiers et faisaient des photocopies, dans le plus grand silence. Une demi-heure après, Iris avait fait sa valise, pris ses chiens et sauté dans le taxi de Karen, suivie de Brenda qui montrait ainsi sa solidarité.

Tasha n'en revenait pas.

— Nous communiquerons tous ces papiers au notaire local demain matin à la première heure, dit Tom. Maintenant Ron ne peut plus dissimuler ce qu'il possède. Iris est sauvée.

Il restait encore à régler le problème de Ron. Tom lui avait recommandé de ne pas bouger et il avait obéi.

Il donnait presque l'impression d'être châtré, pensa Tasha. Elle aurait pu avoir pitié de lui si elle n'avait vu les bleus qui marquaient le corps d'Iris. Tom les avait photographiés avec son téléphone portable.

— Si vous êtes d'accord, Iris, avait-il dit, je parlerai à la police.

— Faites-le, avaient déclaré en chœur Brenda et Karen.

Iris avait avalé une autre gorgée de vin et accepté.

Pour Ron, la journée du lendemain s'annonçait difficile.

Mais, ce soir, sa douleur avait presque disparu. Tasha resta en retrait pendant que Tom examinait le patient. L'huile avait assoupli le prépuce pris au piège. La fermeture Eclair avait été huilée au maximum.

Tom saisit le haut de la fermeture Eclair avec une pince coupante et les dents s'écartèrent, libérant la peau.

Il y eut un léger saignement que Tom traita avec soin, puis Tasha et lui retirèrent le pantalon maculé d'huile et l'alèse. Après quoi, ils aidèrent Ron à mettre un pyjama propre.

— Voilà un autre sédatif et deux analgésiques, lui dit Tom. Il est 23 heures. Vous pourrez les prendre dans deux heures. Nous vous laissons un verre d'eau.

— Iris ira m'en chercher, grogna Ron. Où est-elle ? Je veux un whisky.

— Pas d'alcool ce soir, décréta Tom. C'est incompatible avec les médicaments que nous vous avons administrés.

— Dites à Iris de monter !

— Iris ne peut pas venir, dit tranquillement Tom. Nous avons remarqué les bleus qu'elle a au visage et ailleurs. Nous l'avons envoyée dans un lieu où elle pourra se faire examiner.

Beaucoup de ces marques sont anciennes. Nous devons découvrir ce qui les a provoquées.

Il y eut un long silence.

— Elle tombe tout le temps, grommela enfin Ron. Elle est stupide et maladroite. N'allez pas croire ce qu'elle raconte. Dites-lui de venir ici tout de suite.

— Elle est déjà partie. Vous devez dormir, Ron. Vous aurez besoin de toutes vos forces, demain.

Tom et Tasha partirent, laissant Ron en proie à la rage, à la frustration — et à la peur.

Tom affichait un grand sourire.

— J'attends ce moment depuis des années ! J'avais des soupçons, mais je ne pouvais rien faire. J'ai du mal à croire qu'une simple fermeture Eclair ait pu régler le problème.

— Iris va peut-être se rétracter, dit Tasha.

Malheureusement, de nombreuses femmes battues cédaient aux menaces et revenaient sur leurs accusations.

— Vous croyez que Karen et Brenda la laisseraient faire ? Elles sont toutes les deux coriaces. Iris a ses chiens, un refuge en lieu sûr et deux bergers allemands pour monter la garde. Elle a le soutien de Karen et de Brenda, et des dossiers sur les comptes de Ron. Dire qu'il s'est fait épingler par une fermeture Eclair !

— Vous tenez vraiment à tous ces gens, dit lentement Tasha alors qu'ils rentraient en voiture à la maison.

— Vous en doutiez ? Je leur suis très attaché. Nous formons une communauté.

— Paul ne s'est jamais soucié de personne.

— Je ne suis pas Paul.

— Vous faites du surf dans des conditions très dangereuses. Vous adorez les femmes.

— Oui, c'est vrai. Je plaide coupable. Alors, fusillez-moi.

« Je plaide coupable. » Il l'acceptait. Il le reconnaissait.

Il se souciait vraiment des gens. Il venait encore de le prouver. Et alors ? Cela ne changeait rien. Il aimait les femmes. Il aimait prendre des risques.

Le téléphone de Tom sonna. Il le mit sur haut-parleur et elle entendit la conversation. Il était question de croup. Une jeune mère avec un bébé de dix-huit mois et deux autres enfants. Son mari était absent. Elle ne pouvait pas se rendre au cabinet médical. Elle avait l'air paniquée.

Tom voulut la rassurer.

— Nous sommes en voiture. Nous serons là dans cinq minutes.

— Vous devriez aller vous coucher, dit Tasha. Je peux m'occuper de cela. Tom, vous devez être mort de fatigue.

— Je déborde d'adrénaline. Si vous vous imaginez que je vais rentrer à la maison et dormir…

— Vous devriez faire quelque chose en ce qui concerne votre adrénaline. Elle vous met dans un drôle d'état.

— Vraiment ? Est-ce cela qui vous effraye ?

Elle ne répondit pas. Elle en était incapable.

La petite Meg, âgée de dix-huit mois, était au bord de l'épuisement. Sa mère, Hannah Ainsling, l'avait dans les bras lorsqu'elle ouvrit la porte à Tom et à Tasha.

— J'ai tellement peur…

A cet instant, la petite fille se mit à respirer bruyamment et à tousser. C'était la toux faible d'un enfant à bout de force.

— Vous auriez dû nous téléphoner plus tôt, dit Tom.

Il prit l'enfant dans ses bras et l'emmena dans la cuisine.

— Il faut remplir cette pièce de vapeur, dit-il. Hannah, mettez le maximum de casseroles sur la cuisinière et remplissez-les d'eau chaude.

C'était une vieille méthode utilisée pour traiter le croup, Tasha le savait. Elle pouvait s'avérer efficace dans une certaine mesure, mais Meg avait besoin aussi d'un traitement plus énergique. A sa respiration sifflante, elle avait une obstruction des voies respiratoires supérieures, due à l'infection ou au gonflement. Pendant que Hannah mettait de grandes quantités d'eau à bouillir, Tom procéda à un rapide examen de Meg, puis il la rendit à sa mère.

Aidé de Tasha, il administra à l'enfant de l'adrénaline nébulisée. Ils utilisèrent un masque avec de l'oxygène. Meg semblait ne plus pouvoir lutter. Sa respiration était rapide, son pouls aussi.

Tasha jeta un coup d'œil à Hannah et détourna le regard. Elle connaissait cette terreur. L'impression d'être paralysée.

Comment pourrait-elle s'exposer de nouveau à une telle menace ? Comment songer à avoir un autre bébé ? Comment se permettre d'aimer de nouveau ?

Impossible.

Hannah s'était ressaisie. Elle faisait tout son possible pour que sa petite fille se calme.

— Le sifflement va s'aggraver si elle pleure, lui avait dit Tom.

Si Tasha avait été seule, elle aurait sans doute envoyé l'enfant à l'hôpital, mais Tom, semblait-il, préférait attendre.

Dix minutes passèrent. Meg reçut une nouvelle dose.

Tasha prépara du thé pour tout le monde.

Dix autres minutes s'écoulèrent. Une nouvelle dose.

Finalement, le sifflement s'atténua. Meg se détendit dans les bras de sa mère et, dix minutes plus tard, elle dormait.

On avait évité le drame.

— Maintenez la vapeur toute la nuit, recommanda Tom en s'adressant à Hannah. Mais je pense que tout ira bien.

Ils se tenaient près du berceau qu'ils avaient installé dans la cuisine et observaient le souffle régulier de Meg.

— Pourquoi avoir attendu si longtemps avant de nous appeler ? demanda Tom.

— Je ne voulais pas vous déranger, répondit Hannah. Je sais que vous avez besoin de vous reposer.

— Je vais beaucoup mieux.

— Mais vous n'êtes pas complètement guéri. Toute la ville le sait. Et Tasha…

— Vous savez que Tasha est ici pour aider.

— Mais sa petite fille aurait le même âge que Meg, murmura Hannah. Nous sommes tous au courant pour votre Emily, Tasha. Nous sommes tous si désolés. Je ne voulais pas vous faire du mal.

Tasha sentit son cœur se serrer. Elle avait mal, bien sûr, surtout parce que le temps semblait s'être arrêté. Emily ne grandirait jamais. Pour Tasha, elle resterait toujours un nouveau-né. Elle ne serait jamais une petite fille de dix-huit mois, avec des maladies d'enfants, des bleus et des bosses, toutes ces choses qui faisaient partie d'une enfance normale.

— Je n'y pense pas, murmura-t-elle.

Hannah et Tom la regardèrent avec la même expression sur le visage. Tous deux savaient qu'elle mentait.

— Je ne vais pas éviter les enfants toute ma vie parce que j'ai perdu Emily, dit-elle en s'efforçant de prendre un ton assuré et professionnel. Vous êtes sûre de ne pas vouloir faire hospitaliser Meg ?

— Elle est mieux avec moi, dit Hannah.

Tasha sentit soudain la nécessité de s'en aller.

— Vous voulez bien porter ma trousse médicale dans la voiture ? lui demanda Tom. Désolé, mais ma jambe…

— Bien sûr, dit-elle.

C'était une ruse de la part de Tom, elle le savait. Il avait compris qu'elle avait besoin de partir au plus vite et il lui donnait un prétexte pour le faire.

— Bonne nuit, Hannah, dit-elle. Bonne chance avec Meg.

— Je n'ai pas besoin d'avoir de la chance puisque je vous ai tous les deux. Dieu vous bénisse l'un et l'autre.

Tasha était au volant et Tom regardait le ciel nocturne sans rien dire. Les non-dits occupaient tout l'espace. Les mots prononcés par Hannah restaient suspendus entre eux.

Tasha préférait ne pas parler, de crainte de fondre en larmes. Elle avait passé dix-huit mois à retenir ses émotions et n'avait aucune envie de s'effondrer maintenant.

— Comment faites-vous face ? demanda Tom.

Elle aurait pu mentir, mais cela lui parut trop difficile.

— Je ne fais pas face. Je prends sur moi autant que je peux pour ne pas pleurer toutes les larmes de mon corps. Emily m'accompagne autant que c'est possible. Le reste… c'est comme une amputation. On apprend à continuer de vivre, mais rien n'est plus comme avant.

Il poussa un juron.

— Je sais que cela peut paraître idiot, poursuivit-elle, mais autrefois j'avais peur de l'avion, et aussi de l'orage. Maintenant, je n'ai plus peur de rien. Le pire est arrivé, qu'est-ce qui pourrait bien m'effrayer ? Je suis devenue indomptable. J'ignore la peur. Comme un Blake.

— Cette comparaison ne me plaît pas, parce que je ne peux imaginer le vide que vous devez ressentir. Si je peux faire quelque chose… mais, bien sûr, je ne peux rien faire.

— Vous avez déjà fait pour moi tout ce que vous pouviez.

— Je voudrais chasser cette douleur.

— C'est impossible. Ce n'est pas la peine d'essayer.

— Tasha, prenez cette route.

Ils longeaient la côte, le long des falaises qui dominaient la ville. Un chemin appelé « Route du Point de Vue » conduisait vers l'est.

Elle n'aurait pas dû obéir. Elle n'avait pas les idées claires après toutes les émotions de la soirée. Rentrer à la maison, cacher sa souffrance sous son oreiller et essayer de trouver le sommeil, voilà ce qu'il fallait faire.

Mais la voiture parut tourner toute seule. Quelques instants plus tard, ils étaient garés sous un panneau indiquant « POINT DE VUE ».

En effet, la vue était superbe. La lune, suspendue juste au-dessus de l'eau, jetait une lumière argentée sur la petite voiture de Tom. La nuit était calme et silencieuse. L'océan miroitait sous le clair de lune.

Une bande de dauphins apparut juste sous la falaise. Ils sautaient dans les vagues, se dirigeant vers le sud, devenant de plus en plus petits à mesure qu'ils s'éloignaient.

— Je leur avais demandé de venir, dit Tom en prenant un ton suffisant. Pile à l'heure. Ils sont parfaits. Ils ne vont pas tarder à demander une augmentation.

Sa plaisanterie arracha Tasha au flot d'émotions qui bouillonnait en elle. Elle se mit à rire.

— Ce soir, dit-elle, vous avez été formidable. Iris est en sécurité. Et Meg... Comment pouvez-vous prendre aussi bien soin des gens ?

— Alors que je ressemble tant à Paul ?

— Ce n'est pas ce que je voulais dire.

— Je suis sûr que si. Vous pensez que je ne peux pas prendre soin des gens parce que je ne prends pas soin d'une personne en particulier. Je ne veux pas m'engager parce que je sais que je ferais un très mauvais mari, mais cela ne veut pas dire que je ne me soucie pas de ceux qui m'entourent.

— Je sais. Je suis désolée.

— Moi aussi, je suis désolé. J'aurais préféré que vous n'ayez pas à vous occuper de Meg, ce soir. Je sais comme cela est douloureux pour vous.

— Je dois surmonter ma blessure. Comme vous. Vous faites des progrès de jour en jour.

— Je ne parle pas de douleur physique, mais de cette autre douleur que nous avons en nous. Voir mon père briser le cœur de ma mère... et vous, voir votre mari vous trahir... et Emily mourir...

Il y eut eu un très, très long silence. Tasha ne savait pas comment le rompre.

— Tasha, j'aimerais vraiment vous embrasser.

C'était une très mauvaise idée, mais ce soir, ce n'était plus la raison qui l'emportait.

Tom était son ami. L'homme qui l'avait aidée lorsqu'elle en avait eu besoin. Un collègue qui l'avait secourue et qu'elle soutenait en retour. Un homme qui avait subi un choc cérébral.

Il était tout cela, mais, surtout, il était Tom.

Assis à côté d'elle, il lui caressait le visage, chassant une larme qui roulait sur sa joue en dépit de tous ses efforts pour s'empêcher de pleurer.

— Je ne te ferai pas de mal, dit-il comme s'il formulait une promesse solennelle.

Elle réussit à sourire.

— En m'embrassant ? Tu as la barbe qui pousse. Bien sûr que tu me feras mal !

— Tu veux prendre le risque ?

Ses doigts suivirent le contour de ses pommettes, puis il lui prit le visage dans ses mains pour le lever vers lui.

Soudain, oubliant le mantra qu'elle se répétait sans cesse, elle lui tendit ses lèvres et se laissa embrasser.

Tasha ne s'était pas attendue à cela. Elle ne l'avait pas voulu. Mais maintenant, elle le voulait. Elle avait l'impression que la bouche de Tom lui appartenait. Qu'elle faisait partie d'elle-même. Ce baiser n'avait rien de compliqué. C'était comme si leurs deux corps se fondaient en quelque chose de plus grand qu'eux.

La chaleur. La passion. Le désir.

Car elle le désirait. Tout son corps hurlait son besoin d'être à lui et contre cette pulsion, elle n'avait aucune défense. Elle n'en voulait pas. Elle s'abandonna à ce baiser, se plongeant dans sa chaleur. Elle sentit Tom l'enlacer comme si elle était la chose la plus précieuse au monde, et c'était l'impression qu'elle avait. D'être chérie.

Comment résister à ce désir partagé ?

Mais le lieu n'offrait guère d'intimité. Les gamins du coin s'y garaient souvent pour passer un moment avec leurs petites amies.

Et voilà que maintenant une voiture arrivait, une grosse berline métallisée. Elle s'arrêta à côté de celle de Tom. Il en sortait des flots de musique diffusés à plein volume, un son de guitare électrique dont le rythme frénétique n'avait rien de spécialement romantique.

Le conducteur baissa sa vitre.

— Hé ! doc, je ne m'attendais pas à vous voir ici !

Comme Tom ne répondait pas, l'adolescent insista.

— Vous êtes trop occupé pour faire la conversation ?

Tom soupira et, à son tour, baissa sa vitre.

— Il est temps d'aller te coucher, Benny Lannard, dit-il d'un ton sévère. Ton père sait-il que tu as pris sa voiture ?

— J'ai eu mon permis la semaine dernière, répondit fièrement Benny. Kylie et moi, on essaye des trucs.

— Eh bien, n'en essayez pas trop. Tu sais comment on fait des bébés, et les conséquences que cela peut avoir sur ta vie. Si tu mets Kylie enceinte, mon gars, tu seras grand-père à quarante ans et tu consacreras tes vingt prochaines années à entretenir ta famille.

Un silence de mort s'installa.

— Et toi, Kylie, reprit Tom, si tu tombes enceinte, c'en sera fini de tes petites robes sexy, et qui peut sortir en boîte de nuit avec un gosse à la traîne ? Si tu crois que ta mère s'en occuperait, oublie. Je la connais.

— Euh, c'est dur, dit Kylie. Bennie, peut-être que…

— Oui, bébé, s'empressa de répondre le garçon.

Tasha dut se retenir de rire devant le brusque manque d'enthousiasme des deux adolescents.

— Qui est avec vous, doc ? demanda soudain Benny.

— Une amie. Une amie assez mûre pour savoir qu'il est temps de rentrer chez soi. Nous vous laissons, mais si vous avez prévu de démarrer une famille cette nuit, passez me voir demain, je vous donnerai une brochure sur les responsabilités qui incombent aux parents.

Tom et Tasha regagnèrent la maison. Tasha était partagée entre une envie de rire et autre chose. Quelque chose qu'elle ne pouvait nommer. Le baiser avait tout changé. Et le discours de Tom sur la responsabilité aussi. Il tenait tellement à cette petite communauté, et cela le rendait encore plus sexy. Pourquoi ? Elle n'aurait su le dire.

Il l'avait de nouveau embrassée après qu'ils eurent quitté le point de vue. Elle avait le corps en feu, et son désir était si violent qu'il devenait presque difficile à supporter.

— Une tasse de thé ? proposa Tom d'une voix mal assurée lorsqu'ils furent dans la maison. Ou peut-être le lit ?

Ils étaient amis. Pouvaient-ils être amants ?

Non ! Cela ne devait pas arriver, se dit-elle avec force. C'était stupide. Elle avait déjà été amoureuse d'un Blake.

Tom n'était pas Paul. Il était… Tom.

Et il n'exerçait aucune pression sur elle.

Ils se débarrassèrent de leurs manteaux et de leur matériel médical, qu'ils rangèrent dans le placard du vestibule. Ils étaient deux médecins qui rentraient chez eux après le travail.

« Chez eux. » Chez Tom, elle était chez elle.

On se sentait chez soi là où l'on avait son cœur. Elle savait que son cœur était ici, et pas seulement à cause de la petite tombe d'Emily. Il était ici à cause de tout ce que Tom avait fait pour elle. De sa bienveillance. De son rire. De son sourire.

— Tasha…

Jamais encore elle ne l'avait entendu parler avec cette voix-là. Une voix pleine de tendresse et de passion. Une voix qui disait qu'il la désirait autant qu'elle le désirait.

— Tom, murmura-t-elle.

Le sort en était jeté. Il la prit dans ses bras et la souleva.

— Ta jambe ! s'écria-t-elle. Ton bras…

— Cela fait partie de la thérapie, répondit-il en souriant. Ne crois-tu pas que mon équipe de rééducation m'approuverait de vouloir m'entraîner de toutes les manières possibles ?

— Cela ne fait pas partie de ta liste d'exercices.

— Alors, cette liste est nulle. Il faut y ajouter tout un tas de choses, et nous allons commencer dès maintenant.

8.

Lorsque Tasha se réveilla, la chambre de Tom était inondée de soleil et la mer, baignée de lumière, avait l'éclat du saphir.

Elle était dans les bras de Tom et jamais elle ne s'était sentie aussi bien de toute sa vie. Lovée contre lui, elle avait l'impression d'avoir trouvé sa place. Le bonheur.

Mais, soudain, son stupide mantra refit surface, bien malgré elle. *Il faut obéir à sa tête, pas à son cœur.* Qu'était-il arrivé la nuit dernière ?

Le bonheur lui avait fait oublier tout bon sens. C'était pourtant une chose fugace, trompeuse. Ne l'avait-elle pas appris à ses dépens ?

Mais, pour l'instant, elle était heureuse. Elle ferma les yeux et repoussa la panique qui tentait de s'emparer d'elle. Tout ce qui comptait, c'était qu'elle était dans les bras de Tom. L'homme qui avait toujours été là pour elle quand elle avait eu besoin de lui. Son amant.

Il n'aurait pas dû le devenir, intervint encore cette petite voix intérieure qui gâchait ce moment de pure félicité. Elle était si bien, nichée contre Tom, peau contre peau… C'était si merveilleux…

Tais-toi, ordonna-t-elle à la voix la harcelait.

Tout ce qu'elle put faire, ce fut de la reléguer dans un coin obscur de son cerveau. Elle ne parvenait pas à s'en débarrasser complètement.

Mais elle voulait se donner entièrement à cet homme. Elle voulait être heureuse. Laisser libre cours à son imagination.

D'autres questions l'assaillirent. Combien de femmes avait-il eues dans ce lit ? Combien d'autres y viendraient ?

Elle s'étira. Tom resserra son étreinte, la tenant solidement, dans un geste de possession.

— Bonjour, mon amour, murmura-t-il.

Va-t'en, va-t'en ! cria-t-elle silencieusement à la voix qui revenait la tourmenter.

Elle était allée si loin. Pourquoi ne pas jouir pleinement de ce moment ? Elle se tourna vers Tom et se sentit fondre de nouveau. Elle était là où elle voulait être. Chez elle.

Je ne crois pas, souffla la petite voix malfaisante.

Sans doute disait-elle vrai. Mais pour l'instant…

Je t'en prie, laisse-moi y croire.

Et tandis qu'elle s'offrait à Tom, tout lui parut juste. Parfait. Elle l'aimait tellement.

Elle était tellement troublée.

Tasha était différente.

Jamais encore Tom n'avait éprouvé cela avec une femme.

Il avait l'impression de la connaître depuis toujours. Comme si faire l'amour avec elle avait été inévitable.

Il l'aimait. Jusqu'à la veille au soir, il aurait dit qu'il l'aimait comme on aime une amie. Rien de plus. Mais peut-être était-ce un mensonge. Peut-être la désirait-il depuis très longtemps, sans avoir voulu l'admettre jusqu'à aujourd'hui.

Serait-il capable de se faire assez confiance pour s'engager ? Il n'avait jamais cru pouvoir être fidèle à une femme, mais c'était avant d'avoir rencontré Tasha. Avec elle, tout était possible. L'histoire familiale n'avait plus aucune importance. Il pourrait être fidèle.

Il l'attira contre lui. Serrer cette femme dans ses bras, cela seul comptait.

Mais, soudain, tout s'effondra.

Susie…

Ils s'étaient vus quelque temps, sans jamais avoir fait l'amour ensemble. Elle l'avait amusé. A présent, elle sortait avec un homme avec qui elle espérait avoir une relation durable, et Tom trouvait cela très bien. Ils étaient toujours amis.

Mais pourquoi était-elle sous la galerie à cette heure-ci ?

— Tom… Ohé ! ohé ! Tom, mon chéri, tu es réveillé ? C'est Susie. Désolée, mon cœur, je comprends que tu veuilles te reposer, mais tu sais que j'ai oublié mon châle chez toi ? Donald m'emmène passer le week-end avec lui et j'ai besoin de ce châle.

S'il y avait quelque chose capable de réveiller dans l'esprit de Tasha son redoutable mantra, c'était bien ce qui se passait là.

Susie. Une ex de Tom. Mais s'agissait-il vraiment d'une ex ? Devait-elle se fier à ce qu'il lui avait dit ?

Pendant qu'il enfilait un pantalon et ouvrait une armoire d'où il sortit le fameux châle, elle se dit que tout cela n'était pas grave. Cela relevait du passé de Tom et n'avait rien à voir avec elle.

Soudain, le doute s'empara d'elle. Sans aucune logique, elle se laissa envahir par une peur irraisonnée.

Tom était sorti sous la galerie et échangeait quelques mots avec Susie, mais Tasha n'écoutait pas. Prise de panique, elle se jeta sur ses vêtements. Lorsque Tom revint dans la chambre, elle s'était rhabillée.

— Tasha…

Il vint vers elle. Elle savait qu'elle ne pouvait lui cacher la peur qui s'était emparée d'elle.

— Mon amour, dit-il, ce n'est pas ce que tu crois. Susie a oublié son châle ici il y a des mois, avant mon accident. Hilda a dû le ranger dans l'armoire. Je l'ai vu lorsque je suis rentré de l'hôpital, mais je n'avais pas la force de m'occuper de cela. Susie m'en a parlé la semaine dernière. Je lui ai dit où il était, et puis j'ai oublié. Pour être honnête… Tasha, je ne pensais plus à Susie. Tu étais là…

— Ta dernière conquête, murmura-t-elle. Comment ai-je pu être aussi idiote ?

— Tasha…

— Tais-toi, Tom, dit-elle brutalement.

Elle se sentait malade. Trahie.

Pas par Tom. Il n'avait manqué à aucune promesse. Elle était même certaine qu'il disait la vérité.

La trahison dont elle souffrait était bien pire. Elle s'était trahie elle-même. Elle avait trahi ses convictions, ce qu'elle était.

— Je n'ai jamais couché avec Susie, dit-il.

— Je te crois, Tom. Je suis désolée. Je n'aurais pas dû parler de « dernière conquête ». Je sais que tu vaux mieux que cela. Mais tu es mon ami, pas mon amoureux. Je ne veux pas prendre le risque de perdre ton amitié parce que je serais tombée amoureuse de toi. Cela me fait peur. Je n'ai plus la maîtrise de moi-même, et je m'étais promis de ne plus jamais me retrouver dans cette situation.

Elle respira profondément.

— Tom, je te serai éternellement reconnaissante. J'aimerais rester ton amie, si tu le veux bien, mais en raison de cette attirance qu'il y a entre nous, cette amitié doit se vivre à distance. Nous le savons tous les deux. Alors, je resterai à Cray Point jusqu'à ce que tu sois rétabli, mais je n'habiterai plus chez toi.

— C'est stupide.

— Les chats me font éternuer, mais eux, au moins, ne me briseront pas le cœur. Or, c'est ce qui risque de m'arriver si je reste ici. Je n'ai jamais eu l'intention que tu deviennes mon amant et je ne le veux pas.

— Je n'en avais pas l'intention non plus.

Il avait l'air troublé et inquiet. Mais comment pouvait-elle courir le risque de souffrir encore comme elle avait souffert avec Paul ? Elle ne pouvait plus faire confiance à personne.

— Tasha, tu as l'air terrifiée, dit-il en s'approchant d'elle.

— Non. Du moins n'aurai-je pas peur si je pars. Tom, tu as été un merveilleux ami, mais à présent… je ne veux pas que cela aille plus loin et je pense qu'au fond de toi, tu ne le veux pas non plus. Je suis désolée, Tom, mais c'est toi ou les chats et, comme je suis raisonnable, je choisis les chats.

— Moi aussi, j'ai peur, murmura-t-il.

— Je t'ai dit que je n'avais pas peur.

— Mais si, tu as peur, comme moi. J'ai toujours pensé que les hommes qui se mariaient et qui restaient fidèles à leur femme avaient des gènes qui n'existaient pas dans ma famille. Mais j'avais tort. C'était juste parce que je n'avais pas rencontré la femme qu'il me fallait.

Cet aveu aurait dû la faire fondre, mais comment aurait-elle pu ? Elle tentait de garder le contrôle, s'accrochant aux expériences douloureuses qu'elle avait vécues dans le passé.

— Je ne suis pas cette femme.

— Tu as été brûlée. D'abord par mon idiot de demi-frère. Ensuite par la perte d'Emily. Et il y avait déjà eu la perte de tes parents. Tu ne fais pas confiance à l'amour, comme moi je n'y croyais pas. Mais tout cela appartient au passé. Tu peux choisir de me faire confiance ou pas…

— Comment pourrais-je ?

Silence.

Elle se sentait mal. Faire confiance. Son cœur en rêvait, comme si la confiance était la seule chose capable de combler le vide qu'il y avait en elle.

Elle pouvait franchir le pas et tomber dans les bras de Tom Blake. Essayer d'avoir un autre bébé.

Et laisser s'enclencher de nouveau le cycle infernal ?

A l'idée de ce qui pourrait arriver si elle s'abandonnait à cet homme, elle sentit son cœur se refermer. Elle avait tellement souffert…

— Je… je m'en vais, murmura-t-elle. Je t'en prie, Tom, n'essaye pas de me retenir. Si tu continues de faire pression sur moi, je ne pourrai pas rester chez Hilda et Rhonda. Je devrai quitter Cray Point.

— Tu as donc si peur ?

Elle décida de lui dire enfin la vérité.

— Oui. Oui, j'ai peur.

— Tu ne veux pas tenter ta chance avec moi ?

— Je ne peux plus. Je suis raisonnable.

— Si raisonnable que nous allons rester seuls pour toujours ?

— Je sais à quel point cela peut faire mal…

— Alors, tu vas m'apprendre ? dit-il, en colère. J'ai enfin rencontré la femme avec qui je veux passer ma vie, mais elle a peur que je la trahisse peut-être un jour.

— Tom…

— Je ne le ferai pas, jamais ! Mais, bien sûr, tu as raison, je ne peux pas te le prouver. Tu m'as jugé en te basant sur le comportement de mon père et de Paul…

— Je ne…

— Inutile d'aller plus loin, dit-il sèchement. Tu l'as assez répété. Je tiens à toi, Tasha, mais je n'ai que ma parole pour te convaincre. Je n'ai aucune preuve. Alors nous allons en rester là. Nous discuterons plus tard de la façon dont nous allons travailler ensemble. Tu as fait ton choix. Va vivre avec les chats.

9.

— Je crois que nous pouvons dire en toute certitude que vous êtes de nouveau apte à conduire.

Sally venait de procéder des tests neurologiques intensifs et son verdict aurait dû combler Tom de joie. Sa jambe gauche restait un peu plus faible que la droite et il claudiquait légèrement. Ses doigts n'avaient pas retrouvé toute leur flexibilité, mais ils étaient assez agiles. Au cours des quatre dernières semaines, il s'était entraîné au maximum et il en récoltait le fruit.

Il était guéri. Enfin, presque. La récupération cérébrale prenait du temps. Son cerveau mettait de nouvelles connexions en place et il n'était pas question de surf avant un bon moment. Mais, globalement, son corps était redevenu normal. Il aurait dû être sur un petit nuage.

En sortant du centre de kinésithérapie, il regretta l'absence de Tasha. Elle l'accompagnait encore de temps en temps aux séances de rééducation, mais elle n'y participait plus. Elle l'attendait, silencieuse, plongée dans la lecture d'un livre. Il y avait encore de la colère entre eux. L'impression de s'être trahis mutuellement. Une amitié normale était impossible.

Aujourd'hui, elle n'était pas venue. Elle s'était rendue chez Darryl et Louise Coad qui se faisaient du souci pour leur vieille mère. Cela ne présentait aucun caractère d'urgence. Tasha aurait pu reporter sa visite au lendemain, ou même lui demander, à lui, d'y aller plus tard, mais elle avait préféré s'y rendre aujourd'hui, avec un air presque soulagé. Elle cherchait manifestement à l'éviter le plus possible, et cela le mettait en colère.

— Pourquoi faites-vous cette tête ? demanda Karen qui était venue le chercher en taxi. Je pensais que vous seriez aux anges.

Votre rééducation se passe bien, et il y a de bonnes nouvelles concernant Iris. Les avoirs de Ron ont été gelés, elle sera à l'abri du besoin jusqu'à la fin de ses jours. Et Ron aura des comptes à rendre à la justice, car ses affaires semblent plutôt louches d'après les documents que nous avons photocopiés. La police locale dit qu'il pourrait être poursuivi pour d'autres motifs que ses violences conjugales. C'est génial, non ?

— Oui, génial.

Karen lui jeta un regard en coin.

— Vous le vivez mal, pas vrai ?

— Quoi donc ?

— Allons, toute la ville est au courant, pour Tasha et vous. On sait qu'elle a déménagé et nous en sommes tous désolés. Et maintenant que vous êtes guéri, elle risque de partir pour de bon et nous allons vous voir avec cette tête d'enterrement jusqu'à la fin de nos jours. Que peut-on faire, doc ?

— Je ne peux rien faire ! Elle a aimé mon demi-frère et il s'est comporté comme une raclure avec elle. Elle a perdu son bébé. Comment puis-je la convaincre d'avoir confiance ?

Karen resta silencieuse quelques instants.

— J'imagine qu'avec elle, les fleurs, les bougies et les bons petits plats de Hilda seront sans effet, pas vrai, doc ?

Il serra les dents et le silence s'installa dans le taxi.

A la fin de la course, il avait eu le temps de se ressaisir.

— Merci, dit-il. Vous mettrez cela sur mon compte.

— Bien sûr, doc.

— Et n'allez pas raconter…

— Ce n'est pas la peine, tout le monde le sait déjà. Tasha a un air aussi lugubre que le vôtre. Vous savez que Rhonda, Hilda et leur père seront de retour dimanche prochain ? Si vous avez récupéré votre permis de conduire et qu'elles veulent reprendre leur maison, qu'est-ce qui empêchera Tasha de s'en aller ?

— Rien.

Sauf une petite tombe sur la falaise, mais ce ne serait pas suffisant, il le savait. Et lui ne pouvait pas retenir Tasha.

— Réfléchissez, doc, il y a sûrement un moyen…

— Laissez tomber, Karen.

Il claqua la portière et se dirigea vers la maison en claudiquant. Lorsqu'il était concentré, il ne boitait plus, mais là, il ne pensait pas à sa jambe. Il ne songeait qu'à Tasha.

En passant devant la boîte aux lettres, il vit qu'elle était pleine à craquer. Il prit le courrier, espérant y trouver quelque chose qui lui changerait les idées, mais il semblait n'y avoir que des lettres de confrères, des spécialistes auxquels il envoyait ses patients. Il en recevait tous les jours une douzaine de ce genre.

Après s'être servi une bière, il s'installa confortablement et commença à ouvrir les enveloppes.

Le charmant cottage que Rhonda et Hilda partageaient en plein centre-ville était rempli de souvenirs évoquant leur vie en Angleterre et tout ce qu'elles avaient partagé avec leurs maris maintenant disparus. Il y avait des coquillages ramassés sur les plages au fil des années, du bois flotté, des porcelaines de Chine, et des chats, ceux d'avant et ceux d'aujourd'hui.

Assise sur la dernière marche de la galerie, Tasha ne prêtait aucune attention aux chats qui se frottaient contre ses jambes. Elle fixait avec horreur une petite baguette blanche qu'elle tenait à la main.

Une baguette blanche avec deux lignes rouges au centre.

Comment cela avait-il pu arriver ? Comment ?

Depuis deux jours, elle se sentait très fatiguée, barbouillée. Cette nuit, elle s'était réveillée brusquement et, horrifiée, avait réfléchi aux dates.

Ce matin, elle avait vomi son petit déjeuner.

Au cabinet médical, elle s'était testée et, découvrant le résultat, avait pensé qu'il y avait certainement une erreur.

Elle venait juste de refaire le test. Elle attendait un enfant de Tom.

Une seule nuit. Et ils avaient utilisé des préservatifs. Ils avaient été raisonnables. Bon, d'accord, peut-être avaient-ils montré un peu trop de hâte… Elle ne pouvait croire ce qui lui arrivait. C'était trop énorme. Sa tête allait exploser.

Elle avait pris une sage décision quatre semaines auparavant en déménageant de chez Tom et en gardant ses distances avec lui. Rhonda devait revenir le lendemain, Hilda et leur père arriveraient un peu plus tard. Tasha avait l'intention de rester au cottage encore une quinzaine de jours, le temps que Tom retrouve son autonomie et, ensuite, elle partirait. Où ? Peu importait. Elle chercherait du travail, choisirait un endroit où elle serait très occupée. Où elle n'aurait pas le temps de penser. A Emily. A Paul. Ou à ses parents.

A la trahison et au deuil.

A Tom.

Elle avait écrit au centre de fécondation in vitro pour leur demander de détruire le sperme de Paul. Elle ne l'utiliserait pas. Elle savait qu'elle n'aurait pas le courage de faire une nouvelle tentative.

La petite baguette en plastique qu'elle avait dans la main tournait en ridicule toutes les sages décisions qu'elle avait prises.

Elle sentit venir un vertige. Instinctivement, elle posa la main sur son ventre. Un fœtus. Un bébé.

— Tasha ?

La dernière personne qu'elle avait envie de voir en ce moment, Tom, venait d'apparaître à la grille de derrière. Elle laissa tomber la petite baguette blanche qui glissa entre les planches de l'escalier.

Elle se força à sourire, tout en craignant de s'évanouir.

— Ça va ? demanda-t-il.

Il ouvrit la grille et vint vers elle, l'air inquiet.

— Euh… oui, je vais bien, mais j'ai mangé quelque chose qui m'est resté sur l'estomac.

— Tu as envie de vomir ? Tu veux que je te fasse une piqûre ?

— Non, je te remercie, ce n'est pas la peine.

Il afficha un grand sourire.

— Tu sais que j'ai récupéré mon permis de conduire aujourd'hui ? Je suis de nouveau considéré comme normal.

C'était une bonne nouvelle.

— Ton bras et ta jambe n'ont pas encore retrouvé toute leur force, dit-elle.

— Je continuerai la rééducation. Mais je fais des progrès tous les jours. Grâce à toi. Merci.

— C'est parce que je suis autoritaire.

— Parfois un homme a besoin d'avoir quelqu'un d'autoritaire près de lui, dit-il en s'asseyant à côté d'elle.

Le soleil était presque couché. Des perroquets, se disputant la meilleure place pour nicher, s'agitaient dans les gommiers qui entouraient la maison. Un chat jouait entre les pieds de Tasha. Deux autres rôdaient sous les marches.

Elle était assise à côté de l'homme qu'elle aimait de tout son cœur, et tout ce qu'elle voulait, c'était s'enfuir.

— Tasha… Une lettre est arrivée, aujourd'hui. Elle était adressée au Dr T.S. Blake. Moi, c'est T.R. Blake, mais je n'y ai pas fait attention. Je l'ai ouverte et je l'ai lue avant de réaliser qu'elle ne m'était pas destinée. Je suis désolé.

Il sortit une lettre de sa poche et la lui tendit. Cela venait du centre de fécondation in vitro.

Cher Docteur Blake,

Nous avons reçu votre lettre nous informant que vous vouliez annuler votre rendez-vous et nous laisser disposer du sperme conservé ici à votre nom. Cependant, nous avons besoin pour cela que vous remplissiez les documents ci-joints.

Veuillez renvoyer ces documents à…

Les documents joints consistaient à reconnaître officiellement qu'elle ne voulait pas avoir d'enfants.

Elle tenait la lettre dans sa main et la regardait fixement. Elle avait la tête en feu et une envie folle de disparaître sans laisser de trace.

— J'imagine que Paul a utilisé ton nom d'épouse lorsqu'il leur a laissé son sperme pour toi, dit Tom. Dis-moi, Tasha, as-tu pris cette décision à cause de nous ? As-tu renoncé à avoir un autre bébé à cause de ce qui s'est passé entre nous ?

— Cela n'a rien à voir avec toi.

— Ils ont joint à ce courrier une copie de la lettre que tu leur as envoyée. Elle est datée du jour où tu es partie de chez moi.

— Je devrais t'être reconnaissante, murmura-t-elle. J'avais oublié comme l'amour pouvait faire mal. Tu me l'as rappelé. Ma décision ne concerne que moi, tu n'y es pour rien.

— Tasha…

Il se tut, son attention soudain attirée par ce qui se passait à ses pieds. Deux chats jouaient, se disputant quelque chose. Une baguette blanche avec deux lignes rouges en son milieu.

Tasha était paralysée. Elle ne fit pas un geste lorsque Tom se pencha pour ramasser le test de grossesse et lut le résultat. Elle n'entendait plus rien. Ni les chats, ni les perroquets dans les arbres, ni le bruit des vagues. Le monde tournoyait autour d'elle. Elle crut qu'elle allait s'évanouir ou vomir.

Alors Tom lui pencha la tête en avant et la soutint, lui caressant les cheveux tandis qu'elle récupérait.

— Tasha… Tasha, es-tu enceinte ?

— Je… Oui.

— Quand l'as-tu découvert ?

— Je ne me sentais pas bien ces deux derniers jours et, ce matin, au réveil, je l'ai su. Tout simplement.

— Et c'est mon enfant.

— Oui.

Etait-il en colère ? Il n'en avait pas l'air.

Il y eut un long silence.

— Tasha, te sens-tu capable de porter cet enfant ?

C'était bien la question. Porter l'enfant de Tom ? Porter un bébé pendant neuf mois ? Donner naissance à un petit être qui ressemblerait à Tom ? Voir Tom s'attacher à son enfant ?

Fonder une famille. Un gouffre s'ouvrait devant elle, mais au lieu de reculer, elle avait l'impression de s'y précipiter.

— Tasha, ne fais pas cette tête, dit-il en la forçant à le regarder. Mon amour, ce bébé va bien. Ce qui est arrivé à Emily se produit très rarement, tu le sais. Il n'y a aucune raison de penser que notre bébé n'est pas parfait.

« Notre bébé. » Elle prit son ventre à deux mains. Tom les recouvrit avec les siennes.

— Tasha, tout se passera bien. Nous y arriverons.

« Nous. »

— Tasha, tu peux me faire confiance.

Enfin, il avait compris. Il réalisait quelle immense confiance il fallait avoir pour se lancer dans cette aventure. Une confiance qu'elle était incapable d'accorder.

Mais elle ne pouvait pas lui dire cela. Elle ne trouvait pas les mots qui convenaient.

— Une tasse de thé, dit-il d'un ton devenu soudain joyeux. Du thé bien sucré ! Je boirais volontiers une bière, mais, pour cette fois, j'y renonce. Je vais préparer deux tasses de thé.

Laissant Tasha assise sur sa marche, Tom se rendit à la cuisine, essayant de rassembler ses idées.

Tasha allait avoir un bébé. Son bébé. Leur bébé.

Jamais il n'aurait imaginé cela. Il s'était toujours vu comme un solitaire. Pour la première fois de sa vie, il se disait qu'il y avait une femme avec qui il avait envie de passer le reste de sa vie.

Il songea soudain à Emily. A la façon dont elle lui agrippait les doigts. Dont elle essayait de le fixer de ses grands yeux. Il se souvenait du contact de son petit corps contre le sien. De son odeur de bébé.

Il désirait retrouver tout cela. Il voulait une famille.

Quel chemin il avait parcouru depuis qu'il avait rencontré Tasha ! Et comment pourrait-il la soulager de sa souffrance maintenant ?

Il alla la retrouver dehors, emportant les deux tasses de thé.

— Allez, dit-il, bois cela.

— Je n'ai pas besoin…

— Bois. Ordre du médecin.

Elle obéit, buvant lentement, à petites gorgées. Il fit de même. Lorsqu'ils eurent fini, le soleil était couché, laissant place à l'obscurité.

— Je ne sais pas quoi faire, murmura-t-elle.

— Penses-tu à avorter ?

Elle mit du temps répondre.

— Non. Comment pourrais-je ? Il est là. Un bébé…

— Notre bébé.

Il se sentait soulagé. Il n'avait jamais songé à être père. Pourquoi soudain désirait-il autant avoir cet enfant ?

Il s'empara des mains de Tasha.

— Quelle que soit notre relation, Tasha, une chose est sûre : tu ne seras pas seule pour élever cet enfant. Je serai toujours à tes côtés, à chaque étape. Nous prendrons soin de ce bébé avec tout l'amour que nous pourrons lui donner.

— Je ne veux pas rester ici.

— Rien ne t'y oblige, dit-il en souriant.

— Mais c'est ton enfant.

— S'il le faut, je quitterai Cray Point.

Elle le regarda, stupéfaite.

— Tu t'en irais d'ici…

— Je n'y ai pas vraiment réfléchi, mais je serais prêt à le faire. Si tu veux retourner en Angleterre, je pourrais te suivre. Ne t'inquiète pas, je ne t'imposerais pas ma présence. Nous pourrions avoir des vies séparées, mais tu ne serais pas seule pour te charger de cet enfant. Il me sera facile de trouver du travail.

— Mais tu adores vivre ici !

— Je t'adore.

— Tom…

— C'est la vérité. Tu ne veux pas de mon amour et je l'accepte, mais j'aimerai notre bébé, Tasha et je serai là chaque fois que vous aurez besoin de moi.

Il la regarda avec un grand sourire.

— Au fait, comment allons-nous l'appeler ? Ma grand-mère avait l'habitude de dire « perle » en parlant des nouveau-nés.

Pourquoi ne pas en faire un prénom ? Oui ? Bon, je serai là chaque fois que Perle aura besoin de moi. Lors de l'accouchement, si tu es d'accord. Quand cet enfant fera ses dents, je lui chanterai une berceuse. Et à sa première rentrée scolaire, je verserai probablement quelques larmes.

— Tom ! s'écria-t-elle, émue. Tu ne peux pas mettre ta vie entre parenthèses.

— Tu sais, j'ai fini par comprendre que la vie, ce n'est pas Cray Point. La vie, c'est la famille. Tu n'es pas obligée de t'engager avec moi, tout ce que je demande, c'est que tu acceptes d'avoir une famille.

Soudain, il se pencha vers elle et lui donna un baiser léger sur les lèvres.

— Tasha, me demanderas-tu de t'aider si tu en as besoin ?

— Oui, c'est promis.

— Et tu resteras au moins quinze jours encore ?

— Mais oui.

Brusquement, elle réalisa que sa peur panique avait disparu.

— Perle…, commença-t-elle.

Il sourit et lui caressa les cheveux.

— C'est un joli prénom, mais, si tu veux, nous en chercherons un autre.

— J'aime bien Perle.

— Moi aussi, dit-il en se levant. Et j'aime la maman de Perle. Mais la maman de Perle doit aller dormir. Et moi, je vais reprendre le volant de ma petite voiture pour célébrer le fait que j'ai récupéré mon permis. Et je vais être papa. C'est un jour faste !

— Tom… merci.

— Tu n'as pas à me remercier. Va dormir, tu n'as pas à t'inquiéter. Ensemble, nous nous occuperons très bien de Perle. Ensemble, nous pouvons tout faire.

Il l'embrassa sur le front et s'en alla. La nuit parut alors plus noire.

Comment dormir ? Couchée dans son lit, Tasha fixait les ténèbres en se traitant de lâche.

Tom l'aimait. Elle le savait. Il aurait été si facile de se jeter dans ses bras et de faire sa vie avec lui.

Etre de nouveau Mme Blake ? Elle frissonna.

Pourquoi tremblait-elle ? Elle n'avait pas peur de Tom. Et logiquement sa grossesse devait bien se passer. Elle attendait un bébé et Tom voulait jouer son rôle de père.

— Perle, c'est un prénom horrible pour un bébé, dit-elle à voix haute, trouvant presque le courage de sourire.

Tom s'était dit prêt à quitter Cray Point, mais elle ne pouvait pas accepter cela. Alors, s'installer ici ? Il lui avait proposé de travailler avec lui, mais cela semblait inenvisageable. L'attirance qu'ils avaient l'un pour l'autre était trop forte. Elle n'y résisterait pas. Or, elle ne voulait pas de ce scénario. Elle devait donc s'en aller.

Mais retourner en Angleterre était exclu. Ce ne serait pas juste vis-à-vis de Tom. Ni pour elle. Car c'était ici qu'elle se sentait chez elle.

— Mais non, dit-elle tout haut. Je n'ai pas de foyer.

Elle allait devoir en avoir un, lui souffla une petite voix intérieure. Alors, elle devait se montrer raisonnable.

Soudain, une idée lui vint.

Summer Bay. La ville où Tom se rendait pour sa rééducation était assez importante pour avoir un centre médical comprenant une douzaine de médecins. Elle pourrait y trouver du travail, en commençant par des remplacements, puis, lorsque Perle aurait grandi, elle prendrait un poste à plein-temps.

Avec l'argent de l'assurance vie de Paul, elle pourrait s'acheter une petite maison. Et peut-être aussi un chiot.

Summer Bay et Cray Point n'étaient qu'à une demi-heure de route l'une de l'autre. Tom pourrait voir Perle autant qu'il le voudrait, mais ils continueraient de vivre chacun de leur côté, comme elle le souhaitait.

— Je n'aurai même pas à savoir avec qui il sort.

Elle se sentit soudain stupide et mesquine. Ne pas avoir le courage de faire confiance…

— Ce n'est pas ma faute. Je ne peux plus faire confiance.

Elle était lâche.

— Oui, je suis lâche, mais je suis aussi une femme enceinte qui doit veiller à l'intérêt de son bébé.

Elle se cherchait des excuses et elle le savait.

— Bon, d'accord, j'ai peur et je ne peux rien y faire. Alors, mieux vaut dormir.

Elle ferma les yeux, mais le sommeil refusait de venir. Le fait qu'elle tremblait comme une feuille n'était certainement pas de nature à favoriser son endormissement.

10.

Rhonda revint le lendemain. Hilda arriverait plus tard, avec leur père.

— Il y a eu un problème avec son visa, mais il devrait être ici dans deux semaines, dit Rhonda.

Tasha s'en félicita. Cela lui laissait deux semaines pour terminer ce qu'elle avait à faire à Cray Point et trouver un logement à Summer Bay.

— Comment va Tom ? demanda Rhonda.

— Il a récupéré de façon remarquable. Il a encore une certaine faiblesse du côté gauche, mais à peine perceptible. Dans un mois, tout sera redevenu complètement normal.

— Mais vous comptez partir dans quinze jours ? Et vous êtes venue vous installer ici. Vous vous êtes disputés ? Est-ce à cause des conquêtes de Tom ?

— Il n'a pas de petite amie en ce moment, mais si j'ai quitté sa maison, c'est en effet en partie à cause de cela. Je ne voulais pas interférer avec son style de vie.

— C'est un style de vie qu'il n'apprécie pas vraiment, vous savez. Notre Tom a toujours été un séducteur. Gentil, intelligent, plein de qualités, il plaisait beaucoup aux femmes. Adolescent, il préférait sortir avec des filles plus âgées que lui, avec de l'expérience. Sa mère se désolait. Elle aurait voulu qu'il se stabilise avec une gentille fille à qui il aurait fait des bébés. Elle n'a jamais caché le fait que le père de Tom lui avait brisé le cœur, et elle ne cessait de répéter à Tom qu'il ressemblait beaucoup à son père. Je pense qu'il en est resté très marqué. Si vous serinez sans cesse quelque chose à un enfant, il finit par le croire. Comment notre Dr Tom pourrait-il songer à s'engager ?

Il l'avait fait, pensa Tasha. Il s'était engagé.

Mais elle, elle s'était comportée avec lui comme l'avait fait sa mère. Elle l'avait accusé d'être comme son père. Et comme son frère.

Le pire, c'était qu'elle le croyait vraiment. Une partie d'elle-même le croyait encore. Et elle n'était pas assez courageuse pour remettre sa conviction en question.

Huit jours plus tard, Tasha se rendit à Summer Bay pour rencontrer le médecin qui dirigeait le centre médical où elle espérait travailler. Elle lui précisa qu'elle souhaitait un poste à temps partiel. La spécialité du Dr Adam Myers étant l'obstétrique, elle expliqua qu'elle était enceinte et il finit par l'examiner.

— Tout est normal, lui dit-il.

Elle lui parla alors de ses craintes, mais il la rassura.

— La probabilité que ce qui est arrivé à votre petite Emily se reproduise chez votre bébé est proche de zéro. Nous ferons un scanner de contrôle à vingt semaines de grossesse, mais je suis sûr que tout ira bien. Je suis ravi que vous rejoigniez notre équipe, Tasha. Mais dites-moi… pourquoi quittez-vous Cray Point ? J'ai entendu dire que Tom Blake cherchait désespérément un associé.

— Tom est mon ex-beau-frère. C'est pourquoi je suis venue lui donner un coup de main après son accident. Mais je ne souhaite pas travailler avec lui.

Adam hocha la tête et regarda attentivement le dossier de Tasha.

— Et le père de votre bébé ? demanda-t-il gentiment. Se manifeste-t-il ?

Pourquoi lui mentir ? Le Dr Adam Myers procéderait certainement à son accouchement, et Tom avait clairement dit vouloir y assister.

— Tom est le père.

Elle s'attendait à une réaction de surprise. Mais Adam, âgé d'une soixantaine d'années, semblait ne plus s'étonner de rien.

— Je connais bien Tom, dit-il. Je suis certain qu'il fera un excellent père, s'il s'implique.

— C'est ce qu'il souhaite. Mais moi, je ne suis pas sûre de le souhaiter. Cette grossesse… n'était pas vraiment prévue.

Adam secoua la tête, feignant de prendre un air choqué.

— Vraiment ? Je me demande ce qu'on enseigne aux étudiants en médecine de nos jours. Je vais devoir écrire aux gens qui vous ont formée.

Il y eut un silence.

— Bien, bien, reprit-il avec un grand sourire. Prévue ou pas, cette grossesse va bien se passer. Tom et vous… Cray Point et Summer Bay ne sont pas si éloignées l'une de l'autre. Vous pourrez accoucher ici, à l'hôpital de Summer Bay. Et vous aurez l'aide de Tom…

— Je n'ai pas besoin qu'il m'aide.

— On ne pourrait imaginer un meilleur soutien que lui, dit doucement Adam. C'est un excellent médecin. Je ne sais pas ce qu'il vaut comme compagnon ou comme père, mais je parie qu'il est très bien.

Il secoua la tête.

— Mais tout cela ne me regarde pas. Alors, je vous dis simplement bienvenue à Summer Bay, docteur Raymond. Nous serons très heureux de vous avoir avec nous.

Tasha n'avait plus que trois jours à passer à Cray Point. Hilda et son père arriveraient le mardi. Tom n'avait pas récupéré à 100 %, mais il s'en sortait plutôt bien.

Un charmant petit appartement attendait Tasha à l'hôpital de Summer Bay. Elle devait préparer son déménagement. Le samedi matin, elle se dit qu'elle devait faire ses bagages, se procurer une voiture, s'installer dans son nouveau logement, mais elle se sentait frappée d'une sorte de léthargie.

— Tout se passera bien, se dit-elle à voix haute. J'ai un nouveau job formidable, un joli appartement et je vais m'acheter une belle voiture et…

Et quoi ? Mener ma grossesse à terme ? Accoucher sans problème ? Avoir ensuite une vie heureuse ?

Sans Tom. Sans courage.

Elle se sentait si triste qu'elle était au bord des larmes.

Soudain, le téléphone sonna. Elle s'apprêtait à répondre, mais Rhonda se montra plus rapide qu'elle.

Lorsqu'elle reposa le combiné, elle avait le visage livide.

— C'est Tom, dit-elle.

— Une autre hémorragie ? s'écria Tasha, affolée.

— Non, Tom va bien, mais… C'était Karen, notre taxi. Elle appelait pour dire que trois gamins avaient voulu attraper des nids sur la falaise. Alex, James et Rowan. Toujours les trois mêmes à faire des bêtises ! Rowan a failli se tuer, la dernière fois, en surfant. C'est à cause de lui que Tom a été gravement blessé à la tête alors que le gamin s'en est tiré avec des bleus. Maintenant, c'est James qui est tombé de la falaise et Tom dit qu'il va descendre pour lui porter secours. Avec sa jambe et son bras encore si faibles ! Karen nous demande d'y aller pour essayer de l'empêcher de faire cela.

Rhonda battit tous les records de vitesse pour se rendre au-dessus de l'à-pic avec Tasha.

— Quel idiot ! grommela-t-elle, les mains crispées sur le volant. Il se croit obligé de sauver le monde entier. Que deviendrait cette ville sans lui ? Et, une fois de plus, il prend tous ces risques pour un stupide gamin !

— Sait-on de quoi souffre James ? demanda Tasha.

— Il a une jambe brisée. Pete Simmonds est descendu le rejoindre — c'est lui qu'ils ont appelé en premier parce que c'est un alpiniste. Il a fait la descente en rappel. Il dit que, sur la corniche où est tombé James, il y a à peine la place pour une personne. Il a attaché James, l'a sécurisé avec des pitons, et il commence à remonter pour laisser la place à un médecin. L'état du garçon est trop grave, semble-t-il, pour qu'on attende l'arrivée de l'hélicoptère. Alors Tom a dit qu'il allait descendre. Il faut l'en dissuader.

Dissuader un Blake de faire ce qu'il avait décidé de faire ? Peine perdue, pensa Tasha. Mais elle se devait d'essayer.

Une petite foule était rassemblée au sommet de la falaise. Il y avait là les parents de James, accrochés l'un à l'autre pour se soutenir mutuellement, et ceux d'Alex et de Rowan qui entouraient leurs fils, effondrés. Tous suivaient avec angoisse les préparatifs du sauvetage.

Tom était déjà équipé d'un harnais. Agenouillé au bord de la falaise, il vérifiait le matériel qu'il emporterait dans son sac à dos.

— A quoi penses-tu, pour vouloir prendre de tels risques ? dit Tasha d'un ton presque agressif.

— Je dois descendre le rejoindre, dit Tom. Il s'est fracturé la jambe. Selon Pete, elle forme un angle bizarre et, au toucher, le pied est froid. James est conscient, il est sur une corniche, à trois mètres au-dessus des vagues. L'hélicoptère est parti en mission de sauvetage, il ne sera pas là avant une heure. Je dois y aller maintenant.

— As-tu déjà fait des descentes en rappel sur ce type de falaise ?

— Pete m'a expliqué comment m'y prendre. Je dois le faire.

— Avec une jambe et un bras peu fiables ?

— Je n'ai pas le choix, et tu le sais. Si je ne soigne pas James, il risque de perdre sa jambe, et peut-être la vie.

Comme il allait mettre des ampoules de morphine dans le sac à dos, elle les lui ôta des mains.

— Inutile de trop charger ce sac, dit-elle. On pourra me faire parvenir le matériel de perfusion, l'oxygène, et tout ce qui est lourd, lorsque je serai en bas. Il suffit de mettre en place une corde qui acheminera tout cela. C'est possible ? demanda-t-elle en se tournant vers un homme qu'elle supposa être Pete.

— Bien sûr, doc. Alors, vous allez descendre à la place de Tom ?

— Mais oui.

— Mais non, dit Tom. Je peux le faire.

— Tu n'as aucune expérience. Pete, quelles sont les chances de réussir pour quelqu'un qui n'a jamais pratiqué ce type de descente ?

— Le terrain est difficile. La falaise est friable et offre peu de prises. Ces gamins ont été fous de venir ici. Cela demande beaucoup de savoir-faire.

— C'est mon cas, dit Tasha.

— Vraiment ? s'étonna Tom.

— J'ai fait de l'escalade avec Paul et je me suis attaquée à des terrains plus dangereux que cette falaise. Enlève ton harnais, Tom. Je descends.

— Non ! C'est trop risqué.

— Moins pour moi que pour toi.

Pete était déjà en train de récupérer le harnais pour le passer à Tasha. Le visage fermé, Tom acheva de remplir le sac à dos et le tendit à Tasha.

— Fais attention, dit-il.

— Bien sûr. Ce sont les Blake qui prennent des risques inutiles. Moi, je me sers de mon expérience, c'est toute la différence.

— Je ne devrais pas te laisser faire cela.

— Mais si. Quel est le plus qualifié de nous deux pour ce job ?

Il ferma les yeux. Lorsqu'il les rouvrit, elle comprit qu'il acceptait sa décision.

— Je serai avec toi tout le temps, dit-il.

— Je le sais.

Alors, il sourit, puis, la prenant par les épaules, l'embrassa. Lorsqu'il s'écarta, elle lut de la fierté dans son regard.

— Tu es une femme étonnante, Tasha Raymond.

— Je suis un médecin qui fait son travail. Maintenant, je dois descendre.

Malgré l'assurance que Tasha avait affichée, elle n'en menait pas large. La friabilité de la roche, la crainte de faire tomber des pierres qui risquaient d'atteindre James en contrebas, la tension de la corde, le rugissement des vagues… Tout cela poussait à faire preuve d'une grande concentration.

Pete était sûrement conscient du danger de cette expédition, mais il n'avait rien dit, préférant la voir descendre, elle, plutôt que Tom. Parce que Tom était le médecin de la ville et que toute la ville l'aimait.

Et elle l'aimait, elle aussi. Il avait eu l'air terrifié lorsqu'elle avait commencé la descente, mais il l'avait laissée faire. Il avait accepté l'idée qu'elle était plus qualifiée que lui pour cette mission.

Soudain, elle se rappela ce qu'avait dit Rhonda.

« Rowan a failli se tuer, la dernière fois, en surfant. C'est à cause de lui que Tom a été gravement blessé à la tête alors que le gamin s'en est tiré avec des bleus. »

Elle se reprocha de ne pas avoir posé assez de questions. Elle avait pensé que Tom s'était blessé en se montrant imprudent, comme pouvait le faire un Blake. Mais, visiblement, il avait pris des risques pour aller sauver un garçon. Comme elle le faisait elle-même en ce moment.

Lorsqu'elle rejoignit enfin James, il n'était plus qu'une boule de douleur et de terreur. Pete l'avait attaché à des pitons, mais il lui avait aussi mis un harnais relié à une corde qu'il avait remontée avec lui, afin d'assurer la sécurité du garçon au cas où les pitons céderaient.

Pour la même raison, Tasha garda son harnais. La corniche sur laquelle James était tombé était toute petite. Tasha dut se mettre tout au bord pour examiner le blessé.

— James, tu me connais. Je suis le Dr Tasha. Tu es venu me voir, le mois dernier, pour un mal de gorge.

— Tom, grogna James. Où est Tom ?

— En haut de la falaise, là où tu devrais être, toi aussi.

Il souffrait de multiples lacérations. Il avait dû se cogner contre la roche durant toute sa chute. Ses vêtements étaient déchirés et couverts de sang. Il avait une profonde coupure au-dessus de l'œil gauche.

Elle lui prit le pouls. Il était stable et puissant, ce qui était plutôt rassurant. S'il avait eu une hémorragie interne, il aurait maintenant été en état de choc.

Tâtant ses côtes et son abdomen, elle ne trouva rien d'anormal. Sa jambe, elle, formait un angle impossible.

Elle lui toucha la cheville et grimaça. Son pied était bleu, exsangue et froid. Il s'agissait d'une fracture ouverte qui empêchait le sang de circuler normalement. Il n'y avait pas d'hématome massif ni d'hémorragie visible. La veine devait être intacte, mais entortillée comme un tuyau d'arrosage.

Si elle ne voulait pas que James perde son pied, elle devait redresser la jambe.

Au secours !

Elle avait besoin d'un bloc opératoire, d'un chirurgien orthopédique, d'un anesthésiste et d'une équipe d'infirmiers.

— Tasha ?

La voix de Tom résonnait dans ses écouteurs.

— Je suis en bas, dit-elle. James est conscient, mais il souffre beaucoup. Je vais lui donner quelque chose pour le soulager. Cinq milligrammes de morphine par voie intraveineuse ?

— Très bien, déclara Tom.

Cette approbation lui fit du bien. Elle avait l'impression d'avoir un collègue à côté d'elle.

— La jambe est fracturée et le pied n'est presque plus irrigué. Tom, aide-moi. J'ai besoin de l'avis d'un anesthésiste.

— Accorde-moi un instant.

— Merci.

Elle injecta la morphine à James qui parut éprouver bientôt un certain soulagement.

Tom reprit la parole.

— Le mieux est de lui donner du méthoxyflurane. C'est un analgésique à court terme, rapide, donné avec un inhalateur portable. Tu en as un dans le sac à dos. Tu connais ce produit ?

— J'en ai entendu parler, mais je ne l'ai jamais utilisé.

— On s'en sert lorsqu'il faut opérer en extérieur, ou pour soulager la douleur durant les transferts. Il agit après six ou huit inhalations. Du moment que James montre une stabilité hémodynamique…

— C'est le cas.

— Alors, on peut l'utiliser. Puis-je parler à James ?

— Bien sûr.

Elle donna l'un de ses écouteurs au blessé.

— James, c'est Tom. Comment ça va ?

— Pas… pas bien.

— Tasha dit que tu t'es fracturé la jambe. Espèce d'idiot !

Sa voix était chaleureuse, et le ton détendu, comme s'il s'agissait de désinfecter une simple écorchure.

— Tasha t'a donné de la morphine pour que tu souffres moins, mais le problème, c'est que ta jambe est un peu tordue et le sang n'arrive plus jusqu'au pied.

— Je… je ne peux pas le voir.

— Tant mieux ! Une jambe tordue n'est jamais un joli spectacle. Alors Tasha va te la redresser. Tu auras mal, mais il n'y en aura pas pour longtemps, et tu sauveras ton pied. Tu devras respirer dans le masque que Tasha va te donner. Concentre-toi sur ta respiration et tu penseras moins à la douleur. Veux-tu que je continue de te parler pendant que Tasha s'occupe de ta jambe ?

— Oui.

— Alors, allons-y. Tasha ?

— Oui ?

— Vas-y, mon cœur. Tu peux le faire. Je suis avec vous deux.

Elle avait dit à Tom qu'elle y arriverait. Elle n'avait pas le choix.

Elle avait du mal à garder son équilibre sur cette étroite corniche. Mais elle n'était pas seule. Pete l'assurait, tenant solidement la corde reliée à son harnais.

Et il y avait Tom qui parlait à James pendant que celui-ci respirait à travers le masque.

Elle savait qu'en haut de la falaise la population était là, suivant chaque étape du sauvetage.

Elle avait presque toujours travaillé dans des services d'urgence, entourée de toute une équipe. Là, maintenant, elle aurait pu se sentir isolée, effrayée, mais curieusement ce n'était pas le cas. Le village était là. Et Tom aussi.

Malgré les circonstances, elle s'obligea à prendre son temps. James semblait presque détendu. Il respirait calmement dans l'inhalateur, écoutant ce que Tom lui disait.

Après avoir coupé ce qui restait de la jambe de son pantalon, elle examina les fractures. Le tibia et le péroné étaient tous les deux cassés. Elle pouvait voir les esquilles des os qui avaient été pulvérisés par la violence de la chute.

— Tom demande ce qui se passe, dit James d'une voix pâteuse.

Elle sut que l'anesthésique avait fait son effet.

— Dis-lui que nous sommes prêts. Ta jambe va être bientôt redressée.

— Tasha dit que nous sommes prêts, murmura James.

Tom se sentit mal. Il aurait voulu être en bas, avec eux.

— Cela va te faire mal, mais ce ne sera pas long. Tiens bon, mon garçon, et surtout ne bouge pas. Je sais que tu peux le faire. Nous sommes tous avec vous. Dis-le à Tasha.

Il l'entendit transmettre le message.

— Elle dit qu'elle le sait, murmura James. Elle dit que je dois rester tranquille et penser aux matchs de football que je disputerai l'an prochain. Elle dit que si je ne bouge pas, elle viendra me voir jouer.

— Je parie qu'elle le fera. Et moi aussi, je viendrai. Mais, pour l'instant, respire à fond. De profondes inspirations…

Et James se mit à crier.

Les secondes semblaient durer des heures. Tasha tenait encore solidement la jambe de James afin qu'une mauvaise réaction de sa part n'annule pas ce qu'elle venait de réussir — du moins l'espérait-elle.

Lorsqu'elle vit le pied reprendre des couleurs, elle eut du mal à en croire ses yeux. *C'est le fruit de mon imagination.*

Mais quelques instants plus tard, elle sut qu'elle ne s'était pas trompée. Elle osa toucher la cheville et elle sentit… le sang qui circulait de nouveau.

— Oh ! James, bravo ! Nous avons bien travaillé. Ton pied est sauvé.

— Vous… vous entendez ?

Elle comprit que James s'adressait à Tom.

Et elle le vit sourire.

— Tom me charge de vous dire que vous êtes une sacrée héroïne. Mais, doc, qu'est-ce que j'ai eu mal !

L'hélicoptère arriva vingt minutes plus tard. L'opération d'évacuation s'avérait délicate : il fallait mettre James dans une gouttière, avec sa jambe solidement attachée, le sécuriser, puis l'emmener en haut de la falaise.

Durant un moment, Tasha se retrouva seule sur la corniche. Elle se mit alors à trembler comme une feuille. Lorsqu'ils vinrent enfin la chercher, ils durent la traiter comme une patiente. Elle tremblait trop fort pour être d'une aide quelconque.

— On y est, ma belle, dit gentiment le secouriste en s'arrimant à elle.

Ils abandonnèrent la corniche et restèrent un bref instant suspendus au-dessus de l'océan.

— Vous êtes en sécurité, dit son sauveteur.

Elle ne se sentait pas du tout en sécurité.

Elle dut attendre pour cela de poser de nouveau les pieds sur la terre ferme, au sommet de la falaise.

Elle se sentit en sécurité lorsque Tom la prit dans ses bras et la serra contre lui.

Elle était enfin chez elle.

11.

Tom proposa d'être du voyage jusqu'à Melbourne. Son offre fut acceptée avec un certain soulagement.

— Bien volontiers, dit l'infirmier en charge du transfert. Votre équipe a fait un travail formidable en rétablissant la circulation du sang chez ce garçon. Je n'ai pas envie qu'elle se bloque à nouveau. Si vous êtes à côté du blessé durant le voyage, vous pourrez intervenir si jamais il y a un problème.

Avant de monter dans l'hélicoptère, Tom serra Tasha dans ses bras et la confia à Rhonda.

— Prenez soin d'elle, dit-il.

— Ne vous inquiétez pas. Tout le monde veillera sur elle.

Rhonda tint parole. Après avoir fait couler un bain à Tasha, elle lui prépara un repas, puis elle la laissa se détendre.

Tasha savait où elle devait aller. Elle se rendit au petit cimetière et resta un long moment assise près de la tombe d'Emily. Elle réalisa que le tumulte qui s'agitait dans sa tête depuis si longtemps — peut-être depuis qu'elle avait découvert la trahison de Paul — s'était enfin calmé.

Ce soir, il y avait des choses qu'elle devait dire. Et la première à les entendre serait sa fille.

— Tom a raison. Il n'est pas un Blake. Il est Tom, c'est tout… Non, il est mon Tom, et je l'aime. Et il est peut-être temps que je réalise ce qu'est le courage.

Une fois James pris en charge à Melbourne par l'équipe médicale qui les attendait, Tom fut libre de s'en aller. Il aurait pu passer la nuit sur place et rentrer tranquillement à Cray Point le lendemain matin par le car. Rien ne l'obligeait à repartir immédiatement. Mais il préféra louer une voiture et prendre la route. Il avait hâte de se retrouver chez lui.

Et de retrouver Tasha ?

Il ne devait pas avoir ce genre de pensée. Tasha allait s'en aller. Puisqu'elle s'installait à Summer Bay, il la verrait souvent, comme une amie, comme la mère de son enfant. Mais pour l'instant, il devait rester en retrait.

Cependant, il avait envie de la voir. Maintenant.

Il fut tenté de passer chez Rhonda, mais renonça. Tasha savait que James était à présent en bonnes mains. Rhonda était restée pendue au téléphone, réclamant des nouvelles ; elle s'était certainement chargée de les transmettre à toute la ville.

L'esprit sombre, il se résigna à rentrer directement chez lui. En approchant de la maison, il constata qu'elle était brillamment éclairée. Il fit une halte devant la galerie. La table y était dressée pour le dîner. Avec des bougies et des fleurs des champs.

Tasha apparut sur le pas de la porte. Elle était vêtue d'une robe couleur argent, chatoyante, qui mettait ses courbes ravissantes en valeur. Ses cheveux bouclés, détachés, tombaient librement sur ses épaules et son visage était lumineux.

Elle lui sourit. Jamais il n'avait vu de femme plus belle.

— Salut ! lança-t-elle alors qu'il sortait de la voiture.

— Salut. Tu attends du monde ? demanda-t-il en jetant un regard vers les couverts en argent, la porcelaine fine et les verres en cristal disposés sur la table de la galerie.

— Oui, toi. Rhonda m'a dit que tu rentrais ce soir. Aurais-je oublié quelque chose ?

— C'est nettement plus raffiné que mes dîners habituels.

— Il ne s'agit pas d'un dîner habituel, dit-elle avec un sourire. Tu te sers de tous ces jolis objets pour séduire ta cohorte de jolies femmes…

— Je n'ai pas de cohorte !

— Mais si, dit-elle d'un ton indulgent, comme si elle l'acceptait tel qu'il était. Rhonda m'a dit que tu prenais plaisir à ces soirées, et tes invitées aussi. Alors j'ai pensé… que nous pourrions en faire autant, nous aussi.

— Tu me proposes de… faire partie de ma cohorte ?

Elle secoua la tête. Elle se tenait toujours sur le pas de la porte, lui s'était arrêté sur la plus haute marche de la galerie.

— Pas d'en faire partie, dit-elle doucement. D'être la dernière de la cohorte. Si tu veux de moi.

Il en eut le souffle coupé.

— Tu ne me fais pas confiance, dit-il enfin.

— Cela appartient au passé. J'étais aveugle et je le regrette. Je n'ai jamais été très courageuse, tu sais.

— Je ne comprends pas.

— Mes parents étaient des aventuriers. Tous deux étaient dans l'armée et il leur arrivait souvent d'être blessés. Les seuls moments où je les voyais, c'était pendant leur convalescence. Plus tard, j'ai voulu être médecin. Cela m'apparaissait comme une profession agréable, sans risque, pratiquée par des gens fiables. Mais j'ai rejoint Médecins Sans Frontières et j'ai rencontré Paul. Notre mariage a été un fiasco. Après, j'ai voulu avoir un bébé. C'était risqué, mais je l'ai fait.

— Et Emily est morte, dit-il doucement.

Elle ferma les yeux quelques instants.

— Oui. J'ai cru que c'était la fin. Et puis j'ai pensé avoir un autre bébé, être assez courageuse pour faire une nouvelle tentative. Mais je suis tombée amoureuse de toi et j'ai cru que tu étais comme Paul. J'ai réalisé que je ne pouvais pas avoir confiance en moi. Je n'avais plus de courage pour rien.

— Tasha, tu es la plus courageuse…

— Aujourd'hui, j'ai fini par comprendre que j'avais une mauvaise définition du courage. Pour moi, il se confondait avec une inconscience stupide. J'ai cru que tu étais comme mes parents, comme Paul, comme ton père. Prêt à prendre des risques pour l'amour du risque.

— Ce n'est pas cela.

— Je le sais, murmura-t-elle. Ce matin, quand j'ai cru que tu allais descendre le long de la falaise, j'étais terrifiée. Et je trouvais cela stupide de ta part. Rhonda m'a parlé de ton accident de surf. J'ai appris que tu étais allé au secours de Rowan. Et sur la falaise, aujourd'hui… Paul ne m'aurait jamais laissée descendre à sa place. Mais toi, tu as accepté la réalité des choses, pesé les risques, et tu m'as laissée faire.

— Et c'est moi qui étais terrifié.

— Je sais. C'est là que j'ai compris qu'il y avait plusieurs formes de courage. Il ne s'agit pas toujours de mettre sa vie en danger. Le courage, c'est aussi de rester sur le côté, de laisser la personne qu'on aime prendre les risques qu'elle doit prendre. Le courage, c'est aussi dire que le passé est le passé, et qu'il n'affectera pas l'avenir. C'est peut-être aussi dire que je veux une famille. Je veux que Perle ait un papa et je veux aimer son papa. Et… Et le courage, c'est te dire que je t'aime.

Tom était trop ému pour prononcer un mot.

— Tom…

Il trouva enfin la force de franchir la distance qui les séparait. Il prit Tasha dans ses bras.

— Mon amour, que dis-tu ?

— Je dis que je t'aime et que je veux passer le reste de ma vie avec toi. Je t'aime comme tu es, Tom, et…

Il ne la laissa pas finir sa phrase.

— Tasha Raymond, à mon tour d'être courageux, dit-il en s'agenouillant devant elle. Tasha, veux-tu être ma femme ?

En guise de réponse, elle tomba à genoux devant lui et, enlacés, ils échangèrent un long baiser sans se soucier de l'odeur de brûlé qui venait de la cuisine. Car ni l'un ni l'autre ne voulait prendre le risque d'interrompre ce précieux et délicieux moment.

Tasha avait prévu d'accoucher à l'hôpital de Summer Bay.

Par une belle journée d'automne, un dimanche, elle sentit que le travail commençait. Mais rien ne pressait, aussi ne dit-elle rien à Tom. Elle avait décidé que, ce jour-là précisément, il fallait semer des graines de fleurs dans le jardin.

Tom proposa qu'ils aillent d'abord à la plage. Tandis qu'il surfait, Tasha resta sur le bord, se dorant au soleil.

Après le déjeuner, elle fit la sieste pendant que Tom commençait les semis. Lorsqu'elle le rejoignit, les contractions s'étaient intensifiées et elle finit par en parler à Tom, mais refusa d'interrompre les travaux de jardinage.

— Finissons d'abord cette plate-bande, dit-elle. Je rêve d'avoir des pois de senteur et des bleuets au printemps.

A contrecœur, Tom la laissa faire jusqu'au moment où il apparut que les contractions se rapprochaient sérieusement. L'intervalle entre elles n'était plus que de dix minutes.

— C'est peut-être le moment d'aller à l'hôpital, admit Tasha.

Tom ne se le fit pas dire deux fois. Dès qu'il avait su que le travail avait commencé, il avait chargé la voiture et conduit Rambo, leur jeune cocker, chez Iris pour qu'elle le garde.

Tasha était rentrée dans la maison faire un brin de toilette. Tom la trouva courbée devant le lavabo, pliée en deux par une nouvelle contraction.

Il dut la porter jusqu'à la voiture.

— La dernière contraction est sur venue il y a deux minutes, dit-il d'une voix blanche.

— Allons-y, murmura-t-elle. Nous avons le temps.

— Tasha…

— Allez, démarre.

Il prit la direction de Summer Bay, mais il n'avait pas fait cinq cents mètres que Tasha se mit à gémir.

— Oh ! Tom… Ah !… Je sens… Désolée, j'ai peut-être mal évalué le temps… Je croyais que nous pourrions…

Elle se tut, en proie à une nouvelle contraction.

— Arrête-toi, Tom !

Ils étaient sur le promontoire qui surplombait la mer. La vue était d'une beauté à couper le souffle. Combien de fois étaient-ils venus ici déposer des fleurs sur la tombe d'Emily ou s'asseoir et bavarder devant ce paysage grandiose ? C'était le lieu qu'ils préféraient au monde.

— Tom, arrête-toi tout de suite. Ooooh !

Il se gara aussitôt. Le bébé arrivait.

L'après-midi touchait à sa fin. La route était déserte.

— J'ai envie de pousser ! dit Tasha.

Tom fut pris de panique.

— Hé ! Tom, nous pouvons y arriver ! Nous avons déjà montré que nous étions courageux l'un et l'autre. Cette fois, nous allons l'être ensemble.

Il n'avait pas le choix. Il sortit du coffre une couverture de survie qu'il étendit sur l'herbe, sous un bosquet de gommiers, et roula sa veste pour en faire un oreiller.

Après avoir aidé Tasha à s'allonger, il téléphona à l'ambulance.

— Nous arrivons, dit l'infirmier. Restez en ligne avec nous au cas où vous auriez des soucis, mais vous savez sûrement mieux que nous ce qu'il faut faire.

Quelques minutes plus tard, une superbe petite fille venait au monde, glissant dans les mains de son père qui l'attendait, fébrile.

Assis sur ses talons, Tom contemplait, incrédule, le miracle qu'il tenait dans ses bras. Une fille. Tasha et lui avaient une fille.

— Est-ce qu'elle va bien ? demanda Tasha dans un murmure.

— Elle est parfaite.

Il l'enveloppa dans son sweater et la posa sur la poitrine de sa maman.

— Rosamund, dit Tasha. Comme ta grand-mère. Tu es d'accord ?

— Si ce prénom te plaît…

— Il est parfait.

Le soleil commençait à baisser à l'horizon. Ils étaient tous trois installés sur la couverture, Rosamund chaudement enveloppée, blottie entre son père et sa mère. Une famille.

— Je t'aime, murmura Tom en serrant Tasha dans ses bras.

— Moi aussi, je t'aime, répondit-elle en levant son visage vers lui pour qu'il l'embrasse.

Etroitement enlacés, leur bébé niché entre eux deux, ils attendirent l'arrivée de l'ambulance, prêts à se lancer sans crainte vers la prochaine étape de leur vie.

Ensemble.

JOANNA NEIL

Un héritage empoisonné

Traduction française de
CAROLINE JUNG

BLANCHE

HARLEQUIN

Titre original :
SECOND CHANCE WITH LORD BRANSCOMBE

Ce roman a déjà été publié en 2017.

1.

— Que c'est beau ! s'extasia Jake en s'adossant à sa chaise placée face à la mer. J'adore venir ici après le travail et regarder les vagues rouler sur le sable. Je ne me lasse pas de cette vue.

— Moi non plus, répondit Sophie, souriante, en ajoutant un sucre à sa tasse de café.

Jake Mallow était un homme adorable, intelligent et non dénué de charme, avec ses cheveux courts et son regard brun chaleureux. Ils s'étaient rencontrés adolescents dans le village, où il venait régulièrement rendre visite à une tante. Ils s'étaient liés d'amitié, une amitié qui durait depuis des années. La vie les avait séparés au moment de faire leurs études : elle était entrée à la faculté de médecine, Jake avait entrepris des études de gestion hospitalière et sanitaire. Comme elle avait été fière, le jour où elle avait pu s'appeler officiellement le Dr Trent ! Après leurs études, ils s'étaient consacrés l'un et l'autre à leurs carrières respectives et s'étaient retrouvés au bout de quelques années collègues dans le même établissement hospitalier.

Tourner sa petite cuillère dans la tasse lui donna quelques instants pour se concentrer sur ce pressentiment désagréable que sa vie était sur le point de basculer.

Elle aurait dû être contente, ça ne faisait pas de doute. En apparence, tout allait bien. Que pouvait-elle espérer de mieux que de se trouver sur la terrasse de ce restaurant en compagnie de Jake un vendredi midi ? Il n'y avait pas de plus bel endroit pour vivre que ce village de la côte du Devon dans lequel elle avait grandi.

L'endroit était paradisiaque. La douce brise qui soulevait ses boucles ridait à peine la surface bleutée qui s'étendait devant ses yeux. De là où elle se trouvait, elle voyait les falaises escarpées qui encadraient la paisible baie. Sur la plage au-dessous, des enfants jouaient et poussaient des cris de joie en plongeant leur épuisette dans les mares laissées par la marée haute.

Oui, elle avait toutes les raisons d'être heureuse !

Pourtant, depuis quelques semaines, elle n'arrivait pas à se détendre. Elle connaissait la raison de ce stress : depuis que Nate Branscombe était revenu au manoir, l'intensité de ses émotions lui faisait l'effet d'être lancée à toute allure sur des montagnes russes.

Elle aurait pu se douter qu'il reviendrait en apprenant que la santé de son père s'était détériorée. Dans le fond, même sans ce prétexte, il aurait tôt ou tard rendu visite à lord Branscombe. C'était inévitable. Mais, quand elle avait appris qu'il allait arriver, un vent de panique s'était emparé d'elle.

Depuis, elle se démenait pour éviter de le croiser dans le village…

— Qu'est-ce qu'on est bien ! reprit Jake, sans percevoir l'état de stress dans lequel elle se trouvait. Malheureusement, je ne vais pas pouvoir rester longtemps. J'ai une réunion.

— Ah, les joies du management ! dit-elle sur un ton ironique.

Jake avait pour fonction de rationaliser la gestion des différents services de l'hôpital local.

— Tu as bien raison ! Toutes ces réunions budgétaires, ces comités d'achat, ces médecins qui se plaignent ! Ça n'en finit jamais.

— Tu adores ça, cela dit !

Elle adorait le sens de l'humour de Jake. Sa présence lui faisait du bien. Il était positif, fiable, et l'avait aidée à surmonter les difficultés qu'elle avait dû affronter avec sa famille. Il lui avait surtout fait envisager que la vie puisse être autre chose qu'un parcours semé d'embûches. Sa compagnie était apaisante, et elle y prenait grand plaisir.

Rien à voir avec Nate Branscombe. Ces deux hommes ne pouvaient pas être plus différents l'un de l'autre. Nate avait le chic pour provoquer en elle des sentiments intenses qui la laissaient sur le carreau, en positif comme en négatif.

C'est vrai qu'il était d'une beauté à couper le souffle. Aucune femme ne pouvait rester insensible au charme de Nate. Pour sa part, il prenait les choses comme elles venaient, sans s'impliquer outre mesure. Chacune de ses petites amies était persuadée qu'elle parviendrait à le faire changer et qu'elle serait celle pour qui il renoncerait à toutes les autres. Elles perdaient toutes leur temps ! Comment pouvait-on imaginer que Nate Branscombe s'engage dans une relation stable ?

C'est sans doute la raison pour laquelle elle-même avait toujours maintenu ses distances vis-à-vis de lui. Il l'avait courtisée, mais elle avait résisté à la tentation. Elle savait qu'il était vain de tomber amoureuse d'un tel homme, qu'elle risquerait de souffrir pour le restant de ses jours. Nate aimait les femmes. Il avait plaisir à passer du temps avec elles, à s'amuser, à profiter de la vie. Quant à savoir s'il trouverait un jour une femme avec qui il aurait envie de plus, les paris étaient ouverts. Peut-être considérait-il que les femmes qu'il fréquentait n'étaient pas dignes de partager la vie d'un futur lord ?

— Ça va ? Tu es toute silencieuse, aujourd'hui, dit Jake, la tirant de sa rêverie.

— Oh… Oui, ça va. Désolée, j'étais dans mes pensées.

— La journée a été dure ?

— Non, pas tant que ça, répondit-elle en se ressaisissant.

— C'est ta famille ? Tu es inquiète ?

— Pas plus que d'habitude, répondit-elle dans un haussement d'épaules. Mon frère Rob trouve que ma mère recommence à se comporter bizarrement, et Jessica n'est pas ravie que Ryan doive aller travailler loin de la maison.

Jake but sa dernière gorgée de café, posa les mains sur la table et lui adressa un sourire compatissant.

— Ce n'est pas une période facile. Ta sœur va bientôt accoucher, n'est-ce pas ?

— Elle est dans la trente-septième semaine. Le bébé peut arriver d'un jour à l'autre.

— Je comprends qu'elle n'ait pas envie d'être seule.

— Elle n'est pas totalement seule. Ma mère et mon beau-père ne sont pas loin…

Un bruit de pas lui fit tourner la tête.

— Votre table est prête, monsieur, annonça la serveuse en indiquant dans un coin de la terrasse une table qu'une masse de pétunias rouge vif retombant de la balustrade en fer forgé isolait des autres.

Lord Branscombe suivait cette dernière d'un pas lent et mesuré. Il se redressa, regarda la table en question, adressa un bref signe de tête à la serveuse et reprit sa route laborieuse. Arrivé au milieu de la terrasse, il refit une halte. Il posa sa main sur sa poitrine et parut manquer d'air.

Préoccupée, la serveuse s'approcha.

— Tout va bien, monsieur ? demanda-t-elle. J'aurais dû marcher moins vite. Les marches jusqu'à la terrasse sont un peu raides…

— Ça va, ça va… Epargnez-moi votre discours, dit-il d'un ton bourru. Apportez-moi plutôt un whisky, voulez-vous ?

— Tout de suite, monsieur.

La jeune femme accompagna lord Branscombe jusqu'à sa table et s'assura qu'il soit assis confortablement avant d'aller chercher sa commande.

Autour du vieil homme, le brouhaha des conversations s'était interrompu. Les clients du restaurant jetaient des coups d'œil furtifs vers lui et se mettaient à parler à voix basse. Lord Branscombe semblait les ignorer, perdu dans ses pensées. Il avait une petite soixantaine d'années mais paraissait plus âgé. Ses cheveux étaient gris et ses traits tendus. De grosses rides lui marquaient le front.

— Il aurait peut-être mieux fait de rester chez lui, fit remarquer Jake. Il n'a pas l'air en forme.

— Non, en effet. Mais depuis quand cela l'empêche-t-il de sortir ? rétorqua Sophie avec une pointe d'amertume.

C'était à cause de l'entêtement et de l'inconscience de James Branscombe que son père était handicapé, à présent. Victor Trent était à bord de l'avion monomoteur qui s'était écrasé deux ans plus tôt. James Branscombe avait pris les commandes contre l'avis de tous. Victor s'était brisé le dos. Lord Branscombe, lui, s'en était sorti pratiquement indemne. Elle avait encore du mal à le digérer.

— Tu as raison, acquiesça Jake en la dévisageant. Je suis désolé. Je sais à quel point c'est douloureux pour toi.

— C'est sans doute pour cela que Nate est revenu au manoir. La santé de son père doit l'inquiéter, s'entendit-elle dire.

Et zut. Quel intérêt de remuer le passé ?

— Pas seulement la santé de son père, si tu veux mon avis, répondit jake. Je crois qu'il a du souci à se faire en ce qui concerne les finances familiales. Les rumeurs vont bon train à ce sujet.

— Tu veux parler des affaires de lord Branscombe à l'étranger ?

— En effet. J'ai lu dans le journal qu'il a perdu beaucoup d'argent. Nate doit détester cela. Que la presse se soit emparée de l'histoire, je veux dire.

Nate n'avait déjà pas apprécié que les médias aient fait leurs choux gras de l'accident de son père aux commandes de son avion, quelques années auparavant. Leur déchaînement dans ce nouvel épisode pénible devait le mettre hors de lui.

Elle opina.

— D'autant que, dès le départ, il avait dissuadé son père de s'engager dans cette entreprise. Mais lord Branscombe n'en fait qu'à sa tête.

— Ah bon ? s'étonna Jake. Comment sais-tu cela ?

— J'ai entendu une conversation houleuse entre eux, un jour où je promenais le chien. Lord Branscombe s'obstinait… Comme il l'a toujours fait, cela dit.

Elle se mordit la lèvre pour l'empêcher de trembler et ferma les yeux.

Jake prit ses mains entre les siennes.

— Je sais que c'est dur, après ce qui est arrivé à ton père, dit-il sur un ton compatissant. Ça doit te faire quelque chose que Nate soit là. Vous avez eu une histoire avant l'accident de ton père, non ?

Elle poussa un soupir.

— Je m'étais amourachée de lui quand j'étais adolescente, avoua-t-elle. Puis je suis vaguement sortie avec lui plus tard, avant l'accident. De toute façon, ça n'aurait pas fonctionné entre nous, je m'en rends compte maintenant. Nous faisions nos études chacun à un bout du pays, c'était compliqué de se voir. Sans compter que Nate n'est pas du genre à avoir une relation suivie avec quelqu'un. Les choses se sont gâtées quand mon père s'est retrouvé en miettes. J'avais l'impression que Nate ne restait que pour s'assurer que son père allait bien et qu'il était pressé de repartir. Depuis, chaque fois qu'il revient, je fais en sorte de ne pas le croiser… Ça ne te dérange pas que l'on change de sujet ?

Elle n'avait pas envie de se replonger dans les affres de l'époque. Elle s'efforça de retrouver son calme et se remit à bavarder avec Jake.

Mais le répit fut bref. Quelques minutes plus tard, un homme de haute stature qui traversait la terrasse en direction de la table aux pétunias attira son regard.

— Nate, laissa-t-elle échapper, incrédule.

Jake lui serra doucement la main dans un geste de réconfort.

La présence de Nate à quelques mètres d'elle était un choc. La dernière fois qu'elle l'avait vu, après le crash, deux ans plus tôt, elle était aveuglée par la colère et l'inquiétude pour la santé de son père. Une violente dispute avait éclaté entre eux. Puis il était parti. Cependant, elle n'avait jamais cessé de penser à lui, dans son cœur et dans son corps.

Il ne l'avait pas vue et s'était arrêté pour saluer une connaissance. Elle pourrait peut-être s'éclipser avant qu'il ne la repère…

Peine perdue.

Lorsqu'il l'aperçut, la surprise se refléta sur son visage. L'espace d'un instant, il eut l'air indécis. Puis elle le vit avancer dans leur direction.

Sa démarche était souple et confiante, ses bras musclés, son corps parfaitement entretenu sous le T-shirt de créateur et le pantalon de toile décontracté.

Elle déglutit, la gorge sèche, le cerveau soudain embrumé, absorbée dans la contemplation de cette apparition — les larges épaules, la mâchoire carrée, les cheveux bruns en bataille, plus longs que dans son souvenir.

Il s'arrêta à leur table et la dévisagea.

— Sophie ! dit-il de son timbre chaud et profond, sur un ton chaleureux, comme s'il était agréablement surpris de la voir. Je suis content de te voir. Tu as l'air en pleine forme !

Déstabilisée par l'intensité de ses yeux verts infiniment troublants, elle baissa les yeux.

Comment devait-elle se comporter avec lui, après la dernière discussion qu'ils avaient eue ? De l'eau avait coulé sous les ponts depuis, mais sa présence inattendue la replongeait dans un tourbillon d'émotions.

Le regard de Nate se posa sur sa main qui reposait dans celles de Jake. Il releva la tête et fit un imperceptible signe de tête.

— Mallow, dit-il en le fixant.

Jake paraissait lui aussi déstabilisé. Il se redressa et lâcha la main de Sophie.

— Bonjour, Nate. Ça fait longtemps qu'on ne t'a pas vu.

— J'ai été très occupé ces derniers mois, répondit Nate avant de poser de nouveau ses yeux sur elle.

Leurs regards se croisèrent en un échange frémissant et muet qui lui parut durer une éternité. Des images lui traversèrent l'esprit, datant de l'époque désormais révolue où ils marchaient ensemble dans les bois et où ses sentiments pour lui s'intensifiaient de jour en jour.

La veille de son départ pour la faculté de médecine, il l'avait prise par la main et l'avait entraînée à travers le bosquet ensoleillé. Elle avait à l'époque dix-huit ans, et la perspective de ne plus jamais le revoir la bouleversait. Il l'avait poussée doucement contre un bouleau dont le tronc blanc s'élevait jusque dans le bleu du ciel et s'était penché pour l'embrasser. Un baiser chaud et tendre, aussi doux qu'une brise dans la chaleur d'un jour d'été. Elle se rappelait encore la sensation de son corps contre le sien, alors qu'elle se blottissait dans ses bras et que le contact de ses lèvres l'embrasait tout entière…

La voix de Jake rompit le charme.

— Il paraît que tu vis aux Etats-Unis ? Les affaires marchent bien pour toi, à ce qu'on m'a dit.

— Hmm, se contenta de répondre Nate sans la quitter des yeux. Je me demandais quand je te rencontrerais.

Elle prit une profonde inspiration.

— Nous serions tombés l'un sur l'autre tôt ou tard, c'était inévitable. Tu es venu voir ton père, j'imagine ? demanda-t-elle, surprise de pouvoir articuler sans bafouiller.

— Oui. Son état de santé s'est dégradé dernièrement, même s'il refuse de le reconnaître.

Il jeta un coup d'œil en direction de son père.

— Il faut que j'y aille, dit-il sur un ton réticent. Mais j'espère qu'on va se revoir. Je voudrais savoir comment tu vas. J'ai eu des nouvelles de toi et de ton père par Charlotte.

Charlotte était la gouvernante du manoir. On pouvait compter sur elle pour savoir tout ce qui se passait au village.

Le regard de Nate se fit plus intense.

— On peut se voir plus tard, peut-être ?

Elle fit un signe de tête évasif.

Mieux valait qu'elle se tienne à distance de la famille Branscombe. De Nate, en particulier. Une chose était sûre : cet homme était dangereux pour la paix de son corps et de son esprit. Mais comment prendre une décision quand tout son corps pétillait déjà comme une coupe de champagne, quand tous ses sens étaient en alerte ?

Nate sembla prendre son signe de tête pour un acquiescement. Il sourit, les salua tous les deux et se dirigea vers la table de son père. Il prit place face à lui tandis qu'un troisième homme les rejoignait, qu'elle reconnut comme étant le nouvel intendant de lord Branscombe.

L'homme qui avait remplacé son père à ce poste…

Elle s'efforça de reprendre une respiration normale.

Jake regardait lui aussi les trois hommes.

— Je me demande ce que le patrimoine de lord Branscombe va devenir s'il a perdu autant d'argent à l'étranger. A en croire les journaux, il a misé tout l'héritage de son fils sur un investissement voué à l'échec, et il a perdu.

— Il y a plus grave que l'héritage de Nate Branscombe, dit-elle, agacée. Par exemple, la vingtaine de familles qui louent des logements appartenant à lord Branscombe et qui se demandent à quelle sauce elles vont être mangées. Mon père fait partie de ces gens.

— Je comprends que tu sois en colère contre lord Branscombe. Mais le vent tourne, on dirait.

Elle ne répondit pas.

La serveuse s'approcha et remplit sa tasse de café avant de jeter un coup d'œil dans la direction des Branscombe. Puis elle pencha la cafetière au-dessus de la tasse de Jake d'un air absent.

— Pas pour moi, merci, dit-il.

La jeune femme s'éloigna lentement sans cesser de jeter des coups d'œil à Nate.

— Son charme opère toujours, dit Jake avec un sourire en coin.

— Hmm…, répondit Sophie, consciente d'être elle aussi, bien malgré elle, sous le charme de cet homme.

Pendant des mois, elle s'était répété qu'il n'avait plus aucun pouvoir sur elle, mais quelques secondes en sa compagnie suffisaient pour lui prouver le contraire.

— Cette fois, il faut vraiment que j'y aille, dit Jake en consultant sa montre. Je te raccompagne jusqu'à ta voiture ?

Elle secoua la tête.

— Non, je vais rester là encore un peu, le temps de finir mon café.

Il se leva et lui déposa un baiser affectueux sur la joue.

— Alors, à plus tard. C'est moi qui t'invite.

— Merci, Jake. A charge de revanche !

Elle le regarda s'éloigner tout en buvant une gorgée de café brûlant puis jeta un coup d'œil malgré elle à la table de lord Branscombe.

Ce dernier picorait dans son assiette sans appétit tandis que l'intendant s'attaquait à un énorme steak bien garni. Quant à Nate, il, ne mangeait pas. Les trois hommes avaient une conversation animée.

Au sujet de la situation financière des Branscombe ?

Elle finit son café et se pencha pour saisir son sac.

— Tu pars déjà ?

Nate était apparu comme par enchantement à ses côtés, comme s'il l'observait et avait bondi en la voyant sur le point de partir.

Il lui offrit son bras.

— Je ne voulais pas que tu partes sans que nous ayons pu parler. Ça te va si je t'accompagne ?

— Euh… Oui. Enfin…

Troublée qu'il soit revenu aussi prestement vers elle, elle demeura silencieuse tandis qu'ils descendaient les marches de la terrasse. Ce n'est qu'une fois sortie du restaurant qu'elle se sentit enfin capable d'articuler une phrase entière.

— Tu ne devais pas rester avec ton père ?

— Il saura bien se passer de moi pendant un moment. D'autant que je lui ai dit tout ce que j'avais à lui dire pour l'instant. Il sait ce que je pense. Maintenant, il a tout le loisir d'en débattre avec Maurice pendant une heure.

Ils s'éloignèrent du bâtiment et s'engagèrent sur le sentier de la falaise, en contrebas duquel s'étendait la mer, immense et bleue.

— Je n'aurais pas dû être surpris de te voir avec Jake Mallow, tout à l'heure, dit Nate. Vous avez toujours été proches. Je l'ai vu t'embrasser. C'est sérieux, entre vous ?

Elle sentit le poids de son regard sur elle.

— Vous êtes en couple ? insista-t-il.

La franchise de la question la surprit. Elle avait oublié à quel point Nate Branscombe pouvait se montrer direct.

— Nous nous sommes retrouvés récemment, dit-elle prudemment. Nous nous entendons bien.

Jake aurait sans doute souhaité que les choses aillent plus loin entre eux, mais, après les déboires qu'elle avait essuyés avec les hommes au cours des années précédentes, elle n'était pas pressée de se jeter dans une nouvelle histoire. Peut-être que le problème venait d'elle, après tout ? Voir ce que ses parents avaient fait de leur mariage lui avait ôté toute confiance dans le couple.

— Je vois, dit Nate en la scrutant, comme s'il évaluait sa réponse. J'ai toujours été attaché à toi, Sophie, tu le sais. Ça a été très difficile pour moi de te voir souffrir après ce qui est arrivé à ton père. J'ai eu l'impression que tu m'en voulais. D'une certaine manière, tu avais l'air de penser que j'aurais dû empêcher mon père de prendre les commandes de l'avion ce jour-là.

— Tu savais qu'il était cardiaque, non ? dit-elle en le fixant.

— Je travaillais dans les Cornouailles, à l'époque. Et mon père était loin de me raconter sa vie, surtout les détails qu'il préférait que j'ignore. Tu le connais. Il n'est pas capable d'accepter ses faiblesses. Et encore moins de les montrer…

Il soupira.

— Sophie, je regrette qu'il y ait eu cette brouille entre nous. Sur le moment, j'ai compris que tu n'aies plus envie de me voir, mais j'ai toujours gardé l'espoir que…

— Non, l'interrompit-elle. Ne nous embarquons pas sur ce terrain-là.

Peut-être Nate était-il sincère quand il disait que tout cela avait été difficile pour lui aussi. Mais il était parti travailler à l'étranger, la laissant recoller seule sa vie brisée.

— Il s'est passé beaucoup de choses depuis cette époque. Nous sommes des personnes différentes à présent. Du moins, c'est mon cas. Les deux années qui viennent de s'écouler m'ont changée…

Elle marqua une pause.

— Et toi, qu'est-ce que tu deviens ? demanda-t-elle d'un ton léger. As-tu quelqu'un dans ta vie ?

Nate haussa les épaules.

— Tu me connais. Je n'ai pas le temps de me caser.

— Il faut du temps, en effet, pour trouver une femme qui ait suffisamment de classe et de pedigree pour être digne d'une union avec un Branscombe.

Cette pensée la fit sourire intérieurement.

En tout cas, Nate prenait cette mission très à cœur et se donnait du mal pour explorer un maximum de possibilités avant de faire son choix !

— Tu me connais bien, dit-il en riant. Mais pas si bien que tu crois.

— Tu fais le mystérieux, maintenant ! dit-elle avant de reprendre plus sérieusement. Tu es venu t'occuper de la gestion de vos biens ?

Il leva un sourcil.

— Crois-tu vraiment que mon père soit prêt à me confier cette tâche ? Jamais de toute sa vie il n'a tenu compte d'une idée qui n'allait pas dans son sens, ni de ma part ni de la part de quiconque. C'est pour cette raison que nous nous sommes disputés. C'est aussi l'une des raisons pour lesquelles je suis parti. Il a toujours voulu n'en faire qu'à sa tête.

— Si je puis me permettre, toi aussi tu es comme ça, le défia-t-elle. Ne dit-on pas « tel père, tel fils » ? Après tout, tu as décidé de faire médecine et de devenir médecin contre son avis.

— C'est vrai, concéda-t-il. Mais la médecine est une vocation chez moi. J'ai eu de la chance de pouvoir piocher dans ma cagnotte personnelle pour payer mes études, parce qu'il refusait catégoriquement de me soutenir dans ce choix. Il s'était mis en tête que je ferais des études de gestion de patrimoine afin de prendre la relève. Mais ça m'était impossible. Nous avons fini par ne plus aborder le sujet, mais c'est demeuré un point sensible de notre relation.

— Il y a des gens ici qui pensent que tu te fiches complètement de votre patrimoine et même du village.

— C'est ce que tu crois ?

— Non, mais j'aimerais bien entendre ta version des faits.

Nate grimaça.

— Je suis loin de me moquer des terres de mes ancêtres. J'y suis attaché. C'est mon héritage. Le manoir appartient à notre famille depuis des générations, et je serais content que cela perdure. J'aurais bien aimé pouvoir m'en occuper avant qu'il ne soit trop tard. J'aurais fait le nécessaire avec l'aide de gestionnaires et de spécialistes. Mais mon père rejetait toutes mes idées. Dès que je faisais une suggestion pour améliorer la situation, il rétorquait que les choses étaient très bien telles qu'elles étaient. Il ne supportait pas l'idée que je prenne les choses en main. Incapable de déléguer, il a fait en sorte que rien ne bouge.

Elle hocha la tête.

Son propre père lui avait souvent rapporté à quel point il était difficile de travailler auprès de lord Branscombe.

— Vous vous entendez mieux, depuis que tu es revenu ?

— Nous n'avons toujours pas les mêmes points de vue, mais nous parvenons à nous entendre. Quand j'ai appris que son angine de poitrine s'était aggravée, j'ai accouru. Je n'ai pas pu faire autrement. Mon père est un homme difficile, mais il est ma seule famille, et je suis fils unique. Le lien qui nous unit est fort, en dépit de nos divergences. Nous avons affronté beaucoup de choses ensemble, et avons appris à nous comprendre au fil du temps.

— Comment va-t-il, en fait ? Je ne le trouve pas très en forme depuis quelque temps.

— Tu me demandes ça sérieusement ? demanda Nate en plongeant son regard dans le sien. Je veux dire, après ce qui est arrivé à ton père, l'état de santé du mien t'intéresse vraiment ?

Elle hésita.

— Pour être honnête, j'aimerais pouvoir dire que je n'en ai rien à faire. Mais je suis un être humain, médecin de surcroît. Je ne peux pas faire autrement que de me soucier de la santé des gens. Certes, je lui en veux toujours pour ce qui s'est passé, mais je me dis que ce qui est arrivé est arrivé. On ne peut pas changer le passé. Alors, mieux vaut essayer de l'accepter et continuer à avancer.

Nate posa la main sur son bras.

— Je suis désolé, Sophie. Je donnerais tout ce que j'ai pour que cet accident ne se soit pas produit.

Plus que les paroles, le geste la désarma. Une vague de chaleur lui parcourut le corps, et elle sentit ses défenses s'effriter. Contre toute attente, elle se surprit à apprécier ce contact. Quand il la touchait ainsi, elle avait l'impression que ses facultés mentales étaient court-circuitées.

Elle leva les yeux vers lui, scruta ses traits affirmés, sa façon bien à lui d'incliner la tête.

Pourquoi leur relation avait-elle pris cette tournure ?

Parce qu'il ne pouvait pas en être autrement. C'était le père de Nate qui avait provoqué l'accident qui avait failli coûter la vie du sien.

— Je sais que tu es désolé, Nate. Mais n'est-ce pas trop tard pour regretter ? Si tu avais su qu'il était cardiaque, tu aurais pu l'empêcher de voler ce jour-là. Mais ça n'a pas été le cas.

Elle avait prononcé ces mots dans un souffle, tout en se dégageant du contact de sa main.

Elle vit une lueur douloureuse traverser son regard et se radoucit.

— J'imagine que, maintenant, Charlotte te donne régulièrement des nouvelles de lui ?

— Oui, heureusement. Si j'avais compté sur lui pour le faire, je n'aurais jamais su que son état de santé s'était aggravé à ce point. C'est elle qui m'a tenu informé, en particulier quand son état a empiré après l'annonce de sa faillite dans les journaux. Nous pensions tous que son angine de poitrine était sous contrôle, mais elle s'est aggravée, et son état est loin d'être stabilisé.

Elle hocha la tête.

— Charlotte a toujours été plus qu'une gouvernante pour toi.

Il sourit.

— C'est vrai. C'est elle qui s'est occupée de moi depuis la mort de maman. J'avais neuf ans, à l'époque. Elle a toujours été là quand j'avais besoin d'elle. J'ai l'impression qu'elle a toujours su ce qui se passait dans ma tête, ce qui me rendait heureux, ce que je n'aimais pas. C'est vraiment une seconde maman pour moi. Elle fait partie intégrante de ma vie.

Sophie hocha la tête, compréhensive.

Nate n'avait pas eu une enfance facile. La mort de sa mère l'avait beaucoup affecté. C'était d'ailleurs au départ sa vulnérabilité qui l'avait attirée. Durant son enfance, il avait vu défiler les petites amies de son père, dont un certain nombre avaient cherché à endosser le rôle de belle-mère. Lord Branscombe n'avait aucune idée de la façon de s'occuper d'un enfant, à plus forte raison d'un enfant choqué et désorienté par la disparition de sa mère. Il s'était plongé à corps perdu dans le monde des affaires et dans ses relations de la City. Progressivement, Nate s'était fabriqué une coquille dans laquelle il s'était replié. Une carapace que personne ne pouvait pénétrer, à part…

Oui, à part elle-même ! A l'époque, sa propre vie familiale était perturbée. Tandis que ses parents se déchiraient, elle avait reconnu en Nate son double, son âme sœur. Ils s'étaient trouvés.

Mais elle savait que Charlotte avait toujours été là, fiable tel un phare, seul point fixe de sa vie d'enfant et d'adolescent. Aujourd'hui encore, elle lui était certainement précieuse au milieu d'une vie pleine de remous.

Elle sourit à son tour.

— Moi aussi, j'aime beaucoup Charlotte. Je l'ai toujours appréciée.

Nate lui jeta un coup d'œil inquisiteur.

— Elle m'a dit qu'elle n'avait pas vu ton père récemment. En général, ils se croisent à la Poste ou à l'épicerie, au moins une fois par semaine. Mais cela fait un moment qu'ils ne se sont pas rencontrés. Comment va-t-il ? Il se déplace toujours en chaise roulante ?

— Oui. Il est demeuré alité un certain temps, en effet. Il a eu une infection pulmonaire, mais il s'en est sorti, bon an mal an.

— Il a un bon pneumologue ?

— Oui. Comme tu le sais, il avait déjà passé pas mal de temps à l'hôpital après l'accident. On a eu peur qu'il ne remarche plus jamais. Mais, par chance, il fait des progrès. Sa moelle épinière a été touchée et il a souffert de plusieurs fractures, mais, avec plusieurs séances de kiné par semaine, il recouvre peu à peu certaines capacités. C'est dur, mais il est du genre à s'accrocher. Et il a appris à vivre au jour le jour. J'espère qu'il va pouvoir remarcher, au moins avec un déambulateur.

— Je suis sincèrement navré, Sophie. Si je peux faire quelque chose…, dit Nate d'un air désolé.

Il tendit la main, mais elle recula.

Elle était suffisamment déstabilisée comme ça !

Comme Nate laissait retomber sa main, l'air désorienté, elle se força à sourire.

— Je sais que tu veux bien faire.

— Mon père m'a dit qu'il voudrait faire amende honorable mais que le tien refuse de lui adresser la parole. Ils ne communiquent que par avocats interposés.

— Je sais… Tu lui en veux ?

— Comment lui en vouloir ? Cela dit, tant qu'ils ne se parleront pas, la situation restera bloquée.

Elle se raidit et croisa les bras dans un geste d'autoprotection.

— L'accident a tout changé. Mon père n'aurait jamais dû monter à bord de cet avion. Ce voyage n'avait rien de vital, Lord Branscombe voulait seulement aller voir un nouvel emplacement pour un parcours de golf ! Il n'avait pas l'air bien, mais il avait insisté, affirmant qu'il était en forme et capable de voler. Nous ignorions qu'il était cardiaque. Je le considère comme entièrement responsable de l'accident. Or, après la catastrophe, tout ce qu'il a fait, c'est chercher un autre intendant pour remplacer mon père. Il ne lui est même pas venu à l'esprit de lui proposer ne serait-ce qu'un poste de superviseur !

— Mon père m'a dit qu'ils réfléchissaient avec les avocats à une compensation.

Elle ne put réprimer un rire amer.

— Quelle compensation ? Ton père a omis de dire aux autorités qu'il souffrait d'une angine de poitrine parce qu'il savait que sa licence de pilote risquait de lui être retirée et que, si l'assurance l'apprenait, elle ne lui verserait pas un sou. Mais mon père, lui, a tout perdu, son travail, sa maison. Il a dû vendre tout ce qu'il possédait et se trouver une location.

— Je sais, dit Nate sur un ton grave. C'est moi qui ai fait en sorte qu'il ne se retrouve pas à la rue. Pour le reste, mon père m'avait dit qu'il s'en occupait avec les avocats. Je suis désolé si ce n'est toujours pas réglé. J'ai passé quelque temps aux Etats-Unis. J'étais loin. Tu n'avais plus l'air d'avoir envie de me voir ; alors, quand on m'a proposé ce poste, je n'ai pas hésité. Je me suis dit que, pour toi aussi, ce serait peut-être plus facile si je n'étais pas dans les parages…

Elle ne voulait pas continuer cette conversation. C'était trop dur.

S'appuyant au garde-fou qui surplombait la mer, elle leva les yeux vers Nate.

— Tu vas y retourner ?

— Non. Je viens de terminer un contrat de six mois à Boston dans une unité de soins intensifs pédiatriques. J'ai trouvé un poste ici, dans le Devon. Ce sera plus pratique. Je pourrai garder un œil sur les affaires et la santé de mon père.

Il s'immobilisa pour la regarder.

— Je pourrai aussi te voir plus. Peut-être pourrions-nous reprendre…

Elle sentit une vague de chaleur lui monter au visage.

Si Nate Branscombe pensait pouvoir effacer les deux dernières années et réapparaître dans sa vie comme si de rien n'était, il se fourrait le doigt dans l'œil !

— Je ne crois pas, non, murmura-t-elle, la gorge nouée.

— Tu es sûre ? insista-t-il en la fixant d'un air diabolique qui mit son système nerveux en état d'alerte.

Il s'approcha d'elle, le regard empli de promesses.

Cependant, il n'eut pas le temps de les tenir. Des cris retentirent au-dessus d'eux, qui leur firent l'effet d'une douche froide. Ils sursautèrent et s'écartèrent l'un de l'autre.

— A l'aide ! Un médecin ! Est-ce que Nate Branscombe est parti ? Ce n'est pas sa voiture sur le parking ?

Les cris provenaient de la terrasse du restaurant, dont les clients s'étaient levés et semblaient converger dans une même direction. Un homme se pencha par-dessus la balustrade et leur adressa de grands gestes des bras.

— Nate, venez vite ! Votre père s'est effondré.

— Appelez une ambulance ! cria Nate en s'élançant vers le restaurant.

Sans perdre de temps, Sophie se dirigea vers le parking pour récupérer sa mallette dans le coffre de sa voiture.

Lorsqu'elle rejoignit Nate, James Branscombe était assis, calé contre la balustrade. Sa peau était moite, son visage blême, et il poussait des râles de douleur. Il était probablement en butte à une attaque d'angine, ce qui signifiait que son cœur ne recevait pas suffisamment d'oxygène et était contraint de fournir plus d'efforts pour fonctionner.

Nate s'était agenouillé près du vieil homme et avait déboutonné sa chemise. Il tentait de le calmer et de le rassurer.

— Tu as ton vaporisateur de nitroglycérine sur toi ?

En dilatant les vaisseaux sanguins, la nitroglycérine permet au sang de mieux circuler, ce qui soulage le cœur dans sa tâche.

Comme James Branscombe ne semblait pas en état de répondre, Nate fouilla ses poches et s'empressa de vaporiser le médicament sous la langue de son père.

Quand Sophie s'agenouilla face à lui, il leva vers elle un regard sombre. La tension de son visage exprimait la peur qu'il éprouvait pour son père, mais sa présence sembla le soulager.

— Tu as ta mallette ? demanda-t-il. Parfait. As-tu de l'aspirine ?

— Oui. Sous forme de gommes ou de pastilles sublinguales.

Elle ouvrit sa mallette et lui tendit les médicaments qui fluidifieraient le sang du vieil homme et empêcheraient la formation de caillots risquant d'obstruer ses artères.

Quelques minutes s'écoulèrent. Lord Branscombe était toujours aussi mal en point. Il avait le visage cendreux, les lèvres bleuies, et des gouttes de sueur froide glissaient sur son front. Ce malaise était sans doute plus grave qu'une attaque d'angine. Pauvre Nate ! Ce qu'il redoutait tant était en train de se produire.

— Morphine ? dit-il.

Elle hocha la tête.

— Je prépare la seringue.

— Merci.

Il injecta l'analgésique à son père avant de prendre sa tension.

— Sa tension baisse. Il est hypotendu, maintenant, dit-il, l'air soucieux. Je vais lui poser une perfusion. Dès que l'ambulance sera là, nous lui administrerons une solution saline pour stabiliser la pression sanguine.

L'attente fut de courte durée. L'ambulance arriva, sirènes hurlantes. Les deux ambulanciers la reconnurent et la saluèrent.

— Je crois que mon père est en train de faire un infarctus, les informa Nate. Il faut lui faire passer un électrocardiogramme.

L'un des deux hommes installa l'électrocardiogramme portable tandis que l'autre posait un masque à oxygène sur le visage du patient. Nate les aida à installer celui-ci sur la civière, qu'ils descendirent sur le parking.

— Sa tension est en train de baisser, annonça Sophie alors qu'on glissait la civière dans l'ambulance.

Nate réagit promptement. Il installa la perfusion et ajouta dans la solution saline les médicaments nécessaires pour soutenir le cœur.

— Attendez, il est en fibrillation ventriculaire ! Vite, le défibrillateur !

Le défibrillateur se mit en marche pour administrer un choc. Nate, totalement impliqué, vérifia aussitôt les fonctions vitales de son père. L'inquiétude lui marquait les traits.

Elle eut envie de le prendre dans ses bras pour le réconforter. Quelle idée ! C'était vraiment la dernière chose à faire.

— C'est bon, finit-il par dire. Son état semble stabilisé. Je viens avec vous à l'hôpital.

L'ambulancier hocha la tête.

— D'accord. L'équipe des urgences nous attend.

Nate se tourna vers elle.

— Merci pour ton aide, Sophie, dit-il en posant sa grande main sur son bras. Je te revaudrai cela.

Elle secoua la tête.

— C'est bien normal. Je suis contente d'avoir pu aider.

Elle était sincère. Quels que soient les sentiments qu'elle éprouvait envers James Branscombe, elle n'aurait pas pu rester les bras ballants alors qu'il faisait un malaise sous ses yeux…

L'ambulancier remit la sirène en marche. Son collègue ferma les portes et monta sur le siège du passager.

Elle s'écarta et regarda le véhicule s'éloigner.

Elle avait l'impression que le monde glissait sous ses pieds et eut besoin de s'appuyer sur une voiture pour recouvrer son équilibre.

Cela dit, jamais elle n'aurait imaginé se retrouver aux côtés de Nate. Elle ne s'attendait pas non plus à l'effet que leur collaboration avait suscité en elle. Elle ne l'avait vu que pendant quelques minutes, mais elle avait la sensation d'avoir été soulevée par un ouragan.

Nate Brascombe était réapparu dans sa vie.

Comment allait-elle faire s'il avait l'intention de revenir dans la région et s'installait de nouveau au manoir ?

2.

— Allez, entre, Charlie !

Sophie ouvrit la porte et s'écarta pour faire entrer le labrador dans la cuisine.

Il portait sa laisse dans sa gueule, comme toujours quand ils revenaient de promenade et qu'elle lui laissait parcourir les derniers mètres sans le tenir.

Elle se dirigea vers l'évier et emplit son écuelle d'eau fraîche.

— On échange : tu me donnes la laisse, je te donne ton eau.

C'était le rituel à chacune de leurs sorties.

Charlie lâcha la laisse, qu'elle détacha de son collier. Il se mit à boire bruyamment puis se laissa tomber sur le sol de la cuisine en haletant, les yeux fixés sur elle tandis qu'elle remplissait et branchait la bouilloire.

Chaque matin, avant d'aller travailler à l'hôpital, elle venait sortir le chien et prendre le petit déjeuner avec son père.

Elle jeta un coup d'œil par la fenêtre.

La pelouse était impeccablement tondue et le jardin regorgeait de massifs fleuris. Les pétunias plantés dans des baquets lui rappelèrent le restaurant où elle avait revu Nate.

Près de deux semaines s'étaient écoulées depuis. Elle ne l'avait pas recroisé. Il devait probablement passer tout son temps libre auprès de lord Branscombe dans l'unité de soins intensifs du service de cardiologie.

— Charlie a l'air épuisé, dit son père en les rejoignant dans la cuisine en fauteuil roulant. C'est mieux comme ça. La kiné doit venir tout à l'heure. C'est aussi bien qu'il ne soit pas complètement excité quand je dois faire mes exercices.

Elle lui sourit et posa une tasse de thé sur la table.

— Il est toujours débordant d'énergie, dit-elle. Pourtant, à huit ans, il devrait commencer à montrer des signes de maturité, non ?

— C'est ce que je croyais aussi…

Son père avait acheté Charlie alors qu'il n'était qu'un chiot, deux ans après le divorce. A l'époque, il l'emmenait partout, y compris quand il allait travailler chez lord Branscombe. Ils avaient arpenté ensemble les moindres parcelles de sa propriété.

— Comment se passent tes séances de kiné ? demanda-t-elle en glissant des tranches de pain dans le grille-pain.

— Ça suit son cours. Hier, j'ai réussi à me lever un peu avec le déambulateur. J'ai même fait quelques pas.

— C'est vrai ? s'exclama-t-elle.

Elle posa le pain et se précipita vers lui pour le serrer dans ses bras.

— C'est merveilleux !

— C'est un premier pas, dit-il en pouffant de rire à sa blague. En tout cas, avec tout le traitement à l'hôpital et les séances de kiné à domicile, je sens maintenant que je progresse. Il aura fallu du temps, mais je commence à goûter les fruits de mes efforts.

Ils s'attablèrent pour manger. Son père se rembrunit.

— Le bruit court que Branscombe a perdu toute sa fortune et va vendre ses biens. Tu es au courant ?

— Vaguement, répondit-elle. Nous en saurons davantage quand il sortira de l'hôpital. Nate s'occupe de lui…

— Tu l'as revu ? dit Victor d'une voix sèche.

— Pas depuis que je l'ai croisé au restaurant, le jour où son père a eu cet infarctus.

C'était vrai. Elle ne l'avait pas *revu*. Bien entendu, elle n'allait pas dire à son père qu'elle avait appelé Nate dès le lendemain pour prendre des nouvelles de lord Branscombe. Elle avait appelé au manoir, espérant parler à Charlotte. Qu'y pouvait-elle si c'était Nate qui avait répondu ?

— Je ne veux plus rien avoir à faire avec cette famille, grommela son père. James est un coureur de jupons égocentrique et arrogant, et je doute que son fils vaille mieux que lui.

— Nate n'est pas forcément comme son père, dit-elle calmement. Comment pourrions-nous le juger, alors que nous ne le connaissons pas ? Il a passé beaucoup de temps loin d'ici, ces dernières années.

Elle comprenait l'hostilité de son père envers James Branscombe. Après ces années passées à travailler pour son compte et l'accident qui l'obligeait à se déplacer désormais en fauteuil roulant, il avait toutes les raisons de lui en vouloir. Mais elle ne partageait pas son animosité envers Nate.

Lorsqu'elle était tombée sur lui au téléphone, il avait paru content de lui parler. En dépit de l'épreuve qu'il traversait, sa voix était chaleureuse. L'entendre lui avait fait prendre conscience qu'il était désormais tout près d'elle. Cette pensée lui avait provoqué de petites décharges de plaisir dans tout le corps. Elle avait dû déployer un effort certain pour retrouver le fil de ses pensées.

— Ils l'ont admis en soins intensifs, en cardiologie, lui avait expliqué Nate. Ils vont lui poser un stent. J'ai l'impression qu'ils vont le garder quelque temps.

Ils avaient parlé un moment, puis Nate avait changé de ton.

— Je suis désolé que les choses se soient passées comme ça. Je regrette vraiment que nos retrouvailles aient été interrompues de cette façon. Mais je suis content de t'avoir revue, Sophie.

— Je m'attendais à tout sauf à te voir, ce jour-là.

— Tu aurais préféré que ce ne soit pas le cas ? avait-il répliqué comme s'il lisait dans ses pensées tumultueuses.

Que répondre ? Le revoir avait fait naître en elle toutes sortes de sentiments qu'elle n'avait pas éprouvés depuis longtemps ou qu'elle avait préféré mettre entre parenthèses. Elle ne souhaitait pas y être confrontée de nouveau et se lancer dans une histoire qui risquait de la faire souffrir encore.

Mal à l'aise, elle s'était efforcée de mettre poliment un terme à la conversation.

— Je suis sûre que ton père est entre de bonnes mains, Nate. Et qu'il sera content que tu sois à ses côtés quand il rentrera chez lui.

— Oui, j'ai l'impression que ma présence le réconforte, malgré tout.

— Bien, je dois y aller. On se recroisera peut-être.

— Sophie, avait dit Nate d'une voix hésitante, nous pourrions…

— Au revoir, avait-elle coupé, de peur de changer d'avis.

Elle ignorait comment il avait réagi, mais, au moins, elle lui avait fait comprendre qu'elle préférait garder ses distances vis-à-vis de lui.

— Bref, dit son père, la tirant de ses pensées, si les journaux disent vrai, j'ai l'impression que tous les locataires de lord Branscombe sont sur la sellette. Je me suis habitué à vivre ici depuis l'accident. J'ai tout ce qu'il me faut, les aménagements pour le fauteuil roulant, les rampes… Je n'ai pas envie de partir, de tout recommencer une fois encore.

— Nous n'en sommes pas là, dit-elle d'un ton rassurant. Les journalistes font de la spéculation. Il est trop tôt pour qu'une décision ait été prise.

— Tu as sans doute raison. En tout cas, merci d'être allée promener Charlie ce matin encore. Je sais que tu as beaucoup de travail. Je te suis vraiment reconnaissant de tout ce que tu fais pour moi.

Elle lui adressa un grand sourire et se leva pour débarrasser.

— Je suis contente de le faire. Tu as l'air d'aller mieux.

Puis elle jeta un coup d'œil à sa montre.

— Il faut que je parte. J'ai rendez-vous avec les adorables bébés du service de néonatalité.

— C'est ce que tu préfères dans ton travail, non ? T'occuper des bébés.

Elle hocha la tête sans cesser de sourire. Puis elle se pencha vers son père pour l'embrasser, flatta Charlie en passant et sortit de la maison.

Elle prit sa voiture et longea la côte, enchantée comme toujours par la vue sur la mer et les falaises. Puis elle entra dans les terres et traversa le village, jusqu'à l'hôpital.

Il y avait un bébé en particulier qu'elle était impatiente de voir : Alfie, un petit prématuré né à vingt-sept semaines qui avait passé deux mois en soins intensifs et dont elle avait suivi les progrès jour après jour. Elle lui avait retiré sa sonde naso-gastrique et voulait voir comment sa mère lui donnait le biberon après quelques premières tentatives infructueuses.

— Bonjour, Mandy, dit-elle en entrant dans la chambre.

La jeune femme tenait le bébé dans ses bras et regardait avec tendresse ses petits poings fermés, sa bouche cherchant à téter. Il poussait de petits cris, manifestement affamé. Une infirmière apporta un biberon, que le bébé se mit à téter avidement, avalant le lait sans respirer, jusqu'à ce qu'il s'étrangle, tousse et crache.

— Il fait ça tout le temps, dit Mandy, une pointe d'angoisse dans la voix.

— Cela arrive, surtout avec les bébés prématurés, qui cessent de respirer quelques secondes parce que leur rythme cardiaque est lent. C'est le cas d'Alfie.

— Son rythme cardiaque va rester lent ? demanda la jeune mère, inquiète.

— Non, il faut qu'il grandisse encore un peu. En attendant, nous avons supplémenté le lait en caféine et en fer. Cela devrait l'aider. Regardez, il tète déjà mieux !

Une fois Mandy rassurée, Sophie alla rendre visite à deux autres nouveau-nés. Puis elle se rendit dans le service de pédiatrie pour voir une petite fille de onze ans qui avait eu une septicémie.

— Ah, Sophie ! J'espérais te croiser aujourd'hui.

La voix grave familière la fit stopper net. Puis elle ressentit des picotements, tout aussi familiers depuis quelque temps.

Nate se trouvait au bureau des infirmières, immense et magnifique dans sa chemise blanche aux manches retroussées et son pantalon noir mettant en valeur ses longues jambes.

— Nate ? Qu'est-ce que tu fais ici ? demanda-t-elle, le cœur battant, un peu inquiète de sa présence sur ce qu'elle avait toujours considéré comme son territoire, un endroit où elle se sentait à sa place et en sécurité.

— Je viens de prendre un poste de remplaçant pour quelques mois, le temps qu'ils embauchent un médecin pour le poste définitif. Poste pour lequel je peux d'ailleurs moi-même poser ma candidature.

— J'ignorais que tu voulais travailler ici. Tu dois être content d'avoir trouvé aussi vite. Et aussi près de chez toi.

Mais pourquoi avait-il fallu qu'il trouve un travail précisément dans *cet* hôpital, dans *ce* service ? Comment allait-elle vivre, sachant qu'elle risquait de le croiser à chaque instant, chaque jour ?

— Je suis très content, lui confirma-t-il. Quand l'opportunité s'est présentée, je n'ai pas hésité. Cela me laisse du temps pour penser à la suite. Et je suis tout près de mon père, qui est encore en cardiologie.

— Bien sûr. Comment va-t-il ?

— Bien mieux depuis qu'on lui a posé le stent.

— Bien…

Elle avait soudain l'impression que son esprit tournait à vide. Le fait que Nate soit de retour était déjà une étape difficile à franchir, mais il ne lui était pas venu à l'idée qu'il puisse en outre travailler dans le même service qu'elle. Comment son père allait-il réagir à cette nouvelle ?

Ce n'était ni le lieu ni le moment de s'en préoccuper. Face à Nate, mieux valait qu'elle reste détendue.

— J'espère que tu vas te plaire ici. Tu verras, c'est un lieu de travail plutôt agréable.

— Je n'en doute pas, dit Nate, une lueur étrange dans le regard. Le fait que tu y travailles aussi est incontestablement un plus.

Elle s'éclaircit la gorge.

— Je… Hum… Il faut que j'aille voir mes patients. Je commence tout juste mes visites.

Il fit un signe de tête.

— Si tu n'y vois pas d'inconvénient, je vais venir avec toi. J'ai déjà rencontré quelques médecins et infirmières, comme Tracey et Hannah, là-bas.

Les deux infirmières en question détournèrent le regard quand ils regardèrent dans leur direction, avant de retourner vaquer à leurs occupations.

Décidément, les choses n'avaient pas changé ! Le personnel féminin de l'hôpital se bousculait pour faire la connaissance du nouveau médecin beau comme un dieu. Nate produisait toujours un grand effet sur les femmes, qui l'adoraient, ce qui n'était sans doute pas pour lui déplaire.

— D'accord. Je vais voir tout d'abord Emma.

— Emma… La petite fille atteinte de sepsis ?

— Tu as déjà lu les comptes rendus ? demanda-t-elle, étonnée.

Nate hocha la tête.

— J'aime bien savoir qui je vais voir et pour quelles raisons, dans la mesure du possible. Je n'ai pas toujours le temps de me renseigner avant les visites, mais, ce matin, je suis arrivé en avance. J'ai jeté un coup d'œil sur l'ordinateur. Les notes sont succinctes, mais ça me permet de savoir l'essentiel.

— Apparemment, elle et son amie se sont échangé leurs piercings. La mère d'Emma était contre l'idée qu'elle se perce le ventre mais elle l'a fait quand même en cachette. Le piercing s'est infecté, elle n'a pas osé en parler à ses parents de peur de se faire disputer. Elle a attendu d'être vraiment malade pour le leur dire. Ils l'ont aussitôt amenée aux urgences, mais l'infection s'était déjà généralisée.

Il grimaça.

— D'après les résultats des analyses, c'est une infection agressive.

— Oui… Elle suit un traitement massif visant à protéger ses organes internes.

Ce qui expliquait que la petite fille soit sous respiration assistée et qu'une perfusion l'alimente en fluides vitaux.

Ses parents étaient assis à son chevet et se relayaient pour lui tenir la main. Ils étaient pâles, la mine défaite.

Sophie les rassura du mieux qu'elle put.

— Sa température a baissé, dit-elle, les yeux sur le moniteur. Et son taux d'oxygène sanguin remonte, ce qui signifie que les antibiotiques commencent à faire de l'effet. Il va falloir un peu de temps, mais la situation progresse dans le bon sens.

— Merci, dit la mère d'Emma, le visage rongé par l'inquiétude. Je m'en veux de ne pas avoir compris. J'aurais dû savoir.

— Personne ne peut savoir ce qu'un enfant est déterminé à cacher, dit Nate d'une voix empreinte de compassion. Cela dit, je pense qu'elle n'aura plus envie de se faire de piercings pendant un moment.

Les parents parvinrent à décocher un sourire.

— Espérons que cela ait au moins servi à ça, dit le père.

Sophie sortit de la chambre pour continuer ses visites, un peu trop consciente de la présence de Nate à ses côtés.

Il se montrait attentionné et aimable avec les jeunes patients, parvenant parfois à leur soutirer un sourire. Il leur prodiguait des paroles réconfortantes et rassurantes. Quel meilleur médecin un enfant malade pouvait-il espérer rencontrer ? Ce rôle semblait avoir été taillé sur mesure pour lui.

Les visites durèrent jusqu'à l'heure du déjeuner.

— Veux-tu aller manger à la cafétéria ? demanda-t-il une fois qu'elle eut fini de compléter les dossiers médicaux de ses patients après les visites.

— Avec plaisir. Je meurs de faim.

Nate sourit.

— Cela ne m'étonne pas, vu l'énergie que tu dépenses. D'après ce qu'on m'a dit, on mange bien à la cafétéria de l'hôpital.

— C'est vrai, acquiesça-t-elle. On peut en attribuer le mérite à Jake. Dès qu'il a pris son poste, il a fait appel à un nouveau service de restauration et a totalement réorganisé la cafétéria. Elle n'est en service sous cette forme que depuis quelques semaines. Il y a des repas chauds ou froids, et une zone où l'on peut être servi rapidement.

Nate ouvrit la porte, lui céda le passage en posant sa main sur sa taille. Elle sentit la chaleur de cette main se diffuser dans son dos.

Elle s'efforça d'ignorer les sensations que ce contact éveillait en elle, mais elle ne pouvait nier qu'il lui était agréable, très agréable. Au point de ressentir une pointe de déception lorsqu'il la lâcha pour se diriger vers un comptoir.

La cafétéria nouvellement aménagée comptait différents comptoirs offrant différentes sortes de plats — des salades, des sandwichs, de la viande froide ou des plats chauds tels que des pommes de terre au four, du chili con carne ou des tartes salées.

Nate étudia les propositions du jour affichées sur un tableau.

— Voyons les plats du jour… Aujourd'hui, nous avons des lasagnes ou un hachis Parmentier, dit-il.

Elle fit un effort pour se concentrer sur le menu.

— Je vais prendre les lasagnes, dit-elle tout en attrapant un crumble à la rhubarbe pour le dessert.

Nate opta pour un hachis et des haricots d'Espagne, mais se passa de dessert. Il posa une théière et deux tasses sur son plateau.

— Tu ne prends pas de dessert ? Je comprends d'où tu tiens ta ligne ! dit-elle d'un air entendu.

— En fait, je suis plus salé que sucré. En ce qui te concerne, je n'ai pas l'impression que les desserts nuisent à ta ligne, dit-il en la détaillant de la tête aux pieds.

Elle sentit le rouge lui monter aux joues.

— Ce doit être le sport, reprit-il. Sans compter tes journées de travail et tes visites à ton père. Charlotte m'a dit que tu promènes son chien et que tu lui fais ses courses…

— Je fais de mon mieux, dit-elle en se dirigeant vers une table libre.

— Ton père s'entend bien avec Jake, non ?

Il marqua une pause.

— Cela dit, qui ne s'entend pas bien avec Jake Mallow ?

— C'est vrai. Nous nous connaissons depuis que nous sommes tout petits. Nous nous sommes toujours bien entendus.

Jake et elle étaient presque frère et sœur.

— En fait, mon père et lui ne se fréquentent pas vraiment. Ils se connaissent depuis longtemps, mais ça fait longtemps qu'ils ne se sont pas vus.

Nate la regarda d'un air pensif.

— Hmm…

— Quoi : hmm ?

— J'imagine que Mallow aimerait bien que les choses soient plus sérieuses entre vous, dit-il en la dévisageant avec insistance. Il n'y a pas que lui, d'ailleurs. Tous les hommes qui te rencontrent doivent espérer la même chose.

— Je ne sais pas… Je n'ai pas eu d'expériences très concluantes en la matière.

— C'est peut-être parce que tu n'as pas rencontré les bonnes personnes.

— Peut-être.

En fait, le seul homme qu'elle ait jamais vraiment désiré était Nate, mais les obstacles s'étaient dressés sur leur route, au point qu'elle avait fini par se faire une raison : peut-être n'avaient-ils rien à faire ensemble, tout compte fait ?

— Ce n'est pas facile de trouver la bonne personne. Nos parents sont là pour le prouver.

— Je crois que mon père ne s'est jamais remis de la mort de ma mère, dit pensivement Nate. Ça l'a anéanti. Après ça, il était complètement perdu. Mais, dans le cas de tes parents, j'ai l'impression que ton père a tout fait pour que la relation avec ta mère fonctionne.

— Je le pense aussi, admit-elle. Mais tu connais ma mère, elle avait vraiment la tête ailleurs. On ne pouvait pas compter sur elle, et son drôle de comportement rendait la vie avec elle difficile. Evidemment, nous ne savions pas à l'époque qu'elle souffrait de troubles bipolaires.

Nate plongea sa fourchette dans son hachis.

— Cela a dû être dur pour ton frère, ta sœur et toi, quand elle vous a emmenés vivre dans le Somerset avec elle après le divorce.

— Oui. C'était dur de quitter mon père et tout ce que nous avions construit ici. Mais, en ce qui me concerne, c'est l'année où je suis entrée à la fac de médecine. C'est pour Rob et Jessica que ça a dû être vraiment difficile. Ils avaient neuf et onze ans quand maman s'est remariée. Ça m'a brisé le cœur de les laisser. Huit ans se sont écoulés depuis, mais je culpabilise toujours d'être partie.

— Ils reviennent régulièrement, maintenant qu'ils sont plus grands.

— Oui. Mais Jessica vient de se marier. Je ne pense pas qu'elle va revenir aussi souvent.

— Charlotte m'a dit qu'elle était enceinte. Sa grossesse se passe bien ?

Sophie hocha la tête tout en savourant ses lasagnes.

— Oui, si ce n'est que son mari Ryan est souvent en déplacement pour son travail. Et qu'ils ne roulent pas sur l'or. J'espère qu'ils vont s'en sortir une fois que le bébé sera là.

— Les jeunes sont pleins de ressources. S'ils s'aiment, c'est le plus important. Le reste suit.

— J'ai toujours admiré ton optimisme ! Mais tu as raison, ils s'en sortiront.

Nate versa le thé dans les tasses.

— Et ton frère ? Il doit avoir seize ou dix-sept ans, non ?

— Rob vient d'avoir dix-sept ans. Il est plein d'hormones et de fougue. Mais il est inquiet pour papa.

— C'est normal. Vous êtes restés proches de votre père, malgré tout. D'ailleurs, il me semble qu'il n'a jamais vraiment apprécié de me voir m'approcher de toi de trop près.

— Je crois qu'il voulait me protéger. Il avait compris que tu n'étais pas du genre à avoir une relation sérieuse avec une femme. De plus, la situation de ta famille n'est pas un élément anodin. Vous menez une vie totalement hors de portée de la plupart des gens. Et j'imagine que mon père a du mal à te considérer autrement que comme le fils du patron, tout comme le tien ne pourra jamais me voir autrement que comme la fille de l'intendant.

Nate secoua la tête.

— Moi, je t'ai toujours considérée comme une personne extraordinaire. J'étais fou de chagrin quand tu es partie faire tes études de médecine. J'étais content que tu fasses ce que tu avais toujours voulu faire, mais j'étais triste d'être séparé de toi.

Elle sourit, peu convaincue par ce qu'il venait de dire.

Elle avait passé son adolescence à rêver que Nate la regarde comme il regardait les autres femmes. Mais leur relation ne s'était approfondie que lorsque ses parents avaient divorcé et qu'elle avait dû partir. Il l'avait écoutée et réconfortée comme seul un ami cher peut le faire. Mais sa décision était prise : elle était inscrite à la faculté de médecine, à l'autre bout du pays.

Avant qu'elle ne parte, il l'avait serrée plusieurs fois dans ses bras, et ils avaient échangé un baiser qui lui avait donné envie d'en échanger d'autres. Mais comment aurait-elle pu nouer une relation suivie avec lui ? Il étudiait la médecine ailleurs, et en dehors de cela elle ne pouvait pas s'empêcher de penser au fossé existant entre leurs deux situations, entre leurs deux familles. Nate était peut-être sincère quand il déclarait qu'il avait été triste de son départ, mais ils étaient trop différents, de toute façon. Sa famille était de la vieille école, conservatrice et traditionaliste. C'était un monde dont elle ne ferait jamais partie.

Alors qu'elle soupirait, Nate jeta un coup d'œil sur un journal posé sur la table voisine et se figea.

Elle suivit son regard et lut le gros titre, assorti d'une photographie de lord Branscombe devant le manoir.

« Lord Branscombe met le village en vente.
Les habitants se mobilisent ».

— Quelle bande de commères, marmonna Nate. Ils ne peuvent pas s'empêcher de parler aux journalistes.

— C'est vrai ? Le village est en vente ? demanda-t-elle sans cesser de fixer le journal.

— Aucune décision n'a été prise pour le moment, répondit-il, la mâchoire serrée. Mais certains adorent déblatérer et mettre la pagaille.

— Les gens sont inquiets pour leur avenir, c'est normal. Ils savent ce qui est arrivé à ton père, et ils ont besoin de savoir si sa faillite va avoir un impact sur leur vie. C'est compréhensible, non ?

— Bien sûr. Mais mon père n'est pas en état de s'occuper de ses affaires pour l'instant, et ce genre d'histoires ne va pas l'aider. Il a fait une erreur, il en est conscient. Il pensait acheter un terrain avec un fort potentiel, et il s'est trompé. Il a perdu des millions de livres. Je comprends que les gens soient inquiets. Mon père m'a passé le flambeau, et c'est moi qui vais devoir trouver une solution à cette pagaille.

— Je suis désolée, dit-elle en posant la main sur son bras. Ce n'est pas une tâche facile.

— Je confirme.

Il serra doucement sa main, et un pétillement lui parcourut le corps.

Après le déjeuner, ils retournèrent dans le service de pédiatrie. A leur arrivée, tout le monde était en état d'alerte.

— J'allais vous appeler, leur dit Tracey. On vient de recevoir un appel des urgences. Ils nous envoient un petit garçon de cinq ans, Josh. Apparemment, il s'est fait renverser par un automobiliste qui ne l'avait pas vu débouler derrière le camion du marchand de glaces. Il a fait un vol plané et est retombé sur la tête.

Elle se mordit la lèvre.

— Dans quel état se trouve-t-il ?

— Quadruple fracture du crâne. A l'IRM, on voit qu'un caillot s'est formé sous l'os. L'équipe des urgences suggère qu'on le garde en observation plutôt que de l'opérer tout de suite. Pour l'instant, il est sous sédation et sous respiration artificielle.

— Bon. Alors faites en sorte que tout soit prêt quand il arrive. Je vais l'examiner, et puis j'irai parler à ses parents. Est-ce que quelqu'un est avec eux ?

— Oui, ils sont avec Hannah.

— Bien.

Elle se dirigea vers le service en question. Nate, qui avait écouté le rapport de Tracey avec la même attention soucieuse qu'elle, la suivit en silence, le visage crispé.

— Cela te rappelle de mauvais souvenirs ? lui demanda-t-elle.

— Tu veux parler de mon traumatisme crânien quand je suis tombé du toit d'une dépendance du manoir ? C'est un jardinier qui m'a trouvé, gisant inconscient. Ma mère est restée auprès de moi pendant deux jours et deux nuits, morte d'inquiétude.

Elle sentit son cœur se serrer.

Ce devait être l'un des souvenirs les plus importants que Nate avait gardé de sa mère. Elle était morte quelques mois plus tard dans un accident de voiture.

— Je crois que c'est cette chute du toit qui m'a donné envie de devenir médecin, confia-t-il. L'attitude des médecins et des infirmières vis-à-vis de moi m'a marqué. J'ai eu envie de sauver des vies comme ils avaient sauvé la mienne. Puis ma mère est morte peu après. J'ai cru que je ne m'en remettrais jamais.

Elle hocha lentement la tête.

Elle avait presque quatre ans de moins que Nate, pourtant elle avait perçu à l'époque la tristesse et la souffrance profondes qu'il éprouvait. Aujourd'hui encore, elle ressentait un immense chagrin à la pensée de ce garçon orphelin de mère, si vulnérable et si seul.

— Je ne sais pas si un enfant peut vraiment s'en remettre, dit-elle.

Nate lui adressa un sourire un peu forcé.

— Je me souviens de ta gentillesse pendant les années qui ont suivi. Tu venais me parler, me remonter le moral. Je t'en suis vraiment reconnaissant, encore maintenant.

— Je suis contente d'avoir pu t'aider.

La porte s'ouvrit, et le brancard sur lequel était allongé le petit garçon blessé apparut. Il était livide, respirait grâce à une sonde insérée dans sa trachée. Son corps et sa tête étaient reliés à des appareils et des moniteurs par divers câbles et tuyaux.

Elle procéda à un examen rapide mais approfondi.

— Tracey, voulez-vous le surveiller pendant quinze minutes, s'il vous plaît ? Vérifiez le mouvement des membres, les pupilles, la tension, la température, les réactions de toutes sortes… Nous allons aussi surveiller sa tension intracrânienne. Un petit caillot peut se résorber de lui-même comme il peut grossir, auquel cas il faudra l'emmener au bloc pour l'opérer.

— Je m'en occupe, dit Tracey, prête à noter les résultats de ses observations sur la fiche.

Sophie et Nate allèrent rejoindre les parents du petit patient, assis dans la salle d'attente en compagnie de Hannah. Ils étaient bouleversés mais en mesure de relater l'accident de leur fils.

— Quand je l'ai porté jusqu'à l'ambulance, dit le père, du sang s'écoulait de son oreille. Il était inerte et tout mou dans mes bras. J'ai eu très peur.

La mère de Josh se triturait les doigts.

— Nous sommes encore sous le choc, dit-elle d'une voix tremblante.

— Je sais que c'est une épreuve difficile pour vous. Mais je vous promets que nous faisons déjà tout ce qui est en notre pouvoir pour l'aider.

— Il aura… Il aura des séquelles neurologiques ? bredouilla le père.

— Je ne peux pas me prononcer pour l'instant, dit Sophie. Le processus de guérison sera long. Mais Josh est tout jeune. Les jeunes ont d'incroyables facultés de résistance et de récupération. Nous devons simplement être patients et laisser la nature accomplir son travail.

— Le Dr Trent a une grande expérience de ce genre de traumatismes chez les enfants, intervint Nate.

Elle accueillit ce commentaire avec étonnement.

Avait-il parcouru son CV ? Il avait, comme tous les médecins de l'hôpital, accès aux dossiers du personnel. A moins que le chef du service lui ait parlé d'elle ?

— Nous vous tiendrons au courant de ses progrès au fur et à mesure. Vous pourrez bientôt le voir. Et, si vous souhaitez passer la nuit à l'hôpital, nous ferons le nécessaire.

— Merci, docteur, merci beaucoup, dit la mère de l'enfant en essuyant une larme. Il est si petit. Je n'y crois pas…

Ils parlèrent ensemble encore un moment, puis Nate et Sophie se retirèrent, les laissant aux bons soins de Hannah.

Sophie passa le reste de l'après-midi à s'assurer que l'état de Josh se stabilisait et délégua ses autres tâches. Elle scanna les divers résultats du laboratoire, dicta ses notes et transmit les informations au médecin qui vint prendre la relève.

— Tu rentres chez toi ? demanda Nate en la voyant prendre son sac dans son casier. J'imagine que tu es prise, ce soir.

Il ne lui avait pas posé de questions au sujet de Jake, mais elle eut l'intuition que c'était à lui qu'il pensait. Visiblement, il ne comprenait pas que Jake et elle ne soient qu'amis.

— Je vais aller promener le chien de mon père. Mais, auparavant, je vais passer faire quelques courses. Et toi, tu as fini ton service ?

— Il me reste encore quelques trucs à régler avant de partir. Mais je t'accompagne jusqu'à ta voiture, si tu veux bien. Ça me fera prendre l'air.

— D'accord.

Ils sortirent du bâtiment et traversèrent les jardins jusqu'au parking situé en contrebas. Autour d'eux, la lande du Devon s'étendait, superbe.

Nate contempla le paysage quelques instants.

— J'adore cette région, dit-il. Où que je sois dans le monde, je suis toujours content de revenir.

— C'est vrai qu'on est bien, ici. C'est aussi la terre de tes ancêtres.

Elle vit une petite ride se creuser entre ses sourcils, comme si cela lui rappelait la situation patrimoniale inquiétante de sa famille.

— Tu vas t'en sortir, dit-elle sur un ton réconfortant. Tu vas pouvoir garder le manoir, non ? En fait, tu ne m'as pas dit comment tu voyais les choses.

— J'espère que nous pourrons au moins garder le manoir, oui.

— Mais le reste de vos propriétés est en jeu, n'est-ce pas ? Je sais que le sujet t'agace, mais ce que racontent les journaux n'est pas totalement infondé, n'est-ce pas ? Penses-tu que ton père va devoir tout vendre ?

— Il y a quelque temps, il a été approché par des acheteurs potentiels — Peninsula Holdings. Il était en train d'étudier leur proposition quand il a eu son infarctus. Depuis, tout est en suspens. Il m'a délégué la direction des affaires, et c'est à moi qu'il revient de prendre une décision. Mais j'ai besoin de temps pour réfléchir à la meilleure stratégie à adopter.

— J'ai déjà entendu parler de cette compagnie, dit-elle, mal à l'aise. C'est un conglomérat qui rachète des biens et les démolit pour construire des hôtels de luxe à la place.

Finalement, son père avait peut-être raison de se faire du souci.

— En général, c'est le développement qui les intéresse. Mais ça ne signifie pas qu'ils vont nécessairement démolir les logements qui se trouvent sur la propriété.

— D'après ce que j'ai entendu, quand ils décident de conserver des logements, ils augmentent tellement les loyers que les gens sont dans l'obligation de partir parce qu'ils ne peuvent pas se permettre de tels tarifs.

— On peut aussi négocier pour qu'ils donnent aux locataires l'opportunité d'acheter leur logement dans des conditions avantageuses, dit Nate d'un ton calme.

— Quelqu'un comme mon père ne peut pas se le permettre, dit-elle. Je ne suis même pas sûre de pouvoir le racheter moi-même. J'ai aidé ma sœur Jessica à acheter sa maison, et maintenant je dois aider mon père. Les séances de kinésithérapie ne sont pas données. Si en plus on l'expulse de chez lui…

— Ne t'inquiète pas, Sophie. Je ferai mon possible pour que cela n'arrive pas. Ni à ton père ni aux autres locataires.

Comme elle le regardait avec incertitude, il lui sourit et se pencha vers elle.

— Tu pourras toujours venir vivre avec moi au manoir, chuchota-t-il. Tu sais que j'en ai toujours rêvé.

Elle sentit soudain son cœur s'emballer et son esprit s'éparpiller. D'un côté, elle était irrésistiblement attirée par ce corps viril tout proche. De l'autre, sa raison ou ce qu'il en restait la dissuadait de succomber à la tentation.

— C'est impossible, dit-elle. Il y a trop d'obstacles entre nous, tu le sais. Sans compter que mon père tomberait raide.

— Loin de moi l'idée de contrarier ton père, murmura Nate en l'attirant à lui. Mais penses-y pour l'avenir. Il n'y a pas que des obstacles entre nous, il y a autre chose. Je le sens. Je le sais.

Elle posa sa main à plat sur son torse et s'écarta.

— Ça ne me paraît pas envisageable, dit-elle à contrecœur.

Nate la dévisagea, un sourire nonchalant sur les lèvres.

— Peut-être pas aujourd'hui. Mais, comme tu l'as dit toi-même, je suis un incorrigible optimiste.

3.

— Ça fait plaisir à voir, Mandy. Alfie prend bien mieux le biberon, maintenant.

Sophie contempla le petit prématuré qui tétait avidement le biberon. Il était enveloppé dans un adorable petit châle en mohair. Ses yeux grands ouverts fixaient ceux de sa maman avec une absolue confiance.

Sa gorge se serra. Elle qui était en contact permanent avec des enfants et des bébés, aurait-elle un jour la chance de tenir dans ses bras un enfant à elle ?

Comment répondre à une telle question ? Elle ne concevait pas de faire un enfant sans un homme qui soit aussi l'amour de sa vie. Après le divorce désastreux de ses parents, elle ne tenait pas à répéter leurs erreurs. Elle voulait une relation qui tienne à l'épreuve du temps. N'était-ce pas prendre ses désirs pour des réalités ?

Elle ferma brièvement les yeux.

Nate ferait un père magnifique. Il avait tout ce qu'elle cherchait chez un homme. D'un seul regard, il l'embrasait tout entière. Elle le voyait parfaitement avec un enfant dans les bras. L'image lui apparut spontanément et lui provoqua une énième vague de chaleur, comme à chaque fois qu'elle se surprenait à penser à lui.

Dommage que l'idée de se caser lui soit totalement étrangère ! A plus forte raison avec la fille d'un homme qui avait été l'employé de son père. Comment pouvait-elle imaginer un seul instant qu'il ait envie de passer sa vie avec elle ? Elle devait avoir perdu la raison. Mieux valait rester concentrée sur son travail.

Elle se redressa, finit d'examiner le petit Alfie et, mue par une détermination nouvelle, quitta le service de néonatalité pour rejoindre ses petits patients du service de pédiatrie.

Par chance, Nate n'avait pas l'air d'être là.

— Il est allé voir son père en cardiologie, confirma Hannah.

Elle fronça les sourcils.

— Ils ont voulu l'emmener dans le jardin de rééducation ce matin, mais il ne se sentait pas bien, apparemment. Il est très essoufflé depuis quelque temps.

— Nate doit être inquiet.

Hannah opina.

— Oui, il l'est.

De toute évidence, Nate lui en avait parlé personnellement. Il était comme ça, spontané, sociable. Il s'entendait bien avec tout le monde, et les gens se prenaient d'affection pour lui. Les infirmières en particulier. S'intéressait-il à elles en retour ?

Sophie s'en voulut de la tournure que prenaient ses pensées. Nate pouvait s'intéresser à qui il voulait. Il pouvait sortir avec toutes les jolies femmes qu'il croisait si cela lui chantait. Raison de plus pour le considérer comme un collègue de travail et rien d'autre.

Son estomac se mit à remuer péniblement.

Elle quitta Hannah pour aller consulter les dossiers de ses patients et sortit le dossier de Josh.

Une IRM réalisée dans la matinée montrait que le sang circulait lentement sous les os du crâne et que la pression sanguine à l'intérieur de la tête augmentait.

Elle était soucieuse depuis qu'elle avait examiné l'enfant le matin. Il était toujours pâle et inerte. Si le traitement ne résolvait pas le problème, elle devrait prendre une décision pour empêcher que son état décline.

— Bonjour, Sophie ! Je te cherchais.

Jake s'avançait vers elle en souriant.

— Bonjour, Jake. Tout va bien ?

Jake travaillait essentiellement dans son bureau, il venait rarement dans les services.

— Oui, tout va bien. En fait, je cherche Tracey. Je veux lui demander de tester de nouvelles seringues jetables. Mais je suis content de te voir. Il fallait que je te parle. Je ne vais pas pouvoir t'accompagner à la fête du village, samedi.

— Quel dommage !

— Oui, je suis désolé. J'aurais vraiment aimé venir avec toi, mais je dois aller voir des personnes avec qui j'ai travaillé dans les Cornouailles. Ils ont un nouveau fournisseur de canules et de gants en caoutchouc beaucoup plus économique que le nôtre. Je voudrais en parler avec eux avant de signer éventuellement un contrat avec ce fournisseur. Ils ne sont libres que samedi.

— Je comprends, ne t'inquiète pas. J'irai avec Charlie, il sera ravi de batifoler dans la boue du terrain de l'école.

Jake la regarda d'un drôle d'air.

— Tu n'es pas au courant ?

— Non, dit-elle en secouant la tête. De quoi ?

— La fête n'aura pas lieu à l'école : la salle de classe mobile qu'ils ont commandée a été livrée en avance. Ils ont demandé si quelqu'un disposait d'un autre terrain. Nate Branscombe a proposé qu'on l'organise au manoir. En cas de pluie, il y a des chapiteaux et les anciennes écuries. C'est une meilleure alternative que la salle des fêtes du village.

— Oh ! je vois…

En fait, elle n'était pas sûre de se voir passer la journée dans le parc du manoir.

— Mais comment es-tu au courant de tout cela ? demanda-t-elle. Tu ne fais pas partie du comité, que je sache.

— Non, répondit Jake en riant. C'est Nate qui l'a dit à Hannah, qui l'a répété à Tracey… Bref, le téléphone arabe a été efficace, comme d'habitude.

— Hmm.

Manifestement, le téléphone arabe n'arrivait pas jusqu'à elle. Peut-être n'avait-on pas osé lui apprendre la nouvelle, vu les relations tendues entre son père et lord Branscombe ?

— Tu vas quand même y aller ? demanda Jake comme s'il avait lu dans ses pensées.

Son père ne sauterait pas de joie à l'idée qu'elle passe la journée là-bas. Quand il avait appris que Nate travaillait dans son service, il avait accueilli la nouvelle en bougonnant. Mais pouvait-elle ne pas assister à une journée dont les bénéfices seraient reversés au service de pédiatrie de l'hôpital ?

— Le plus dur sera d'annoncer ça à mon père, dit-elle. Depuis la rumeur du rachat du patrimoine de lord Branscombe par Peninsula Holdings, il a du mal à ne pas s'emporter à propos de tout ce qui touche de près ou de loin à ce sujet.

— C'est vrai que cela fait beaucoup pour lui, dit Jake en lui passant un bras sur les épaules.

Elle hocha la tête, réconfortée par son accolade, et tourna la tête en sentant une présence.

Nate venait d'entrer dans la pièce et les regardait non sans suspicion.

— Tout va bien ? demanda-t-il.

Elle se dégagea de l'étreinte de Jake et croisa les bras.

— Oui, oui, tout va bien.

— Je cherche Tracey, dit Jake. Nous allons tester du matériel que j'ai commandé chez un nouveau fournisseur. Il faut faire des économies…

— Tracey ne devrait pas tarder à revenir. Elle est allée emmener un patient faire une radio.

— D'accord, merci. Je vais à sa rencontre, dit Jake avant de la saluer d'un signe de la main. A plus tard.

Sophie remarqua l'expression fermée de Nate alors qu'il regardait Jake s'éloigner.

— Il se démène vraiment pour l'hôpital, dit-elle.

— Je sais, répondit Nate en la fixant à son tour.

— On dirait qu'il te pose un problème.

— Tu n'as pas tort. En fait, c'est son comportement vis-à-vis de toi qui me dérange.

Elle s'offusqua aussitôt.

Sa relation avec Jake ne regardait en rien Nate !

Cela dit, le fait qu'il se montre possessif, voire jaloux, n'était pas désagréable. Peut-être avait-il vraiment de l'affection pour elle, après tout. Cette affection pourrait-elle se transformer en un sentiment plus profond, plus passionné à son égard ?

Une sensation étrange lui parcourut l'échine, mais elle se secoua mentalement.

— Et si nous nous concentrions sur notre travail ? dit-elle en lui tendant le dossier qu'elle venait de consulter.

Comme il la scrutait d'un air sombre, elle préféra l'ignorer et enchaîna.

— Le cas de Josh Edwards me préoccupe. Je ne pense pas que le traitement suffise à résoudre la situation. Les stéroïdes et les diurétiques ne régleront pas le problème à eux seuls. Il me semble opportun de lui mettre des drains pour soulager la pression intracrânienne.

Nate jeta un coup d'œil au dossier.

— Tu as raison. Appelle le chirurgien et demande à Hannah de préparer l'enfant pour le bloc opératoire.

— Je vais aller prévenir ses parents.

— Je m'en occupe, si tu veux. Va voir la petite fille au piercing. Elle voulait te parler.

— Ah ? dit-elle en souriant. Je suis sûre qu'elle veut que je lui dise qu'elle n'aura pas de cicatrice et qu'elle pourra bientôt porter des petits tops, le ventre à l'air. Je suis passée la voir ce matin, mais elle dormait. Les antibiotiques ont l'air de venir à bout de l'infection, finalement.

— C'est toujours bon d'entendre qu'un traitement fonctionne.

— Oui. A propos, comment va ton père ? Son état de santé s'améliore ?

Nate serra les lèvres.

— Il va falloir du temps. Le muscle cardiaque a du mal à se remettre de l'infarctus. La rééducation lui est pénible. J'ai trouvé un établissement de convalescence où il pourrait se reposer tout en étant suivi. Il devrait y être transféré vendredi. J'irai le voir samedi matin, avant la fête. C'est moi qui dois tirer les numéros de la tombola, samedi après-midi.

— Jake vient de m'informer du changement de lieu pour la fête. Tu n'as pas peur que la foule cause des dégâts dans le parc ? Je sais que ton père a toujours été soucieux de son entretien.

— Il m'a confié la responsabilité de l'événement. De toute façon, les gardiens remettront les lieux en l'état le lendemain si besoin. Ma préoccupation est plutôt que les gens du village ne boycottent pas la fête à cause de tout ce qu'on lit dans les journaux sur la faillite de mon père. Ce serait dommage, aussi bien pour l'ambiance générale dans le village que pour le service de pédiatrie de l'hôpital, pour qui l'argent récolté est important.

— Je ne pense pas que tu aies à t'inquiéter de ça. Tout le monde sera content de participer et de contribuer. Je connais des tas de gens qui se sont mis en quatre pour que la fête soit un succès.

— J'espère que tout ira bien.

Son regard vert chercha le sien.

— Tu viendras, j'espère ?

Elle hésita, réfléchissant à l'implication de sa présence. Mais elle ne pouvait pas être absente ce jour-là, quelles qu'en soient les raisons.

— Oui. C'est moi qui représente le service de pédiatrie.

— Jake vient aussi ?

— Non, il a un rendez-vous de travail. Mais je viendrai avec Charlie. Je l'ai inscrit au concours canin. J'espère seulement qu'il ne va pas tirer comme un fou sur sa laisse et me faire honte ! Il est tout excité quand on s'agite autour de lui. Il est capable de batifoler dans les massifs de fleurs si je ne l'ai pas à l'œil.

Nate se mit à rire.

— J'imagine la scène ! Je me souviens, quand c'était encore un chiot et qu'il venait au manoir. Il n'arrêtait pas de faire des trous dans le gazon. Mon père devenait fou ! Le tien lui courait après pour le gronder, mais Charlie croyait qu'il voulait jouer. Dès que ton père s'approchait pour l'attraper, il repartait en gambadant et se remettait à creuser de plus belle.

Elle leva les yeux au ciel.

— J'espère qu'il se tiendra mieux samedi ! Au moins, il a passé l'âge de creuser des trous dans le gazon…

Nate lui sourit.

— Je suis content que tu viennes.

— Moi aussi, dit-elle en s'efforçant de cacher sa nervosité.

Elle reprit le dossier de Josh et sortit pour donner ses instructions en vue de l'intervention au bloc.

A son grand soulagement, l'opération se déroula sans encombre. Le chirurgien implanta un petit tube de silicone dans l'espace sous-dural pour drainer le sang qui s'y accumulait. La pression diminua aussitôt dans le cerveau du petit garçon. Josh était toujours sous sédation, mais ses chances de guérison avaient désormais augmenté.

Le jour de la fête, le temps était magnifique. Sophie se rendit au manoir à pied en longeant la falaise avec Charlie. D'un côté, la mer ; de l'autre, la lande. Puis elle s'enfonça dans les terres en direction du manoir Branscombe qui dominait le paysage.

C'était une demeure en U, en pierre blonde, dont les deux ailes se terminaient en pignon. Des extensions avaient été ajoutées au fil des ans à l'arrière de la maison, également surmontées de pignons. Les fenêtres à meneaux abritaient des vitraux dans lesquels venait se refléter la lumière du soleil.

Elle s'arrêta un moment pour contempler la demeure puis s'engagea dans l'allée après s'être écartée pour laisser passer le camion du traiteur.

Des stands avaient été installés sur l'immense pelouse devant le manoir, ainsi que de grandes tentes sous lesquelles les gens pouvaient s'attabler pour boire un thé ou un café. Toutes sortes de nourritures chaudes et froides étaient proposées aux visiteurs.

Plus jeune, elle venait souvent avec son père qu'elle aidait dans ses tâches. Elle jeta un coup d'œil autour d'elle, et les souvenirs affluèrent : l'arche de pierre, le chemin qui menait à la roseraie, le vaste terrain arboré au-delà…

— Bonjour, Sophie. Vous avez vu comme il fait beau ! Il y a déjà beaucoup de monde ! dit Tracey d'une voix enjouée.

Ses yeux gris-bleu se mirent à briller quand elle vit Charlie. Elle se pencha pour le caresser.

Charlie remua la queue frénétiquement, trop heureux d'attirer l'attention et les caresses.

— Voulez-vous que je le garde pendant que vous prendrez le micro ?

— Oh oui ! merci, Tracey, répondit Sophie en lui tendant la laisse.

Il était temps qu'elle monte sur l'estrade pour ouvrir officiellement les festivités.

— Bonjour à tous, soyez les bienvenus ! J'espère que vous allez profiter de cet après-midi pour vous détendre et vous amuser. Il y a des stands de maquillage pour les petits et une démonstration de karaté est prévue à 14 heures. Des groupes joueront de la musique tout l'après-midi. Des plants et des fleurs sont en vente, ainsi que toutes sortes de pâtisseries et de confitures maison. N'oubliez pas que tout l'argent que vous dépenserez ici servira à acheter du matériel médical pour le service de pédiatrie de l'hôpital. Bonne journée à tous et, surtout, amusez-vous bien !

Au pied de l'estrade, Charlie tirait sur la laisse que tenait Tracey, visiblement désireux de se rapprocher d'elle, à moins que ce ne soit d'un petit garçon qui tenait un cornet de glace. De l'autre côté, Nate attendait de monter à son tour sur l'estrade, beau comme un dieu dans son pantalon de toile claire et sa chemise vert olive ouverte sur son cou bronzé.

Elle lui fit signe de s'approcher, le présenta au public et lui laissa la place,

L'ambiance changea du tout au tout, comme si le public hésitait sur la façon de réagir à sa présence. Les erreurs du père contaminaient le fils. Un silence plombé tomba.

Nate ignora le changement d'atmosphère.

— Merci, Sophie. Je vous annonce aussi qu'il y aura un concours canin sur la pelouse de l'aile est à 14 h 30. Je ne suis pas sûr que Charlie soit un bon candidat pour les épreuves de dressage…

Des rires parcoururent le public et redoublèrent lorsque, tirant plus fort, le chien finit par monter sur l'estrade, entraînant Tracey dans sa course.

Inquiète, Sophie intercepta la laisse du chien.

— Cela dit, il remporterait sûrement un prix dans une course de traîneaux.

Le public se remit à rire.

Nate fixa le chien surexcité.

— Charlie, assis ! dit-il d'une voix ferme.

Au grand étonnement de Sophie, le chien s'assit et le regarda avec une expression d'espoir et d'adoration mêlés.

Nate retourna à son public.

— Le tirage de la tombola aura lieu à 17 heures, avec comme premier prix un téléviseur. Mais vous pourrez aussi gagner un panier garni, des bouteilles de vin et toutes les belles choses que vous avez pu admirer quand vous avez acheté vos billets. Je vous souhaite à tous un très bon après-midi.

Sophie descendit de la scène avec Charlie.

— Ça va, Tracey ?

— Oui. Je ne m'attendais pas à ce qu'il tire aussi fort.

— Je suis désolée. Finalement, je me demande si des cours de dressage ne seraient pas une bonne idée. Encore que je crains qu'il ne soit un peu vieux pour ça, désormais.

— Le débat est ouvert, dit en riant Nate, qui s'était joint à elles.

Ils se dirigèrent vers les tentes et s'arrêtèrent aux différents stands de jeux et d'activités. Sophie remporta une peluche à la roue de la fortune.

— Ce sera pour les enfants du service, dit-elle, ravie, en attrapant le gros ours brun.

Tracey retrouva une amie. Sophie poursuivit son tour tranquillement avec Nate jusqu'à ce que deux hommes se postent devant celui-ci.

— Qu'est-ce qu'on va devenir, si Peninsula Holdings nous achète ? l'apostropha l'un d'eux avec colère. Où est-ce qu'on va aller ?

— Ne vous inquiétez pas, personne ne va se retrouver à la rue du jour au lendemain, répondit Nate, tentant d'apaiser les tensions. Aucune décision n'a été prise pour l'instant, et dans tous les cas, quelle que soit l'option choisie, je veillerai personnellement à ce que chaque famille puisse racheter son logement ou être relogée dans des conditions similaires.

— Et si on n'a pas envie de partir d'ici ?

— Je sais que vous traversez une épreuve difficile…

C'était le seul discours qu'il pouvait tenir tant que les négociations étaient en cours, mais rien de ce qu'il pourrait dire ne calmerait la colère bien compréhensible de ces gens, se dit-elle en s'éloignant avec Charlie vers la tente du concours de beauté canine.

Nate dut parvenir à mettre un terme à la conversation, car il la rejoignit alors qu'elle revenait bredouille.

— La prochaine fois, peut-être, dit avec philosophie. Je crois que je vais aller prendre un peu l'air. J'en ai assez de me faire sauter dessus et de ne pas être en mesure de dire aux gens qu'ils n'ont pas à s'inquiéter. Que penses-tu de l'idée d'emmener Charlie jusqu'à la rivière ? A moins que tu n'aies envie de rester à la fête ?

— Je pense que c'est une excellente idée. Ça le calmera peut-être.

Ils empruntèrent un chemin qui les conduisit jusqu'à l'eau. Ils marchèrent sur le rivage parsemé de mauve musquée et de lychnis en fleur. Charlie reniflait la moindre touffe d'herbe.

— Quelle paix, soupira-t-elle en contemplant les canards qui plongeaient la tête en quête de nourriture.

— J'adore cet endroit, dit Nate. Je suis encore plus heureux que tu sois là pour partager ce moment avec moi.

— C'est vrai ? Je ne pensais pas que nous nous verrions en dehors du travail, mais, la fête du village ayant pris place au manoir, je me doutais bien que je tomberais sur toi.

— Je crois que, même si elle n'avait pas été organisée ici, j'aurais tout fait pour t'y croiser et passer du temps avec toi.

— Vraiment ? dit-elle, mi-flattée mi-incrédule.

Nate avait beau insister sur le plaisir qu'il éprouvait à être auprès d'elle, elle n'était pas disposée à succomber si facilement à son charme.

Il retint Charlie, l'air pensif.

— A quoi Jake Mallow pensait-il quand il a accepté un rendez-vous de travail au lieu de passer l'après-midi avec toi ? demanda-t-il.

Décidément, sa relation avec Jake semblait être un sujet d'inquiétude pour Nate.

— Son travail le passionne.

— Plus que toi ? insista-t-il avec une franchise qui la déstabilisa. N'a-t-il pas honte de te laisser seule avec un type comme moi ?

Elle sourit.

— Jake et moi sommes amis, Nate, rien de plus. Comme toi et moi, d'ailleurs. Vu les relations qu'entretiennent nos deux familles, inutile d'imaginer que nous puissions aller plus loin.

Ignorant sa remarque, Nate jeta un coup d'œil à sa montre.

— Il reste une heure avant le tirage de la tombola. Et si je te faisais visiter la maison ? Tu ne la connais pas, n'est-ce pas ?

— Je ne connais que le pavillon dans lequel mon père avait son bureau. Je me suis toujours demandé à quoi ressemblait l'intérieur du manoir.

— Alors, viens, on va passer par là, ce sera plus court.

Il la guida sur un petit chemin menant à une haie sur laquelle était installé un échalier. Il tint la laisse de Charlie pendant qu'elle enjambait la haie. En se retournant, elle aperçut le manoir à moitié caché par des arbres majestueux.

De ce côté de la bâtisse, le parc était désert et magnifique, avec sa pelouse impeccable, ses massifs de fleurs colorés, ses arbres centenaires et ses arbustes verdoyants.

Ils passèrent sous une arche de pierre.

— Tu me fais passer par l'entrée de service ? demanda-t-elle avec un sourire espiègle alors qu'ils approchaient de la maison.

— L'entrée de service n'existe plus. Mais il reste cette arche, un peu moins grande que l'arche de devant.

— C'est impressionnant quand même, dit-elle en le suivant dans la maison.

Ils franchirent une porte imposante conduisant à la cuisine, immense, au plancher et aux aménagements en chêne massif. Un plan de travail trônait au milieu, et plus loin s'étirait une longue table entourée de douze chaises. La cuisinière était surmontée d'une large hotte carrelée. La pièce était éclairée par de larges fenêtres, dont deux en ogive.

Elle n'avait jamais vu de cuisine aussi splendide de sa vie !

— Je ne m'attendais pas à ça, reconnut-elle. C'est un mélange parfait de tradition et de modernité.

Nate sourit.

— C'est l'un des rares aménagements pour lesquels je suis parvenu à convaincre mon père, il y a quelques années. Pour une fois, il m'a écouté ! dit-il en se dirigeant vers l'évier.

Il remplit une écuelle d'eau et la posa sur le sol.

Charlie se précipita pour boire avant de s'affaisser sur le sol en haletant.

— Qu'est-ce que tu veux boire ? Un thé ? Une boisson fraîche ?

— Je veux bien quelque chose de frais, avec cette chaleur.

Nate sortit du réfrigérateur une grande carafe.

— C'est un mélange de pastèque et de concombre avec de la menthe. Cela devrait te rafraîchir.

— Merci, dit-elle en prenant le verre qu'il lui tendait. C'est délicieux !

Une fois leur soif étanchée, ils laissèrent Charlie dans la cuisine et traversèrent deux salles de réception transformées l'une en bibliothèque et l'autre en bureau, et ils arrivèrent dans un salon au style tout à fait différent. Les murs n'étaient pas recouverts de boiseries mais de tentures de soie très pâles qui encadraient la cheminée en pierre d'origine. Deux canapés crème se faisaient face de part et d'autre d'un luxueux tapis oriental. La pièce donnait sur une terrasse ombragée.

— C'est magnifique, s'extasia-t-elle. Et tellement paisible !

— Je suis content que ça te plaise. Je vais te montrer l'étage. Mais je ne pense pas que nous aurons le temps de visiter les deux ailes avant la tombola.

Ils débouchèrent dans un grand hall orné d'un escalier monumental avec une balustrade en chêne sculpté.

— Mon bureau est là-haut, dit Nate en la précédant sur les marches. J'adore la vue sur la lande et le lac. Je vais te montrer.

Il lui tendit la main, et aussitôt des picotements se manifestèrent à son contact chaud et ferme.

Il la fit entrer dans une pièce spacieuse meublée de fauteuils confortables et d'une table basse disposés devant une cheminée. Une bibliothèque courait le long des murs, mais le plus remarquable, c'étaient les deux fenêtres en ogive qui occupaient la quasi-totalité du mur face à la porte et prolongeaient la pièce par un océan de verdure.

— Je comprends ce que tu voulais dire, dit-elle en s'approchant. C'est incroyable !

Nate la prit par la taille, et ils contemplèrent ensemble le paysage qui s'étendait à perte de vue sur la lande, les bosquets, le lac.

La proximité de son corps était enivrante. Il aurait sans doute été plus sage de s'écarter de lui, mais c'était tellement agréable de sentir sa main sur sa hanche ! En dépit de tout bon sens, elle avait même envie qu'il resserre son étreinte.

— Toi aussi, tu es incroyable, dit-il en tournant la tête vers elle.

Ses yeux verts la scrutèrent avec intensité.

— Tu ne peux pas imaginer le plaisir que ça me fait de t'avoir ici près de moi. Tu m'as tellement manqué pendant toutes ces années ! Je n'ai jamais cessé de penser à toi.

— Moi aussi, j'ai beaucoup pensé à toi, avoua-t-elle d'une voix tremblante.

Elle pensait à lui tout le temps, depuis des années. Et, maintenant, elle était littéralement hypnotisée par son regard empli de désir.

Elle sentit la main de Nate se resserrer autour de sa taille. Il pencha la tête et effleura ses lèvres des siennes.

Elle sentit son corps s'embraser et s'abandonna tout entière au contact de sa bouche. Elle tremblait de désir. Elle avait envie que ce baiser ne s'arrête jamais.

— J'ai eu envie de t'embrasser dès l'instant où je t'ai aperçue sur la terrasse du restaurant, dit-il d'une voix rauque. J'ai tellement envie de toi, depuis tellement longtemps.

Ces paroles exprimaient ce qu'elle ressentait elle-même. Mais à l'image de la terrasse du restaurant se superposa celle de lord Branscombe.

Elle était attirée par Nate comme un papillon de nuit par la lumière, mais elle avait trop souffert de leurs séparations. Lorsque chacun était parti étudier la médecine de son côté, lorsqu'ils s'étaient disputés après l'accident d'avion qui avait paralysé son père, lors du séjour de Nate aux Etats-Unis. Que se passerait-il lorsqu'il devrait quitter son poste à l'hôpital et repartir ? Mieux valait sans aucun doute que les choses en restent là entre eux. Son père avait sûrement raison, mieux valait qu'elle ne fréquente pas cette famille.

— Moi aussi, j'ai envie de toi, Nate, dit-elle. Mais ce n'est pas possible. Je suis désolée…

— Pourquoi ne serait-ce pas possible, Sophie ? Donne-moi une raison, une seule.

Elle leva les yeux vers lui.

— Je sais que nous ne sommes pas faits pour être ensemble. Nous venons de deux mondes trop différents. Ça ne marcherait jamais.

— Qu'est-ce que tu en sais ? Moi, je sais que nous sommes faits pour être ensemble. Je ferai tout pour que nous soyons heureux.

— C'est impossible, Nate. Tout ce que nous réussirons à faire, c'est nous fâcher avec nos familles et nos amis. Tu es sur le point de vendre tout un village à des investisseurs. Tout ce qui compte pour toi, c'est que le manoir reste dans la famille Branscombe. Je le comprends, mais as-tu vraiment conscience des conséquences de ces négociations sur la vie des habitants de ce village ?

Nate fit glisser ses mains sur ses bras nus.

— Si je dois vraiment vendre ces logements, nous trouverons le moyen de racheter le tien à un prix très bas.

— Et mon père ? Et les autres ? Qui te dit que la zone entière ne va pas être démolie pour construire un centre commercial ?

— Je ferai tout pour que ton père retrouve un logement identique. Je te le promets.

— Il a mis des mois à s'habituer au fauteuil roulant. Penses-tu vraiment qu'il est en mesure de subir un nouveau déménagement ?

Nate avait la mâchoire serrée, son regard s'était assombri.

— Je ferai ce que je pourrai, Sophie. Je ne peux rien te promettre, mais je ferai vraiment tout pour que tu ne souffres pas davantage.

— Je sais, Nate. Mais les choses ne vont pas toujours dans le sens où l'on voudrait qu'elles aillent.

Elle se détacha de lui.

— Il est tard. Je vais aller voir si Charlie n'est pas en train de faire des bêtises et rentrer. Merci pour la visite.

Nate la raccompagna jusque dans la cuisine.

— Veux-tu que je vous raccompagne ? Je peux prendre la Range Rover, Charlie montera derrière.

— Non, merci. Je préfère marcher.

Elle avait surtout besoin de se retrouver seule et de remettre de l'ordre dans ses idées. Tant que Nate Branscombe était près d'elle, c'était chose impossible.

4.

— Bonjour, Jake ! Comment s'est passé ton week-end dans les Cornouailles ? demanda Sophie avec un grand sourire en entrant dans le bureau de son ami.

Elle était heureuse de voir Jake. Sa présence était apaisante. Tout le contraire de celle de Nate.

Pourquoi avait-elle suivi ce dernier dans le manoir ? Elle savait bien qu'il en profiterait pour se rapprocher d'elle. Après tout, il n'avait rien à perdre.

Elle se remémora le contact de ses bras et de ses lèvres, et elle frissonna à cette pensée.

— Bonjour, Sophie, répondit Jake en levant les yeux de sa paperasse. J'ai passé un bon week-end, merci. Et le rendez-vous a été concluant. Le seul point noir, c'est que l'hôtel était bondé et un peu bruyant. Il y avait un festival de musique dans la ville. Mais je suis content d'avoir revu mes amis.

— Je suis venue voir si tu voulais déjeuner avec moi. Tu me raconteras tout ça devant une assiette de spaghettis.

Jake consulta sa montre et fronça les sourcils.

— Désolé, Sophie, mais aujourd'hui je suis débordé. J'ai un rapport à rendre cet après-midi. Ça ne te dérange pas si on se voit plus tard ?

— Bien sûr que non, dit-elle en s'efforçant de cacher sa déception. Je passais à tout hasard pour prendre de tes nouvelles.

— Je t'appelle quand j'ai terminé, si tu veux.

— Avec plaisir ! A tout à l'heure.

Elle se contenta d'aller chercher un sandwich à la cafétéria avant de retourner dans son service pour les visites.

L'état de Josh s'était nettement amélioré. Il était toujours sous sédation en attendant que ses fractures commencent leur processus de guérison et que l'hématome se résorbe sous son crâne.

Alors qu'elle arpentait les couloirs du service, elle entendit l'alarme d'un moniteur se déclencher dans une chambre.

Elle se précipita.

Nate était en train d'essayer de maîtriser les mouvements incontrôlables d'une fillette d'une dizaine d'années qui se débattait sur son lit. Elle était arc-boutée, la tête rejetée en arrière, en proie à une sorte de crise d'épilepsie.

— Je peux t'aider ?

— Ce n'est pas de refus, répondit-il. Les infirmières sont toutes occupées. Veux-tu tenir Lucy pendant que je lui administre un anticonvulsif ? Elle a une nouvelle crise…

— Bien sûr, dit-elle en tentant de contenir les mouvements désordonnés de la fillette.

Nate parvint à insérer une seringue dans la canule fixée sur son bras.

— Ses parents sont là ?

— Son père est parti travailler. J'ai suggéré à sa mère d'aller faire une pause. Elle est allée boire un café. Par chance, elle n'a pas assisté aux deux dernières crises.

— En a-t-on identifié les causes ?

Il hocha la tête.

— Cela fait un moment qu'elle souffre de migraines, d'épistaxis et de vomissements. Sa tension est anormalement élevée, et cela empire en dépit des traitements qu'elle prend depuis des années.

Il posa la seringue dans le plateau.

— Ce serait bien si tu pouvais rester pendant que j'explique la situation à sa mère. J'ai besoin de son autorisation pour une angiographie. Elle est très inquiète. Je pense qu'une présence féminine serait la bienvenue.

— D'accord.

Le médicament faisait son effet, et Lucy revint peu à peu à la conscience.

Nate lui parla d'une voix douce et rassurante.

— Comment te sens-tu ? demanda-t-il au bout d'un moment. Tu as toujours mal à la tête ?

— Un peu moins, répondit la petite fille.

Mais elle blêmit, et des gouttes de sueur se mirent à perler sur son front.

— Je vais vomir, dit-elle, avant d'être secouée de spasmes.

Sophie lui tendit un bassin puis des mouchoirs en papier pour qu'elle s'essuie la bouche. Quand elle revint après avoir vidé le bassin, Lucy était allongée, épuisée et en sueur. Sa mère était revenue de la cafétéria et était assise face à Nate.

— Au vu des résultats des analyses, de l'échographie et de l'IRM que nous avons faites, nous savons désormais ce qui est à l'origine de son hypertension, dit-il d'une voix calme.

— C'est lié à ses reins, comme vous m'avez dit ?

— Oui. Nous avons vu à la radio que les vaisseaux qui irriguent les reins se sont rétrécis, ce qui entraîne ces crises.

— Il y a des médicaments contre cela ?

— Malheureusement, non. Il va falloir l'opérer. Si nous ne faisons rien, le problème va s'aggraver, et les reins risquent d'être endommagés. Nous devons procéder à une angiographie pour déboucher les artères. C'est une opération qui se pratique sous anesthésie générale.

La mère de Lucy se crispa.

Lucy suivait la discussion, les yeux grands ouverts.

Sophie apporta une chaise et s'assit près d'elle.

— Qu'en penses-tu, Lucy ? demanda-t-elle.

— Ça va me guérir ?

— Oui, c'est le but.

Lucy se tut un instant, l'air pensif.

— Alors, il faut le faire, dit-elle sur un ton empli de sagesse. J'en ai assez d'être malade tout le temps.

Sa mère hocha la tête puis soupira profondément.

— Je vais appeler ton père pour le lui expliquer. Quand pouvez-vous l'opérer ? demanda-t-elle à Nate.

— Dès demain matin. Je vais parler au radiologue qui viendra voir Lucy et vous expliquera la procédure. En gros, cela consiste à enfiler un cathéter dans les vaisseaux de l'aine jusqu'aux reins pour les examiner. Puis on place une sorte de petit ballon dans l'artère, qu'on gonfle pour l'écarter et rétablir la circulation. Une fois que la circulation est rétablie, on retire le ballon et le cathéter. Il devra procéder de cette façon de chaque côté.

— Ça fait mal ?

— Non, tu seras sous anesthésie, et ensuite nous te donnerons des médicaments contre la douleur.

Nate scruta la fillette.

— Tu es toujours d'accord ?

Elle hocha la tête.

— Merci, dit la mère de Lucy avec un sourire.

— Bien. Nous allons vous laisser en parler ensemble. Une infirmière va passer pour répondre à vos questions.

Sophie et lui se rendirent dans la salle informatique pour mettre à jour les dossiers de leurs patients.

— Je suis content d'avoir pu te croiser enfin, dit Nate une fois qu'ils eurent terminé. J'ai été tellement occupé que je ne trouvais pas une minute pour te chercher. Je voulais te dire combien j'avais apprécié les moments que nous avons passés ensemble samedi…

Il la regarda d'un air complice.

Elle n'osa pas lui rendre son sourire. Elle s'en voulait encore de s'être laissée aller comme elle l'avait fait au manoir.

— Le manoir est magnifique, dit-elle dans une tentative désespérée pour esquiver le vrai sujet.

— Tu ne veux pas reconnaître que, toi aussi, tu es bien avec moi ? dit-il dans un sourire en coin, montrant qu'il n'était pas dupe.

— Je pense que nous avons dérapé et que nous n'aurions pas dû.

— Je ne vois pas pourquoi. Du reste, nous nous sommes à peine embrassés. C'était fantastique, mais ce n'était qu'un baiser.

Son regard glissa de son visage à son épaule puis descendit le long de son corps.

— Je te désire depuis toujours, Sophie. J'ai tâché de me faire une raison quand tu es partie étudier et que tu as disparu de ma vie, mais je ne suis toujours pas certain de m'en être remis.

— Vraiment ? dit-elle d'un air faussement désinvolte. Tu n'as pourtant rien fait pour me retrouver. Et ne me fais pas croire que tu m'as attendu sagement pendant toutes ces années ! Tu as sûrement trouvé de quoi te consoler.

— La vie a fait que ça ne m'était pas possible de te rejoindre. Quant aux autres femmes, si c'est à ça que tu fais allusion, crois-moi, je n'en ai trouvé aucune qui t'arrive à la cheville.

Il la regardait d'un air calme, et elle faillit se laisser attendrir par son apparente sincérité. Mais elle n'était plus une adolescente naïve.

— Merci pour le compliment, dit-elle, mais je n'en crois pas un mot. N'aurais-tu pas du sang irlandais dans les veines, par hasard ? J'ai l'impression que tu as embrassé la pierre de Blarney, la pierre de l'éloquence. Tu connais ?

— Pas une goutte de sang irlandais ne coule dans mes veines ! riposta Nate avec fougue. Tu sais bien que mes ancêtres sont nés dans le Devonshire ! De plus, ce n'est pas mon genre de recourir à de telles tactiques.

— Hmm, fit-elle, mi-dubitative, mi-amusée.

Elle n'eut pas le temps d'extrapoler, car son portable sonna.

Elle regarda l'écran et grimaça.

— Désolée, il faut que je réponde. C'est ma sœur. C'est bizarre qu'elle m'appelle à l'hôpital.

— Je t'en prie, dit Nate en retournant à son écran d'ordinateur.

— Sophie ? dit sa sœur d'une voix anxieuse. J'ai hésité à t'appeler, mais… je ne sais pas quoi faire.

— Tu as bien fait, dit Sophie. Que se passe-t-il ?

— Ryan est parti au Canada pour son travail alors que je peux accoucher d'une minute à l'autre. Je suis crevée, j'ai mal au dos, j'ai ces contractions que la sage-femme appelle des contractions de Braxton Hicks… Et, lui, il s'en va ! Du jour au lendemain, en m'expliquant qu'il n'a pas le choix.

— Il a sûrement envie d'améliorer votre situation financière, dit-elle pour l'apaiser. Il sait que maman est là si tu as besoin de quoi que ce soit.

— Je sais… En fait, je stresse depuis que j'ai arrêté de travailler. Je ne me rendais pas compte à quel point mon salaire était vital. Tout allait bien jusqu'à ce que la chaudière tombe en panne. Elle est trop vieille pour être réparée. Le plombier dit qu'il y a aussi un problème dans les canalisations mais qu'il ne peut pas s'en occuper avant trois semaines au moins. Je ne peux pas rester ici, et je ne sais pas quoi faire… Tu crois que je peux venir me poser chez toi quelque temps ?

— Evidemment ! Fais ta valise et prends le premier train. Je te prépare la chambre d'amis. Je vais te trouver une sage-femme, et je m'arrangerai pour que tu puisses accoucher ici. Tout va s'arranger, tu vas voir.

— C'est vrai ? s'écria Jessica d'une voix soulagée. Oh ! merci, Sophie ! Merci !

Elle s'interrompit brusquement.

— Oh non !

— Que se passe-t-il, Jessica ?

— Je viens de penser que Rob voulait venir voir papa. Je ne sais pas s'il pourra loger chez lui…

— Nous nous débrouillerons. Je viens te chercher à la gare ce soir même, si tu veux. La priorité est que tu sois bien. Nous trouverons une solution pour Rob. Tu dois penser à toi et à ton bébé avant tout le reste.

— D'accord, je vais essayer. Merci, Sophie.

Elles raccrochèrent, et Sophie demeura immobile, pensive.

— Tout va bien ? demanda Nate.

— Il faut que je m'organise, dit-elle avant de lui résumer la conversation avec Jessica.

— Il n'y a pas de place chez ta mère pour accueillir ta sœur ?

— Quand Jessica s'est mariée, maman a transformé sa chambre en bureau. De toute façon, il lui faut du calme. Trop d'agitation la fatigue.

— Je comprends que Jessica n'ait pas envie de rester seule dans ces conditions. Elle a de la chance de t'avoir pour grande sœur. D'ailleurs, si tu as besoin d'aide pour héberger Rob…

— Je ne pense pas, mais merci pour la proposition, répondit-elle, réconfortée par la spontanéité de son offre. Il ne manquerait plus que ma mère débarque ! Ce qui est possible si jamais elle oublie de prendre ses médicaments.

— Quand nous étions plus jeunes, je me suis souvent demandé comment vous faisiez. Elle partait sur un coup de tête, parfois pour plusieurs jours. J'ai l'impression que, à l'époque, tu jouais le rôle d'une mère pour Jessica et Rob. Ils étaient petits.

— J'essayais d'être forte pour eux, mais c'était dur. Papa était malheureux. Ensuite, quand maman s'est mariée avec Tom et a déménagé dans le Somerset, nous avons eu l'impression d'être déracinés.

Elle le regarda en souriant.

— Tu ne t'es jamais vraiment habitué au chaos qui régnait dans notre famille.

Nate haussa les épaules en riant.

— Non, pas vraiment ! J'aime bien quand les choses tournent rond, comme une machine bien huilée. Je pense que Charlotte y est pour beaucoup.

Il jeta un coup d'œil à sa montre.

— C'est la fin de ton service. Rentre chez toi pour préparer la chambre pour ta sœur. Si elle accouche, il va aussi lui falloir un berceau.

— Oh ! c'est un détail auquel je n'avais pas encore pensé.

Nate sembla réfléchir quelques instants.

— Je crois qu'il y a un berceau quelque part dans un grenier du manoir. D'ailleurs, maintenant que j'y pense, j'en suis sûr. Mon père ne jette rien. La maison regorge d'objets remontant parfois à plusieurs générations.

— Vraiment ? Dans ce cas, j'accepte avec plaisir, dit-elle dans un soupir. Au fait, comment va-t-il ?

— Pas vraiment mieux, en dépit des soins qu'il reçoit au centre de convalescence. Il est toujours très essoufflé et fatigué. Et le tien ? Il continue à faire des progrès ?

Elle sourit.

— Il arrive à se lever et à rester debout quelques minutes. C'est un début. Et il fait quelques pas en prenant appui sur un déambulateur, en se faisant aider.

— Je suis content pour lui.

— Moi aussi. Je croise les doigts.

Quelques minutes plus tard, elle sortit de l'hôpital, l'esprit en ébullition. Repensant à Jake qui avait proposé qu'ils se voient plus tard, elle lui laissa un message pour annuler.

Elle passa chez son père, où elle fit réchauffer le ragoût qu'elle avait préparé la veille.

— Rob m'a dit qu'il allait venir, dit son père, une fois à table. J'aimerais bien l'héberger, mais la petite chambre est pleine du bazar du kiné. Il faudrait y mettre un peu d'ordre.

— Ne t'en fais pas, papa. On pourra s'en occuper plus tard.

— Et Jessica ? Tu vas pouvoir la loger ? Et si elle accouche ?

— On va se débrouiller. Et toi, comment vas-tu ? Comment s'est passé ton rendez-vous à l'hôpital ?

Il grimaça.

— J'ai fait péniblement quelques pas, mais avec de l'aide. Certains jours, je manque de force.

— Tu progresses, c'est ce qui compte ! Qui aurait dit, ne serait-ce qu'il y a un an, que tu serais capable de te lever ? dit-elle en souriant.

Le visage de son père s'illumina, comme s'il était contaminé par son optimisme.

— Bon, je vais promener Charlie et je rentre. J'ai des tas de choses à faire avant que Jessica n'arrive.

Les oreilles de Charlie se dressèrent à l'évocation de la promenade, et il se leva en agitant la queue.

Elle prit le chemin du village, fit quelques courses avant de ramener le chien puis rentra dans sa petite maison.

Jessica arrivait au train du soir, elle avait le temps de mettre un peu d'ordre d'ici là.

Elle prépara la chambre d'amis, fit le lit, posa des serviettes propres sur la table, puis sortit dans le jardin cueillir des fleurs.

Elle adorait son jardin. Plusieurs massifs de fleurs illuminaient la pelouse de leurs coloris vifs, et des pois de senteur pastel grimpaient le long d'une treille. Le soleil déclinait à l'horizon. Elle cueillit quelques dahlias pompons et fit un petit bouquet de pois de senteur.

— J'espérais te trouver ici, dit une voix grave alors qu'elle s'apprêtait à rentrer. J'ai frappé et, comme tu ne répondais pas, je me suis dit que tu devais être de l'autre côté. Je suis venu apporter le berceau et voir si tu n'avais pas besoin d'aide.

— Oh ! je ne pensais pas que tu l'apporterais aussi vite ! dit-elle, un peu émue de voir Nate chez elle.

Il avait retroussé ses manches de chemise sur ses avant-bras bronzés et portait un de ses pantalons décontractés.

C'était bon de le voir là. Elle sentit tout le stress des dernières heures s'évanouir et laisser place à un sentiment de joie.

— C'est gentil de t'en être occupé, merci ! Mais entre, dit-elle en ouvrant les baies vitrées. Je vais mettre mes fleurs dans des vases. Jessica adore les pois de senteur, et les dahlias seront parfaits dans le salon.

— As-tu des nouvelles de ton frère ? demanda Nate en la suivant dans la cuisine.

— Non, aucune. J'ai essayé de l'appeler, mais en vain. Tu bois un thé ? J'ai des scones, si tu as faim. Assieds-toi.

— Non, merci. Je passais juste t'apporter le berceau. Je ne veux pas te déranger plus longtemps, tu es assez occupée comme ça. Au fait, veux-tu que j'aille chercher Jessica à la gare ? Elle se souvient sans doute de moi, nous nous étions croisés la dernière fois que je suis venu.

Elle hésita.

— Je veux bien, si tu es sûr que ça ne te dérange pas.

— Pas le moins du monde ! Je suis content de te rendre service.

— Alors, d'accord. Merci beaucoup, dit-elle en tendant à Nate une tasse de café. J'espère que tout va bien se passer pour elle…

— Tu es inquiète ? Ça ne se voit pas. Tu as l'air si calme, si posée. Rien ne transparaît. C'est sans doute parce que tu es un bon médecin. Du sang-froid, de la concentration…

Elle éclata de rire.

— On dirait que tu parles d'un robot !

— Non, pas du tout ! Tu as le droit de te laisser aller de temps en temps. Tu sais que je suis là, tu peux compter sur moi.

Nate prit sa main dans la sienne, grande et chaude, et à ce contact elle ressentit un regain d'énergie, comme si elle pouvait soulever des montagnes avec lui à ses côtés.

— Merci, Nate. Je suis contente que tu sois là.

— Moi aussi, je suis content d'être là…

Il lâcha sa main comme s'il craignait soudain que le contact se prolonge.

— En fait, pour être honnête, être près de toi me rend fou, marmonna-t-il. Tu n'imagines pas à quel point c'est difficile.

— Ça l'est pour moi aussi, dit-elle doucement. Mais je nc peux pas m'empêcher de penser que je dois rester sur mes gardes. Je ne veux pas tomber amoureuse de toi, Nate. C'est trop risqué.

Il planta son regard dans le sien.

— Nous devons y réfléchir, dit-il en se levant. Je vais chercher le berceau dans le coffre de la Range Rover. J'ai aussi apporté un fauteuil à bascule pour qu'elle se détende en donnant le sein ou le biberon.

Elle le suivit jusqu'à la voiture.

— C'est adorable ! s'écria-t-elle en découvrant le berceau à bascule en bois blanc et le fauteuil à bascule assorti.

Nate les transporta jusque dans la maison.

— Je le pose près du lit ? demanda-t-il en entrant dans la chambre d'amis. C'est parfait, ici, non ?

Il étudia l'ensemble avec satisfaction.

— Oui, c'est parfait ! Je n'imaginais pas que ce soit aussi joli. Je pense que c'était mon berceau. Ma mère me racontait qu'elle me berçait près de son lit. Il paraît que je m'endormais aussitôt.

— Merci beaucoup, Nate, dit-elle en se jetant à son cou sans réfléchir.

Il était là pour elle, sans qu'elle ait eu besoin de le lui demander, lui offrant une présence et une aide précieuses.

— Je t'en prie, dit-il, en l'enlaçant à son tour.

Comme elle se sentait bien dans ses bras ! En sécurité. Il suffirait qu'il penche à peine la tête pour que leurs lèvres se touchent.

Un flot de désir jaillit en elle, et elle leva la tête vers Nate.

Ses yeux verts la fixaient, emplis du même désir. Il pencha doucement son visage vers le sien.

— Sophie, murmura-t-il, réfléchis à ce que tu es en train de faire, à ce que tu veux vraiment. Je ne suis qu'un homme, et ça m'est de plus en plus difficile de te résister. Je ne veux pas que tu me reproches ensuite ce qui pourrait se passer entre nous.

Ces paroles la ramenèrent à la réalité. Elle recula, tentant de reprendre son souffle.

— Tu as raison, dit-elle. Je suis désolée. Je ne sais pas ce qui m'a pris. En fait, depuis que tu es revenu, je fais n'importe quoi. J'ai l'impression d'avoir toujours dix-huit ans.

Il passa doucement la main dans ses boucles.

— Si seulement on pouvait remonter le temps… Je ferais en sorte que nous restions ensemble, que rien ne vienne jamais nous séparer.

— Ce serait bien, dit-elle dans un sourire hésitant, mais ce ne serait pas la réalité. J'ai l'impression que rien n'est simple, entre nous.

Il recula et secoua la tête.

— Non, rien n'est simple… Ta sœur va arriver à la gare. Il faut que j'aille la chercher.

Après son départ, elle retourna dans la chambre nouvellement meublée.

Il manquait du linge pour le berceau et des coussins pour le fauteuil. Elle pourrait aussi acheter un mobile. Ce serait ses cadeaux de naissance pour le bébé.

Dehors, la nuit tombait. Elle n'avait toujours pas de nouvelles de son frère. Elle s'affaira encore un moment jusqu'à ce qu'on sonne à la porte.

Elle ouvrit la porte, soulagée de voir Nate et Jessica.

— Je suis contente de te voir ! dit-elle en s'élançant au cou de sa sœur par-dessus son ventre rebondi. Viens t'asseoir. Tu as l'air fatiguée.

Jessica était pâle, elle se tourna vers Nate qui les suivait dans le couloir et articula un « merci » en silence.

Il lui répondit par un sourire.

— Je fais chauffer de l'eau ? proposa-t-il. Jessica a peut-être envie d'un thé. Ou de l'un de ces scones dont tu m'as parlé. Dans la voiture, elle m'a dit qu'elle n'a pas beaucoup mangé ces derniers temps. Elle a des brûlures d'estomac.

Sophie hocha la tête.

— Ça arrive quand le bébé n'a plus de place et appuie sur tous les organes. Ce n'est pas très confortable pour la maman non plus.

Elle installa sa sœur dans un fauteuil et lui rehaussa les jambes.

— Tu as faim ? J'ai de la confiture de fraises pour accompagner les scones, si tu veux. Ta préférée.

Le joli visage de Jessica s'illumina.

— Je suis tellement contente d'être là, avec toi ! Je me sens déjà mieux.

— Tant mieux. On trouvera une sage-femme demain. En attendant, repose-toi.

Nate approcha une petite table d'appoint et y posa une tasse de thé.

— Je vous laisse profiter de vos retrouvailles, dit-il en se redressant. Je suis sûr que vous avez des tas de choses à vous dire.

Sophie le raccompagna jusqu'à la porte.

— Merci pour tout, Nate.

— Avec plaisir, répondit-il avant de lui déposer un baiser sur le front.

Puis il tourna les talons et regagna sa voiture.

Elle le regarda s'éloigner en priant pour que rien ne vienne de nouveau se mettre en travers de leur belle amitié. La présence de cet homme dans sa vie était importante à ses yeux. Même si elle ignorait comment elle allait pouvoir la concilier avec le ressentiment de son père vis-à-vis des Branscombe et sa crainte d'avoir encore une fois le cœur brisé.

5.

Des coups à la porte firent sursauter Sophie alors qu'elle finissait de ranger les assiettes dans le lave-vaisselle.

Jessica était allée s'allonger dans sa chambre, épuisée. Il ne fallait pas que le bruit la réveille au cas où elle se soit déjà endormie.

Elle alla ouvrir sur la pointe des pieds.

— Salut, Sophie !

Rob, son frère de dix-sept ans, se tenait sur le seuil, débraillé, ébouriffé, l'air penaud.

— Est-ce que je peux me poser chez toi, le temps que je débarrasse la petite chambre chez papa ? Je ne lui ai pas dit que j'arrivais. Je voulais lui faire une surprise.

— Bien sûr que tu peux ! Viens, entre ! dit-elle avant de le serrer dans ses bras. Comment es-tu venu ?

— J'ai fait du stop. Deux camions m'ont pris. Le dernier m'a laissé à quelques kilomètres d'ici, alors j'ai marché un peu. Puis j'ai croisé Nate Branscombe, qui m'a proposé de me déposer.

— Nate t'a emmené ? Mais… il est reparti ? demanda-t-elle en regardant vers la route.

Rob lui indiqua le portail d'un signe de tête.

— Il nettoie ses phares qui sont pleins de boue, dit-il.

— Je vois, dit-elle en rassemblant ses idées. Entre et fais-toi un thé. Sers-toi dans le frigo si tu as faim. Je vais voir Nate une minute.

— Je sais bien que maman ne veut pas qu'on leur parle. Elle dit que c'est à cause de lord Branscombe que papa est handicapé. Mais, pour moi, Nate est en dehors de tout ça. Il a toujours été sympa avec moi, même si on n'est clairement pas du même monde.

— Entre, répéta-t-elle, va te mettre au chaud. Je reviens tout de suite.

Elle s'approcha du 4x4, le cœur battant.

— Merci d'avoir ramené Rob, dit-elle. Après ma sœur, mon frère… Il est tard. Tu dois être fatigué.

— Ça va, dit-il en souriant. Ta sœur est bien installée ?

— Oui. Veux-tu rentrer boire un thé ou un café ? Ou ce que tu veux…

— Le « ce que tu veux » est tentant…

— Tu as très bien compris ce que je voulais dire, protesta-t-elle, contente qu'il ne la voie pas rougir dans l'obscurité.

— Oui, malheureusement, soupira Nate. Et je crois que, pour ne pas être tenté davantage, je vais rentrer chez moi. Tu as raison, il est tard.

Il croisa les bras.

— Tu vas pouvoir faire dormir Rob chez toi ?

— Il couchera sur le canapé.

— Je lui ai proposé de l'héberger au manoir, mais il a poliment décliné l'invitation. Il a dit que ce n'était pas une bonne idée, vu les relations de nos deux familles.

— Je suis désolée. Cela dit, il n'a pas tort. Mieux vaut que mon père ne s'énerve pas davantage. Il est suffisamment stressé comme ça.

— Et Rob sera content d'être avec ses sœurs. Il avait l'air un peu abattu.

— Je crois que ses cours à la fac ne lui plaisent pas. Il se demande s'il ne s'est pas trompé d'orientation. A moins qu'il ne soit préoccupé par autre chose.

— Je suis sûre que son séjour ici lui fera du bien. Je te laisse le rejoindre.

— Merci encore, Nate. Jessica a adoré le berceau et le fauteuil. Elle voulait te remercier de vive voix, mais je pense qu'elle dort, maintenant.

— Il faut qu'elle se repose. On se voit demain matin, à l'hôpital ?

— Oui. A demain.

Elle rentra chez elle, rassurée de savoir son frère et sa sœur au chaud et en sécurité.

Rob, manifestement affamé, avait dévoré un bol de soupe et un chausson à la viande. Elle alla chercher une couette et un oreiller puis l'aida à s'installer dans le salon pour la nuit.

— Le canapé est assez confortable. Tu devrais bien dormir. Si tu es réveillé tôt demain matin, on pourra discuter avant que je ne parte à l'hôpital. Nate m'a dit qu'il t'avait trouvé un peu déprimé.

Rob s'affala sur le canapé.

— Il y a des moments où je suis déprimé, d'autres où j'ai l'impression que la vie est merveilleuse. Je ne sais pas pourquoi. Parfois, je me dis que je suis peut-être bipolaire comme maman. Ça me fait peur.

Elle s'agenouilla près de lui.

— Je ne pense pas que ce soit le cas, Rob. Il y aurait eu des signes plus manifestes. Ce n'est peut-être qu'un passage. Les hauts et les bas de l'adolescence. Peut-être est-ce aussi à nous de trouver le moyen de t'aider, de te soutenir davantage.

Il hocha la tête d'un air absent.

— Jessica est là, vous vous tiendrez compagnie. Cela me rassure de savoir que vous serez ensemble pendant que je serai à l'hôpital. Je compte sur toi pour m'appeler au besoin.

— Pourquoi ? demanda-t-il, affolé. Elle ne va pas accoucher maintenant, si ?

Elle haussa les épaules.

— Le bébé peut arriver quand il veut. C'est lui qui décide. D'après la sage-femme, il est assez gros et n'a plus beaucoup de place.

Comme Rob la regardait d'un air paniqué, elle éclata de rire.

— Ne t'inquiète pas ! En général, un premier bébé ne sort pas en trois minutes, mais en plusieurs heures. Tout ce que tu as à faire, c'est m'appeler.

Il hocha vigoureusement la tête.

— D'accord.

— Allez, maintenant, repose-toi.

La nuit fut courte. Sophie se leva tôt, se prépara et descendit s'occuper du petit déjeuner.

Rob la rejoignit dans la cuisine, les yeux encore gonflés de sommeil. Il tira une chaise et s'assit.

— C'est avec papa que tu parlais au téléphone ? demanda-t-il.

— Oui. Il était hors de lui parce que Nate était allé chercher Jessica et t'avait ramené chez moi. Il n'arrêtait pas de râler. Il n'a pas écouté un mot de ce que je lui disais. J'espère qu'il aura changé d'humeur quand j'irai promener Charlie. Mais il était content de vous savoir arrivés.

Rob sourit.

— Si tu veux, je vais y aller, moi. Je peux aider papa et sortir Charlie.

Elle se réjouit de l'empressement de Rob à aller voir leur père. Celui-ci devait lui manquer. Ça leur ferait du bien de parler.

— Je ne dis pas non. Ça me laissera le temps d'appeler la sage-femme avant d'aller travailler.

— Est-ce que j'ai bien entendu, Rob, tu vas promener Charlie ? demanda Jessica en entrant à son tour dans la cuisine, l'air reposé, manifestement ravie de se retrouver en famille. Est-ce que tu accepterais que je vienne avec toi ?

— Oui, pourquoi pas ?

Ils s'attablèrent tous les trois pour déguster les toasts et les œufs brouillés que Sophie venait de préparer.

De toute évidence, Rob et Jessica étaient contents d'être de retour dans leur ville natale. Ils parlaient avec enthousiasme, racontant chacun à son tour des bribes du passé.

Sophie finit de manger et alla téléphoner.

— Jessica, tu as rendez-vous avec la sage-femme demain matin, dit-elle en revenant dans la cuisine. Elle habite près d'ici.

Je la connais bien. Elle s'arrangera avec la maternité pour ton accouchement.

— Merci, Sophie, dit Jessica en passant sa main sur son ventre rond. J'espère que ça ne va pas tarder.

Rob écarquilla les yeux.

— Pas maintenant, hein ? Attends au moins ce week-end, que Sophie soit là !

— D'accord. Je ne te promets rien, mais je vais essayer, dit Jessica en riant.

Une fois à l'hôpital, Sophie procéda à ses visites dans le service de néonatalité puis dans le service de pédiatrie.

L'état du petit Josh commençait à montrer des améliorations telles qu'elle prit la décision de diminuer ses doses de sédatif. Tant qu'il était maintenu dans un coma artificiel, on ignorait quelles séquelles il garderait de son accident.

La journée s'écoula sans qu'elle croise Nate. Elle le trouva en fin d'après-midi au bureau des infirmières.

Il tenait un journal à la main.

— Tu as vu ça ? s'exclama-t-il en lui tendant le journal.

Il était hors de lui, bien loin de son flegme habituel.

— Non, qu'est-ce qu'ils racontent ?

Elle prit le journal et parcourut l'article.

Peninsula Holdings s'apprête à faire une offre pour la propriété Branscombe. Lord Branscombe, après avoir provoqué un crash d'avion dans lequel son intendant a perdu l'usage de ses jambes et avoir perdu des millions de livres dans une opération financière malencontreuse à l'étranger, espère ainsi récupérer sa mise.

Il semblerait qu'il ait eu recours à un emprunt pour financer son investissement. Ayant été victime d'un infarctus, il a été admis dans un centre de convalescence.

Les habitants du village, qui protestent contre la vente de leurs logements, souhaitent parler avec son fils et héritier, Nathanael Branscombe, qui n'a pas souhaité faire de commentaires.

Elle regarda Nate d'un air interrogateur.

— C'est vrai ? Les logements sont en vente ? Tu as signé avec Peninsula Holdings ?

La mâchoire de Nate tressaillit.

— Je ne leur ai pas encore parlé ! Ils sont venus faire des relevés la semaine dernière avant de remettre un rapport à leur hiérarchie. Ils sont censés me faire une première proposition cette semaine. Mais je n'ai aucune idée de son contenu. Ils n'ont aucun droit de divulguer de telles informations à la presse. Cela ne fait qu'attiser les passions alors que rien n'a encore été décidé.

— Qu'est-ce que tu vas faire ?

Il leva les yeux vers elle, l'air indécis.

— Le conseil paroissial m'a demandé de convoquer une réunion d'urgence à la mairie, ce soir. De toute évidence, ils ont lu cet article et sont morts de frousse. J'ai accepté, en posant la condition qu'aucun journaliste ne soit présent. Mais j'aurais préféré attendre d'avoir des éléments concrets entre les mains. J'ai rendez-vous avec le comptable, il faut que je pose les choses. Tout prend du temps. Ils n'ont pas l'air de s'en rendre compte.

Elle soupira.

— Tout le monde est stressé dans l'histoire. Tout le monde a peur pour son avenir, pour sa vie. A commencer par ma propre famille. J'ai dit à Rob qu'il pouvait rester chez moi le temps qu'il faudrait. Il a beau prétendre que tout va bien, il a besoin de stabilité. Mon père lui a proposé de le loger une fois qu'il aura débarrassé une pièce, mais imagine qu'il doive quitter son logement. Ils vont peut-être se retrouver à la rue avant même d'avoir fini de s'installer.

— Je t'ai dit que tu n'avais pas à t'inquiéter, dit Nate en posant sur elle un regard déterminé.

— Je sais que tu veux bien faire, Nate. Mais, une fois que Peninsula Holdings aura mis la main sur le terrain, on ne sait pas ce qu'il pourra se passer. Leurs avocats sont suffisamment malins pour contourner n'importe quel accord. D'après l'un des types qui sont venus faire les relevés, il y a de forts risques que le cottage de mon père soit démoli. Depuis, il n'en dort plus. Et il n'est pas le seul. Tout le monde est préoccupé. Personne ne sait qui va pouvoir garder son logement ni pour combien de temps. Il y en a qui ont toujours vécu là. Ce n'est pas seulement une histoire de briques et de mortier. Ces logements, pour certains, sont le fondement de leur existence !

Nate lui posa ses mains sur les épaules.

— Je comprends, Sophie. Sois sûre que je ferai tout pour que le moins de gens possible soient lésés. Mais beaucoup d'éléments entrent en ligne de compte, et je ne peux pas prendre une décision en deux jours.

— Je sais. Peut-être que, en tenant les gens au courant de ce que tu fais… Le problème, c'est que personne ne sait rien et que tout le monde imagine le pire. Si les gens avaient des informations concrètes, la situation serait moins tendue.

— Tu as raison. Je vais leur parler ce soir, dit Nate sans cesser de lui masser les épaules de ses pouces.

Elle avait envie que le massage se poursuive, mais il la lâcha lorsque Tracey entra dans la pièce.

L'infirmière s'approcha et tendit à Nate des résultats d'analyse.

— Tenez, c'est le compte rendu de l'angiographie de la petite Lucy.

— Ah ! merci, Tracey. Ils ont fait vite.

Tracey sourit et tourna les talons.

Nate s'empressa de parcourir le compte rendu.

— Apparemment, l'intervention de ce matin a porté ses fruits ! L'irrigation sanguine des reins s'est très nettement améliorée. Ils ont trouvé un épaississement fibreux dans chacune des deux artères, mais ils sont parvenus à les déboucher.

— Bonne nouvelle ! dit Sophie. Quand je suis passée la voir tout à l'heure, sa tension avait déjà recouvré un niveau acceptable. Est-ce qu'on connaît la cause de l'épaississement ?

Nate secoua la tête.

— C'est difficile à savoir. Il peut y avoir des causes génétiques, mais c'est difficile à identifier. Tout ce qu'on peut faire pour le moment, c'est la soigner et l'aider à aller mieux.

Il jeta un coup d'œil à sa montre.

— Le temps passe vite. J'ai eu une urgence cet après-midi, et je n'ai pas eu le temps de déjeuner. Tu viens avec moi prendre un café ?

— Je ne peux pas, répondit-elle à contrecœur. Je dois passer voir Jake. Cela fait des jours que nous reportons parce que nous sommes l'un et l'autre débordés. Il m'a envoyé un SMS cet après-midi pour avoir des nouvelles de Rob et de Jessica.

Nate se rembrunit.

— C'est un ami, tu sais ?

— Hmm, dit-il avant de se redresser. On se voit plus tard, alors. Tu vas venir à la réunion de ce soir à la mairie ? Ça me ferait plaisir que tu sois à mes côtés.

— Oui, compte sur moi. Je t'accompagne.

Elle tourna les talons, consciente du regard de Nate dans son dos.

Alors qu'elle s'éloignait, Tracey entra pour informer Nate d'un problème survenu avec l'un de ses patients.

Décidément, il n'était pas près de faire une pause !

Elle prit l'ascenseur pour rejoindre Jake dans son bureau.

— Je suis content de te voir, lui dit-il avec un grand sourire, en poussant une pile de papiers de côté.

— Comment vas-tu ? demanda-t-elle en lui rendant son sourire.

— Je suis débordé. On me demande de procéder à beaucoup de changements. Tout ça pour faire des économies, bien sûr. Du coup, je n'arrête pas : les fournisseurs, les nouveaux contrats…

— Ce ne doit pas être facile. La pression doit être permanente.

Il posa la main sur la pile de documents.

— C'est vrai que je dépense pas mal d'énergie.

— Tu prends le temps de manger, au moins ? J'aurais pu passer à la cafétéria et te rapporter quelque chose.

— Je suis allé déjeuner avec deux collègues, aujourd'hui. Nous avons essayé un nouvel endroit près de la rivière…

Il la dévisagea.

— Je suis désolé de ne pas avoir été très présent pour toi, ces derniers temps. Toi aussi, tu as pas mal de choses à gérer.

— On est tous logés à la même enseigne. C'est la vie.

— J'ai dû retourner en Cornouailles hier pour reparler avec Cheryl et Matt de leurs systèmes et de leurs pratiques. Sans quoi, je t'aurais appelée avant.

— Ne t'inquiète pas. Cheryl… c'est la jeune femme que j'ai rencontrée lors de la soirée à l'hôpital ? Je l'ai trouvée très sympa. Si je me souviens bien, tu l'aimais bien, toi aussi.

Jake la regarda d'un drôle d'air, apparemment surpris qu'elle ait remarqué que cette femme lui plaisait.

Elle sourit.

— Alors, comment cela évolue-t-il avec elle ?

Il secoua la tête, l'air désespéré.

— Ça reste au point mort. Elle n'a d'yeux que pour un autre. Un peu comme toi avec Nate…

Il marqua une pause et reprit, hésitant :

— Je sais que vous vous entendez bien, Nate et toi. Mais il n'est pas du genre à avoir une relation durable avec quelqu'un, tu le sais. C'est un bourreau des cœurs. Il a beau être perturbé par la situation financière et médicale de son père, s'il a des vues sur toi, il fera tout pour te faire tomber dans ses filets, crois-moi.

— Tu as sans doute raison, dit-elle en retournant vers la porte.

— Je n'ai pas envie de te voir souffrir à cause de lui, Sophie. Il t'a déjà suffisamment embrouillée. On peut en parler, si tu veux.

Elle ne savait plus que penser, mais elle était sûre d'une chose : elle n'avait aucune envie de parler de Nate avec Jake.

— D'accord. Il faut que j'y aille. J'ai du travail.

— Tu veux qu'on se retrouve après ton service ?

— Non, pas ce soir. Je vais à la réunion à la mairie. Demain, peut-être.

— D'accord.

Elle reprit le chemin du service après s'être arrêtée à la cafétéria pour prendre deux cafés et un sandwich pour Nate.

Elle le trouva dans la salle informatique, l'air tendu.

Etait-il encore agacé par cet article de journal ou stressé à l'idée de la réunion à la mairie ?

Il l'accueillit d'un petit signe de tête.

— Tu n'es pas restée bien longtemps avec Jake, fit-il remarquer en levant les yeux de l'écran de l'ordinateur.

— Non, nous n'avions le temps ni l'un ni l'autre.

Nate eut l'air soulagé. Elle posa un gobelet de café devant lui et lui tendit le sandwich.

— Je me suis dit que tu devais avoir faim, si tu as sauté la pause-déjeuner.

Son visage s'illumina.

— Merci, Sophie, tu es un ange ! dit-il en déchirant l'emballage et en mordant dans le sandwich comme s'il n'avait pas mangé depuis une semaine. Mmm ! Ça fait du bien ! Merci d'avoir pensé à moi.

— De rien… Tu as dit que tu voulais aller voir Josh, tout à l'heure. Tu veux qu'on y aille quand tu auras fini de manger ?

Nate hocha la tête sans cesser de mastiquer.

— C'est toujours délicat de diminuer la sédation des enfants après un traumatisme crânien. Je me souviens encore quand ça m'est arrivé, après ma chute. J'étais irritable, je ne comprenais pas ce qui se passait. Par chance, les infirmières étaient adorables. Très patientes.

Il but une gorgée de café.

— La présence de ma mère m'apaisait. Elle me parlait, me tenait la main. Je ne me souviens plus de ce qu'elle me racontait, mais je sais que ça me faisait du bien.

Il marqua une pause, les yeux dans le vague.

Elle eut envie de le serrer dans ses bras, de gommer d'un geste tous les malheurs qui l'avaient frappé dans sa vie. Mais, évidemment, ce n'était pas possible dans un lieu public.

— Tu penses à elle ?

— Oui, très souvent. Encore maintenant.

Il finit son café et se leva avec détermination, comme pour chasser ces pensées de son esprit.

— Allons voir Josh, dit-il.

Lorsqu'ils arrivèrent dans la chambre du petit garçon, Hannah était assise à son chevet.

Josh était agité, il tirait sur les tuyaux et les fils qui le reliaient aux machines. Ses parents le regardaient d'un air anxieux.

— Qu'est-ce qu'il a ? demanda son père. C'est normal ? Quelque chose ne va pas ?

— Non, rassurez-vous, répondit Sophie en s'asseyant face à eux. Il est tout à fait normal qu'il s'agite parce que nous avons diminué la dose de sédatif. Hannah le surveille afin qu'il ne se fasse pas mal en bougeant. C'est un peu impressionnant, mais c'est normal, ne vous inquiétez pas.

Les parents de Josh semblèrent se détendre un peu.

— Nous nous assurons qu'il ne souffre pas. Nous jugeons préférable qu'il reste dans un environnement calme et que la lumière soit tamisée. Mais vous pouvez lui parler. Cela l'apaisera peut-être. Il va lui falloir du temps pour recouvrer ses facultés, alors ne vous inquiétez pas trop si ses réactions ne sont pas très claires pour le moment. Il faut faire preuve de patience.

Le père hocha la tête et tendit la main vers celle de son fils. Il se mit à lui parler doucement. Le petit garçon se calma un peu. Il était pâle, ses cheveux étaient collés sur son front par la sueur.

Après l'avoir examiné et s'être entendus sur les modalités du traitement, Nate et elle remercièrent Hannah et prirent congé. Ils sortirent de la chambre.

Le téléphone de Nate se mit à sonner. Il décrocha et écouta son interlocuteur avec attention.

— D'accord, j'arrive d'ici une demi-heure, dit-il avant de raccrocher.

Il demeura silencieux.

— Tout va bien ? hasarda-t-elle.

Nate sembla hésiter.

— C'était le centre de convalescence. L'état de mon père a empiré. Il a une infection pulmonaire. Il est sous oxygène et sous antibiotiques. Il faut que je passe le voir avant la réunion à la mairie. Si tu veux, je passerai te prendre chez toi vers 18 h 45.

— D'accord, si tu as le temps.

— Je passe te prendre, confirma-t-il.

Elle posa sa main sur son bras pour le réconforter.

— Je suis désolée pour ton père.

Il lui adressa un sourire et lui pressa la main. L'espace d'un instant, il demeura si près d'elle qu'elle eut l'impression qu'il allait l'embrasser, mais il se redressa et s'écarta.

Elle s'efforça d'ignorer la pointe de regret qui la titilla.

Plus le temps passait et plus elle se surprenait à avoir envie que Nate la prenne dans ses bras, qu'il l'embrasse. Elle avait beau savoir qu'il enchaînait les conquêtes féminines et n'avait aucune envie d'une relation sérieuse avec une femme, c'était plus fort qu'elle. D'un autre côté, une partie d'elle craignait de souffrir et d'être rapidement délaissée si elle finissait par succomber à la tentation avec lui.

Elle marcha avec lui jusqu'à la salle informatique.

— A plus tard, dit-elle devant la porte.

— A ce soir !

Une fois chez elle, elle appela son père pour prendre de ses nouvelles. Puis elle se changea en vue de la réunion à la mairie.

— Papa est moins en colère contre toi ? demanda Rob. Aujourd'hui, il a été à cran toute la journée. Jessica a essayé de le calmer en lui apportant du hachis Parmentier. Elle s'est rappelée qu'il adorait ça !

— C'est toujours le cas. Il m'a demandé de la remercier, de lui dire qu'il s'était régalé. Il est toujours un peu grognon. Je crois qu'il appréhende la réunion de ce soir. Il veut y aller pour sortir ses quatre vérités, comme il dit. L'un de ses amis l'y emmène.

Elle soupira.

— Si seulement la presse n'avait pas mis le feu aux poudres ! Nate fait son possible pour faire avancer les choses, mais il a besoin de temps pour cela. Or on dirait que personne n'est prêt à lui en accorder.

— Bon courage ! dit Jessica qui était en train de préparer le repas. Je ne suis pas mécontente de rester tranquille à la maison.

Ils s'attablèrent et poursuivirent la discussion, heureux d'être ensemble.

Comme promis, Nate passa chercher Sophie. Jessica et Rob en profitèrent pour le remercier chaleureusement, Jessica pour le berceau et le fauteuil à bascule, et Rob pour l'avoir déposé quelques jours plus tôt.

Nate leur sourit.

— Je suis content d'avoir pu me rendre utile, assura-t-il.

Sophie avait prévu de mettre une robe droite bleu marine et des escarpins assortis. Lorsqu'elle descendit, prête à partir, il s'arrêta net.

— Tu es magnifique ! s'exclama-t-il en la considérant de la tête aux pieds.

— Merci, dit-elle, surprise de sa réaction.

Elle n'avait pas cherché à l'impressionner, seulement à s'habiller un peu pour changer. Mais le compliment et le regard admiratif de Nate lui allèrent droit au cœur.

— Comment va ton père ? demanda-t-elle alors qu'il démarrait la voiture.

Il grimaça.

— Un peu mieux ce soir. Mais sa santé a nettement décliné. Je ne sais pas s'il récupérera.

Ils roulèrent jusqu'à la place du village et eurent du mal à trouver une place non loin de la mairie.

Il y avait plus de véhicules que ce à quoi elle s'attendait. De toute évidence, le conseil paroissial s'était démené pour faire passer le message.

En descendant de voiture, Nate regarda autour de lui, se redressa et prit une grande inspiration, se préparant à ce qui l'attendait.

— Enfin, tu es là, Sophie ! Ton père m'a dit que tu viendrais. Cela fait des heures que je t'attends !

Sophie sursauta en entendant cette voix familière et demeura bouche bée en avisant sa mère.

Celle-ci avait les yeux brillants et paraissait agitée. Ses cheveux bouclés étaient décoiffés comme si elle les avait ébouriffés avec ses mains. Ce n'était pas bon signe. Plutôt le symptôme qu'elle avait négligé de prendre ses médicaments.

— Maman ? s'exclama-t-elle, incrédule. Je ne t'attendais pas avant la semaine prochaine.

— J'avais envie de te voir, répondit-elle.

Elle se tourna vers Nate et le dévisagea.

— Vous, allez-vous-en ! Je veux parler à ma fille.

Sophie allait s'interposer, mais Nate leva les mains et recula doucement. Il était au courant de la maladie de sa mère et n'avait pas l'intention de faire empirer la situation.

Sa mère eut l'air satisfaite. Manifestement, elle avait d'autres choses à l'esprit.

— Il n'y avait personne chez toi quand je suis arrivée cet après-midi, alors j'ai appelé ton père.

Elle leva les yeux au ciel.

— Il ne m'a été d'aucune utilité. Il m'a dit de rentrer chez moi. N'importe quoi ! Je veux voir Rob et Jessica. J'ai pensé qu'on pourrait aller pique-niquer tous ensemble au parc.

Elle parlait vite, totalement excitée par ce qu'elle disait.

— Maman, le moment est mal choisi. Je dois assister à une réunion.

— Une réunion ? Laisse tomber ! J'ai un panier rempli de bonnes choses dans la voiture. On va aller s'installer dans l'herbe, ce sera super !

Sophie prit une grande inspiration.

Elle sentait Nate s'impatienter à côté d'elle et ne pouvait s'empêcher de se demander comment il voyait la situation. Elle était toujours embarrassée face aux épisodes maniaques de sa mère, d'autant que cette dernière ne voyait jamais où était le problème lorsqu'elle se comportait de façon étrange et imprévisible. Toutes les fois où sa mère avait cessé de prendre son traitement par le passé se mirent à défiler dans son esprit, et elle retint un haut-le-cœur.

Sa mère pouvait passer d'un état terrible de prostration et de dépression à un état où elle débordait d'énergie et pouvait soulever des montagnes. Dans les deux cas, c'était difficile de savoir quelle attitude adopter. D'expérience, elle savait que toute tentative pour la faire dévier de l'objectif qu'elle avait en tête était considérée comme une offense. Derrière son apparente assurance, c'était une personne très vulnérable.

— Alors, dit-elle sur un ton le plus doux possible, réfléchissons. La nuit est en train de tomber, je ne pense pas que ce soit une bonne idée d'aller s'installer au parc. Si tu veux, je peux te ramener chez moi. Rob et Jessica y sont. Vous pourrez dîner tous ensemble et faire le pique-nique, mais à la maison.

Sa mère plissa les yeux et réfléchit.

— D'accord, finit-elle par dire, à son grand soulagement.

— Bien. Où as-tu garé ta voiture ?

— Par là-bas ! répondit sa mère en indiquant vaguement une direction.

Sophie chercha le véhicule du regard.

— Je la vois.

Les gens du village continuaient d'affluer pour la réunion.

Nate était demeuré silencieux à ses côtés. Il les regardait, les lèvres serrées.

Elle lui sut gré de ne pas chercher à intervenir.

— Maman, où as-tu mis tes médicaments ? Dans ton sac ?

— Mes médicaments ? Je n'en ai pas besoin. Je suis en pleine forme. De toute façon, je déteste prendre ces médicaments.

— Je sais. Mais tu les as sur toi ? Je peux les voir ?

— A quoi bon ?

Elle se mit pourtant à fouiller dans son sac et en sortit un flacon d'un air de triomphe.

— Les voilà ! Prends-les, tu peux même les jeter, si ça te chante.

Sophie prit le flacon et le glissa dans son sac. Tandis que sa mère continuait à faire l'inventaire de son sac, elle leva les yeux vers Nate.

— Je la ramène chez moi et je reviens. J'espère être là pour le début de la réunion. Je me dépêche.

— Tu devrais peut-être prévenir ton frère et ta sœur.

— Tu as raison. Je vais les appeler. Je suis désolée… Je t'avais bien dit que ma famille était compliquée !

Nate sourit.

— Tu me l'avais dit, et j'ai des souvenirs de l'époque où vous viviez encore tous ici. On n'y peut rien, c'est comme ça. Je vais te suivre en voiture pour être sûr que tout va bien. Comme ça, je te ramènerai.

— Tu es sûr ? s'exclama-t-elle, surprise par sa proposition. Mais… et la réunion ?

— Avec un peu de chance, nous serons de retour avant qu'elle ne commence. Sinon, ils m'attendront.

Elle soupira.

— Merci.

Elle se sentait déjà mieux.

— Maman, tu viens ? dit-elle en la prenant par le bras.

Elle l'installa sur le siège du passager et passa un coup de téléphone rapide à sa sœur pour l'informer de la situation.

— Ne t'inquiète pas, dit Jessica. Je ferai en sorte qu'elle prenne ses médicaments. En général, si elle ne les a pas pris pendant quelque temps, ça la fait dormir.

— Merci.

Rob et Jessica accueillirent leur mère à bras ouverts. Ils l'installèrent dans un fauteuil inclinable et se mirent à bavarder de choses et d'autres. Au fil des années, ils avaient adopté ce moyen pour faire face à ses sautes d'humeur et la calmer.

Sophie les laissa et rejoignit Nate dans sa voiture.

— Elle va bien ?

— Je pense que oui. Rob était en train de sortir le pique-nique du panier, et Jessica a réussi à lui faire prendre son médicament.

— Bien, dit-il avant de redémarrer.

Lorsqu'ils arrivèrent près de la mairie, un attroupement s'était formé devant l'entrée. Ce n'étaient pas des habitants du village mais des hommes et des femmes portant des appareils photo, des caméras et des appareils d'enregistrement.

— Les journalistes ! gronda Nate en plissant le front. Je suis curieux de savoir qui les a mis au courant de la réunion.

— Regarde qui est en train de leur parler ! C'est le président du conseil paroissial. Il a l'air content de lui. Maintenant, on sait qui les a prévenus.

— Cette fois, il va trop loin ! dit Nate en s'élançant hors de la voiture.

Il avança d'un pas déterminé vers le groupe.

Elle descendit de la voiture et le suivit.

— Le voilà ! dirent plusieurs voix, et le groupe se précipita dans sa direction pour le suivre jusque dans le hall de la mairie.

— Vous vendez tout, Branscombe ? cria un journaliste.

— Vous aussi, comme votre père, vous aimez l'argent ? lança un autre.

Nate tenta de répondre mais un autre reporter lui coupa la parole.

— Les péchés du père ! Ça ferait un bon gros titre, vous ne trouvez pas ?

Les personnes venues assister à la réunion semblaient déstabilisées par la tournure que prenaient les événements.

Sophie aperçut son père dans son fauteuil roulant qu'un ami avait mis à l'écart du tumulte par sécurité. Son expression était tendue, inquiète.

Nate s'éclaircit la gorge.

— Je suis venu ici ce soir pour vous parler et essayer d'apaiser le débat, commença-t-il.

Mais on ne le laissa pas poursuivre.

— Apaiser le débat ? Après ce qu'a fait votre père ?

— Ouais ! Expliquez-nous un peu comment vous allez nous sortir de là !

— Vous allez toucher le pactole en vendant tout le village à Peninsula Holdings !

— Peninsula Holdings va transformer le village en hôtels et en centre commercial !

Nate croisa les bras, l'air déterminé.

— Arrêtez ça tout de suite, dit-il d'une voix forte. Je vais demander aux journalistes de sortir, sans quoi cette réunion ne pourra pas avoir lieu.

Ignorant son avertissement, un journaliste avança et le prit en photo. Un autre tendit un micro.

— Que dites-vous aux gens qui ne veulent pas que leur village soit rasé ?

Nate serra la mâchoire.

— Très bien. Je quitte cette salle, annonça-t-il. Les habitants du village qui souhaitent me parler sont invités à venir me voir demain soir au manoir à 19 heures. La presse n'est pas autorisée.

Il se tourna vers elle.

— Je m'en vais. Tu n'es pas obligée de me suivre, je comprendrais que tu restes.

Puis il sortit du hall et reprit le chemin de sa voiture.

Elle se lança à ses trousses, désolée du pli qu'avaient pris les événements. En jetant un coup d'œil circulaire sur la foule bruyante, elle fut surprise d'apercevoir Jake. Puis elle croisa le regard de son père.

Certes, elle le trouvait injuste quand il s'opposait à ce qu'elle fréquente le fils de celui qui avait fait voler sa vie en éclats, mais elle eut l'espace d'un instant la sensation de le trahir.

— *Désolée*, articula-t-elle en silence.

Il la regarda, l'air à la fois triste et incrédule.

Elle se ressaisit et rejoignit Nate alors qu'il mettait le contact.

Les journalistes bloquaient la petite route qui menait chez elle. Il fit demi-tour et s'engagea sur la route principale.

— Où allons-nous ? demanda-t-elle.

— Au manoir.

Il lui jeta un bref coup d'œil.

— Si tu veux bien.

Elle hésita.

— Je ne peux pas m'empêcher de penser que tu aurais dû rester pour parler aux gens du village.

— Je suis d'accord, mais je n'avais pas envie de prendre part à cette mascarade. J'avais précisé aux organisateurs que la réunion devait se tenir sans la présence des journalistes. Ils n'ont pas tenu parole.

— Tu ne crois pas qu'ils vont tous se rendre au manoir, maintenant ?

— J'en ai bien peur. Et si nous allions à l'Auberge des Voyageurs, plutôt ? C'est excentré. Personne ne se doutera que nous sommes là-bas. Nous pourrions dîner et discuter tranquillement, hors de portée des micros et des caméras. Qu'en dis-tu ?

— Bonne idée !

L'Auberge des Voyageurs se trouvait sur une petite route de campagne à l'intérieur des terres. Elle était adossée à un joli bois et possédait un jardin dans lequel les clients pouvaient manger sur des tables en bois à la lueur de lanternes.

Ils choisirent de dîner à l'intérieur et s'installèrent sur une petite table un peu en retrait, coupée du reste de la salle par un claustra garni de plantes grimpantes.

A sa grande surprise, elle avait faim, bien qu'elle ait mangé quelques heures plus tôt avec Jessica et Rob. Ils commandèrent du chili con carne. Nate se détendait peu à peu. Il dégusta son premier vrai repas de la journée avec un plaisir évident. Ils se régalèrent d'un crumble maison aux pommes et aux framboises tout en bavardant avec légèreté en dépit de la gravité de la situation. Enfin, ils se remirent à évoquer la scène qui avait eu lieu à la mairie.

— Qu'est-ce que tu vas leur dire ? demanda-t-elle après avoir trempé ses lèvres dans un expresso crémeux et odorant. Tu crois que tu pourras vraiment apaiser les tensions ?

— Je ne pourrai certainement pas contenter tout le monde. De toute façon, je n'ai pas beaucoup d'options. Mon père a emprunté des sommes énormes pour financer son investissement désastreux, maintenant il faut qu'il les rembourse…

Il marqua une pause.

— J'essaie de trouver des moyens pour sauver le patrimoine, mais je doute qu'ils fassent l'unanimité. Pour commencer, je voudrais résilier les baux courts afin de vendre certaines maisons. Cela concernerait les locations saisonnières. Il y a des gens qui viennent régulièrement de France ou d'Espagne passer quelques semaines chez nous l'été. En hiver, ces maisons demeurent vides, à part quand il y a des congrès ou des salons dans la région.

Il vida sa tasse de café.

— Je vais voir si je ne peux pas monter un projet autour du lac, en y organisant des week-ends de pêche, par exemple. Je suis sûr que cela fonctionnerait.

— Il faudrait loger les pêcheurs et les visiteurs, fit-elle remarquer.

— On pourrait installer des chalets. C'est un investissement que je pourrais financer avec mes deniers tant que le projet ne rapportera pas d'argent.

— En fait, ce serait plus simple pour toi de tout vendre. Cela t'éviterait un tas de problèmes.

— C'est vrai, d'une certaine manière. En tout cas, ce serait plus rapide ! Les experts ont besoin de temps pour étudier mes propositions en profondeur, mais je suis sûr qu'il existe des solutions viables qui me permettraient de décliner les offres de Peninsula Holdings.

Elle sourit.

— Ça fait du bien d'entendre ça ! De voir que tu te creuses vraiment la tête pour trouver des solutions.

— Je ne me vois pas aborder la situation autrement, Sophie. Je t'ai dit que je ferais tout ce qui est en mon pouvoir pour que vous gardiez vos logements. D'une certaine manière, je me sens redevable envers vous. Depuis l'accident d'avion, j'ai envie de faire quelque chose pour ton père. Et aussi parce que je tiens à toi et que je veux te voir heureuse.

Elle sentit les larmes lui monter aux yeux.

— Merci, dit-elle en posant sa main dans la sienne. Je… je ne sais pas quoi dire, si ce n'est que je te suis très reconnaissante des efforts que tu déploies pour nous.

Nate replia ses longs doigts et se pencha au-dessus de la table, approchant son visage du sien.

— Sophie, je te désire plus que tout au monde. Pour toi, je remuerais ciel et terre. J'ai envie de te prendre dans mes bras et de t'embrasser à ne plus pouvoir respirer.

Leurs lèvres se frôlèrent, et une vague de chaleur s'empara d'elle. Elle oublia qu'ils se trouvaient dans une salle de restaurant. Elle ferma les yeux et s'abandonna à son baiser. Seul comptait le désir qu'ils éprouvaient depuis si longtemps l'un pour l'autre et qui les embrasait à présent.

La main de Nate tremblait sur la sienne.

— J'ai tellement envie de toi ! Dis-moi que tu éprouves la même chose…

— J'ai envie de toi, s'entendit-elle dire.

— Ils ont des chambres, ici, murmura Nate en détachant à peine ses lèvres des siennes.

Ces mots résonnèrent dans sa tête avant d'atteindre son esprit.

— Je ne suis pas sûre que ce soit une bonne idée… Je ne sais pas où cela peut nous mener. Il y a tant de choses qui nous séparent, toi et moi…

— Et alors ? En quoi cela nous empêche-t-il de nous aimer ?

Il avait raison. En quoi cela les empêchait-il de passer la nuit ensemble, de satisfaire enfin ce désir qui les rongeait l'un et l'autre depuis tant de temps ? Ne pouvait-elle pas mettre de côté ses doutes sur leur relation, les problèmes hérités de leurs familles respectives, et se contenter de ce que le présent lui offrait ici et maintenant ?

Elle n'eut pas le loisir de répondre à Nate car le serveur s'approcha de leur table, et au même moment son téléphone se mit à sonner.

Toujours sous le charme du baiser qu'ils venaient d'échanger, elle prit une inspiration profonde dans l'espoir que sa respiration reprenne un rythme normal.

— Tu ne décroches pas ? demanda Nate. Ils ont l'air d'insister. C'est peut-être ta sœur ou ta mère.

Elle hocha la tête, peinant à sortir de l'envoûtement.

Le serveur était toujours là. Nate lui demanda l'addition. Il paraissait calme et posé, comme si rien ne s'était passé. Soit il n'éprouvait rien, soit il était très habile pour dissimuler ses sentiments.

Comment pouvait-elle imaginer passer la nuit dans cette auberge avec Nate alors que sa famille avait tant besoin d'elle ? Il l'avait dit lui-même, sa sœur cherchait peut-être à la joindre. Peut-être le travail avait-il commencé ? Peut-être leur mère ne s'était-elle pas calmée ?

Elle regarda l'écran de son téléphone.

— C'est Jake, murmura-t-elle d'une voix atone. Il me semble l'avoir aperçu tout à l'heure à la mairie. Il doit venir aux nouvelles.

Nate ne dit rien, mais son rictus fut éloquent : la proximité de Jake le dérangeait.

Elle décrocha tout de même.

— Il faut que je te parle, dit Jake d'une voix rapide et directe. J'ai essayé d'aller au manoir, mais les journalistes font le pied de grue devant le portail. Je sais que tu es avec Nate — je vous ai vus partir ensemble de la mairie. Mais je voulais absolument te joindre à cause de ton père. Il a l'air totalement choqué par ce qui s'est passé ce soir. J'ai l'impression qu'il était en proie à une sorte de crise de panique.

— Merci de m'avoir prévenue, Jake. Je vais aller le voir.

— C'est ce que je me suis permis de lui dire.

Elle raccrocha.

— Il faut que je passe chez mon père. Il fait une crise de panique, je vais essayer de le calmer. Tu devrais rester ici, Jake a dit que les journalistes étaient au manoir. Je vais appeler un taxi.

Nate secoua la tête.

— Je t'emmène, puis je rentre au manoir. Ce ne sont pas trois journalistes qui vont m'empêcher de retourner chez moi.

Elle le regarda, perplexe.

— Tu veux dire qu'on aurait tout aussi bien pu rentrer plus tôt ?

— Sans doute. Mais j'ai pensé que nous serions plus tranquilles ici. J'ai saisi cette occasion de passer ensemble un moment sans stress, ce qui n'est pas si fréquent dans nos vies, actuellement.

Elle sourit.

— Tu as raison. Et j'ai vraiment passé un bon moment. J'ai même failli accepter ta proposition de passer la nuit ici ! Mais je crois que le moment est mal choisi. Ma famille continue à faire des siennes. Mieux vaut que j'aille m'en occuper.

— Tu sais, Sophie, je ne te laisserai plus jamais tomber.

— J'aimerais te croire, dit-elle en se levant.

— Et je ne cesserai plus jamais de te faire la cour.

Ils avancèrent vers la sortie.

— Pour ça, je te crois. Je connais ta persévérance !

— J'ai l'impression que tu n'imagines pas que je puisse être bon pour toi. Je me trompe ? demanda Nate en lui tenant la porte.

— J'ai des tas de bonnes raisons de garder mes distances vis-à-vis de toi, et tout autant de bonnes raisons de ne pas le faire. Si tu savais ! Mon cœur et ma tête se livrent une guerre sans merci. Moi, au milieu, je suis perdue.

Il lui sourit.

— Dans ce cas, c'est facile : écoute ton cœur, et laisse-moi m'occuper du reste.

6.

— Je n'en reviens pas, Sophie ! Tu étais avec lui à la réunion ! Tu étais avec Nate Branscombe !

Son père la regardait, l'air outré.

— Comment peux-tu me faire ça, à moi ? Comment peux-tu fréquenter ce type après ce qui s'est passé entre nos familles ?

Sophie soupira.

— Justement, papa. Nate est une personne. C'est un homme bon et généreux qui ne nous a jamais fait de mal.

— Peut-être, mais c'est lui qui a la responsabilité des affaires de son père, maintenant. Et, si les choses ne tournent pas à son avantage, il n'aura aucun état d'âme à brader le village. Il est et il reste un Branscombe. Je vois bien qu'il a recommencé à te tourner autour. Ne te fais pas trop d'illusions, ma fille. Il va faire avec toi ce qu'il fait avec toutes les femmes : il te jettera dès que les choses deviendront un peu sérieuses entre vous. Tu n'as donc pas retenu la leçon ? Tu as déjà oublié comment il a disparu après l'accident, te laissant seule pour ramasser les morceaux ?

— C'est ma faute, s'il est parti. C'est moi qui n'ai pas écouté ce qu'il avait à me dire. J'étais bien trop en colère qu'on ait laissé son père prendre les commandes de l'avion alors qu'il était cardiaque. Je l'ai accusé. A tort.

— Ce n'est pas à cause de toi qu'il est parti. Ces gens-là rebondissent et passent vite à autre chose, tu sais. Il serait parti de toute façon. N'oublie pas qu'il travaillait pour son père.

— Nate n'est pas comme ça.

— Il t'embrouille ! James Branscombe a toujours dit que son fils épouserait une aristocrate. Il n'imagine pas les choses autrement. Dans leur famille, c'est comme ça depuis des siècles. Et son fils ne risque pas d'aller contre cette tradition.

Elle eut un mouvement de recul.

Elle en était consciente depuis longtemps. Mais le fait d'entendre ces mots de la bouche de son père lui donnait la nausée. Il avait beau être perturbé par les événements, il cherchait surtout à la protéger en lui ouvrant les yeux sur le fait qu'elle n'avait pas d'avenir possible avec Nate Branscombe.

Elle le savait. Alors, pourquoi ne parvenait-elle pas à l'accepter ?

— Je n'ai pas l'intention d'épouser Nate Branscombe, dit-elle. Le problème n'est pas là.

Cela dit, si l'occasion se présentait de passer le restant de ses jours à ses côtés, elle la saisirait à pleines mains. Prétendre le contraire serait mentir. Mais ça, elle ne risquait pas de l'avouer à son père.

— Et arrête de monter sur tes grands chevaux. Tu n'as pas besoin d'une nouvelle attaque de panique comme hier soir.

Elle s'agenouilla près de son fauteuil.

— Je suis désolée que tu te mettes dans cet état. Je t'ai expliqué que Nate a des projets pour sauver le village. Ce n'est pas facile pour lui, il fait sincèrement de son mieux. Si tu n'es pas convaincu, pose-lui la question ce soir au manoir.

— Hmm… On verra. Tu y seras, je suppose ?

— Oui, j'y vais avec Rob. Il veut comprendre ce qui se passe. Veux-tu que nous passions te prendre, ou préfères-tu y aller avec ton ami ?

— Je me suis déjà arrangé avec lui.

— Bien, dit-elle en se relevant. Si tu n'as plus besoin de moi, je vais rentrer. Jessica avait mal au ventre ce matin en se réveillant. Je vais l'emmener à l'hôpital pour ce qui devrait être son dernier bilan.

Son père hocha la tête.

— Tu me tiens au courant. Et ta mère ? Elle va mieux ?

— Oui, elle s'est calmée. Nous veillons à ce qu'elle prenne bien son traitement. Elle a réservé une chambre au pub. Tom voulait la rejoindre, mais il a pas mal de travail en ce moment, et il ne peut pas s'absenter comme ça. Quoi qu'il en soit, maman a décidé de rester jusqu'à ce que Jessica accouche. D'ici là, on veille sur elle, ne t'inquiète pas.

Elle posa sa main sur son épaule et se pencha pour l'embrasser.

— A plus tard, papa. Rob va mettre de l'ordre dans la petite chambre. Il est impatient de venir s'installer avec toi.

Dans la cuisine, elle caressa Charlie dont la queue fouetta joyeusement le sol. Puis elle sortit, soulagée de respirer l'air salin après cette demi-heure éprouvante avec son père.

Lorsqu'elle arriva chez elle, Jessica ne se sentait vraiment pas bien. Elle décida de l'emmener à l'hôpital.

— Ils vont peut-être te garder en observation cette nuit.

— Tu pourras rester avec moi quand je verrai le médecin, s'il te plaît ? Et si j'accouche ? J'aimerais bien que tu sois là. Je ne sais même pas si Ryan pourra être là.

— Bien sûr. Dès que le travail commencera, nous l'appellerons. Avec un peu de chance, il pourra prendre un avion et être là pour la naissance du bébé.

A la maternité, le médecin examina Jessica et scruta l'échographie.

— Je pense que nous allons vous garder cette nuit. Si le travail ne commence pas d'ici demain, nous le déclencherons.

Sophie aida sa sœur à s'installer dans sa chambre.

— Vous pouvez aller vous promener si vous en avez envie, suggéra la sage-femme qui les accompagnait. Il y a un salon, où vous pourrez rencontrer d'autres futures mères. Mais veillez à bien vous reposer. N'attendez pas d'être fatiguée pour vous allonger et dormir. Une infirmière passera régulièrement pour prendre votre pouls et votre tension, et écouter le cœur du bébé.

La sage-femme sortit, les laissant seules.

— Tu es entre de bonnes mains, ma chérie, dit Sophie après avoir consulté sa montre. Il faut que j'y aille, mais je repasserai te voir tout à l'heure.

— D'accord. Je vais appeler Ryan, dit Jessica en sortant son téléphone.

La journée s'écoula sans événements particuliers. En fin d'après-midi, Sophie rendit une dernière visite à sa sœur avant de rentrer.

Nate et elle s'étaient à peine croisés dans la journée. Il lui manquait. Elle était contente que le rendez-vous au manoir lui donne l'occasion de le revoir.

Que se serait-il passé si elle était restée à l'Auberge des Voyageurs avec lui toute la nuit ?

Un frisson d'excitation lui parcourut l'échine.

Lorsqu'elle arriva au manoir en compagnie de son frère, les journalistes étaient attroupés devant les grilles, mais des gardiens veillaient à ce qu'aucun d'entre eux ne pénètre dans l'enceinte. En revanche, Rob et elle roulèrent sans encombre jusqu'au parking.

Dans le grand hall, une immense table était disposée au centre. Sur une table annexe étaient posés toutes sortes de canapés et d'amuse-gueules. Les boiseries et la lumière du soir filtrant à travers les vitraux donnaient un éclat chaleureux à la pièce en dépit de ses dimensions monumentales. Charlotte proposait du thé ou du café. Une fois encore, elle avait bien fait les choses pour que les hôtes de Nate se sentent bien reçus.

— Je suis content que vous soyez là, leur dit celui-ci sur un ton chaleureux en venant à leur rencontre.

Ils échangèrent quelques mots, puis Rob alla rejoindre leur père et les amis de ce dernier.

Dès qu'ils furent seuls, Nate attira Sophie dans une pièce attenante.

— Il y a beaucoup de monde, dit-il en la prenant dans ses bras. Un peu trop à mon goût. J'aurais préféré que nous soyons seuls pour te montrer à quel point je suis heureux de te voir.

Ses bras étaient chauds et sécurisants, mais les paroles de son père ne cessaient de résonner en elle.

— Je ne crois pas que ce soit une bonne idée, Nate.

— Ah, tu crois ? dit-il en s'emparant de sa bouche sans tenir le moindre compte de ce qu'elle venait de dire.

Il l'embrassa fougueusement, comme s'il s'était retenu trop longtemps et ne pouvait plus résister une minute de plus.

Loin de l'en empêcher, elle se sentit fondre comme neige au soleil et passa ses mains autour de son cou, surprise et excitée.

— Je ne m'attendais pas à ça ! dit-elle, pantelante, quand leurs bouches se détachèrent.

Nate ne desserra pas pour autant son étreinte, au contraire. Il la pressa contre lui, et elle sentit une de ses mains glisser dans son dos, explorant ses courbes. Elle éprouva une sensation de bien-être, que venaient troubler par endroits de petits picotements d'excitation.

— Tu es si belle, dit-il en plongeant son visage dans le creux de son cou, avant de pousser la bretelle de son caraco pour découvrir son épaule. Je ne peux plus me passer de toi. Je pense à toi jour et nuit. Je n'attends que le moment où nous serons enfin seuls, toi et moi…

Elle ne le laissa pas poursuivre. Sentant le désir monter en elle comme un geyser, elle plaqua sa bouche sur la sienne.

Elle aussi rêvait de passer du temps avec lui. Le plus de temps possible, pour être honnête !

Mais, bientôt, ses doutes refirent surface.

Elle savait au fond d'elle qu'elle ne pourrait pas se satisfaire d'une relation qui ne menait nulle part. Elle voulait bien plus que quelques nuits torrides avec Nate Branscombe. Etait-il disposé à le lui accorder ?

Sa vie avait volé en éclats quand ses parents s'étaient séparés, et depuis ses relations avec les hommes étaient tendues, compliquées. Elle avait peur de souffrir de nouveau. C'était cela qui l'effrayait, encore et toujours. Elle avait envie de vivre une histoire d'amour qui dure. Or plus le temps passait, plus elle comprenait qu'elle ne pouvait aimer que Nate. Si lui la quittait, elle ne s'en remettrait pas.

Elle passa ses paumes sur son torse, cherchant à en mémoriser le moindre centimètre carré, puis leva des yeux anxieux.

— Je ne t'abandonnerai pas, dit-il comme s'il lisait dans ses pensées, avant de l'embrasser avec une passion renouvelée tandis que ses grandes mains chaudes la plaquaient contre lui.

Une horloge sonna.

Nate soupira.

— Il faut y aller, murmura-t-il.

Mais il demeura immobile, le front appuyé au sien.

— Je n'ai jamais demandé tout cela... Tout cet embrouillamini foncier et financier. Tout ce que je voulais, c'était être médecin.

Ils s'écartèrent l'un de l'autre. Elle se redressa, tira sur son caraco et passa sa main sur son jean.

— Comment suis-je coiffée ? demanda-t-elle en se passant les mains dans les cheveux.

Nate lui sourit.

— Tu es magnifique, comme toujours. C'est bien ça le problème.

Ils regagnèrent le hall d'entrée où les gens avaient commencé à prendre place autour de la grande table. Elle se glissa sur une chaise près de son frère.

Lorsque Nate commença à parler, personne ne l'interrompit, cette fois. Il passa en revue les projets qu'il avait déjà mentionnés devant elle, ajoutant qu'il voulait mettre sur pied une exploitation d'agriculture biologique sur un terrain jusque-là réservé au pâturage.

Des avis divergents s'élevèrent. Certains ne voyaient pas d'un bon œil que le lac devienne un lieu de pêche.

— Ça va faire venir trop de monde ! Ils vont vouloir faire des concours et ainsi de suite, le village ne sera plus le même.

— C'est toujours mieux que la mainmise de Peninsula Holdings sur la région, non ?

Nate détailla les avantages d'un tel projet mais émit une réserve.

— On n'a pas tout à fait terminé l'estimation des coûts. Pour l'heure, ce n'est qu'une ébauche de projet. Rien n'a encore été décidé. Mais c'est un projet qui me tient à cœur. Je ferai mon possible pour éviter d'avoir à vendre nos terres.

A la fin de la réunion, les participants s'attardèrent pour poser des questions tout en piochant dans le buffet.

Sophie se rapprocha de son père.

Il paraissait un peu tranquillisé par ce qu'il avait entendu, mais il s'adressa à elle d'un ton sec.

— Je rentre. Je n'ai pas envie de m'attarder dans cette maison. Trop de souvenirs pénibles. Je ne sais pas si le fils sera aussi intraitable que le père. J'espère que non. On verra.

Rob regarda leur père s'éloigner.

— Il continue à ressasser. Je ne peux pas le lui reprocher, mais je me demande pourquoi il a travaillé aussi longtemps pour un homme avec qui il lui était aussi difficile de s'entendre.

— Je pense que le travail était intéressant. Et bien payé. Cela lui a permis de nous élever dignement. Les gens supportent beaucoup de choses pour se sentir en sécurité.

— Je vais m'installer avec lui. J'espère que ça lui fera du bien. Je pourrai l'aider à résoudre ses problèmes.

Elle hocha la tête.

— Cela dit, c'est bien aussi qu'il en affronte certains tout seul.

— Mais il est en fauteuil !

— Justement, c'est bien qu'il fasse le plus de choses possible de façon autonome.

Nate les rejoignit.

— Vous parlez de votre père ? Je pense que Sophie a raison. Plus il se débrouillera seul, plus il retrouvera de la force. Même si on l'aide à se lever, par exemple, il y a un moment où il y parviendra tout seul. Ce moment-là sera une victoire.

— Je comprends, dit Rob, pensif.

Nate le dévisagea.

— Comment vas-tu depuis ton arrivée ?

— Je me sens mieux. Je ne sais pas pourquoi je suis aussi déprimé par moments.

— Sophie m'a dit que tu crains d'avoir hérité des troubles bipolaires de ta maman, mais je pense que tu traverses ce que des millions de jeunes traversent à ton âge. Personne n'y échappe, crois-moi.

Nate avait raison. Elle était contente qu'il s'adresse à son frère de cette façon.

— Je suppose que le fait de revenir ici et de retrouver tes vieux copains t'a fait du bien. Tu n'as pas envie de t'inscrire à la faculté avec eux ? Tu as déjà fait une année de psycho, ça vaudrait le coup de continuer.

Rob demeura pensif un moment, puis il hocha vivement la tête. Il semblait soudain revigoré.

— Pourquoi pas ? J'ai un ami qui va aux portes ouvertes dans quelques jours. Je pourrai y aller avec lui.

— Bonne idée.

Nate se tourna vers elle.

— Et le reste de la famille ? Comment vont ta mère et ta sœur ?

— Jessica a toujours ces crampes abdominales bizarres. Ce ne sont pas des contractions mais c'est presque aussi désagréable. La pauvre, elle a mal au dos et elle est angoissée à l'idée que Ryan ne soit pas là. Quant à maman, je suis passée la voir tout à l'heure. Quand elle prend ses médicaments, tout va mieux, dit-elle en souriant. Et comment se porte ton père ?

— Son état est stationnaire. Il a été réadmis à l'hôpital en soins intensifs. Il est sous antibiotiques, et on lui a administré aussi des diurétiques pour faire diminuer l'œdème. Mais l'amélioration n'est pas manifeste.

— Je suis désolée.

Elle aurait voulu passer plus de temps à parler avec Nate. Mais elle avait promis à Jessica qu'elle passerait la voir. De toute évidence, les médecins déclencheraient l'accouchement le lendemain matin. Heureusement, le week-end arrivait : elle pourrait passer plus de temps auprès de sa sœur.

Comme prévu, l'accouchement fut provoqué le samedi matin : la sage-femme appliqua dans la zone vaginale un tampon imbibé d'un gel riche en hormones de synthèse visant à assouplir et favoriser la dilatation du col. Mais cela fait, plusieurs heures devaient encore s'écouler avant le déclenchement du travail.

Sophie mit ce temps à profit pour aller acheter des couches et des produits de toilette pour le bébé. Elle trouva aussi une jolie carte de félicitations, ainsi que des chocolats dont sa sœur raffolait. Perdue dans ses pensées, elle revenait vers sa voiture, lorsqu'elle aperçut Nate qui sortait de la Poste.

Les battements de son cœur s'accélérèrent.

— Bonjour, dit-il en la rejoignant, c'est mon jour de chance ! J'avais peur de ne pas te voir pendant plusieurs jours, avec tout ce que tu as à faire en ce moment, et te voilà ! Je suis venu poster une lettre recommandée. Et toi ? Tu prépares la venue du bébé, à ce que je vois.

— Jessica a apporté quelques affaires, mais elle n'a pas pu tout mettre dans sa valise.

— Tu vas la voir maintenant ? demanda-t-il en lui emboîtant le pas.

— Oui…

Elle s'interrompit, déconcentrée par la vue d'un petit garçon en pleine quinte de toux et que sa maman emmenait à la pharmacie. Il devait avoir sept ans et semblait épuisé. Il traînait les pieds, et ses jambes cédèrent soudain sous son poids.

Nate se précipita.

— Il a l'air mal en point, dit-il en s'agenouillant pour prendre le petit garçon dans ses bras.

Sa mère hocha la tête, l'air anxieux.

— J'ai voulu l'emmener chez notre médecin traitant, mais le cabinet est fermé. Mais je vous reconnais ! Vous êtes Nate Branscombe, n'est-ce pas ? Vous êtes médecin ? s'exclama-t-elle, une leur d'espoir dans les yeux. Cela fait une semaine qu'il tousse. Les antibiotiques n'ont pas fait effet. Je suis inquiète. Je viens de m'installer avec lui dans ce village, et je n'ai pas encore de voiture. J'espérais trouver de l'aide à la pharmacie.

— Le mieux serait d'appeler une ambulance, suggéra Nate. Il est fiévreux et a du mal à respirer. Il faut le mettre sous oxygène…

Sophie était déjà en train de composer le numéro sur son portable.

— Ta mallette est dans le coffre de ta voiture ? Je pense qu'il faut l'intuber au plus vite.

— Je vais la chercher, dit-elle en s'éloignant, le téléphone à l'oreille.

Elle termina son appel et revint quelques instants plus tard avec sa mallette. Elle ôta sa veste, la roula et la plaça sous la tête du petit garçon. Puis elle fixa un moniteur de SpO^2 sur son doigt.

— Comment s'appelle-t-il ? demanda Nate.

— Shaun.

Il s'adressa directement au petit garçon.

— Shaun, je vais ausculter ton cœur et tes poumons, dit-il en prenant son stéthoscope.

Il déplaça le pavillon sur la poitrine de l'enfant.

— Ça m'a tout l'air d'être une pneumonie.

Il consulta le moniteur SpO^2.

— La saturation en oxygène du sang est très basse. Il faut insérer une canule dans sa trachée pour lui donner de l'oxygène. Mais bien sûr, auparavant, nous allons lui administrer un sédatif et un anesthésiant.

Ils s'exécutèrent, et l'oxygène commença à affluer dans les voies respiratoires de Shaun tandis que Nate pompait.

Le petit garçon était toujours inanimé. Sa mère les observait avec un mélange de soulagement et d'angoisse.

— A l'hôpital, ils vont lui faire une radio et peut-être une échographie des poumons, lui expliqua Sophie. Et aussi pratiquer des analyses plus poussées pour comprendre l'origine du problème.

Le bruit de la sirène de l'ambulance se rapprocha.

— Je vais administrer à Shaun de l'adrénaline nébulisée, dit Nate. Veux-tu pomper l'oxygène à ma place pendant que je m'en occupe ?

La nébulisation d'adrénaline a pour fonction de détendre les voies respiratoires afin de faciliter la respiration.

Nate administra aussi des corticostéroïdes pour diminuer l'inflammation à l'origine du problème. Pendant ce temps, Sophie continua à presser la poche d'oxygène en cadence, indifférente au petit attroupement de badauds qui s'était formé autour d'eux.

Lorsque l'ambulance fut là, ils relièrent l'enfant aux moniteurs chargés de mesurer sa fréquence cardiaque et respiratoire ainsi que le taux d'oxygène dans son sang. Son état s'améliorait imperceptiblement mais l'infection dans ses poumons l'avait considérablement affaibli. Sa mère monta à ses côtés. Nate monta à son tour pour les accompagner.

— On se voit plus tard à l'hôpital ? dit-il à Sophie.

Elle hocha la tête.

— Je vais probablement y passer la journée.

Alors qu'elle ramassait ses sacs de courses étalés sur le trottoir, elle entendit les badauds discuter tout en regardant l'ambulance s'éloigner.

— Je ne savais pas que Nate Branscombe était médecin, dit un homme. Je ne pensais même pas qu'il avait un métier ! Comme quoi il ne faut pas se fier aux apparences.

Souriant malgré elle à ce trait de bon sens, elle rangea sa mallette, prit ses sacs et déposa le tout dans son coffre.

Après ce moment de stress, elle se réjouissait de retrouver sa sœur à la maternité. Ce serait sans doute plus calme…

Mais, lorsqu'elle arriva à la maternité, elle ne trouva pas Jessica dans sa chambre.

— On l'a emmenée au bloc d'accouchement, lui dit une infirmière. Elle n'allait pas trop bien. Elle a eu des contractions très fortes cette nuit. On lui a fait une péridurale.

— Mais, elle ne m'a rien dit ! Elle aurait pu m'appeler.

— Elle a dit qu'elle ne voulait pas vous inquiéter. Mais je m'apprêtais à vous prévenir, de toute façon. Les choses commencent à s'accélérer.

— Merci. J'y vais.

Dans la salle d'accouchement, Jessica était allongée, le visage pâle, en nage.

— Jessica, tu aurais dû m'appeler ! dit-elle avant de la prendre dans ses bras. Tu n'as plus envie que je reste avec toi ?

— Si, au contraire. Mais je n'ai pas voulu te réveiller au milieu de la nuit. Maman est passée tout à l'heure. Elle était assez excitée. Et assez fatigante, du coup.

— Oh… Où est-elle, maintenant ?

— Elle est allée boire un café, je crois. Tu peux peut-être la rejoindre et lui faire prendre sa gélule avec un croissant. De toute façon, je crois que j'en ai encore pour un moment. Par chance, ils m'ont fait une péridurale. Je sens les contractions, mais elles ne me font plus mal.

— Tu as des nouvelles de Ryan ?

— Il a trouvé un avion. Il arrive.

— Bon. Alors je vais essayer de trouver maman et de la calmer. Cela dit, c'est normal qu'elle soit excitée à l'idée d'être grand-mère !

Jessica eut un sourire las.

— Sans doute, dit-elle sans conviction.

A la cafétéria, Sophie trouva sa mère penchée sur son téléphone, en train d'envoyer des messages à ses amies.

— Je n'en reviens pas de ce qui est en train d'arriver ! s'exclama-t-elle. Par contre, c'est long ! Je suis tellement impatiente de voir ce bébé !

— Moi aussi.

Elles bavardèrent un moment. Sophie parvint à la persuader de prendre son traitement et fut soulagée lorsque sa mère décrocha son téléphone en lui annonçant que c'était Tom qui l'appelait. Elle en profita pour s'éclipser.

— *A plus tard*, articula-t-elle.

Lorsqu'elle remonta à la maternité, Ryan était arrivé. Il tenait la main de Jessica dans la sienne. Ils se saluèrent chaleureusement mais brièvement, car la sage-femme annonça qu'elle voyait la tête du bébé.

— Poussez fort ! dit-elle.

Les efforts de Jessica ne parvinrent pas à faire progresser le bébé. Ils attendirent la contraction suivante, mais en vain. Les épaules du bébé demeuraient immobiles.

Son visage vira au gris.

En tant que médecin, Sophie connaissait les risques inhérents à ce genre de situation. S'il restait trop longtemps dans cette position, le cordon ombilical serait écrasé, le privant d'oxygène…

La pièce s'emplit soudain de spécialistes : obstétricien, pédiatre, sages-femmes, anesthésiste, chacun avait un rôle important à jouer. Mais le fait que la patiente soit sa sœur était une circonstance que Sophie n'avait encore jamais expérimentée. Les voir tous réunis autour de Jessica avait quelque chose d'effrayant.

Médecins et sages-femmes s'activèrent pour mener à bien la naissance. Le bébé était en souffrance fœtale, et Jessica se mit à perdre du sang. C'était atroce d'assister à ce spectacle sans pouvoir intervenir elle-même.

Ils dégagèrent le bébé, un petit garçon, qui était inerte et cyanosé et n'émit aucun son. Le pédiatre commença aussitôt à le réanimer. Une sage-femme l'enveloppa dans une couverture, et le médecin aspira les sécrétions obstruant ses voies respiratoires. Ils le déposèrent dans une couveuse, le mirent sous oxygénation et le relièrent au moniteur avant de l'emmener dans le service de soins intensifs néonatals.

De son côté, Jessica était trempée et épuisée par l'hémorragie que les sages-femmes s'employaient à arrêter.

— Son état s'est enfin stabilisé, dit un médecin au bout d'une demi-heure. Il faut qu'elle se repose, maintenant.

Alors que Sophie hésitait entre rester avec sa sœur et aller voir le bébé, elle se rendit compte que Ryan était blême, au bord de l'évanouissement. Elle lui suggéra de s'asseoir la tête entre les genoux pour faire remonter sa tension, mais c'est alors qu'il se mit à vomir.

Il ne manquait plus que ça !

Enfin, elle put laisser Jessica et Ryan, et sortit prendre l'air tandis que sa mère allait chercher des cafés.

Son téléphone se mit à sonner alors qu'elle atteignait le service de néonatalogie.

Elle souffla de soulagement en voyant le numéro de Nate : tout allait mieux quand il était près d'elle, ne serait-ce qu'à l'autre bout d'une ligne de téléphone.

— Sophie ? Je viens prendre des nouvelles, dit-il. J'ai beaucoup pensé à vous.

— Le bébé est en soins intensifs. Quant à Jessica, elle en a bavé. Elle est sous perfusion et sous oxygène. Son état s'améliore peu à peu.

— Je suis désolé. Tu vas rester à l'hôpital cette nuit ?

— Non. Ryan est arrivé, et maman est là. Ils n'autorisent que deux visiteurs à son chevet. Etonnamment, maman est plutôt calme, maintenant.

— Elle doit être inquiète, comme nous tous.

— Oui. Merci d'être aussi compréhensif, Nate. Je redoutais que tu ne prennes peur face à ma famille bizarre. Ce n'est pas de tout repos.

Elle l'entendit rire.

— Ne t'inquiète pas, on ne peut pas dire que mon père soit un modèle d'équilibre ! Je crois que toute famille a son squelette dans le placard, la mienne la première.

Comme elle aurait aimé qu'il soit là, près d'elle ! Elle avait besoin de sa présence positive. Mais il avait d'autres préoccupations que de la rassurer et l'apaiser.

— Je vais passer voir mon père et Rob un peu plus tard pour leur donner des nouvelles, mais il me tarde de rentrer. La journée a été épique, conclut-elle.

Elle resta un moment près de la couveuse où le bout de chou de sa sœur se remettait de sa naissance compliquée, remerciant Dieu qu'il ne présente pas d'autre complication. Avant de retourner à la maternité, elle passa rendre visite à Shaun, admis dans le service de pédiatrie.

— On lui a administré de puissants antibiotiques, l'informa Tracey. Il va rester quelque temps sous respiration artificielle, mais il a l'air de bien réagir au traitement.

Puis elle alla voir Josh, le petit garçon au traumatisme crânien. Par bonheur, son état s'était nettement amélioré.

Quand elle arriva à la maternité, sa mère était assise au chevet de Jessica et lui caressait doucement la main.

— J'ai la tête qui tourne un peu, dit Jessica. Mon bébé… Tu l'as vu ? Il va bien ? Ryan est allé le voir.

— Oui, je l'ai vu au service de néonatalogie. Il est bien au chaud et sous oxygène. Dès que vous serez un peu plus en forme l'un et l'autre, tu pourras le voir et le prendre dans tes bras.

— Je me sens faible… Très fatiguée. J'ai des vertiges.

— C'est normal, la rassura-t-elle. C'est à cause de l'hémorragie. Tu es en carence de fer. Mais, après la transfusion, tu devrais te sentir mieux.

Comme leur mère se levait pour aller rejoindre son mari fraîchement débarqué, Jessica demanda à Sophie de rester encore un peu.

Peu après, Ryan ramena le bébé, enveloppé dans un petit plaid et coiffé d'un bonnet. Il avait repris des couleurs et semblait s'être remis de ses épreuves.

Ryan le souleva pour le déposer doucement sur la poitrine de Jessica.

— Il s'appelle Casey, annonça celle-ci, non sans fierté.

Ryan se pencha pour l'embrasser.

Elle était toujours affaiblie, mais au moins elle était entourée de son mari et de son nouveau-né. Désormais, la mère et l'enfant étaient hors de danger.

Rassurée, Sophie prit quelques clichés pour la postérité et les laissa à leur intimité familiale.

Lorsqu'elle arriva chez son père, Rob était en train d'aménager la petite chambre. Elle leur fit un résumé de la situation.

— Le bébé a un petit ictère, mais on s'en occupe. Et Jessica a besoin de repos pour récupérer.

— Si elle reste quelques jours à l'hôpital, nous irons la voir, proposa son père.

Sophie acquiesça.

— Je vous emmènerai. Ryan va rester ici jusqu'à ce qu'elle sorte de l'hôpital. Quand il retournera dans le Somerset, elle reviendra se poser chez moi le temps que son contrat de travail se termine. Ensuite, il prendra un congé de paternité pour rester avec eux.

— Il est arrivé juste à temps ! se réjouit Rob, fier d'être tonton.

Ils s'extasièrent ensemble devant les photographies qu'elle avait prises un peu plus tôt, puis elle les salua et prit le chemin du retour.

La journée tirait à sa fin, et elle se rendit compte qu'elle n'avait rien mangé depuis le petit déjeuner. Son estomac grondait. Elle sortit des restes, de quoi faire un très honorable gratin de pâtes aux brocolis, jambon et fromage.

Elle était en train d'enfourner la préparation lorsque la sonnette retentit.

Rob aurait-il oublié ses clés ?

— Bonsoir, Sophie, dit Nate, magnifique dans la lumière du soir.

— Nate ? dit-elle, émue et ravie de cette visite imprévue. Viens, entre !

Elle le précéda dans le couloir.

— Tu as dû sentir la bonne odeur de gratin. Je ne t'attendais pas, mais il y en a largement pour deux. Tu dînes avec moi ?

— Hum, ça sent bon, en effet, dit-il, les yeux brillants.

Puis son expression changea.

— Malheureusement, je ne vais pas pouvoir rester longtemps. J'ai passé la journée auprès de mon père à l'hôpital, et il faut que j'y retourne.

— Il ne va pas mieux ? devina-t-elle à son air soucieux.

Il secoua doucement la tête.

— Je suis parti pendant que les infirmières lui prodiguaient des soins. J'avais envie de te voir, de prendre de tes nouvelles. Je me suis dit que, avec un peu de chance, tu serais chez toi. Tu me manquais… Comment vas-tu ?

— Plutôt bien, au bout du compte. Le plus dur est passé.

— Heureux de te l'entendre dire, dit-il en s'approchant pour l'embrasser.

Elle ne résista pas au contact de ses lèvres et de ses mains sur elle. Mais une sonnerie retentit, mettant fin à leur baiser.

— Je suis désolée, dit-elle en reprenant ses esprits. C'est le minuteur du four. Le gratin est prêt.

Nate sourit.

— Ce serait dommage qu'il brûle !

Tout excitée à l'idée de se mettre à table avec Nate, elle alla arrêter le four et mit le couvert.

— Assieds-toi, je t'en prie. Il y a aussi du pain grillé et de la salade verte. Et du fromage, si tu veux.

Il prit place face à elle.

— Hum ! C'est délicieux !

— C'est l'un des plats préférés de Rob et de Jessica.

Nate la dévisagea longuement.

— Tu t'es toujours bien occupée d'eux, n'est-ce pas ? J'imagine que, quand ta mère était malade, ils se sont tournés vers toi. Ils ont eu de la chance de t'avoir.

— Il arrivait que maman parte plusieurs jours d'affilée. Il fallait se débrouiller sans elle. J'ai vraiment eu du mal à partir pour mes études. Je culpabilisais de les laisser. Je revenais dès que je le pouvais, pratiquement tous les week-ends et parfois en semaine, quand mon emploi du temps me le permettait. Et toutes mes vacances, bien sûr. Ils étaient si petits pour affronter une situation aussi chaotique !

— J'ai l'impression qu'ils s'en sont bien sortis, fit remarquer Nate. Et maintenant, Rob s'installe chez ton père, et Jessica a un bébé. Cela doit te faire un drôle d'effet, non ? Et toi, tu n'as pas envie d'avoir des enfants ?

— Si, j'aimerais bien. Voir le bébé de Jessica m'a donné encore plus envie d'en avoir un. Il est si mignon ! J'espère que j'y arriverai un jour…

Elle poussa un gros soupir.

— Et toi, Nate ? Tu t'imagines avoir des enfants un jour ?

Il réfléchit, sa fourchette suspendue en l'air. Puis il chercha son regard.

— J'y pense parfois. Je me demande quel père je serais. Mais je ne sais pas si ça m'arrivera un jour.

— Pourquoi ? Parce que tu n'as pas trouvé la femme avec qui fonder une famille ou parce que tu n'as pas envie de transmettre le lourd héritage qui est le tien ?

— En fait, ni l'un ni l'autre. Je crois plutôt que j'ai peur de me laisser aller à une véritable intimité avec une femme. C'est quelque chose que j'ai découvert récemment. Grâce à toi, d'ailleurs. Je me demande si je suis capable d'avoir confiance en l'avenir. Je crois que cela a à voir avec la mort de ma mère. Un enfant ne peut pas imaginer que la relation unique qu'il a avec sa mère lui soit retirée un jour. C'est contre nature.

— Comment peut-on s'en remettre ?

— Je ne crois pas qu'on s'en remette un jour. Mais on apprend à s'ajuster. La mort de ma mère a laissé un vide énorme dans ma vie. Puis mon père a fréquenté d'autres femmes. Jamais plus de deux ou trois ans à chaque fois. Mais cela a suffi pour que je m'attache à certaines d'entre elles. En général, elles étaient bienveillantes et gentilles avec moi. Je pense même qu'elles aussi s'attachaient à l'enfant que j'étais. Mais, quand elles rompaient avec mon père, elles disparaissaient presque du jour au lendemain, et je me retrouvais de nouveau face à un vide sidéral. J'étais complètement perdu.

Il secoua la tête, l'air grave.

— Mettre des enfants au monde est une grande responsabilité. Ils ont besoin de stabilité. Je ne sais pas ce que c'est d'avoir une relation d'amour durable. J'ai même du mal à imaginer que ça existe. Cela explique sans doute que je ne me voie pas m'engager vis-à-vis d'une femme. Il y a toujours une part de moi qui pense qu'elle m'abandonnera un jour, elle aussi.

— Alors, autant ne pas nouer de liens trop serrés, conclut-elle, compatissante. C'est triste de concevoir la vie comme ça, mais je suis bien placée pour te comprendre. Moi aussi, j'éprouve cette peur, par moments. Je me dis qu'il faut que je grandisse et que j'apprenne à avoir confiance et à prendre un peu plus de risques dans ma vie, mais c'est difficile.

Nate lui décocha un sourire mélancolique.

— J'ai aussi compris autre chose au passage : tu es la seule avec qui j'aie envie de tenter l'expérience. Tu es la personne à qui je suis le plus attaché au monde. Je n'ai pas envie de te perdre encore une fois, même si je ne suis pas sûr de te mériter, après ce qui est arrivé à nos deux familles.

Elle écarquilla les yeux.

Il était en train de lui adresser une déclaration d'amour ! Cela signifiait-il qu'il l'aimait autant qu'elle l'aimait ?

C'était difficile à imaginer, après tous les obstacles que la vie avait jetés en travers de leur chemin.

— J'aimerais que…

Nate ne poursuivit pas sa phrase. Son téléphone s'était mis à sonner.

Il scruta l'écran.

— Mon père… Les médecins me demandent de venir. Ça a l'air urgent.

Il se leva.

— Merci pour le dîner, Sophie. Je suis content que Jessica et son bébé aillent bien.

Elle le raccompagna à regret sur le seuil.

Comme elle s'attardait, elle aperçut Jake qui s'approchait. Les deux hommes se croisèrent. Nate répondit froidement au salut de Jake.

Il avait le droit d'être préoccupé, jaloux même. Mais, après les révélations qu'ils venaient de se faire, comment sa confiance en elle pouvait-elle être ébranlée aussi facilement ?

— Bonsoir, Sophie, dit Jake en la rejoignant. J'espère que tu ne m'en veux pas de débarquer comme ça, sans prévenir. J'ai acheté un cadeau pour la naissance du bébé de Jessica. J'ai aussi apporté quelques cours pour Rob. Il m'a parlé de son envie de travailler dans un hôpital et m'a demandé quels cours il devait suivre.

— C'est super, Jake, merci ! dit-elle, soulagée. Entre !

7.

Jessica, son bébé dans les bras, le contemplait avec adoration.

— Tu ne trouves pas que son teint s'est amélioré, Sophie ? Il était beaucoup plus jaune que ça. J'ai l'impression que le traitement fait son effet.

Sophie sourit.

— Tu as raison, il a bien meilleure mine.

Casey était un nourrisson magnifique, avec sa petite bouche en bouton de rose et ses doigts fins et minuscules.

Rassurée, Jessica serra son bébé contre elle.

— Je suis soulagée. J'avais peur qu'il soit obligé de rester à l'hôpital. Pauvre petit bout de chou ! Je n'aime pas le voir avec ces lunettes sous les rayons pendant des heures !

— Encore quelques séances de photothérapie, et son taux de bilirubine devrait avoir retrouvé un niveau normal, dit Sophie. Je sais que c'est dur pour toi de le voir ainsi. Mais, tu sais, il dort la plupart du temps, je ne suis pas sûre qu'il en souffre.

Jessica hocha la tête sans grande conviction.

— En tout cas, je suis vraiment contente que Ryan ait pu être là pour l'accouchement. Ça m'a aidée de l'avoir ici, avec moi. Et toi aussi, Sophie. Je sais que tu as beaucoup de travail, et je te suis reconnaissante d'avoir pris tous ces moments pour venir me voir. Maman a prévu de revenir le week-end prochain. Finalement, tout rentre dans l'ordre. Bien mieux même que je ne le pensais !

Sophie sourit.

Si seulement tous les problèmes pouvaient se résoudre ainsi, en quelques jours !

La situation de Nate avait pris une tournure tragique. La santé de son père s'était détériorée jour après jour jusqu'à sa mort, quelques jours plus tôt.

— Il a eu un autre infarctus, lui avait-il dit d'une voix atone. Je vais avoir beaucoup de choses à régler. Nous risquons de ne pas nous voir beaucoup pendant un moment. Je prends quelques jours pour m'occuper de l'enterrement. Il faut que je contacte les membres de la famille disséminés dans tout le pays. Je vais devoir les héberger au manoir.

— Qu'est-ce que je peux faire pour t'aider ? avait-elle demandé.

Elle aurait tant voulu se rendre utile pour lui !

Mais il lui avait juste dit qu'il espérait la voir aux funérailles. Il s'était refermé sur lui-même, comme s'il avait besoin d'être seul pendant cette période de deuil.

Par chance, Charlotte était là ! Comme toujours, celle-ci saurait le réconforter et le soutenir dans cette nouvelle épreuve.

Avant de rentrer, elle fit un détour par chez son père.

En sa qualité d'ancien intendant général de lord Branscombe pendant des années, son père avait reçu une invitation officielle. Il lui montra la carte gaufrée.

— Il y avait aussi une lettre. C'est une gentille attention de Nate. Vu les relations que j'entretenais avec son père, le fait qu'il m'envoie cette lettre m'a touché.

— Tu vas à l'enterrement ?

A sa grande surprise, il acquiesça.

— Rob va m'y emmener. J'ai réfléchi longtemps avant de prendre cette décision. J'ai éprouvé tellement d'amertume et de colère pendant des années. J'avais le sentiment d'avoir été maltraité. J'en ai voulu à James de m'avoir forcé la main pour faire ce vol, d'avoir ignoré les recommandations des gens qui lui conseillaient de ne pas prendre les commandes. Mais la vérité, c'est que j'aurais dû refuser de monter avec lui. C'est moi qui ai été faible de ne pas savoir dire non. C'est moi et moi seul qui suis responsable de l'état dans lequel je me trouve à présent. Personne d'autre !

— Oh ! papa…

Sa voix se brisa dans un sanglot. Elle s'agenouilla près du fauteuil roulant et posa sa main sur le bras de son père.

— Tu n'as rien à te reprocher, protesta-t-elle. N'importe qui aurait fait la même chose à ta place. Lord Branscombe était ton employeur et, si tu as fini par céder, c'est aussi parce que tu lui faisais confiance.

Elle pressa doucement son bras dans un geste de réconfort.

— Tu as toujours fait ce qui te semblait être le mieux. Je suis tellement fière de tout ce que tu as accompli ! Maintenant, tu fais des efforts surhumains pour réapprendre à te servir de tes jambes. Et tu vas y arriver, je le sais. Tu fais des progrès constants.

— Tu es gentille, dit-il en lui tapotant la main. Tu as toujours été gentille avec moi. Je suis désolé de t'avoir embêtée ces derniers temps au sujet du fils de James. Je crois que je l'ai mal jugé. Il n'est coupable de rien.

Elle le regarda, surprise.

— Es-tu en train de me dire que tu as changé d'avis sur lui ?

Il haussa les épaules.

— Disons que je révise mon jugement. On m'a raconté qu'il avait sauvé la vie d'un petit garçon qui s'était évanoui dans la rue. Ça m'a fait réfléchir. Il paraît même qu'il a contacté la famille de la mère pour l'aider.

— Ah bon ? Il ne m'en a pas parlé.

— Elle a bavardé avec je ne sais plus qui à la Poste.

En reprenant le volant, elle éprouvait un sentiment de joie et de fierté mêlées en pensant à ce que Nate avait fait pour cette femme.

De retour chez elle, elle prépara ses affaires pour les funérailles qui se tenaient le lendemain : un tailleur noir qu'elle porterait avec un chemisier en soie gris perle et des escarpins noirs.

Elle ne pouvait s'empêcher d'avoir hâte d'être au lendemain, en espérant que sa présence serait bénéfique pour Nate.

L'été avait laissé la place à l'automne. Les feuilles des arbres, que la brise agitait doucement, avaient revêtu des teintes allant du jaune au rouge. Le soleil fit quelques apparitions entre les nuages gris, écartant momentanément le risque de pluie.

Nate, impeccable dans son costume noir, était entouré de membres de sa famille qu'elle n'avait jamais vus. Il les lui présenta, mais elle écouta leurs noms distraitement. Elle sourit poliment et leur adressa ses condoléances.

— Je ne m'attendais pas à voir autant de monde, lui glissa-t-il lors de la réception qui suivit la cérémonie.

— Les gens ont envie de te témoigner leur estime. Le fait que tu leur aies expliqué tes projets pour le village les a certainement touchés, et aussi que tu aies sauvé le petit Shaun. Tu sais que beaucoup ignoraient que tu étais médecin ?

— J'espère seulement pouvoir aller au bout de ces projets, maintenant, dit-il en plissant le front.

— Il y a un problème ?

— Je ne sais pas. Le notaire veut me voir de toute urgence. D'après le peu qu'il m'a dit au téléphone, la situation n'est pas prometteuse.

— Tu me diras ce qu'il en est ?

— Bien sûr, dit Nate.

Son visage changea brusquement d'expression. Elle suivit son regard et vit Jake qui venait dans leur direction.

— Je vous laisse, dit-il froidement, avant que Jake ne les ait rejoints.

— Mais il vient certainement te présenter ses condoléances, protesta-t-elle.

Nate secoua la tête.

— Je ne pense pas. Je crois que c'est toi qu'il veut voir. Ça fait une demi-heure qu'il t'observe. De toute façon, il faut que j'aille voir ma famille.

Jake l'observait depuis une demi-heure ? C'était bizarre que Nate l'ait remarqué et qu'elle ne se soit aperçue de rien.

Elle soupira et adressa un signe de tête à Jake.

— Je suis désolée que nous nous retrouvions en de telles circonstances.

— Moi aussi, répondit-il en plantant son regard dans le sien, l'air grave. J'espère que tu sais ce que tu fais avec Nate. N'oublie pas qu'il t'a déjà plantée là pour partir à l'autre bout du monde.

— Il ne m'a pas plantée là, comme tu dis. C'est moi qui l'ai chassé, d'une certaine manière. Je suis touchée que tu te fasses du souci pour moi, Jake, mais ne t'inquiète pas. Et toi, comment vas-tu ? As-tu des nouvelles de Cheryl ?

Il secoua la tête.

— Rien, à part quelques mails.

— En fait, reprit-elle, je ne pense pas qu'elle ait des vues sur quelqu'un d'autre. Et je crois même qu'elle a envie de te voir plus souvent. Et qu'elle aimerait bien que tu l'emmènes à la soirée annuelle de l'hôpital le mois prochain.

Jake pouffa nerveusement.

— Tu te moques de moi ? Qui t'a dit une chose pareille ?

— Les ragots de l'hôpital…

Jake sourit, le regard dans le vague.

Elle tourna la tête, se sentant observée.

Nate la regardait de loin, l'air renfrogné. Il détourna le regard et poursuivit sa conversation avec son interlocuteur.

Pourquoi faisait-il une tête pareille ? Il devait mal interpréter l'attitude qu'elle adoptait avec Jake. Croyait-il vraiment qu'il y avait entre eux autre chose que la profonde amitié qui les liait depuis des années ?

Elle ne vit pas Nate pendant plusieurs jours. Elle tenta de l'appeler, mais il n'avait pas le temps de parler, ce qui la rendit triste et insatisfaite. Il lui manquait terriblement. Elle aurait voulu être là pour lui, pour le réconforter.

Il se rendit à Londres pour voir le notaire de son père et poursuivre les discussions engagées avec Peninsula Holdings. Il ne lui dit rien de leur contenu, seulement qu'il devait clarifier certaines choses après le décès de lord Branscombe.

Un matin, en passant devant le manoir avec Charlie, elle aperçut un camion dans lequel des hommes chargeaient de grands tableaux. Le camion portait le logo d'un célèbre marchand d'art londonien.

Nate avait-il décidé de vendre ses œuvres d'art pour sauver ses terres ?

Quelques jours plus tard, Peninsula Holdings annonça la tenue d'une réunion à la mairie du village le samedi suivant. Il était question de discuter des options possibles pour le village.

Sophie, sous le choc comme tous les habitants du village, se rendit à la mairie avec son père.

— Nous avons des projets qui se révéleront très bénéfiques pour le village, commença le porte-parole du holding. Si tout se passe comme nous l'espérons, nous serons en mesure d'améliorer sensiblement vos vies. C'est pourquoi nous comptons sur votre soutien…

Ces quelques mots suffirent pour soulever un tollé dans l'assistance.

— Qu'est-ce que vous nous racontez là ? s'écria un homme du public. Nate Branscombe vous a vendu ses terres ?

— Rien n'a été signé pour l'instant, mais les négociations sont en cours, répondit le représentant du groupe d'investissement.

Il cliqua sur une souris d'ordinateur.

Aussitôt, une photo aérienne du village, des collines et de la baie apparut sur l'écran géant.

— Ici, c'est l'implantation d'un hôtel cinq étoiles qui serait un vrai moteur pour l'économie locale. Là, vous voyez l'emplacement d'un centre commercial, avec des restaurants, un centre sportif, un gymnase, des salles de cinéma…

Une femme se leva brusquement.

— On voit aussi les tonnes de visiteurs, de voitures, de déchets que ça va produire. C'est quoi, la prochaine étape ? Un casino ouvert vingt-quatre heures sur vingt-quatre ?

D'autres personnes du public se mirent à protester, désireuses de faire entendre leur voix.

La réunion prit fin sans plus de succès que celle qui s'était tenue au même endroit quelques semaines plus tôt.

Sophie raccompagna son père.

— Crois-tu que Nate a fini par opter pour leur proposition ? demanda celui-ci en entrant dans la cuisine.

Charlie leva la tête et vint les accueillir en agitant la queue avec enthousiasme.

— Non, je ne crois pas, dit-elle en caressant le chien.

Elle brancha la bouilloire.

— Je sais qu'il devait aller voir le notaire de lord Branscombe à Londres. Peut-être a-t-il découvert des éléments qu'il ignorait. En tout cas, jusque-là, il s'est démené pour trouver une solution viable qui lui permette de refuser l'offre de Peninsula Holdings.

— Qu'est-ce qu'ils me proposeraient, à la place de ce logement ? Un appartement dans une résidence sécurisée en banlieue loin de tout, dit son père d'un air abattu. Qu'est-ce que je ferais de Charlie ? Je suis tellement bien ici, au milieu des arbres, avec la mer tout près, les voisins qui passent me dire bonjour dès qu'ils ont cinq minutes. Rien que l'idée de déménager me rend malade.

— Nous n'en sommes pas encore là, dit-elle en lui tendant une assiette. Je vais aller voir Nate. Nous en saurons bientôt davantage.

— J'espère que nous n'allons pas tout droit à la catastrophe.

On frappa. La porte s'ouvrit, et Jessica apparut derrière son landau.

Sophie l'aida à manœuvrer pour entrer et se pencha au-dessus du nouveau-né endormi, qui respirait paisiblement, ses petits poings fermés de chaque côté de ses joues rondes.

— Il est trop mignon, chuchota-t-elle.

Jessica sourit.

— Je le trouverais encore plus mignon s'il dormait plus de deux heures d'affilée. Oh non ! il se réveille… J'avais l'espoir que notre petite promenade au grand air l'assommerait pour un moment.

— Je vais en profiter tant que Rob n'est pas là, ce petit n'a d'yeux que pour son oncle ! dit Victor en riant. Casey, viens dire bonjour à ton grand-père !

Jessica se pencha et souleva le bébé.

— Tiens, dit-elle en le lui déposant dans les bras.

Jessica et Sophie prirent place autour de la table. Tous trois parlèrent de choses et d'autres, jusqu'au moment où Charlie s'agita et vint poser la tête sur les genoux de Sophie, levant vers elle des yeux suppliants.

— D'accord, j'ai compris, dit-elle. Je vais prendre le chemin du manoir. Nate est revenu de Londres hier. J'ai peut-être une chance de tomber sur lui ?

Elle mit sa laisse au labrador et prit le chemin de la falaise.

Elle adorait cet endroit. Elle venait s'y promener dès que l'occasion se présentait. Elle aimait aussi descendre sur le sable et ramasser des turritelles, des porcelaines et des bigorneaux.

Elle s'arrêta pour contempler la mer. Les vagues s'écrasaient contre le rivage, laissant de grandes bandes d'écume sur le sable et des mares salées au milieu des rochers.

Elle reprit sa marche en direction du manoir.

Le portail était fermé, probablement pour protéger les lieux de toute incursion de journalistes.

Elle sonna.

— Bonjour, c'est Sophie Trent. Je voulais savoir si je pouvais parler à Nate.

— Oh ! Sophie ! s'exclama Charlotte. C'est ton chien que je vois à côté de toi ?

— Oui. C'est Charlie.

— Nate me dit que tu peux entrer.

L'imposant portail en fer forgé s'entrouvrit, et elle s'engagea dans l'allée.

Nate vint à sa rencontre et la serra dans ses bras.

— Comme c'est bon de te voir ! dit-il. Tu m'as manqué.

Ils demeurèrent un moment enlacés.

— Toi aussi, tu m'as manqué, dit-elle en se détachant de lui pour le dévisager. J'avais envie de venir te voir, mais je savais que tu avais encore de la famille et que tu devais aller voir le notaire à Londres. Il n'y a plus de journalistes ?

— Non. Mais j'ai parlé à certains d'entre eux, qui s'intéressaient au fait que je sois médecin et à la façon dont je comptais prendre la relève maintenant que mon père est mort.

— Il y a eu un magnifique reportage photographique sur le manoir et ses terres dans un journal national.

— Je l'ai vu. L'article était bon, sachant que je n'avais pas donné d'interview.

Nate lui décocha un regard préoccupé.

— J'avais prévu de passer te voir ce soir, mais tu m'as devancé. Tu te fais toujours du souci pour l'avenir du village ?

— Oui, et je ne suis pas la seule.

— Je suis désolé que vous ayez à supporter tout cela.

Il se pencha pour caresser Charlie.

— Tu veux continuer à marcher un peu ou entrer à l'intérieur ?

Elle sourit.

— Je pense que Charlie apprécierait de continuer sa promenade. Il est né pour arpenter les collines et les vallons du Devon.

— On peut marcher vers le lac, suggéra-t-il.

Il passa son bras sur son épaule.

C'était bon de le sentir tout près. La chaleur de sa main à travers le lainage de sa veste la réconfortait. Elle eut envie de se blottir tout entière contre lui.

Ils marchaient en direction du lac sur une allée bordée de chênes majestueux, au pied desquels poussaient des ronces alourdies par le poids des mûres.

— Regarde, dit Nate en pointant l'index. Si tu regardes à travers les arbres, tu verras qu'il y a du changement.

Elle distingua les silhouettes de plusieurs chalets.

— Tu as commencé à réaliser ton projet ? s'exclama-t-elle avec enthousiasme.

— C'est un début. Nous n'avons pas encore raccordé les chalets à l'électricité et à l'eau. Il nous faut du temps.

Ils avancèrent jusqu'à un banc donnant sur le lac. Charlie s'affala à leurs pieds, la langue pendante, l'air satisfait.

Elle jeta un coup d'œil circulaire, charmée.

De vieux saules plongeaient gracieusement leurs branches sur l'eau irisée. Une petite vedette était amarrée à un ponton.

— Je croyais que tout serait en suspens tant que les négociations avec Peninsula Holdings n'auraient pas abouti ?

— J'ai peur que la situation ne soit pire que je ne l'avais imaginé. Mon père m'avait caché une partie de son passif. C'est ce pour quoi le notaire m'a convoqué.

— Tes projets ne vont donc pas suffire à absorber les dettes de ton père ?

Il hocha tristement la tête.

— Je crois qu'il a espéré jusqu'à la dernière minute que ses investissements se révèlent fructueux, mais c'est loin d'être le cas. Je dois continuer à réfléchir pour trouver des solutions. J'ai soumis un plan d'action au directeur de la banque. Il est en train d'en discuter avec ses experts.

— Je ne sais pas quoi dire, Nate. J'aimerais tellement pouvoir faire quelque chose, dit-elle en lui prenant la main.

— Le simple fait que tu sois là m'aide beaucoup. Même si je sais que tu es venue pour être rassurée sur la situation. Peu importe. Au moins, je t'ai un peu pour moi, et ça me rend heureux.

— Comment peux-tu dire une chose pareille, Nate ? Je suis venue pour te voir, toi !

— Mais tu as des projets avec Jake Mallow, non ? rétorqua abruptement Nate. Je l'ai vu le jour de l'enterrement, quand vous vous êtes séparés. Il était sur un petit nuage. Il souriait, apparemment aux anges de ce que vous vous étiez dit. Je ne souhaite rien d'autre que passer ma vie avec toi, mais, à ce moment-là, j'ai compris que je n'avais aucune chance.

Elle le regarda, abasourdie. Puis elle sentit son cœur s'emballer à l'idée qu'il veuille passer sa vie avec elle.

Elle secoua la tête en riant.

— Nate ! Comment faut-il que je te dise qu'il n'y a rien, absolument rien entre Jake et moi ? Il n'y a *jamais* rien eu ! Nous nous entendons bien depuis toujours, nous sommes amis, mais rien de plus ! Et, si Jake était content à ce moment-là, c'est que je venais de lui faire comprendre que les sentiments qu'il éprouve pour une certaine Cheryl sont réciproques.

Elle tourna vivement la tête vers lui.

— C'est avec toi que je veux être, Nate. C'est toi que j'aime. Depuis toujours ! Et tout ce que je désire, c'est que tu éprouves la même chose pour moi.

Il lui décocha un regard aussi sombre que les profondeurs du lac.

— Si cela pouvait être aussi simple…, dit-il d'une voix lasse. Je t'aime aussi, Sophie, je suis fou de toi. Mais notre histoire est impossible.

Elle eut l'impression que son cœur se décrochait.

— Je ne comprends pas, Nate. Si nous nous aimons, qu'est-ce qui nous empêche d'être ensemble ?

— Ma famille a détruit la tienne. Comment pourrais-je prétendre passer ma vie avec toi alors que c'est à cause de mon père que le tien a perdu l'usage de ses jambes et risque de se retrouver à la rue à présent ? C'est une chose que je ne lui pardonnerai jamais. Que je ne me pardonnerai jamais.

— Mais tu n'as pas à…

— Je ne peux pas faire autrement. Moi aussi, j'ai une dette envers vous. Mais je suis sur le point de perdre tout ce que j'ai. Toute ma vie, mon héritage, mon nom sont liés à cet endroit. Tout est en train de s'écrouler autour de moi. Je t'aime, Sophie, mais je ne peux pas t'entraîner dans ma chute. Je ne peux pas te demander ta main tant que je ne serai pas en mesure de t'offrir l'avenir que tu mérites.

— Mais je t'aime aussi, Nate. Cela ne suffit-il pas ? Ne pouvons-nous pas traverser cette épreuve ensemble ?

— Je suis désolé… Le fait de te voir avec Mallow l'autre jour, puis de ne pas te voir pendant quelques jours m'a fait réfléchir. Je sais que je t'aime plus que tout au monde. Je t'aime, je rêve de passer ma vie avec toi, je vais devenir fou si je ne te vois plus. Mais je ne veux pas compliquer ta vie et celle de ta famille plus que les Branscombe ne l'ont déjà fait.

Nate se pencha et l'embrassa brièvement, comme s'il craignait que ce baiser ne l'entraîne trop loin. Puis il se leva.

— Je te raccompagne. Mieux vaut sûrement que nous ne nous voyions pas pendant quelque temps.

Elle se leva à son tour, les jambes chancelantes, et se mit à marcher comme un automate à côté de lui.

— Tu ne peux pas faire ça, Nate ! On va trouver une solution...

Le silence qui lui répondit lui fit l'effet d'un coup de poignard.

Elle ne pensait plus rien, ne ressentait plus rien. Elle était sous le choc. Toute tentative de raisonner Nate était inutile, elle le savait. Sa décision était prise, et rien ne pourrait plus le faire changer d'avis.

8.

— Vous revenez du service de néonat ? demanda Hannah alors que Sophie entrait dans la salle de repos. Ça se voit ! Vous avez un air apaisé quand vous avez passé du temps avec les bébés. Comme quand votre sœur vient vous voir ici avec son petit.

— Ah ? Je ne m'en rends pas compte, dit Sophie en s'approchant de la machine à café. C'est vrai que j'adore les bébés. Ils me touchent. Ils sont tellement vulnérables, avec tous ces tuyaux qui leur sortent de partout. Aujourd'hui, j'ai fait des tests de dépistage. J'ai vérifié les nutriments, l'urée et l'électrolyte. Si je pouvais, je passerais toutes mes journées dans ce service.

Elle sourit.

— Cela dit, j'aime aussi mes patients plus grands. J'adore les voir progresser et reprendre des forces jour après jour.

Hannah alla laver sa tasse dans l'évier.

— Vous devez être contente d'avoir hébergé votre sœur et son bébé. A le voir maintenant, ce petit bout de chou, on ne dirait pas qu'il a eu autant de problèmes à la naissance.

— Il est en pleine forme. Il a pris du poids. Je ne me lasse pas de le regarder. Certes, il ne fait pas encore ses nuits, mais…

Hannah se mit à rire.

— Je comprends pourquoi vous avez une petite mine certains matins, dit-elle en se dirigeant vers la porte. Allez, il faut que j'y aille ! A tout à l'heure.

— A plus tard, Hannah.

Sophie se versa le café avec concentration.

Une petite mine ? La vraie raison pour laquelle elle ne se sentait pas en forme depuis quelque temps, c'était Nate.

Pourquoi s'obstinait-il à penser qu'une relation amoureuse était impossible entre eux ?

— Bonjour, Sophie. Ça va ?

Elle sursauta. Elle n'avait pas vu Nate entrer dans la salle.

— Bonjour, Nate.

Il la rejoignit dans le coin cuisine et prit une tasse.

— Je te sers du café ? demanda-t-elle.

— Merci, dit-il en tendant sa tasse.

— Le retour à l'hôpital n'est pas trop difficile ?

— Non, ça va, je suis content. Le chef de service m'a convoqué ce matin dans son bureau. Je craignais qu'il n'ait des reproches à me faire sur le fait que j'aie pris des jours de congé alors que je n'ai qu'un contrat temporaire. Au lieu de ça, il m'a proposé de me titulariser.

Elle le regarda, bouche bée.

— Et… tu as accepté ?

— Oui. J'aime bien cet hôpital, et je m'entends bien avec les gens avec qui je travaille.

— Je suis contente pour toi, dit-elle en buvant une gorgée de café.

Il ouvrit le réfrigérateur et en sortit un paquet de beignets.

— J'ai apporté ça, ce matin. Tu en veux un ?

— Hmm ! Avec plaisir, dit-elle en se servant.

Elle mordit dans son beignet et lécha le sucre qui lui collait aux doigts.

— Et chez toi ? Tout le monde va bien ?

— Oui, plutôt. Rob s'est inscrit en psycho ici, à la faculté. Mon père poursuit ses efforts pour essayer de remarcher. Il arrive à faire quelques pas en prenant appui sur le déambulateur, maintenant. La prochaine étape, ce sera de marcher avec des cannes tripodes.

— Ton père est un homme déterminé. Je suis convaincu qu'il y parviendra. Ce n'est qu'une question de temps. Il faut surtout qu'il se remuscle.

Il mordit à son tour dans son beignet.

— Jessica doit être sur le départ maintenant, non ? Cela va te faire tout drôle de te retrouver seule.

— Oui, je redoute un peu son départ. Je suis tellement contente d'avoir pu partager tous ces moments privilégiés avec elle et le petit Casey ! Je comprends aussi qu'ils soient impatients de se retrouver tous les trois. Je pense que je vais prendre quelques jours pour aller l'aider à s'installer chez elle, juste le temps que Ryan puisse prendre le relais.

— J'ai l'impression qu'elle n'est pas pressée de rentrer, cela dit.

— C'est vrai. Leur appartement n'est pas très grand. Elle m'a dit qu'elle rêve de revenir s'installer ici, elle aussi. Ryan est d'accord sur le principe, il faut simplement qu'ils trouvent un endroit qui leur plaise et qui soit dans leurs prix.

— Mais, si Jessica revient, ta mère va se retrouver seule.

— Elle vit avec Tom, et de toute façon ce n'est pas si loin. Une heure en train, un peu plus en voiture. Jusqu'à présent, nous nous sommes toujours débrouillés pour nous voir régulièrement en faisant le trajet à tour de rôle. Il n'y a pas de raison que ça change.

Nate demeura pensif, les yeux sur sa tasse de café.

— Tout va bien ? s'inquiéta-t-elle.

— Oui. Je réfléchissais… Je me demande si Jessica et Ryan ne pourraient pas venir vivre au manoir. C'est trop grand pour moi. J'ai du mal à occuper le corps de la maison, je ne parle même pas des ailes est et ouest. En fait, on peut facilement en faire des logements indépendants. Ils pourraient s'installer dans une partie de l'aile est, par exemple. Ils auraient une terrasse et pourraient profiter du jardin. Et il y a une cuisine indépendante dans ce qui était jadis l'arrière-cuisine. Ils pourraient rester là autant qu'ils le souhaitent, le temps de mettre de l'argent de côté et de trouver un appartement ou une maison qui leur convienne.

Il lui adressa un coup d'œil prudent.

— Qu'en penses-tu ?

Elle était ébahie par cette proposition, et il lui fallut quelques secondes pour la digérer. Puis elle se jeta au cou de Nate.

— Ce que j'en pense ? J'en pense que tu es un homme merveilleux !

Sur ce, elle fit claquer un gros baiser sonore sur sa joue.

Nate marqua un temps d'arrêt, mais ses mains se posèrent le plus naturellement du monde sur ses hanches. Elle l'embrassa alors sur la bouche, plus longuement, oubliant l'endroit où ils se trouvaient.

— Pas étonnant que je sois amoureuse de toi, dit-elle dans un soupir.

— Sophie, nous avions décidé que…

Il la repoussa doucement, mais ses mains tremblaient.

— Tu ne devrais pas te coller à moi comme ça. Je suis un homme. C'est trop dur de résister.

— Tant mieux ! déclara-t-elle, espiègle. C'était une très mauvaise décision depuis le début. Pourquoi devrions-nous nous forcer à ne pas nous voir alors que nous sommes tellement mieux ensemble ? Tu n'as pas besoin de traverser ces épreuves tout seul. Je suis là, moi. Tu peux compter sur moi. C'est bien ça, l'amour ? C'est être là l'un pour l'autre quand la vie nous bouscule. Pourquoi t'obstines-tu à vouloir tout affronter tout seul ?

— Sophie…, murmura Nate, dans un haussement d'épaule qui sembla se répercuter dans son corps tout entier, comme s'il capitulait.

Il pencha la tête, et leurs fronts se touchèrent.

— J'espère que tu n'auras pas de regrets. Tu ne pourras pas dire que je ne t'ai pas prévenue.

— Tu m'as prévenue, mais ça ne change rien.

Comprenant qu'elle avait remporté la victoire, elle reprit possession de ses lèvres, et ils échangèrent un baiser passionné.

En entendant des pas, ils s'écartèrent promptement, et eurent juste le temps de se donner une contenance avant que la porte ne s'ouvre sur Tracey.

— Bonjour, lança-t-elle en s'arrêtant devant la porte du réfrigérateur. Il paraît que quelqu'un a apporté des beignets, ce matin.

— Oui, servez-vous. Ils sont dans la boîte blanche. Je savais bien qu'ils auraient du succès.

— Hmm ! s'extasia Tracey en les rejoignant près de la machine à café. C'est exactement ce qu'il me fallait.

Elle se tourna vers Nate.

— J'ai lu un article dans le journal, l'autre jour. Il y avait des photos magnifiques du manoir au soleil couchant. On voyait aussi le parc avec les écuries. Si j'habitais un endroit pareil, je n'aurais plus envie d'en partir, pas même pour aller travailler ! J'imagine le manoir au temps de la Régence. Ce devait être un endroit raffiné, paisible, parfait.

— Sans doute, dit Nate en lavant sa tasse. Il y a une galerie de portraits de cette époque. Des femmes en robe d'apparat, des hommes guindés en uniforme…

Nate et Sophie sortirent ensemble de la salle de repos.

— Tu as encore les portraits de tes ancêtres ? demanda Sophie une fois qu'ils furent dans le couloir. Tu ne les as pas vendus ? Un jour que je promenais Charlie, j'ai vu le camion d'un marchand d'art devant le manoir. Ils chargeaient des tableaux.

— J'ai vendu quelques toiles que je n'aimais pas et qui prenaient la poussière depuis des années dans un grenier. Cela me permet de financer les travaux dans les chalets autour du lac.

— Ce que vient de dire Tracey sur le manoir à l'époque de la Régence m'a fait réfléchir. Les sociétés de production pour le cinéma ou la télévision cherchent souvent des lieux chargés d'histoire où tourner. Je ne sais pas si cela pourrait faire une différence dans ta situation financière, mais ça vaut peut-être la peine d'y réfléchir.

A sa grande surprise, Nate acquiesça.

— C'est drôle que tu dises ça. Depuis la parution de cet article, j'ai reçu plusieurs propositions de producteurs intéressés par la propriété. Une maison de production m'a fait comprendre que ce serait l'endroit idéal pour tourner une série télévisée dont l'histoire se déroule au milieu du XIXe siècle. Une autre voudrait tourner un film historique d'aventures dont l'action se passe autour d'une grande demeure. Ils auraient besoin de place pour accueillir les camions et le matériel, mais ils n'auraient pas nécessairement besoin de la totalité du manoir. Et les tournages ne durent pas des années.

Il la regarda, les yeux brillants.

— Qu'est-ce que tu en penses ?

— Quelle excellente idée ! Je pense que ça vaut la peine d'étudier toutes les propositions. Il faut faire affaire avec des maisons de production qui aient bonne réputation. Pour qu'il y ait le moins de nuisances possible, ils peuvent utiliser une autre entrée et dissimuler les camions dans une zone derrière les arbres, s'ils utilisent l'aile ouest. Il ne faudrait pas que ça devienne une source de problèmes supplémentaires à gérer pour toi. Mais c'est à toi de voir. C'est ta maison.

— Tu as raison. Je vais y réfléchir sérieusement.

Chacun devant aller examiner ses petits patients, ils se séparèrent. Sophie alla consulter des résultats d'analyse, des radios et des IRM.

Elle ressentait un grand soulagement vu la tournure que prenaient les choses, même si des milliers de questions se bousculaient dans sa tête.

Pourvu que la situation continue d'évoluer dans le bon sens !

Comme prévu, Sophie s'absenta pendant quelques jours pour aider sa sœur à s'installer chez elle avec son bébé. Le plombier était enfin venu changer la chaudière, et elles mirent de l'ordre dans l'appartement pour accueillir son nouvel habitant.

— Je n'en reviens pas de la générosité de Nate, dit Jessica. J'en ai parlé à Ryan. Il trouve fantastique l'idée d'aller s'installer quelque temps au manoir. Mais, avec les travaux et les nouveaux projets de tournage, Nate va peut-être changer d'avis.

— Je ne crois pas. Il m'a appelée ce matin, et il m'a répété que vous pouviez venir quand vous voulez.

Casey s'était mis à remuer dans son berceau. Lorsqu'elle s'en approcha, il la regarda en émettant de petits gargouillis, la bouche pleine de bulles. Elle passa son doigt sur sa paume, et il referma aussitôt les doigts.

— Nate a dit qu'il y avait une chambre pour Casey. Il suffit de lui dire si vous êtes décidés, et il fera le nécessaire.

— C'est vrai ? Comme je suis impatiente de m'installer là-bas !

Ryan étant de retour le lendemain, Sophie reprit la route. Nate l'avait appelée et avait insisté pour qu'elle participe à une nouvelle réunion le soir même au manoir. Elle rentrerait juste à temps. Après s'être arrêtée chez elle, elle se rendit chez son père, où Rob et lui étaient en train de se préparer en vue de la réunion.

— Il a invité tous ceux qui vivent sur les terres Branscombe, ainsi que tous ceux qui se sentent concernés par l'avenir du village, dit son père. Tu sais ce qu'il va nous dire ?

— Non. Je sais qu'il s'est penché sur plusieurs options, mais je n'en sais pas plus. Mais tu t'es fait beau, papa ! Nate ne m'a pas dit qu'il fallait s'habiller.

Un peu inquiète, elle détailla sa robe en laine à manches trois quarts et col bénitier. Une tenue un peu classique, confortable et dans laquelle elle se sentait bien, mais peut-être pas suffisamment chic pour une soirée.

Son père se mit à rire.

— Non, ce n'est pas une grande réception ! C'est juste que j'arrive à me lever tout seul et à tenir quelques instants debout. Regarde !

Victor se leva lentement tandis que Rob lui approchait ses cannes.

— Doucement, papa. Fais comme tout à l'heure. Voilà ! lui dit-il sur un ton encourageant.

Sophie regarda son père faire quelques pas dans la pièce, droit et fier. Puis elle se jeta au cou de l'un et de l'autre.

— C'est merveilleux ! s'exclama-t-elle. Je suis tellement contente, papa ! Tu y es arrivé !

— C'est pour ça que je me suis fait beau. Je voulais fêter ça !

— Je n'en reviens pas. Oh non ! dit-elle en sentant les larmes lui monter aux yeux. Il va falloir que j'aille me remaquiller !

Ils se mirent à rire tous les trois, émus.

Nate les accueillit dans le grand hall lambrissé où les hôtes, déjà nombreux, étaient rassemblés près d'un grand buffet. Comme la dernière fois, les boissons et les petits-fours salés et sucrés abondaient, pour le plus grand plaisir des yeux et du palais.

Nate l'attira vers lui et l'embrassa sur la bouche.

— Je suis vraiment content que tu sois revenue, dit-il en lui prenant la main.

Il prit un verre de vin sur le buffet et le lui tendit.

— Il faut que j'aille prendre la parole. Sers-toi si tu as faim et viens t'asseoir à côté de moi. Je suis tellement heureux que tu sois là ! J'avais peur que tu aies changé d'avis à propos de nous.

— Tu as encore peur que je disparaisse ?

— Je ne sais pas, dit-il dans un haussement d'épaules. Par moments, je n'ose pas croire que je puisse avoir tant de chance…

— Tu sais que je serai toujours là pour toi, Nate.

Il poussa un profond soupir.

— Je suis heureux de te l'entendre dire. Parfois, je doute qu'une femme comme toi ait envie de rester avec un homme comme moi.

— Cesse de dire des bêtises et va faire ton discours, dit-elle en levant les yeux au ciel.

Nate invita ses hôtes à s'asseoir.

— Merci d'être venus ce soir. Je sais que vous êtes inquiets de l'avenir du village et de vos maisons. Je vous ai convoqués pour vous faire part de la décision que j'ai prise et des conséquences que cette décision aura sur vos vies. Sachez tout d'abord que j'ai décliné toutes les propositions de Peninsula Holdings. Vous n'entendrez donc plus parler d'eux.

Des cris de joie retentirent, suivis d'applaudissements nourris.

Il sourit.

— Je savais que la nouvelle serait bien accueillie. Cela dit, les solutions pour lesquelles j'ai opté auront tout de même des répercussions sur vous. J'ai donné mon accord à deux sociétés de production de films. La première utilisera l'aile ouest du manoir pour le tournage d'une série télévisée, l'autre pour le tournage d'un film d'époque, un peu plus tard.

Un murmure parcourut l'assemblée.

Nate leva la main pour demander le silence.

— Je sais que vous vous posez des questions, et j'y répondrai en temps utile. Pour le moment, sachez que les tournages vont s'étendre sur quelques mois et que l'impact sur le village sera minime, à part peut-être une légère augmentation des consommations au pub.

— Est-ce que Colin Firth va venir ? demanda une femme sur un ton empli d'espoir.

— Est-ce que Daniel Craig joue dans le film d'époque ? demanda une autre.

— Je ne peux pas répondre à ces questions, dit Nate en riant. Tout ce que je peux vous dire pour le moment, c'est que vos logements sont sauvés et que vous pouvez désormais dormir sur vos deux oreilles.

L'auditoire se remit à commenter ses paroles.

Sophie se tourna vers lui.

— Cela va-t-il suffire à éponger les dettes de ton père ?

— Oui, aussi incroyable que cela puisse paraître ! Je vais toucher une somme au-delà de mes espérances, dont une partie payée d'avance.

— Je suis heureuse que les choses s'arrangent si bien. Après tout ce que tu as traversé…

— Ton père va pouvoir rester dans sa maison. Quant à nous, l'avenir nous appartient. Enfin, nous allons pouvoir l'envisager ensemble !

— Je l'envisageais déjà avant ce retournement de situation, tu sais. Je n'ai pas besoin d'un manoir et d'hectares de terres pour être heureuse. Tout ce que je veux, c'est toi. Je veux partager ma vie avec l'homme qui a sauvé ce petit garçon qui a perdu connaissance dans la rue et qui donne le biberon aux nouveau-nés de l'hôpital. L'homme qui est allé chercher ma sœur à la gare et qui a déposé mon frère chez moi en pleine nuit.

Nate se pencha vers elle, le regard brûlant.

— Il me tarde maintenant que tous ces gens s'en aillent et que nous nous retrouvions seuls, murmura-t-il.

Elle frémit à cette idée.

Mais les questions fusaient, et ils se mêlèrent à la foule pour y répondre.

Les villageois prirent peu à peu congé. Son père vint la saluer.

— Tu as l'air d'être heureuse avec Nate, dit-il en la serrant dans ses bras. Je regrette tout ce que je t'ai dit auparavant. J'étais en colère. Ta mère est au courant ?

— Je lui en ai parlé quand j'ai raccompagné Jessica chez elle. Elle n'avait pas l'air offusquée.

— Je l'appellerai, dit-il avant de partir.

Une fois que les derniers villageois furent sortis, Nate referma la porte en poussant un soupir de soulagement. Puis il la prit par la main.

— Viens, suis-moi, dit-il en la conduisant dans le salon attenant au grand hall.

Elle reconnut la pièce aux tentures de soie pâle et au somptueux tapis persan. Les rideaux de brocard étaient tirés. Les lampes disposées dans différents coins de la pièce diffusaient une lumière dorée. Le feu crépitait doucement dans la cheminée.

Nate se dirigea vers le bureau placé dans l'angle de la pièce et ouvrit un tiroir. Il y prit une petite boîte qu'il ouvrit délicatement et revint mettre un genou au sol devant elle.

— Tiens, dit-il. C'est pour toi.

Un solitaire en diamant brillait de mille feux sur la soie de l'écrin.

— Oh ! Nate…

— Sophie, veux-tu m'épouser ? Acceptes-tu cette bague comme preuve de mon amour et comme promesse de ma fidélité ?

Elle plongea son regard ému dans le sien.

— Oh ! Nate, oui, bien sûr ! Je veux être ta femme.

Nate respira un grand coup, comme s'il avait retenu son souffle jusque-là. Puis il sauta sur ses pieds, posa l'écrin sur la table et prit sa main gauche, à l'annulaire de laquelle il glissa doucement la bague.

— Elle est parfaitement à ma taille ! s'exclama-t-elle.

— J'ai demandé de l'aide à Jessica.

— Elle est somptueuse !

— J'ai fait faire une alliance assortie. Je sais qu'on se marie traditionnellement en été, mais je me demandais si tu accepterais une cérémonie à Noël. Nous pourrions nous marier dans l'église du village et faire une grande fête ici, chez nous ?

Elle lui passa ses bras autour du cou.

— Ce serait merveilleux !

— Nous pourrions partir en voyage de noces dans les Caraïbes. Cela te plairait ? demanda-t-il en la prenant par la taille.

— N'importe quelle destination me plaît, si j'y vais avec toi.

Nate sourit et l'embrassa avec passion.

— J'ai l'impression que la vie sera belle, désormais, dit-il d'une voix rauque.

— J'ai la même impression, dit-elle avant de l'embrasser de nouveau.

Puis ils cessèrent de parler, trop occupés à exprimer l'amour qu'ils s'autorisaient enfin à partager.

BLANCHE

HARLEQUIN

Retrouvez prochainement, dans votre collection

BLANCHE

Séduite par le Dr Langley, de Kate Hardy - N°1586

SÉRIE : MÉDECINS & JUMEAUX - 1/2

Pour sauver son frère jumeau, le Dr Oliver Langley n'a pas hésité à lui donner un rein. Une opération délicate qui lui impose aujourd'hui de reprendre le travail en douceur, loin de sa vie trépidante à Londres. Alors qu'il effectue un remplacement dans le petit cabinet d'Ashermouth Bay, une ville de pêcheurs, Oliver tombe immédiatement sous le charme de Gemma, l'infirmière chargée de le seconder. Une beauté qu'il n'a pas le droit de séduire, car bientôt il sera reparti…

Un bébé entre confrères, de Kate Hardy

SÉRIE : MÉDECINS & JUMEAUX - 2/2

Après avoir reçu un rein de la part de son jumeau, le Dr Robert Langley franchit avec soulagement les portes de l'hôpital d'Asherwick. Quel bonheur d'être à nouveau médecin, et non plus patient ! Quel plaisir aussi de découvrir sa nouvelle collègue, l'irrésistible Dr Florence Jacobs ! Sitôt qu'il pose les yeux sur elle, Robert s'interroge : a-t-il une chance de la conquérir ?

Amie ou amoureuse ?, de Sue MacKay - N°1587

Autrefois, Maisie et Zac étaient les meilleurs amis du monde. Séparés par la vie, les voilà tous deux de retour à Queenstown, où ils effectuent ensemble des missions de sauvetage, elle comme infirmière, lui en tant que policier. Si leur complicité est restée forte, Maisie éprouve pour Zac des sentiments inouïs… Mais peut-elle lui révéler qu'elle l'aime en secret depuis toujours, sans mettre en péril leur précieuse amitié ?

Adversaires à l'hôpital, d'Amy Ruttan

Pour sauver son hôpital, le Dr Kiera Brown est prête à tout. Et même à affronter le Dr Henry Baker, fraîchement débarqué de Los Angeles pour transformer l'Aspen Grace Memorial en établissement médical privé de haut standing. Seul problème : alors qu'elle voudrait haïr son adversaire, elle est forcée d'admettre que c'est un excellent médecin qui, sous des dehors austères, pourrait même cacher un grand cœur…

Leur mission : sauver des vies.
Leur destin : trouver l'amour.

BLANCHE

Leur inoubliable baiser, de Tina Beckett - N°1588

Quinze ans. Voilà quinze ans que le Dr Mysti North n'avait pas remis les pieds à Forgotten Point, le village de son enfance. Quinze ans qu'elle n'avait pas revu Jesse Grove, son amour secret. Le retrouver est un choc pour elle. S'il est devenu papa d'une petite fille, il n'a guère changé, et les sentiments qu'elle éprouve pour lui sont toujours aussi forts que ce soir d'orage où ils ont échangé un inoubliable baiser…

Le médecin du pôle Sud, de Juliette Hyland

Lorsque Helena débarque au pôle Sud, elle ignore encore quelle surprise de taille l'attend. À la clinique de la base où elle officiera comme infirmière, elle est accueillie par le Dr Carter Simpson, son amour d'adolescence ! Or le jeune homme joyeux qui faisait battre son cœur s'est métamorphosé en un homme sombre, avide de solitude. Saura-t-elle gagner sa confiance et surtout lui redonner le sourire ?

Une nouvelle chance de s'aimer, d'Annie Claydon - N°1589

SÉRIE : PROFESSION : SECOURISTES - 1/2

Quel choc pour Miriam de retrouver Rafe Chapman ! Rafe, le grand amour de sa vie, mais aussi l'homme qui lui a brisé le cœur, cinq ans plus tôt, en la quittant sans explication. Alors, quand il lui annonce qu'il s'est porté volontaire pour être médecin dans l'unité d'urgence au sein de laquelle elle est ambulancière, dans le seul but de la reconquérir, elle est déterminée à lui résister…

Rencontre à haut risque, d'Annie Claydon

SÉRIE : PROFESSION : SECOURISTES - 2/2

Bloquée dans un village cerné par les eaux, avec sa sœur sur le point d'accoucher ? Cassandra sent la panique la gagner. Et la présence à ses côtés de Jack Halliday, un sauveteur ayant réussi à les rejoindre malgré la terrible tempête qui se déchaîne au-dehors, ne l'aide pas vraiment. Certes, sa force tranquille lui réchauffe le cœur en ces instants difficiles, mais le fait aussi battre beaucoup trop vite…

HARLEQUIN

Leur mission : sauver des vies.
Leur destin : trouver l'amour.

HARLEQUIN
www.harlequin.fr

BLANCHE

HARLEQUIN

Le trouble d'une infirmière, de Janice Lynn - N°1590

Lucas vient-il vraiment de dépenser une fortune pour obtenir le droit de passer une soirée en sa compagnie ? Face au sourire éclatant de son ex-mari, Emily panique. Elle n'a aucune envie de fréquenter de nouveau celui qui n'a jamais su lui consacrer de temps lorsqu'ils étaient mariés. Pourtant aucun homme, depuis leur divorce, ne lui a fait vivre d'émotions aussi intenses...

La valse du destin, de Leah Martyn

Une simple valse accordée au Dr Daniel Rossi, chef des urgences dans l'hôpital où elle est infirmière, et voilà soudain Lindsey mariée, puis en route pour un idyllique week-end de noces. Que pourrait-elle demander de plus ? Que son nouvel époux parvienne à faire le deuil de son douloureux passé, peut-être. Hélas, au moment où elle doute que ce soit possible, Lindsey se découvre enceinte...

Leur mission : sauver des vies.
Leur destin : trouver l'amour.

HARLEQUIN
www.harlequin.fr